江苏省高校哲学社会科学重点研究基地重大项目：

“汉文化研究院”（2010JDXM043）

图书在版编目（CIP）数据

汉唐乐府的文化阐释 / 陈洪主编. -- 南京 : 凤凰出版社，2015.11（2024.12重印）
ISBN 978-7-5506-2319-4

Ⅰ. ①汉… Ⅱ. ①陈… Ⅲ. ①乐府诗－诗歌研究－中国－汉代②乐府诗－诗歌研究－中国－唐代 Ⅳ. ①I207.22

中国版本图书馆CIP数据核字(2015)第296077号

书　　名	汉唐乐府的文化阐释
主　　编	陈　洪
责任编辑	樊　昕
出版发行	凤凰出版传媒股份有限公司 凤凰出版社(原江苏古籍出版社) 发行部电话025-83223462
出版社地址	南京市中央路165号,邮编:210009
出版社网址	http://www.fhcbs.com
经　　销	凤凰出版传媒股份有限公司
照　　排	南京凯建图文制作有限公司
印　　刷	唐山楠萍印务有限公司 唐山市芦台经济开发区场部
开　　本	880×1230毫米　1/32
印　　张	10.125
字　　数	272千字
版　　次	2015年11月第1版　2024年12月第2次印刷
标准书号	ISBN 978-7-5506-2319-4
定　　价	76.00元

(本书凡印装错误可向承印厂调换,电话:022-69381996)

汉唐乐府的文化阐释

主编 陈洪
副主编 王淑梅 文晓华 王立增

凤凰出版社

目录

前 言

20世纪初，朱谦之《中国音乐文学史》、罗根泽《乐府文学史》的问世，使得音乐文学进入了学术视野，开启了古代文学研究的新领域——音乐文学。任半塘的《唐声诗》及王运熙的乐府诗研究，构建出古代音乐文学研究的跨学科研究范式。赵敏俐、吴相洲发起“乐府与歌诗”研究，旨在根据中国古代诗歌发展演进与历代礼乐活动密不可分的关系，从礼乐文化活动与乐府歌诗的依存关系中，探究音乐文学的发生机制、功能指向、文体样式、演变过程，自此，乐府与歌诗研究成为中国古代音乐文学研究的新热点，成果层出不穷。音乐文学也是江苏师范大学古代文学学科的重点研究方向之一，并形成了自己的研究特色：即以文献的整理研究为基础，注重音乐文学与文本文学的双向转化研究。学科负责人兼音乐文学方向带头人李昌集教授，是任半塘先生的博士。研究团队成员曾分别在扬州大学、苏州大学、首都师范大学、南京师范大学攻读博士学位或做博士后研究工作，均得到本专业著名专家的真传。陈洪教授拜在钱仲联先生门下读博士。王立增是王小盾教授的博士生，乃任半塘先生的再传弟子。王淑梅是吴相洲教授的博士生，是陈贻焮先生的再传弟子。文晓华是张采民教授的博士生。现在，呈现在读者面前的《汉唐乐府的文化阐释》正是在这样的学术背景下所取得的成果汇集，也是陈洪教授领衔的重大课题“两汉文学的文化阐释——以古小说与乐府诗为例”的研究成果之一。

本论丛收录的文章分别从不同的角度揭示出乐府与文化的关

系。其中,《天人关系、祥瑞与汉代郊祀歌诗》、《司马相如与汉代郊祀歌诗写作关系新论》以及《〈天马歌〉考辨与〈史记・乐书〉的真伪》三篇文章,从《天马歌》的作者、作年、书写方式、乐歌内容、祥瑞与天人关系、文本变化等角度,深入探究汉代郊祀歌的创作过程、礼乐背景及其文化意蕴。《从俗谣到乐府:历史文化语境中的挽歌〈蒿里〉探原》则探讨了挽歌《蒿里》与丧葬礼仪的关系,以及它从先秦俗谣之曲到乐府形态转变的礼乐机制。

乐府诗的价值在于实现在朝廷乐府的表演,乐府诗的演奏特点、表演主体、表演方式、传播途径及其与乐府的关系,是乐府诗研究的应有之义。《论汉代诗歌的音乐传播》、《〈乐府诗集〉"鼓吹""横吹"曲辞的乐类特征及其乐府学意义》、《魏晋相和歌辞的入乐情况辨析》、《曹植杂曲歌辞的音乐性质考论》、《北朝乐府乐辞的入乐情况考察》、《鱼山梵呗的源流演化及其乐谱形式探原》一组文章,分别揭示了汉代诗歌的音乐传播特点及对诗歌的影响,论述了"鼓吹""横吹"的乐器、表演方式以及在后世的变化,魏晋、北朝时期乐府歌辞的入乐沿袭了汉代乐歌的表演特点、传播方式,但与汉代相比有所变化。

《乐府诗集》收录"不知作者"的"古辞"74篇。这些"古辞"虽然产生时代较早,但大部分都有拟作,因此学界对乐府古辞已经开展了关于音乐、题名、主题、形式方面的研究。《汉代乐府古辞的文本化及其文学史意义》指出,古辞文本化对于保存民间口头歌辞、由民间乐歌向朝廷乐歌的转变及俗雅文化转化起到了重要作用。《魏晋六朝拟乐府古辞不均衡现象考察》则对魏晋六朝文人仿拟古辞时出现的不均衡现象作出了考察,认为拟作的朝代、仿拟对象及诗体的不均衡,是由各朝代音乐发展的状况及乐府文学发展的规律等各因素共同造成的。西晋荀勖"撰旧辞施用"清商三调歌诗时,或者把汉乐府古辞直接入乐,或者对旧辞作大幅度改撰,《〈乐府诗集〉"本辞"索解》揭示了荀勖如何处理旧辞以及郭茂倩如何将其记录下来,从而展现出乐府歌辞不断入乐演化的轨迹。

《汉唐乐府诗题目的创制》、《乐府诗题"行"、"篇"的音乐含义与诗体特征》、《汉唐乐府诗中歌辞性题目的诗体意义——以“歌”体诗为中心》三篇论文是针对乐府诗题名的集中探讨。乐府诗题多取首句或前两字缀以“行”、“篇”、“歌”、“曲”、“乐”等为题。至唐代则出现从旧题乐府中衍生新题及自创新题的情况。“行”与“篇”题，蕴涵着乐府诗的音乐和诗体信息。“行”为清商三调歌中的弦奏，其曲调在歌诗表演中用为引曲和间奏，同一首“行”曲可以配有多首歌辞，歌辞的声乐乃是“行”之本曲的音乐变体。“行”的音乐表演繁会复杂，主要由乐府演出，与之配合的歌诗也就相应地具有篇幅长而分解、多叙事、善铺叙和重美刺、寓劝诫的诗体特征。“篇”诗的母体是“行”诗，是为“行”诗的某种徒诗化。“篇”诗的出现标志着文人真正进入到乐府诗的领域，是古代诗文学从“歌”的时代走向“诗”的时代的里程碑。“歌”诗生成的音乐表演背景是“随口吟诵”、“即兴演出”，由此而造就了其早期的诗体特征：重应酬，善抒情，多以眼前事物为描写对象，形制短小，且骚体、七言倾向明显。到了魏晋南北朝至唐代，“歌”诗在题材上仍以应酬为主，其形式有些依然保持着传统，有些则七言化或长篇化，有些吸收了吴歌中四句为一个层次的特点，形成了七言四句一转韵的体式。但与“行”体诗相比，“歌”诗仍较为灵活开放。

魏晋以后，不再向民间采诗，乐府诗的发展进入有主名的时代，开始了文人化过程。在这个转型过程中，大众与文人对于相同题材的不同处理（关注度、表现方式等）是考察这一转型的最直观视角，因而《论魏晋六朝乐府诗的文人化——以女性形象的变迁为例》、《齐梁陈乐府诗女性形象的“泛化”书写》分别选取了汉乐府与魏晋六朝乐府诗中女性形象的变迁、女性形象的“泛化”书写作为考察的突破口。从魏晋乐府诗中的寄托女性形象到晋宋时期出现女性形象的边缘化现象，再到齐梁陈时期的富艳女性形象，体现出不同时代的文人情趣、文人文化风貌。而齐梁陈乐府诗中的女性形象往往呈现出“泛化”书写特征——没有确切的身份、鲜明的性格及独特的事迹，千人一面，形象雷同。究其原因，乃在于乐府诗创作机制及文学观念的转变，其文学史意义的最终指向则是民间文学向文人文学的转变。女性形象的“泛化”书写也正是齐梁文学风气的重要表现。《魏晋六朝文人拟乐府的转型——以〈塘上行〉的衍变为例》、《汉唐时期〈巫山高〉仿辞探论》分别以《塘上行》、《巫山高》的个案探讨，展示出拟乐府的文人化特点。魏晋以后，乐府诗逐渐脱离古辞的原生意义，转为抒写个人体验及贵族旨趣。以《塘上行》为例，文人拟乐府转型的特点体现为三个方面：一是主题内容与本事关联度降低，呈现辞咏本题、咏古寄言到拟赋古题、离题再造的变化。二是完成从音乐到文学的过度，乐府与五言徒诗形态上逐渐趋同，乐府诗由入乐歌辞转为文人徒诗。三是文化格调的提升，风格由俗到雅，从切合大众娱乐到装点贵族趣味。汉唐时期仿拟《巫山高》创作方式既有“因其声而作歌”，亦有“据题为之”，“因声而作歌”侧重在体制上拟古，“据题为之”则多以巫山风景及神女之事为主，有模式化倾向。而到了晚唐时期，温庭筠根据特定情境倚声制曲，《论温庭筠的“乐府倚曲”及其文学史意义》一文指出，温氏乐府倚曲的曲调既非乐府旧曲，亦非当世隋唐之曲，而是自创新曲，但其曲辞仍然遵循乐府传统，或采前世可叹之事，或讽咏现实，从中仍然不难体会中晚唐音乐文学创作与乐府的一脉相承之处。

以上论文大多发表于 2010 年以后，刊载在《文学遗产》、《文献》及学报等专业权威性期刊，有的还被《新华文摘》、《高等学校学术文摘》转载。这些文章凝聚着江苏师范大学古代文学学科同仁从事乐府研究以来所付出的心血，也记录了他们所走过的学术历程。谨以此集献给敬爱的读者，敬祈批评指正。

司马相如与汉代郊祀歌诗写作关系新论

文晓华

一、司马相如与汉代郊祀歌诗写作关系回顾

司马相如为汉代景、武帝时人，景帝朝曾任武骑常侍，后从梁孝王游，武帝时因蜀人杨得意推荐，献赋为郎，曾出使巴蜀，后为孝文园令，卒于家，《史记》、《汉书》有传。相如为汉代著名文人，《汉书・兒宽传》云武帝朝异人并出，“文章则马迁、相如”①，其所为赋铺张扬厉、气势宏伟，为汉代大赋的代表。由于《汉书》中的两段记载，司马相如一直与汉代郊祀歌诗的制作关联在一起：

> 至武帝定郊祀之礼……乃立乐府，采诗夜诵，有赵、代、秦、楚之讴。以李延年为协律都尉，多举司马相如等数十人造为诗赋，略论律吕，以合八音之调，作十九章之歌。（《礼乐志》）②
>
> 延年善歌，为新变声。是时上方兴天地诸祠，欲造乐，令司马相如等作诗颂。延年辄承意弦歌所造诗，为之新声曲。（《佞幸传》）③

---

① 班固《汉书》，北京：中华书局，1962 年，第 2634 页。

② 班固《汉书》，第 1045 页。

③ 班固《汉书》，第 3725 页。

《汉书》对于司马相如参与汉郊祀歌诗的写作可谓言之凿凿，后世亦多承此说，如郭茂倩《乐府诗集》卷一即云："武帝时，诏司马相如等造郊祀歌诗十九章，五郊互奏之。"①《诗源辨体》卷三云："汉之《房中》、《郊祀》，乃相如之徒所为。"②《日知录》卷六云："十九章，司马相如等所作，略论律吕，以合八音者也。"③对于这样一段看来确凿无疑的记载，清代学者周寿昌却指出了其中的问题：

> 《郊祀志》云："其春，既灭南越，嬖臣李延年以好音见"，是为元鼎六年；考相如之死当元狩五年，死后七年延年始得见，上定郊祀之乐即安得而举之？④

其后，谢无量亦曰：

> 武帝始立乐府，为后世乐府所昉。王世贞谓汉郊祀歌十九章"锻意刻酷，炼字神奇"，《汉书》虽称相如等数十人所造，然相如卒于元狩五年，十九章中不乏元狩以后之作……⑤

二人共同关注到相如卒年早于延年作乐时间的问题，其中的矛盾有二：一是后作乐的延年如何"举"早卒的相如作诗赋，二是既是"举"相如作诗赋，为何十九章中不乏相如卒后的作品。对此问题，二人的解释不尽相同，周寿昌认为：

---

① 郭茂倩《乐府诗集》，北京：中华书局，1979年，第1页。

② 许学夷著，杜维沫校点《诗源辨体》，北京：人民文学出版社，1987年，第55页。

③ 顾炎武著，黄汝成集释《日知录集释》，上海：上海古籍出版社，1985年，第408页。

④ 周寿昌《汉书注校补》，北京：中华书局，1985年，第231—231页。

⑤ 谢无量《中国六大文豪》，上海：中华书局，1929年，第47页。

> 《李延年传》云："是时，上方兴天地诸祠，欲造乐，令司马相如等作诗颂，延年辄承意弦歌所造诗，为之新声曲"，明是相如前造诗，延年承帝意而为新声也。此云多举者，言举相如等数十人之诗赋，非举其人也。"人"字不断句，从"多举"至"诗赋"为一句；"为"犹"作"也，言昔相如等所造之诗赋也。①

谢无量认为：

> 或经后人更定。其署名者惟邹子乐四章，余并不著撰人，大抵当相如时所作者，即不尽出于相如，亦必经相如审正其辞。且至鸿丽瑰玮，与相如辞赋体势相类。武帝好新声，故相如创为此体。李延年之属，不过协其声音而已。……疑相如当时颇造数首，武帝善之，乐既建，于是十九章并用相如体为之。故藻采如一焉。今既不可辨其孰为相如作，乃据《汉书》悉列十九章。②

周寿昌指出《汉书》中的"多举司马相如等数十人造为诗赋"一句不应在"人"字后断句，而应将之作为一个整句来理解，这样，延年所"举"者便是相如所作之诗赋而非相如本人，这就解决了相如卒年早于延年作乐时间的问题，但并不能解释郊祀歌诗为何多产生于相如卒后的问题。谢无量认为其中不乏相如卒后的作品，是因为"或经后人更定"。所谓"更定"应指在前作基础之上所作的修订，前作为基础，更定只是作局部调整，因此，谢说也不能解释大部分歌诗产生于相如卒后的问题。且其言武帝喜"相如体"，众人仿之，然相如所作为何，其体为何，皆未能说清。

对此，赵敏俐则审慎地说："《汉书·礼乐志》说……给人的印象，似乎十九章大都是由司马相如等人所作，其实不对。考察历史，司马

① 周寿昌《汉书注校补》，第 232 页。

② 谢无量《中国六大文豪》，第 47 页。

相如死于武帝元狩六年(前117),而郊祀歌章的大部分都作于前113年以后。可见,《汉书》里的这段话是不准确的。《史记·乐书》说:'至今上即位,作十九章,令侍中李延年次序其声,拜为协律都尉。通一经之士不能独知其辞,皆集会五经家,相与共讲习读之,乃能通知其意,多尔雅之文。'以此,可知十九章的歌辞可能是经过许多文人共同参与创作过。其创作的时间不一,参加的人也没有明确记载。也许司马相如曾参加过早期一些诗篇的创作。"①赵敏俐首先认为《汉书》所记有误,其后又指出汉郊祀歌诗的写作非一时而成,也许相如只参与了早期郊祀歌诗的写作,因此大部分郊祀歌诗出现在相如卒后就不奇怪了,此说解释了周、谢未能说明的问题,但相如究竟参与过哪些早期诗篇的写作,却并未言明。

相如与郊祀歌诗写作的关系究竟如何,最为直接的做法莫过于考证相如究竟创作过哪些歌诗。对于此问题,学者们结合司马相如的行迹、郊祀歌诗的内容、武帝朝的礼乐建设进程及祥瑞出现的时间等进行考证,但结果却往往莫衷一是。有学者以为,相如曾经部分参与郊祀歌诗的创作,如罗根泽《乐府文学史》云"郊祀歌泰半出司马相如等"②,张永鑫《汉乐府研究》一书认为司马相如是郊祀歌十九章的作者之一③;也有学者以为相如并未参与写作,如吴朝义的《郊祀歌的作者非司马相如辨》一文即持此观点④。在承认相如参与写作之后,学者们对于哪些篇章为相如所作,仍然意见不一:郑文《汉诗研究》认为"相如可能参加写作的诗颂,仅《帝临》、《练时日》、《赤蛟》及《朝陇首》"⑤;龙文玲则认为这其中"司马相如有可能参与创作的只

---

① 赵敏俐《周汉诗歌综论》,北京:学苑出版社,2002年,第406页。

② 罗根泽《乐府文学史》,北京:东方出版社,1996年,第20页。

③ 张永鑫《汉乐府研究》,南京:江苏古籍出版社,1992年,第164页。

④ 吴朝义《〈郊祀歌〉的作者非司马相如辨》,《康定民族师专学报》1988年,第47—52页。

⑤ 郑文《汉诗研究》,兰州:甘肃民族出版社,1994年,第34页。

有《练时日》《赤蛟》和《帝临》等几章”[①]；李昊则认为“《郊祀歌》之《练时日》、《帝临》、《青阳》、《朱明》、《西颢》、《玄冥》、《天地》、《五神》八章，为相如所作的可能性比较大”[②]；李程在《司马相如“骚体制歌”考》一文中认为只有《朝陇首》、《天马》(一)为相如所作[③]。

张树国的《汉武帝时代国家祭祀的逐步确立与〈郊祀歌〉十九章创制时地考论》[④]一文写作目的并不在于考证相如作过哪些郊祀歌诗，但其从武帝时代的郊祀制度及郊祀进程入手，确定出各篇郊祀歌诗的创作时间，将此时间表与相如卒年相比较，仅有《朝陇首》与《天马》(一)二首产生于相如生前。《天马》(一)的作者是否为相如，由于缺乏直接的证据，因而很难断定；《朝陇首》一首为相如所作的可能性很小。据《汉书》载《朝陇首》乃“元狩元年行幸雍获白麟作”[⑤]，《汉书·终军传》亦提及此事，“从上幸雍祠五畤，获白麟，一角而五蹄。时又得奇木，其枝旁出，辄复合于木上”，对于这两种祥瑞的出现，“上异此二物，博谋群臣。军上对曰……对奏，上甚异之，由是改元为元狩”[⑥]。此段记载表明，在出现白麟祥瑞后，武帝曾博谋于群臣，群臣皆有对，但唯有终军所对最合武帝心意，并因此而改元，那么，若言《朝陇首》初诗的作者，终军的可能性更大一些。

围绕着郊祀歌诗进行作年、作者的考辨，似乎走入了一个死胡同。龙文玲对此问题的思考另辟蹊径，她认为：“至于《汉书》为何把司马相如当成《郊祀歌》创作集体的领衔人物，较合理的解释应是当

---

① 龙文玲《汉〈郊祀歌〉十九章作者辩证》，《学术论坛》2005 年第 4 期，第 158—162 页。

② 李昊《司马相如作品考辨》，《中华论坛》2006 年第 2 期，第 19—21 页。

③ 李程《司马相如“骚体制歌”考》，《西华大学学报》2012 年第 2 期，第 28—33 页。

④ 张树国《汉武帝时代国家祭祀的逐步确立与〈郊祀歌〉十九章创制时地考论》，《杭州师范大学学报》(社会科学版)2009 年第 2 期，第 49—57 页。

⑤ 班固《汉书》，第 1068 页。

⑥ 班固《汉书》，第 2814—2817 页。

时司马相如的文名太大，加上武帝对相如的文才推崇有加，所以才产生了这样的说法”①。此说法跳出了相如必定作过郊祀歌诗的传统思维定势，转而从相如的影响去进行解说，对我们深有启发。当我们循着相如对于郊祀歌诗的写作具有重大意义这一思路去进行考察，会发现问题迎刃而解。

我们再看班固《汉书》中的“多举司马相如等数十人造为诗赋”、“是时上方兴天地诸祠，欲造乐，令司马相如等作诗颂”语句，句中明言是司马相如等人“造为诗赋”、“作诗颂”，这表明其中有相如等的赋颂作品被采入郊祀歌诗，其可能的情况是截取赋颂之文或吸收赋颂之意以入郊祀歌诗。我们认为，司马相如的赋颂在创作思想及创作风格上，极大地影响了汉代郊祀歌诗的写作，甚至在某种程度上可称之为郊祀歌诗的写作范本，对于郊祀歌诗的写作具有极为重要的意义。

相如留下的作品，《史记·司马相如传》共提到赋文 11 篇，《汉书·艺文志》著录有 29 篇赋，《隋书·经籍志》著录有《汉文园令司马相如集》一卷。作品有亡佚。今人辑校，尤以严可均所辑校最为全面，一并辑录其赋、文及散篇，收入《全汉文》。

二、《封禅文》、天人感应与武帝意愿

相如在景帝朝以赀为郎，然景帝不好辞赋，而梁孝王好交接游说之士、文辞之徒，相如遂客游于梁，梁王死，归家，武帝朝复以献赋为郎。相如聪明谨慎，颇知进退，深谙武帝心意，几乎每一篇赋都能得到武帝的喜爱。

武帝读到相如的第一篇赋是《子虚赋》，《子虚赋》写诸侯狩猎场面，极为壮观，颇合武帝好大喜功的心理，因此“善之”，并有“朕独不

① 龙文玲《汉〈郊祀歌〉十九章作者辩证》，《学术论坛》2005 年第 4 期，第 158—162 页。

得与此人同时哉”[1]之叹，表露出欣羡、喜爱之意。召问相如时，相如曰：“然此乃诸侯之事，未足观也。请为天子游猎赋，赋成奏之。”[2]《天子游猎赋》（即《上林赋》）中，充斥着穷形尽相的景物铺排、夸张壮观的围猎场面及君临天下的天子气势，果然又得到了武帝的喜爱，“赋奏，天子以为郎”[3]，相如遂因赋为官。相如《大人赋》的极大成功更是来自于对武帝好仙之意的深刻体察：“天子既美子虚之事，相如见上好仙道，因曰：‘上林之事未足美也，尚有靡者。臣尝为大人赋，未就，请具而奏之。’”[4]相如投武帝所好，在《大人赋》中，极力发挥想象，铺陈为仙之道，把大人“载云气而上浮”、“与真人乎相求”的自在漫游状态作尽情渲染，又写大人“视眩眠而无见兮，听惝恍而无闻。乘虚无而上假兮，超无友而独存”，描写大人得道时的超脱、惚恍、虚静、永恒的状态，“相如既奏大人之颂，天子大说，飘飘有凌云之气，似游天地之间意”[5]，获得了武帝的极度认可。

相如不仅在作赋一事上颇中武帝心意，在国家政事上也能够积极参与，并且妙合武帝意愿。在通西南夷道之事上，天子问相如，相如曰：“邛、筰、厓、駹者近蜀，道亦易通，秦时尝通为郡县，至汉兴而罢。今诚复通，为置郡县，愈于南夷。”[6]武帝此时正大展宏图，内修政治，外扬国威，靖边扬德，建立功勋，相如此说投合武帝所想，因而“天子以为然，乃拜相如为中郎将”，并派相如建节往使，相如遂为略定西南夷，“还报天子，天子大悦”[7]。此外，《资治通鉴》卷十七又载：

> 上自初即位，招选天下文学材智之士，待以不次之位。……庄助最先进，后又得吴人朱买臣、赵人吾丘寿王、蜀人司马相如、

①② 司马迁《史记》，北京：中华书局，1959年，第3002页。

③ 司马迁《史记》，第3043页。

④ 司马迁《史记》，第3056页。

⑤ 司马迁《史记》，第3063页。

⑥⑦ 司马迁《史记》，第3046页。

> 平原东方朔、吴要枚皋、济南终军等，并在左右，每令与大臣辨论，中外相应以义理之文，大臣数屈焉。①

《汉书·严助传》亦有类似记载。又《汉书·淮南衡山济北王传》载：

> 时武帝方好艺文，以安属为诸父，辩博善为文辞，甚尊重之。每为报书及赐，常召司马相如等视草乃遣。②

由上述材料可见，相如在武帝身边，并非仅仅是被“俳优畜之”、以辞赋巧思获得立身之基，其颇有政治才干也是获得武帝青睐的重要原因。无论是为赋还是为官，其中最为关键者，是相如深谙武帝心理，颇知见机行事，投其所好，因而讨得武帝欢心。

武帝对相如及其赋文的喜爱更体现在临终索书一事：“相如既病免，家居茂陵。天子曰：‘司马相如病甚，可往从悉取其书；若不然，后失之矣。’使所忠往。”相如似乎预知其事，“长卿未死时，为一卷书，曰有使者来求书，奏之”③。这篇“天子异之”的文章便是《封禅文》，其言汉德广大，宜封禅泰山、梁父。武帝对此文一直念念不忘。相如卒后四年，(元鼎四年)六月，得宝鼎后土祠旁，“自得宝鼎，上与公卿诸生议封禅”，“时武帝与儒者五十余人议‘仿古巡狩封禅之事’，未能有所定。先是，司马相如病死，有遗书，颂功德，言符瑞，足以封泰山。上奇其书，以问宽”④。这篇《封禅文》遂成为武帝封禅的重要依据，极大地推进了武帝的封禅活动。

这篇《封禅文》之所以得到武帝的重视，在于它以“天人感应”为

---

① 司马光《资治通鉴》，台北：宏业书局，1973年，第563页。

② 班固《汉书》，第2145页。

③ 司马迁《史记》，第3063页。

④ 班固《汉书》，第2630页。

创作思想，颂扬了大汉王朝的顺天命而昌盛。《封禅文》的创作思路非常明晰，即：由于大汉之德沾濡四方，因而国家祥瑞频出，祥瑞频出则大汉可以封禅，因此，大汉封禅实乃天意。《封禅文》篇首即云："罔若淑而不昌，畴逆失而能存？"师古注曰："言行顺善者无不昌大，为逆失者谁能久存也。"①全文即以此为基调，显现大汉的顺善而昌。"大汉之德，逢涌原泉，沕潏曼羡，旁魄四塞，云布雾散，上畅九垓，下泝八埏。怀生之类，沾濡浸润，协气横流，武节猋逝。尔陿游原，迥阔泳末，首恶郁没，瘖昧昭晰，昆虫闿怿，回首面内"②，大汉之德笼盖天下，上畅下泝，偃武兴文，协和怿乐，惩恶昭暗，沾溉万物，因而各种祥瑞纷沓而至："然后囿驺虞之珍群，徼麋鹿之怪兽，導一茎六穗于庖，牺双觡共抵之兽，获周余珍，收龟于岐，招翠黄乘龙于沼。鬼神接灵圉，宾于闲馆。奇物谲诡，俶傥穷变。"③随后以"大司马"之口指出大汉应承天意而封禅。文中有赋一篇，假托为"天子之赋"，这篇"文中之赋"亦遵循同样的思路，首先"诗大泽之博"，并用两章来表现大汉泽润天下之功：

自我天覆，云之油油。甘露时雨，厥壤可游。滋液渗漉，何生不育！嘉禾六穗，我穑曷蓄？

匪唯雨之，又润泽之；匪唯偏我，泛布护之；万物熙熙，怀而慕之。名山显位，望君之来。君兮君兮，侯不迈哉！④

这二章，写汉有天下之后，风调雨顺，滋育万物，嘉禾六穗，农业丰收；同时，"甘露时雨"又比喻大汉德被万物，润泽天下，令万物怀慕。接下来，"天子之赋"又着力描写各种祥瑞，以突出上天对汉朝统治的满意：

---

①② 班固《汉书》，第 2601 页。

③ 班固《汉书》，第 2602 页。

④ 班固《汉书》，第 2607 页。

般般之兽，乐我君囿；白质黑章，其仪可喜；旼旼穆穆，君子之态。盖闻其声，今视其来。厥涂靡从，天瑞之征。兹尔于舜，虞氏以兴。

濯濯之麟，游彼灵畤。孟冬十月，君徂郊祀。驰我君舆，帝用享祉。三代之前，盖未尝有。

宛宛黄龙，兴德而升；采色玄耀，炳炳辉煌。正阳显见，觉寤黎烝。于传载之，云受命所乘。①

此三章中，选取了般般之兽、濯濯之麟、宛宛黄龙三种祥瑞。"般般之兽"即"驺虞"，《诗经·召南·驺虞》篇所写即是，《山海经·海内北经》载："林氏国有珍兽，大若虎，五彩毕具，尾长于身，名曰驺虞，乘之日行千里"②。《毛诗传》称之"义兽也。白虎黑文，不食生物，有至信之德则应之"，并云"若人伦既正，朝廷既治，天下纯被文王之化，则庶类蕃殖，搜田以时，仁如驺虞，则王道成也。"③这是一种昭示仁义之瑞兽。"濯濯之麟"则指麒麟，刘向《说苑》称："麒麟，麇身牛尾，圜头一角，含信怀义，音中律吕，步中规矩，择土而践，彬彬然动则有容仪"④，"麒麟在圃，鸾凤来仪"昭示有圣明君主出现。"宛宛黄龙"则更是皇权天授的象征，是"受命所乘"。对于《易·乾卦》，《象》曰："大哉乾元，万物资始，乃统天。云行雨施，品物流形。大明终始，六位时成，时乘六龙以御天。乾道变化，各正性命，保合大和，乃利贞。首出庶物，万国咸宁"⑤。其中的龙，行云施雨，天下遂平，顺天道，见天则，实已蕴含主宰天下之意。而黄帝乘龙升天的传说，更增添了龙作

① 班固《汉书》，第2607—2608页。

② 袁珂《山海经校注》，上海：上海古籍出版社，1980年，第315页。

③ 毛亨传，郑玄笺，孔颖达疏《毛诗正义》，北京：北京大学出版社，2000年，第124—125页。

④ 刘向著，向宗鲁校证《说苑校证》，第455页。

⑤ 王弼注，孔颖达疏《周易正义》，第8页。

为天人沟通的媒介作用。赋文在描写祥瑞之物光彩神耀的外表之后，极力突出其“三代之前，盖未尝有”的稀见、“天瑞之征”、“受命所乘”的承天命、合天意的征兆身份。

综观全文，展示了“天人之际已交，上下相发允答”[①]的天人感应关系，突出了汉帝修德而天赐祥瑞、奉祥瑞而封禅的合理性。这篇文章，正是董仲舒“天人感应”一说在文学创作上的首次表现，亦是相如深刻把握武帝思想之后的文学创作。

《汉书·董仲舒传》载，元光元年（前134），武帝“举贤良对策”，追问天人之关系：“三代受命，其符安在？灾异之变，何缘而起”？[②]董仲舒以“天人感应”之说相对，他认为，皇帝即天子，代表“天”来统治天下。但天亦反过来对人间帝王的所作所为进行回应，“国家将有失道之败，而天乃先出灾害以谴告之，不知自省，又出怪异以警惧之，尚不知变，而伤败乃至。……及至后世，淫佚衰微，不能统理群生，诸侯背畔，残贼良民以争壤土，废德教而任刑罚。刑罚不中，则生邪气；邪气积于下，怨恶畜于上。上下不和，则阴阳缪盭而妖孽生矣。此灾异所缘而起也。”[③]在这里，“天”授命皇帝来统治天下，但如果皇帝不按“天”的意志行事，“将有失道之败”，上天便降下灾异进行惩罚。董仲舒此后不断强化着“灾异”之说：在《春秋繁露·王道》篇中，他一一点数着春秋时期因妄行败政而导致的种种天灾人祸；又在《五行五事》篇中指出：“王者与臣无礼，貌不肃敬，则木不曲直，而夏多暴风。……秋多霹雳……王者视不明，则火不炎上，而秋多电。……王者听不聪，则水不润下，而春夏多暴雨。……王者心不能容，则稼穑不成，而秋多雷。”[④]反之，若君民合洽，政治清明，上天

---

① 班固《汉书》，第2609页。

② 班固《汉书》，第2496页。

③ 班固《汉书》，第2498—2500页。

④ 董仲舒著，苏舆义证《春秋繁露义证》，北京：中华书局，1992年，第387—389页。

便会下呈祥瑞，“故天为之下甘露，朱草生，醴泉出，凤凰麒麟游于郊，囹圄空虚，画衣裳而民不犯。”[①]这正是“视前世已行之事，以观天人相与之际，甚可畏也”[②]。

“天人感应”学说，正符合武帝加强中央集权的政治需要。汉朝初立，国弊民疲，百废待兴，休养生息政策下，黄老无为学说颇占上风。在这种统治思想下，轻徭薄赋，约法省刑，经济逐渐复苏，国力日渐强盛。到了武帝朝，经济繁荣，民富国强，“并有天下，海内莫不率服，广览兼听，极群下之知，尽天下之美，至德昭然，施于方外。夜郎、康居，殊方万里，说德归谊，此太平之致也”(《董仲舒传》)[③]。雄才大略的武帝当然不满足于“清静无为”，而若要建立万世功业，就必须大力加强中央集权，确立君主的绝对权威，寻找更为有力的统治思想。“天人感应”学说，恰恰确立了皇帝统治天下乃受命于“天”的无可争辩的正统性质，树立了皇帝统治的无上权威，因而得到武帝的认可。

武帝接受这一学说，特别偏爱“天人感应”说中的“祥瑞”一端，对“灾异”一端则甚为反感。在元光元年的征贤良对策时，武帝的制策诚恳地询问治世之道，虽言及天命、祥瑞，但并不讳言灾异，但在元光五年复征贤良对策时，其制策问及天人之道、吉凶之效、天命之符，便只言祥瑞，不及灾异。而为武帝构筑“天人感应”思想体系的董仲舒本人也在言“灾异”时遭受重大打击：

> 先是辽东高庙、长陵高园殿灾，仲舒居家推说其意，草稿未上，主父偃候仲舒，私见，嫉之，窃其书而奏焉。上召视诸儒，仲舒弟子吕步舒不知其师书，以为大愚。于是下仲舒吏，当死，诏赦之，仲舒遂不敢复言灾异。[④]

---

① 董仲舒著，苏舆义证《春秋繁露义证》，第 102 页。

② 班固《汉书》，第 2498 页。

③ 班固《汉书》，第 2511 页。

④ 班固《汉书》，第 2524 页。

在武帝身边随侍的相如，又怎会不理解武帝的思想意图？其在《封禅文》中就极力突出祥瑞，以展示大汉德行之广，功业之巨，通过祥瑞纷至来宣扬上德、“润色鸿业”(《两都赋序》)①。刘勰早已注意到此篇赋文的重要政治意义：“观相如《封禅》，蔚为唱首，尔其表权舆，序皇王，炳玄符，镜鸿业，驱前古于当今之下，腾休明于列圣之上，歌之以祯瑞，赞之以介丘，绝笔兹文，固维新之作也”②。细读汉代郊祀歌诗的内容，正是以“天人感应”说为写作的思想基础，并以歌颂祥瑞来润色大汉鸿业，《宋书·乐志》曰：“汉武帝虽颇造新哥，然不以光扬祖考，崇述正德为先，但多咏祭祀见事及其祥瑞而已。”③武帝对“天人感应”一说的欣然接受及对相如《封禅文》的念念不忘，使我们看到这样一个创作上的链条：《封禅文》首次用文学作品的形式贯彻了“天人感应”学说，对这一学说如何通过文学作品进行反映作出了初次的文学实践，并且相当成功，这就为后来郊祀歌诗的写作打下了坚实的思想基础，对郊祀歌诗的创作具有直接的指导和示范意义。

三、郊祀歌诗的“天人感应”书写

郊祀歌诗作品共十九章，其中共有五章六首描写祥瑞，它们是《天马》(二首)、《景星》、《齐房》、《朝陇首》、《象载瑜》。这组祥瑞歌诗展示了武帝朝各种祥瑞之事，它们分别是：获二天马之瑞，一为带有传奇色彩生于渥洼水中的天马，一为出兵大宛所获的汗血马(《天马》)；一为于后土祠旁所得宝鼎之瑞(《景星》)；一为甘泉宫中产芝，九茎连叶之瑞(《齐房》)；一为行幸雍获一角兽白麟之瑞(《朝陇首》)；一为行幸东海，所获的赤雁之瑞(《象载瑜》)。天马之瑞，意在神异其出身，其一“从水中出也”，其二者则由于其马“汗血，言其先，天马子

---

① 萧统《文选》，北京：中华书局，1977 年，第 21 页。

② 刘勰著，范文澜注《文心雕龙注》，北京：人民文学出版社，1958 年，第 394 页。

③ 沈约《宋书》，北京：中华书局，1974 年，第 550 页。

也”，而成为祥瑞。其他四物则为传统祥瑞：宝鼎者，乃合天意、兴皇权之象征，“闻昔泰帝兴神鼎一，一者壹统，天地万物所系终也。黄帝作宝鼎三，象天地人。禹收九牧之金，铸九鼎。皆尝亨上帝鬼神”①；其芝者，如淳曰：“《瑞应图》：‘王者敬事耆老，不失旧故，则芝草生’”②，系王者敬老之天应；其麟者，乃是圣明君主的象征（如上文所云）；赤雁者，亦是一种兆示嘉祥的瑞鸟。如此众多祥瑞之物，“遭圣则兴”、德衰则隐，“唯受命而帝者心知其意而合德焉”③，它们的集体出现正是君王圣明、受命于天的象征。

这些祥瑞歌诗是被特意选入郊祀仪式演唱的。《天马》其一，《汉书·武帝纪》：“（元鼎四年）秋，马生渥洼水中，作《宝鼎》、《天马之歌》。”④《天马》其二，《汉书·武帝纪》：“（太初）四年春，贰师将军广利斩大宛王首，获汗血马来，作《西极天马之歌》。”⑤《汉书·礼乐志》、《西域传》、《张骞传》、《史记·乐书》等均有记载。这些记载表明，《天马之歌》、《西极天马之歌》皆系首先为记述获天马之事而作，《史记·乐书》载其二歌辞原为：“天马来兮从西极，经万里兮归有德。承灵威兮降外国，涉流沙兮四夷服。”⑥《汉书·礼乐志》载其进入郊祀仪式歌唱后，重新命名为《天马》歌，其歌辞已经删去“兮”字，并且全以三言句构成：“天马来，从西极，涉流沙，九夷服。天马来，出泉水，虎脊两，化若鬼。天马来，历无草，径千里，循东道。天马来，执徐时，将摇举，谁与期？天马来，开远门，竦予身，逝昆仑。天马来，龙之媒，游阊阖，观玉台。”⑦此郊祀歌辞的内容与形式和上述《西极天马之歌》的歌辞具有明显的传承关系，但又加以变化。这表明，《西极天

---

①③　司马迁《史记》，第 1392 页。

②　班固《汉书》，第 193 页。

④　班固《汉书》，第 184 页。

⑤　班固《汉书》，第 202 页。

⑥　司马迁《史记》，第 1178 页。

⑦　班固《汉书》，第 1060—1061 页。

马之歌》是被有意识地采集并改变之后才进入郊祀仪式歌唱的。其他四首歌诗亦可找到确凿的先歌后祀的证据。《景星》歌，一曰《宝鼎歌》，《汉书·武帝纪》曰："（元鼎四年）六月，得宝鼎后土祠旁……作《宝鼎之歌》。"①其初名为《宝鼎之歌》，显系为得宝鼎而作，然其在被采集进入郊祀仪式演唱时，则改名为《景星》。"景星"者，系此歌诗之首二字，这种歌诗命名之法正是汉乐府整理采集歌诗后的统一命名原则，即：无关歌诗内容，只取歌诗首二字或几字来命名。《齐房》、《朝陇首》、《象载瑜》三首歌诗与《景星》一首情况相同。刻意选取祥瑞内容以人文学作品，其源头不得不推为司马相如的《封禅文》，而其刻"意"者，乃是秉承武帝之意，《汉书·佞幸传》便言"延年辄承意弦歌所造诗"②，武帝的个人意志主导了国家礼乐建设活动。

在用丰富的祥瑞歌诗展示"天人感应"之外，郊祀歌诗更将这种祥瑞扩大化，并在各章郊祀歌诗中加以体现。天子郊拜泰一后，有司云"祠上有光焉"，公卿言"是夜有美光，及昼，黄气上属天"，太史公、祠官宽舒等曰"神灵之休，祐福兆祥，宜因此地光域立太畤坛以明应"③。黄气、美气，正是郊祀时上天对下民所作的"明应"。《汉书·礼乐志》亦载："以正月上辛用事甘泉圜丘，使童男女七十人俱歌，昏祠至明。夜常有神光如流星止集于祠坛，天子自竹宫而望拜，百官侍祠者数百人皆肃然动心焉。"④"神光"自然也是上天之"应"。诗人们多次把这种"明应"写入诗歌："长丽前掞光耀明，寒暑不忒况皇章"（《天地》）⑤；"光夜烛，德信著，灵寖鸿，长生豫。……星留俞，塞陨光，照紫幄，珠熉黄"（《天门》）⑥；"沛施祐，汾之阿，扬金光，横泰河，

---

① 班固《汉书》，第184页。
② 班固《汉书》，第3725页。
③ 司马迁《史记》，第1395页。
④ 班固《汉书》，第1045页。
⑤ 班固《汉书》，第1058页。
⑥ 班固《汉书》，第1061页。

莽若云，增阳波”(《华烨烨》)①；“璧玉精，垂华光，交于神，若有承”(《五神》)②。这些诗句中的神光描写，正是“天人感应”的进一步体现。

《封禅文》与郊祀歌诗中大量祥瑞现象的出现，实是“天人之际已交，上下相发允答”(《封禅文》)的明证，是董仲舒“天人感应”说在文学上的反响，郊祀歌诗承继《封禅文》的做法并大力发展之，遂使郊祀歌诗成为武帝宣告承天意而治天下的政治工具。

天人关系自然不只天降祥瑞这么简单，天神与地人之间自由无碍的交流来往，构成了天人关系的另一个侧面。其他郊祀歌诗作品，虽未歌颂祥瑞，但多写祭祠神灵的过程，地上的人们诚心祭祀，天上的神灵则快乐地受享，作品中的人、神往往毫无障碍地相互交流，展示了一种和谐美好的天人关系。如《练时日》一首：

> 练时日，侯有望，爇膋萧，延四方。九重开，灵之游，垂惠恩，鸿祜休。灵之车，结玄云，驾飞龙，羽旄纷。灵之下，若风马，左仓龙，右白虎。灵之来，神哉沛，先以雨，般裔裔。灵之至，庆阴阴，相放怫，震澹心。灵已坐，五音饬，虞至旦，承灵亿。牲茧栗，尊桂酒，宾八乡。灵安留，吟青黄，遍观此，眺瑶堂。众嫭并，绰奇丽，颜如荼，兆逐靡。被华文，厕雾縠，曳阿锡，佩珠玉。侠嘉夜，茝兰芳，澹容与，献嘉觞。③

人们选好祭祀的好日子，燃起脂肪，烟气上冲云霄，遍邀神灵。神灵们受到邀请后，马上驾车乘龙来到人间。他们听着美妙的音乐，品尝着美味的祭品，其乐融融。而《赤蛟》一首，写神灵降临人间享用祭

---

① 班固《汉书》，第1066页。
② 班固《汉书》，第1067页。
③ 班固《汉书》，第1052页。

品，居然贪图人间佳酿而喝醉了，“百君礼，六龙位，勺椒浆，灵已醉”①。这些神灵们已经完全融入了人间社会，享受着世俗的欢乐。享用已毕的神灵无限留恋人间，他们徘徊着，恋恋不舍，“神裴回若留放”②，“灵安留，吟青黄，遍观此，眺瑶堂”③，“盛牲实俎进闻膏，神奄留，临须摇”④。郊祀歌诗中的神灵，通达人意，亲民和善，饮酒赏乐，进食祭品，不乏物质欲望与精神欲望，犹如邻家阿翁一般，和蔼喜乐又善解人意。可以说，这样的神灵形象是全新的，它旨在突出神灵与人的和谐亲密关系，而这正是汉人所追求的真正的天人合而为一的状态。

这种无间的亲密状态以人上天一游，与神共舞而达到极致，真正“实践”了“天人合一”。《象载瑜》云：“神所见，施祉福，登蓬莱，结无极。”⑤《天马》（其二）云：“天马来，开远门，竦予身，逝昆仑。天马来，龙之媒，游阊阖，观玉台。”⑥“我”突破了天、人界限，登上蓬莱，来到昆仑，恣意游玩。《天门》一诗则重在营造凡人随神上天的气氛：

> 神裴回若留放，殣冀亲以肆章。函蒙祉福常若期，寂漻上天知厥时。泛泛滇滇从高游，殷勤此路胪所求。佻正嘉吉弘以昌，休嘉砰隐溢四方。专精厉意逝九阂，纷云六幕浮大海。⑦

神灵在空中飘荡裴回，似乎无比留恋，“我”觐见神灵，把内心的愿望亲自禀告。“我”跟随神灵飘举上天，一路殷勤服侍。在那茫远无际的九天之间尽情遨游，在那浩渺的大海上任意飘浮，颇有与天同在、超脱虚无之感。这种极具神秘气氛的渲染，正宣告了神人无间的

---

① 班固《汉书》，第1052页。

②⑥ 班固《汉书》，第1061页。

③ 班固《汉书》，第1052页。

④ 班固《汉书》，第1058页。

⑤ 班固《汉书》，第1069页。

⑦ 班固《汉书》，第1062页。

理想境界。

“天人关系”一直是上古以来的哲学探讨中心，正如刘咸炘所云：“凡古今学术之纷歧，皆在天人之际，或偏主自然，或偏主当然。庄荀之相对，人皆知之矣，即慎到之主势，商鞅之主法，亦由顺天、制天而推极者也。……一切学术以此为总据。”[①]从殷商时期的敬畏上天、到姬周时代的敬天保民天命靡常、再到汉朝的天人感应，“天”为“人”用，天人关系已经悄然发生了变化。对天人关系体认的背后，不仅仅是哲学观念的发展，表明着人认识社会、认识自然的深入程度，更是社会政治话语的深远体现。“事各顺于名，名各顺于天，天人之际，合而为一”、“天亦有喜怒之气，哀乐之心，与人相副，以类合之，天人一也”[②]、“受命之君，天意之所予也，故号天子”[③]。“天人合一”，是潜话语“天赋君权”、“君顺天道”的外化。在国家礼乐的建设过程中，武帝正是借助郊祀歌诗的写作，全面阐释自己统治的天授正统性，并彰显统治的巨大成功。当时，中尉汲黯面对充满祥瑞的郊祀歌诗曾当面批评武帝，其后班固亦云：“今汉郊庙诗歌，未有祖宗之事，八音调均，又不协于钟律，而内有掖庭材人，外有上林乐府，皆以郑声施于朝廷。”[④]这些批评，实是未能深刻体会武帝之良苦用心。

四、相如赋与郊祀歌诗在文句、体势上的关联

司马相如的《封禅文》引祥瑞进入文学作品，其所载之道为“天人感应”思想，在武帝的授意下，郊祀歌诗再次进行了充分表现。此外，我们还可以在相如众多的赋作与郊祀歌诗之间找到更为直接的文句联系（当然其中不排除存在一些传统意象）：

---

① 黄曙辉《刘咸炘学术论集子学编》，桂林：广西师范大学出版社，2007年，第292页。

② 董仲舒著，苏舆义证《春秋繁露义证》，第341页。

③ 董仲舒著，苏舆义证《春秋繁露义证》，第288页。

④ 班固《汉书》，第1071页。

于是乎背秋涉冬，天子校猎。乘镂象，六玉虬，拖蜺旌，靡云旗。前皮轩，后道游。（《上林赋》）①

此赋中对天子校猎时的车驾描写，恰如《练时日》（见上文）中神灵降临人间的仪仗，二者几无区别。

自我天覆，云之油油。甘露时雨，厥壤可游。滋液渗漉，何生不育！嘉禾六穗，我穑曷蓄？（《封禅文》）②

此中刻意突出汉德，并将之比为甘露时雨润泽万物，郊祀歌诗中亦有甘露时雨的描写，它们源于神灵的恩赐：

灵之车，结玄云……灵之来，神哉沛，先以雨，般裔裔。（《练时日》）③

神之来，泛翊翊，甘露降，庆云集。（《华烨烨》）④

云风雷电，降甘露雨 。……百姓蕃滋，咸循厥绪。继统恭勤，顺皇之德。（《惟泰元》）⑤

此后，"庆云甘雨"便成为神灵送给人间的必备礼物，不断出现在后世郊祀歌诗作品中。

其南则隆冬生长，涌水跃波；其兽则獱旄貘犛，沈牛麈麋；赤首圆题，穷奇象犀。其北则盛夏含冻裂地，涉水揭河；其兽则麒

---

① 司马迁《史记》，第 3033 页。
② 司马迁《史记》，第 3070 页。
③ 班固《汉书》，第 1052 页。
④ 班固《汉书》，第 1066 页。
⑤ 班固《汉书》，第 1057 页。

麟角端，駒駼橐驼，蛩蛩驒騱，駃騠驴骡。(《上林赋》)[①]

此中铺写瑞草祥兽，是《封禅文》与郊祀歌诗中祥瑞描写的早期预演。

俳优侏儒，狄鞮之倡，所以娱耳目、乐心意者，丽靡烂漫于前，靡曼美色于后。若夫青琴、宓妃之徒：绝殊离俗，妖冶闲都；靓妆刻饰，便嬛绰约，柔桡嫚嫚，妩媚纤弱。曳独茧之褕袣，眇阎易以戌削；便姗嫳屑，与世殊服。芬芳沤郁，酷烈淑郁；皓齿粲烂，宜笑的皪；长眉连娟，微睇绵藐，色授魂与，心愉于侧。(《上林赋》)[②]

这样一段对于女色的描写，又恰与《练时日》(见上文)对"众嫭"的描写相似。

除了文句上的秉承之外，郊祀歌诗的气势与辞采也正与相如赋相类。前文所引谢无量语提到相如"体"，与汉郊祀同样为"鸿丽瑰玮"之作。"鸿丽"有鸿伟壮丽之意，"瑰玮"者，则指文辞瑰丽奇特。相如自云："词赋者，合綦组以成文，列锦绣而为质。一经一纬，一宫一商，此赋之迹也。赋家之心，包括宇宙，总览人物，斯乃得之于内，不可得而传"[③]，其作品上天入地，充满奇思壮彩，读之令人神飞。《文心雕龙》曾多次指出相如赋文奇丽瑰玮的特色："长卿傲诞，故理侈而辞溢"(《体性》)[④]、"相如赋仙，气号凌云，蔚为辞宗，乃其几力遒也"(《风骨》)[⑤]、"是以枚、贾追风以入丽，马、扬沿波而得奇，其衣被词人，非一代也"(《辨骚》)[⑥]、"相如好书，师范屈宋，洞入夸艳，致名

---

① 司马迁《史记》，第 3025 页。

② 司马迁《史记》，第 3040 页。

③ 葛洪《西京杂记》，第 12 页。

④ 刘勰著，范文澜注《文心雕龙注》，第 506 页。

⑤ 刘勰著，范文澜注《文心雕龙注》，第 513 页。

⑥ 刘勰著，范文澜注《文心雕龙注》，第 47 页。

辞宗"(《才略》)[①]。而郊祀歌诗中同样充满奇思妙想与壮辞丽句，"我"乘天马、猋浮云、晻上驰，游阊阖、观玉台；春天"众庶熙熙，施及夭胎，群生啿啿，惟春之祺"，同样是"包括宇宙，总览人物"。"灵之游"、"灵之车"、"灵之下"、"灵之来"、"灵已坐"、"灵安留"的写作模式充满赋家铺排之意，语辞瑰丽。如果说写作宗旨的相同与文本语辞的袭用，是相如赋文与郊祀歌诗间的显性继承，那么，赋文与歌诗体势特色的相似则是隐性的关联。

相如是否参与过汉代郊祀歌诗的写作，已然难以确考，但这并不能磨灭他在郊祀歌诗写作中的重大作用。在武帝强烈的个人意志及统治需求下，相如展现"天人感应"思想的赋文，为郊祀歌诗的写作提供了重要借鉴，对之具有直接的指导和示范意义。正是有鉴于相如对郊祀歌诗写作的巨大贡献，班固才毫不犹豫地推举相如为郊祀歌诗创作的首功之臣。

（原载《四川师范大学学报》2014 年第 6 期）

① 刘勰著，范文澜注《文心雕龙注》，第 698 页。

《天马歌》考辨与《史记·乐书》的真伪*

王淑梅　于盛庭

《史记》旧有缺失，曾经后人补亡。《汉书·司马迁传》称"十篇缺，有录无书。"①三国时魏人张晏具体列出十篇缺文之目，其中包括《乐书》。② 而汉武帝《天马歌》则始见于《乐书叙》之末节：

> 又尝得神马渥洼水中，复次以为《太一之歌》。歌曲曰："太一贡兮天马下，霑赤汗兮沫流赭。骋容与兮跇万里，今安匹兮龙为友。"后伐大宛得千里马，马名蒲梢，次作以为歌。歌诗曰："天马来兮从西极，经万里兮归有德。承灵威兮降外国，涉流沙兮四夷服。"中尉汲黯进曰："凡王者作乐，上以承祖宗，下以化兆民。今陛下得马，诗以为歌，协于宗庙，先帝百姓岂能知其音邪？"上默然不说。丞相公孙弘曰："黯诽谤圣制，当族。"③

针对这节文字，历代学者多有争议。唐仲友、王应麟、梁玉绳等

---

* 本文为国家社科基金项目"魏晋乐府诗的诗乐关系研究"（10CZW020）的阶段性成果。

① 《汉书》卷六二，北京：中华书局，1962 年，第 2724 页。

② 《史记》卷一三〇，北京：中华书局，1959 年，第 3321 页。

③ 《史记》卷二四，第 1178 页。

谓“《乐书》后人所续，厚诬古人，非史迁之笔”①；吕祖谦、钱大昕、王鸣盛等或谓《乐书》“其实亦是子长笔，非后人所补”，②或云其“叙在自‘凡音之成’而下，草具未成”。③ 但争来争去，无非都是依据此节文字作文章。

王应麟《困学纪闻》卷十一引唐仲友《两汉精义》云：

> 按：《汉书·武帝纪》：元鼎四年秋，马生渥洼水中，作《天马之歌》。太初四年春，贰师将军广利斩大宛王首，获汗血马来，作《西极天马之歌》。而元狩二年春三月，丞相弘薨，则先元鼎四年已八年矣。《汲黯传》：浑邪王降之岁，汲黯坐法免官，隐田园者数年，至更立五铢钱，复起为淮阳太守，居淮阳十岁而卒。按《武纪》，昆邪之降在元狩二年，而行五铢钱在五年，又十岁则元封四年也。其去太初四年尚六年，则汲黯之卒亦久矣。今《乐书》乃云得大宛马而作《天马之歌》，汲黯尝有言，而公孙弘又从而谮之，不亦厚诬古人哉！况黯在武帝时，始为谒者，迁荥阳令，称疾归，乃召为中大夫，又出为东海太守，又召为主爵都尉。又公孙弘请徙为右内史，数岁而免官，又数岁而起为淮阳太守，则未尝为中尉也。假使黯之言在马生渥洼之年，则弘之死固已久矣。④

梁玉绳《史记志疑》所言，较唐氏之论尤为详尽，竟将《乐书叙》全篇一一驳辨，以为后人所补而托之史公。⑤ 余嘉锡《太史公书亡篇考·乐书第七》评之曰：“梁玉绳之毛举细故，亦不得其当，不若唐说斋、王伯

---

① 梁玉绳《史记志疑》卷十五，北京：中华书局，1981年，第759页。

② 王鸣盛《十七史商榷》卷一，北京：中国书店，1987年，第4页。

③ 王应麟《汉书艺文志考证》卷三，见《余嘉锡论学杂著》上册第40—41页，北京：中华书局，1963年；亦见陈国庆《汉书艺文志注释汇编》，北京：中华书局，1983年，第70页。文字稍有出入。

④ 王应麟《困学纪闻》卷十一，沈阳，辽宁教育出版社，1998年，第239页。

⑤ 梁玉绳《史记志疑》卷十五，第758—759页。

厚，第就汲黯谏天马一事，摘其年月官职之舛误，为能中其要害，虽善辨者，不能之为辞矣。”①

据此看来，汉武帝的这两首《天马歌》不仅自身云遮雾罩，面目难辨，而且关系着《史记・乐书》的真伪，值得再作考辨。

一、《汉书・礼乐志》与《史记・乐书》所载《天马歌》之关系

《礼乐志・郊祀歌》十九章之十为《天马》二首：

> 太一况，天马下，霑赤汗，沫流赭。志俶傥，精权奇，籋浮云，晻上驰。体容与，迣万里，今安匹，龙为友。元狩三年马生渥洼水中作。
>
> 天马徕，从西极，涉流沙，九夷服。天马徕，出泉水，虎脊两，化若鬼。天马徕，历无草，经千里，循东道。天马徕，执徐时，将摇举，谁与期？天马徕，开远门，竦予身，逝昆仑。天马徕，龙之媒，游阊阖，观玉台。太初四年诛宛王获宛马作。②

与《乐书》所载相较，则不仅尽删“兮”字，一改“楚声”歌风，且文字多有增换，但二者之间的内在联系显而易见。《乐书・太一天马歌》的“贡”、“骋”、“跇”等字被换作“况”、“体”、“迣”。但《索隐》以为：“况与贡意亦通”；师古注《汉书》以为“跇、迣音义皆同”。至于“骋”与“体”，则一称其奔驰之貌，一赞其体态，本于诗意无害。且“容与”乃徐动之貌，以“体”代“骋”自然有更深一层的意味：天马信

---

① 《余嘉锡论学杂著》上册，第49页。同书第46页又讥梁氏云：“夫乐书虽非太史公笔，要出自西汉人手，虽不免传闻异辞，但绝非凭空杜撰。孔子作五章以刺时，其辞若何？大风之为三侯章，厥义安在？书缺有间，固所难详。然在当日，自必有说，梁氏执此以相诘难，是凡读书不能解，便谓古人不可信也。”说明余氏也承认《乐书》系西汉时代的作品。

② 《汉书》卷二二，第1060—1061页。

步而行，无须驰骋已逾万里，其神立见。而《礼乐志》多出的“志俶傥，精权奇，蹑浮云，晻上驰”十二字，更是文人经士们润饰的结果。

相比来说，文人经士们对《西极天马歌》改动得更严重。《礼乐志》所载之歌不仅将原先四句楚歌中的“兮”删除，而且将二十八字的短歌扩展为三字一句、四句一节、凡六节七十二字的长调。在思想主题上，它一方面承袭了原作夸耀文治武功的基本思想，另一方面也和《太一天马歌》一样，增添了追求升天登仙的愚妄色彩；而形式的改变则更加符合庙堂祭祀的需要，使原作志得意满的抒情风韵荡然无存。

我们不能说《礼乐志》所载的两首《天马歌》与《乐书》所载的两首都是汉武帝的原创作品，但却不能否认前者是对后者的承袭和修改，也不能强求古人不把《礼乐志》的两首《天马歌》看成汉武帝的作品。事实上，《礼乐志》两首歌后的注文已清楚地说明，班固就是把这两首歌的著作权归在汉武帝名下的。

那么是什么人胆敢改动皇帝的作品，而又有什么必要作这种改动呢？武帝时盛立乐府，《乐书》说：“至今上（按：即汉武帝）即位，作十九章，令侍中李延年序其声，拜为协律都尉。……汉家常以正月上辛祠太一甘泉，以昏时夜祠，到明而终。”①《礼乐志》也说：武帝“以李延年为协律都尉，多举司马相如等数十人造为诗赋，略论律吕，以合八音之调，作十九章之歌。以正月上辛用事甘泉圆丘，使童男女七十人俱歌，昏祠至明。”②不过班固指实司马相如其人，其实错了。《汉书补注》已引周寿昌曰：“《郊祀志》：其春既灭南越，嬖臣李延年以好音见，是为元鼎六年。相如死当元狩五年，死后七年延年始得见上，定郊祀之乐，即安得而举之？”但虽说司马相如不可能参与其事，却完全可以认为，《礼乐志》所载包括《天马歌》在内的《郊祀十九章》曾在武帝主持下由一批文人经士修改造作过。如果从另一个角度来看，因为十九章并非一时之作，其中也极有可能包含司马

① 《史记》卷二四，第1177—1178页。

② 《史记》卷二二，第1045页。

相如的作品,所以《礼乐志》指实司马相如其人,也许并非无中生有。可以认为《乐书》所载,应是武帝就事论事的即兴之作,属于原创;但是当文人经士们要用这两首歌祭祀神灵的时候,就不免讨好巴结、仰承武帝登仙长寿的愿望,润色加工,于是留下了《礼乐志》所载的两首《天马歌》。无论如何,将修改过的这两首《天马歌》用于祭祀,必定是经过武帝认可的,这也就是《礼乐志》仍把它们归于武帝名下的原因。

但对《乐书》,梁玉绳《史记志疑》还是提出了疑问:“其曰今上作十九章,令李延年次序其声。而《汉志》武帝时作《安世房中歌》十七章,《郊祀歌》十九章。以此为《房中乐》欤?不可言十九。以为郊祀乐欤?则十九章并太始三年《赤蛟歌》数之,又非史公所及睹。盖史公作《史》时尚未定十九章之名,《索隐》未经细究遽云《房中乐》有十九章,妄矣。且同为《郊祀歌》何以止载四时?”[①]关于梁氏这些疑问,有几点须作辨证:1. 据《汉志》,《安世房中歌》十七章本为高祖唐山夫人所作,“孝惠二年,使乐府令夏侯宽备其箫管,更名曰《安世乐》,而并不曾说作于武帝时。2. 作于太始三年(前 94 年)者乃《象载瑜歌》,而非《赤蛟歌》。3.《象载瑜歌》虽作于太始三年,史公也未必不及睹。不见于张晏所列十篇缺文之目的《匈奴列传》记及征和三年(前 90 年)李广利降匈奴事,就连主张司马迁卒于太始四年(前 93 年)的王国维都不能不承认:“今观(史记)中最晚之记事,得信为出自史公手者,唯《匈奴列传》之李广利降匈奴事,余皆后人续补也。”[②]如此,司马迁见过作于太始三年的《象载瑜歌》又有何不可能呢?4. 至于同为《郊祀歌》,何以止载四时,不过是因为时变则歌异,故须特别标出,并以之概称十九章;《乐书》不将十九章一一列出,乃因“世多有,故不论。”

---

① 梁玉绳《史记志疑》卷十五,第 758 页。

② 《观堂集林》卷十一《太史公行年考》,第 14 页 A 面。见《王国维遗书》第 2 册,上海:上海古籍书店,1983 年。

十九章中的两首《天马歌》虽经司马相如等文人经士的润饰改作，但在班固的心目中，其著作权仍理所当然地归于汉武帝名下，那么其写作时间也自然应以原创诗歌问世的时间为准。所以《礼乐志》在两首《天马歌》后面注明的写作缘由和时代，与《乐书》基本相合。

这种对十九章祭祀歌诗的修改工作并不是一次性完成的。直到汉成帝建始元年（前 32 年）还出现过“丞相匡衡奏罢‘鸾路龙麟’，更定诗曰‘涓选休成’”、“奏罢‘黼乡周张’更定诗曰‘肃若旧典’”的情况[①]。文人经士们将汉武帝原作的四句二十八字楚声短歌改成三字一句的长调，并尽数删去“兮”字，反映了郊祀歌乐由初创时期的自由奔放日趋威严整肃的过程，也反映了日渐神圣的庙堂祭祀的需要。故司马光认为“其十九章之歌，当时未能尽备也”[②]。

二、两首《天马歌》的写作缘由和年代问题

前面已经提到，《礼乐志》所载两首《天马歌》的写作缘由和年代与《乐书》基本相合，但这并不说明那些说法都毫无疑问。

《史记·大宛传》称：“及汉使乌孙，若出其南，抵大宛、大月氏相属，乌孙乃恐，使使献马，愿得尚汉女翁主，为昆弟。天子问群臣议计，皆曰‘必先纳聘，然后乃遣女’。初，天子发书《易》，云‘神马当从西北来’。得乌孙马好，名曰‘天马’。及得大宛汗血马，益壮，更名乌孙马曰‘西极’，名大宛马曰‘天马’云。”[③]这段话清楚地表明，汉武帝最初得到的乌孙马是乌孙国作为娶汉女翁主的聘礼进献汉庭的。这段话主要是叙述得乌孙马之事，至于提到大宛马及更名等事，则显然是连类而及的补充。那么汉武帝为何偏偏以“西极”为乌孙马命名呢？这不能不让人想到，《乐书》所载的那首《西极天马歌》本来就是为得乌孙马所作的，故而在获大宛汗血马之后，将“天马”的名号用于

---

① 《汉书》卷二二，北京：中华书局，1962 年，第 1057、1058 页。

② 《资治通鉴考异》卷一。见《四库全书》第 311 册，第9 页。

③ 《史记》卷一二三，第 3170 页。

大宛马，而以乌孙马的出产地“西极”作为乌孙马的名号。正因为大宛马比乌孙马“益壮”，而后来只有大宛马才称“天马”，所以班固等人读《史记》，才误以为汉武帝称颂的只能是大宛马而不可能是乌孙马，殊不知汉武帝作歌时尚不知有大宛汗血马在。

汉武帝是何时得到乌孙马的呢？《大宛传》的这段记载之前说：“自博望侯骞死后，匈奴闻汉通乌孙，怒，欲击之。”而其后则记“是时汉既灭越”云云。张骞卒于元鼎三年（前 114），另据《汉书·武帝纪》，灭越事在元鼎五年（前 112）秋，因此武帝获乌孙马只能在这二三年间。《汉书·礼乐志》载《西极天马歌》有句云：“天马徕，执徐时”，应劭注：“太岁在辰曰执徐。言得天马时在辰也。”颜师古注：“应说是也。”《礼乐志》所载《西极天马歌》是在武帝主持下由司马相如等文人经士修改的，因此它关于得天马年份之说是不会错的。在元鼎三年到五年之间，元鼎四年（前 113）恰为“戊辰”。杨树达《汉书窥管》引王峻《汉书正误》，即以为“马生渥洼水”，在元鼎四年，而非元狩三年①。惜其不曾深究。由此不难考定，汉武帝得乌孙马作《西极天马歌》，事在元鼎四年戊辰。班固把它定在太初四年诛宛王获宛马，除了前面已指出的误读，还应该因为太初四年的干支是庚辰。但是，《乐书》称大宛马为“蒲梢”，而《汉书·西域传赞》分明有“蒲梢、龙文、鱼目、汗血之马充于黄门”之句，可见蒲梢马与汗血马根本不是同一种马。所以武帝作《西极天马歌》当然不可能是为太始四年大宛汗血马而作。

如上所述，既证《西极天马歌》为元鼎四年得乌孙马作，再证之以《汉书·武帝纪》，便出现了一个新问题。《汉书·武帝纪》载：元鼎四年“六月得宝鼎后土祠旁。秋，马生渥洼水中。作《宝鼎》、《天马》之歌。”②而《礼乐志》又偏偏把马生渥洼水之事定在元狩三年（前 120 年），似乎武帝曾两次从渥洼水得神马，并为之作《天马之歌》。

---

① 杨树达《汉书窥管》，上海：上海古籍，1981 年，第 133 页。

② 《汉书》卷六，第 184 页。

关于渥洼水之马，小颜注《汉书·武帝纪》云："李斐曰：'南阳新野有暴利长，当武帝时遭刑，屯田敦煌界，数於此水旁见群野马中有奇异者，与凡马异，来饮此水。利长先作土人，持勒靽於水旁。后马玩习，久之，代土人持勒靽收得其马，献之。'"[①]

钱大昭《汉书辨疑》卷二曾释云："'作'疑当作'使'。"[②]

其实钱说非是。作，制作也；土人，非土著，乃土俑也。李斐所谓暴利长作土人，持勒靽於水旁，当如后世农人立稻草人於田间。久之，马视之与木石无异，利长方可代土人持勒靽收得其马。不然，若土著之人可以接近此马，则由土著径收之即可，又何必不避繁劳由暴利长代其持勒靽而收之呢？

考《史记·乐书》"又尝得神马渥洼水中"句下，《集解》注云："李斐曰：'南阳新野有暴利长，当武帝时遭刑，屯田敦煌界。人数於此水旁见群野马，中有奇异者，与凡马异，来饮此水旁。利长先为土人持勒靽於水旁。后马玩习，久之，代土人持勒靽，收得其马，献之。欲神异其马，云从水中出。'"[③]可见暴利长献神马显然带有欺瞒和邀功赎罪因素。裴骃与师古同引李斐，可知"作"即"为"，而非"使"。钱氏读颜注而未校以《集解》，未免智者之失。另，若以"土人"为土著之人，则土著既参与获马之事，暴利长"欲神异其马，云从水中出"的骗局，又怎能长久欺瞒而不被揭穿呢？

这样的骗局只可一，岂可再？《汉书》的自相矛盾正是张冠李戴的结果。事实是元鼎四年秋，武帝确曾因得乌孙马而作歌，只是班固张冠李戴，误把武帝为得乌孙天马作《西极天马歌》之事当成元狩三年为马生渥洼水而作歌了。《史记·乐书叙》也曾明确说《太一天马歌》是为得神马渥洼水中作，但既知元鼎四年秋所作《天马歌》仍为乌

---

① 《汉书》卷六，第184—185页。

② 《两汉属订补文献汇编》，第1册，北京：北京图书馆出版社，2004年，第67页上栏。

③ 《史记》卷二四，第1178页。

孙马，则《礼乐志》定其事于元狩三年又何足怪！不过遍检《史》、《汉》两书除此再无元狩三年得马之说，仅《汉书·武帝纪》提到元狩二年“夏；马生余吾水中”。这样一来问题更复杂了。武帝《太一天马歌》是为马生渥洼水中作，还是为马生余吾水中作呢？是作于元狩三年，还是作于元狩二年呢？

《乐书》载《太一天马歌》首句即称“太一贡兮天马下”，《礼乐志》改作“太一况，天马下”。《索隐》云：“《礼乐志》‘贡’作‘况’，况与贡意亦通。”颜师古则明确指出：此句“言此天马乃太一所赐，故来下也”①

何谓“太一”？西汉之前，《礼记》、《庄子》、《荀子》、《吕氏春秋》都曾经说到“太（大）一”，但对其含义的理解却众说纷纭、莫衷一是。到西汉前期，《淮南子·天文训》已经明确指出：“紫宫者，太一之居也”，把它看作北方空中的一颗明星。②《史记·天官书》云：“中宫：天极星，其一明者，太一常居也”。《索隐》引《文耀钩》曰：“中宫大帝，其精北极星。含元出气，流精生一也。”又案：“《尔雅》：‘北极谓之北辰’。又《春秋合诚图》云：‘北辰，其星五，在紫微中。’”③故《史记·封禅书》载：“亳人谬忌奏祠太一方，曰：‘天神贵者太一，太一佐曰五帝……’”④肖吉《五行大义·论诸神》引甘公《星经》也有类似的记载。这种观念古已有之，《论语·为政》云：“为政以德，譬如北辰，居其所而众星拱之。”⑤两千多年前，北极空中距天上北极只有七、八度处的确有一颗位于最高处的明星，堪作群星领袖。但由于地球绕日运动造成的岁差，现在它已经转移到距离天之北极十五度三十六分处。这就是古人所说的帝星，太一常居之所；西方称之为 βUrsa Minor。总之，太一是最尊贵的北极之神。如此，“太一贡兮天马下”的

---

① 《汉书》卷二二，第 1060 页。

② 刘文典《淮南鸿烈集解》，上册，北京：中华书局，1989 年，第 94 页。

③ 《史记》卷二七，第 1289 页。

④ 《史记》卷二八，第 1386 页。

⑤ 《十三经注疏》，下册，北京：中华书局，1980 年，第 2461 页下栏。

天马显然应该是来自北方极边之地。

有鉴于此，我们有必要探索一下渥洼水和余吾水的地理方位。

清人沈钦韩《汉书疏证》以为渥洼水“盖在今嘉峪关西。《方舆纪要》云：沙洲境有渥洼水”①。按：前凉所置沙洲，治所即在敦煌。大概今甘肃安西县西至新疆吐鲁番一带均属其地。今人丘琼荪注《乐书》则径称“渥洼水在甘肃安西县”⑥。从安西、敦煌以南野马山之地名古已有之的事实来看，其地确实曾是野马成群的地方。但是对于以长安为中心的西汉王朝来说，渥洼水之马并非来自北方，而是来自西方。另外，据李斐的说法，暴利长“欲神异此马，云从水中出”的把戏大概是已被揭穿了，故而影响甚大，以致使史家难以分辨。

至于余吾水，应劭曰：“在朔方北也。”②王先谦补注云：“《匈奴传》：匈奴闻公孙敖出，悉远其累重于余吾水北，则其水在匈奴北边。彼水生马，何关汉事？而《史纪》之应说非也。《地理志》：上党郡有余吾县，水经浊漳水，注涑水，出发鸠山东，迳余吾县故城北，又迳屯留县北入漳，所谓余吾水即此水也。余吾在今潞安府屯留县西。”③按：《汉书·地理志》的确载有“余吾”县，但并没有关于“余吾水”的任何解说。实际上就是发源于今蒙古人民共和国首都乌兰巴托城东，向西流经其城南，再转向北流入俄罗斯境内贝加尔湖（汉代称北海）的鄂尔浑河支流。从地理方位来看，这里正在“太一”星空之下，是长安的极北之地。退一步讲，即使依照王氏的说法，余吾约位于东经 113 度，北纬 36 度 20 分，也在长安（位于东经 109 度，北纬 34 度 16 分）的东北方向，而不在西边。

根据以上分析可知，汉武帝《西极天马歌》乃元鼎四年（前 113）秋为得乌孙马而作，《太一天马歌》则是元狩二年（前 121）夏为得余吾水马所作。《史记·乐书》与《汉书·礼乐志》的记载互有讹误不实

---

① 王先谦《汉书补注》，上册，北京：中华书局，1983 年，第 93 页上栏。

② 《汉书》卷六，第 176 页。

③ 王先谦《汉书补注》，上册，第 90 页上栏。

之处。《史记·乐书》所载《西极天马歌》本为元鼎四年(前113)秋为得乌孙马而作;汉武帝作此歌时尚不知有大宛马在。班固等人误以为汉武帝称颂的只能是大宛马而不可能是乌孙马,而且歌辞“执徐时”也正可与太初四年干支庚辰相吻合,因此班固在《礼乐志》中便错把《西极天马歌》定在太初四年诛宛王获宛马。《太一天马歌》在《史记·乐书》、《汉书·礼乐志》中均称从“渥洼水”所得,与《史记·大宛传》、《汉书·武帝纪》、《汉书·礼乐志》相对照,便破绽百出。究其实这是《史记·乐书》记载的暴利长欲“神异其马”的一场骗局造成的。

三、汲黯与公孙弘廷辩疑案

《乐书叙》称汲黯与公孙弘曾为武帝将所作《西极天马歌》“协于宗庙”而争辩于朝廷。前人对此提出的疑问,关键有二:一是武帝作《西极天马歌》时,汲黯、公孙弘久已不在人世,焉能复起于地下?二是汲黯也不曾任过中尉之职。

《史记·汲黯传》称:“居数年,会更五铢钱,民多盗铸钱,楚地尤甚。上以为淮阳楚地之郊,乃召拜黯为淮阳太守。……后张汤果败,上闻黯与息言,抵息罪。令黯以诸侯相秩居淮阳,七岁而卒。”《集解》引徐广注,以为汲黯卒于元鼎五年(前112)[①],后人多从此说。而《汉书·汲黯传》则明确提出:他以诸侯相秩“居淮阳十岁而卒”。王先谦《汉书补注》推论说:“《史记》作七岁。《集解》:‘徐广曰:“元鼎五年。”’若十岁,则至元封二年(前109)矣。”[②]余嘉锡《太史公书亡篇考·乐书第七》云:“黯为淮阳太守,在元狩五年(前118),居淮阳十岁而卒,则元封四年(前107)也。”[③]

试较《史》、《汉》两书所载,除了年数有“七”、“十”之差,《汉书》还多出“居淮阳”三字。本来“七”、“十”字形近似,易生鱼鲁史亥之讹,

---

① 《史记》卷一二〇,第3110—3111页。

② 王先谦《汉书补注》,下册,第1097页下栏。

③ 《余嘉锡论学杂著》,上册,第42页。

不足为怪。而多出三字就颇值得探究。

司马贞《史记索隐后序》云："其人好奇而词省，故事覈而文微，是以后之学者多所未究。"[①]其实《史记》所谓"七岁而卒"分明系承"令黯以诸侯相秩居淮阳"而言，"七岁"是指元鼎二年（前115）张汤自杀后，汲黯以诸侯相秩居淮阳的实际年数，而不是他从元狩五年（前118）出任淮阳太守直到死在任上的年数。徐广以为汲黯卒于元鼎五年（前112），恰恰是没有弄清楚这一点。朱东润先生《史记考索》称"徐广下语，尤见审慎"[②]，却也不免有此一失。出于同样的误解，中华书局点校本《史记》即在"居淮阳"下断句。班固《汉书》特意添上"居淮阳"三字，并把"七岁"改为"十岁"，就是要更明白地指出，汲黯在淮阳任太守的时间总共是十年时间。他作这样的改动，与《史记》并无抵牾之处。依照《史记》所载，汲黯自元狩五年（前118）出任淮阳太守，至元鼎二年（前115）为期三年；自元鼎二年（前115）张汤自杀，汲黯得晋诸侯相秩，下推七年，时当元封三年（前108）。这与《汉书》所说，自元狩五年下推十年至元封三年并无差异。

徐广注之误还在于把"七岁"当成了整整七年时间来推算。自元狩五年（前118）到元鼎五年（前112）虽然是七个年头，但实际上只有六年时间。王先谦《汉书补注》依照徐广的算法推算，自元狩五年下推十年，当然会得出汲黯卒于元封二年的结论；至于余嘉锡，他除了在算法上与徐广、王先谦相同之外，还认为改元的第一年就是旧年号的末一年，所以他把元狩六年（甲子，前117）与元鼎元年（乙丑，前116）当成一年，结论当然要比王先谦的说法推后两年：定汲黯卒于元封四年（前107）。另外黑龙江人民出版社出版的吴海林、李延沛编《中国历史人物生卒年表》把汲黯卒年定在元狩元年己未（前122），则是没弄清公元前后年代计算的正负数关系，错误地由元鼎二年（前115）反过来上推七年造成的。

---

① 《史记》第10册所附，第9页。

② 朱东润，《史记考索》，上海：华东师范大学出版社，1996年，第112页。

既然《西极天马歌》作于元鼎四年（前 113），即使依照徐广注的说法，汲黯也有可能参与其事，更何况他实际上又多活了几年呢？

但问题还在于汲黯与“中尉”之职似乎全无关系。但误为他加上这个职衔却也情有可原。武帝派汲黯守淮阳，主要是因为楚地盗铸私钱之风甚盛，而淮阳乃楚地之郊，故武帝愿得良吏扼制其风，另外“淮阳吏民不相得”，矛盾十分尖锐，所以汲黯到淮阳的任务就是缉私捕盗、扑灭反抗。这和“徼循禁备盗贼”[①]的中尉之职并无二致。但中尉秩中二千石，月俸一百八十斛谷，而都守秩二千石，月俸一百二十斛谷。元鼎二年（前 115）张汤败，汲黯始以诸侯相秩居淮阳。《集解》引如淳曰：“诸侯王相在郡守上，秩真二千石 。”[②]真二千石即中二千石，“中”者，满也。故元鼎四年（前 113）时，汲黯的职务和待遇正与中尉相当。起初武帝派他去淮阳，他是不乐意去的。先是推脱：“臣常有狗马病，力不能任郡事，臣愿为中郎，出入禁闼，补过拾遗，臣之愿也。”等到不得不去时，又对李息说：“黯弃居郡，不得与朝廷议也。”如此，称汲黯为中尉，似乎也隐含着一点牢骚和讥讽。再加上他又曾求任中郎，中郎与中尉的讹误，不也是或所难免的吗？

但公孙弘确确实实死在元狩二年（前 121）春三月，即使《乐书》所载的那场争辩是为《太一天马歌》而起，公孙弘也早已死去几个月了，当然不能复起于地下。

司马光《资治通鉴考异》卷一曾猜测说：“或者马生渥洼水作歌在元狩三年，汲黯为右内史而讥之，言当族者非公孙弘也。”[③]日本人泷川资言《史记会注考证》卷二十四则以为：“据《汉公卿表》，太初四年得大宛马时，公孙贺方为丞相，则弘字当贺字之讹。《史记・汲黯传》云：‘上以黯故官其弟汲仁，至九卿。’面讥武帝者，安知不汲仁乎？后

---

① 《汉书》卷十九，第 733 页。

② 《汉书》卷五十，第 2323 页。

③ 《四库全书》，第 311 册，台北：台湾商务印书馆，1983 年，第 9 页上栏。

人校《史记》者，熟公孙弘汲黯名，而不究其事，以意妄改，亦未可知也。”[①]两家之说，虽不足据，但细读之后，亦足发人深思。

汲黯讥讽武帝的那番话实际上是针对他的迷信思想而发的。据《史记·封禅书》，武帝即位，“尤敬鬼神之祀”。他信方士，好神仙，一意追求长生不老之术。于是起于战国末年，而盛行于海上、燕、齐之间的一大帮方士应运而起，“莫不扼腕而自言有禁方，能神仙矣”。等到武帝东巡封禅时，竟出现过“齐人之上疏言神怪奇方者以万数”的奇迹。而齐人公孙卿就是这帮方士中的佼佼者。武帝时代，方士们因禁方不灵，真相败露而送命的不在少数，但公孙卿却凭其三寸不烂之舌、无可验证的连篇鬼话、善于假造的欺骗伎俩，深得武帝宠信，甚至言听计从。他不仅保住了性命，还猎取了高官厚禄，甚至与司马迁一起承担起太初改历的重大使命。那么，元鼎四年（前 115）公孙卿正在做什么呢？

据《史记·武帝纪》和《封禅书》，其年夏六月，汾阴出宝鼎，有司建议“鼎宜见于祖祢，藏于帝廷，以合明应”。武帝同意，事遂决。但到了这年秋天，公孙卿却重提此事大做文章。他抓住其年辛巳朔旦为冬至节，说黄帝得宝鼎神策的那一年己酉朔旦也是冬至，这是“得天之纪，终而复始”，其后每隔二十年就出现一次朔旦冬至，出现二十次，凡三百八十年，“黄帝仙登于天”。他把这篇鬼话写成书札，想通过近臣所忠献给武帝，但所忠看穿了他的鬼把戏，不肯答应。他又“因嬖人奏之”，结果武帝大喜，马上召见了他。于是他又更大胆地编造说，只要武帝像黄帝那样登山封禅，就也能登仙于天。同时他还向武帝描述了黄帝当年鼎成之日，如何携带群臣后宫七十余人升天的情景，致使武帝感叹说：“嗟乎！吾诚得如黄帝，吾视去妻子如脱躧耳。”于是公孙卿马上被拜为郎，并专派往太室山去恭候神仙驾临。正是公孙卿的连篇鬼话，使汉武帝正式开始了郊雍、具太一祠坛、封

---

① [日]瀧川资言《史记会注考证》卷二四，上海：上海古籍出版社，1986年，第 683 页右下栏。

禅的活动。如果说《太一天马歌》中“今安匹兮龙为友”的句子尚属偶然，那么《礼乐志》所载《西极天马歌》加上“天马徕，执徐时，将谣举，谁与期？天马徕，开远门，竦予身，逝昆仑。天马徕，龙之媒，游阊阖，观玉台”等诗句，恰可作为公孙卿这些活动的注脚，而这也可以反证《西极天马歌》作于元鼎四年秋之不误。

公孙卿为了维持骗局，保护既得利益，对敢于妨碍他的人自然不会客气，更何况是对汉武帝并不太喜欢的汲黯！因此《乐书叙》所载的那种充满杀气的争辩，发生在生性鲠直的汲黯与小人得志的公孙卿之间是不足为怪的。

《史记》关于公孙卿的记载似乎与天马无关，但《汉书·武帝纪》载元鼎五年十一月辛巳朔旦郊见之诏便有“冀州脽壤乃显文鼎，获荐于庙。渥洼水出马，朕其御焉”[①]等句，其中“渥洼水出马”云云，如前所述，这也应是乌孙国贡马之讹。可见当时鼎与马是并重的。而据《封禅书》，这次郊拜太一的活动中，其赞飨之语曰：“天始以宝鼎神策授皇帝，朔而又朔，终而复始，皇帝敬拜见焉。”[②]这几乎就是公孙卿所奏书札的翻版。因此不免让人想到，这位赞飨很可能就是公孙卿。他能在宝鼎的问题上大做文章，为太一所赐的天马而杀气腾腾、凶相毕露又有何不可能？只是后世校理《史记》者以为公孙弘“为人意忌，外宽内深。诸尝与弘有隙者，虽详与善，阴报其祸。杀主父偃、徙董仲舒于胶西，皆弘之力也”[③]。而公孙弘又是汲黯的对头，《汲黯传》云，张汤与公孙弘“深心疾黯，唯天子亦不说也，欲诛之以事”[④]，因此，借《天马歌》之事，欲族灭汲黯的，也定非公孙弘莫属。于是不曾

---

① 《汉书》卷六，第 185 页。按：西汉太初改历前以十一月为岁首，故《封禅书》元鼎四年秋，公孙卿所谓“今年得宝典，其冬辛巳朔旦冬至，与黄帝时等”，实际指五年十一月冬至而言。《汉书·武帝纪》即列其事于元鼎五年。

② 《史记》卷二八，第 1395 页。

③ 《史记》卷一一二，第 2951 页。

④ 《史记》卷一二〇，第 3108 页。

细考武帝作《天马歌》之年代，便将公孙卿改成了“丞相公孙弘”。据《史记·汲黯传》和《汉书·百官公卿表》，公孙弘与张汤欲诛汲黯是元朔五年(前124)十一月公孙弘做丞相之前的事，与《天马歌》事件毫无关系，他做了丞相就找借口把汲黯徙为右内史，而两年四个月以后他就死了。所以为《天马歌》之事主张族灭汲黯的必定另有其人，而此人则非公孙卿莫属。

行文至此，我们认为，《乐书叙》虽然曾经过后人的改定，但也不能据此便断然斥为全篇皆伪。其中绝大部分材料还是可信的。

(本文第二部分原载于《乐府学》第八辑，学苑出版社，2013年)

从俗谣到乐府：历史文化语境中的挽歌《蒿里》探原

王淑梅

《蒿里》为汉代著名的挽歌，摘歌辞首句“蒿里”二字为曲名。三国蜀汉学者谯周（201？—270）《法训》记述《蒿里》的来由曰：“挽歌者，汉高帝召田横，至尸乡自杀。从者不敢哭而不胜哀，故为挽歌以寄哀音。”[①]此歌至汉武时代，被李延年分作《薤露》、《蒿里》两曲，崔豹《古今注》曰：“《薤露》、《蒿里》，泣丧歌也。本出田横门人，横自杀，门人伤之，为作悲歌。言人命奄忽，如薤上之露，易晞灭也。亦谓人死魂魄归于蒿里。至汉武帝时，李延年分为二曲，《薤露》送王公贵人，《蒿里》送士大夫庶人。使挽柩者歌之，亦谓之挽歌。”[②]值得注意的是，早在田横门人哀其自杀作此歌之前，先秦时期已有各种类型的挽歌存在，如齐人公孙夏命其徒所歌《虞殡》，荆楚少年以箭扣弓为节、绕尸而歌，庄子妻死则鼓盆而歌等不一而足。然而唯有田横门人的挽歌经李延年之加工进入汉乐府，完成了从东齐俗谣到官方礼乐形态的转变，乐府发展史上绵延不绝的挽歌传统由此奠基。

《蒿里》从东齐俗谣到乐府礼乐形态，这一过程的实现既是汉代礼乐建设行为的主动赋予，但同时也依赖于它本身所具有的挽歌文化内涵。《蒿里》本来即田横门人为其送葬的挽歌，汉代专用于士大

---

①② 郭茂倩《乐府诗集》，北京：中华书局，1979年，第396页。

夫、庶人送葬,二者之间在文化功能上的一脉相承之处显而易见。然自西晋以来种种歧解不顾“蒿里”与秦汉时期礼乐文化的关系,妄加猜度,偏离了具体文化语境,乃至掩盖了《蒿里》礼乐内涵与文化意义在挽歌发展中所起的作用。

二

崔豹(生卒年不详)为经学博士,长于王氏礼,晋惠帝时(290—306)官太子太傅丞,其《古今注》谓“蒿里”为人死魂魄所归之处,紧承挽辞“聚敛魂魄无贤愚”之意,未有其他发微。但其同时代人陆机(261—303)所作《泰山吟》云:“梁甫亦有馆,蒿里亦有亭。幽涂延万鬼,神房集百灵。”[①]汉末以来,挽歌音乐十分发达,在汉挽歌基础上,又产生了许多新曲,《泰山吟》便是其一。从地域上看,《蒿里》既为田横门人所创,当与齐地音乐有着渊源。关于陆机此曲,左思《齐都赋》注云:“《东武》、《泰山》,皆齐之土风,弦歌讴吟之曲名也。”[②]亦属齐地音乐无疑。《乐府解题》曰:“《泰山吟》,言人死精魄归于泰山,亦《薤露》、《蒿里》之类也。”[③]歌辞中“幽涂延万鬼,神房集百灵”的相关描写,亦可见《泰山吟》即西晋之挽歌无疑。值得注意的是,歌辞“梁父亦有馆,蒿里亦有亭”句以“蒿里”与“梁甫”互文对举。“梁父”亦作“梁甫”,是泰山附近一座山名,座落在今新泰境内徂徕山东,又名映佛山。《史记·封禅书》:“管仲曰:‘古者封泰山禅梁父者七十二家,而夷吾所记者十有二焉。’”秦始皇最早有封禅之举,汉武帝亦效仿秦始皇,举行封禅大典。公元前110年,先到梁父山行禅礼祭地,然后到泰山下东方设坛,举行封礼祭天。因此,陆机显系将“蒿里”视为与“梁父”同样的小山。然而,泰山附近并无“蒿里”山,却有一处“高里”山,同属泰山支脉,在山东泰安县西南。此山又名亭禅山,陆机所谓“蒿里亦有亭”云,或即本此。太初元年(前104),武帝再至泰山封禅,《汉书·武帝

①③ 郭茂倩《乐府诗集》,第605页。

② 郭茂倩《乐府诗集》,第608页。

纪》曰："太初元年冬十月，行幸泰山。十一月甲子朔旦，冬至，祀上帝于明堂。乙酉，柏梁台灾。十二月，禅高里，祠后土。"伏俨注"高里"曰："山名，在泰山下。"颜师古辨之甚明："此'高'字自作高下之'高'，而死人之里谓之'蒿里'，或呼为'下里'者也，字即为蓬蒿之'蒿'。或者既见泰山神灵之府，高里山又在其旁，即误以'高里'为'蒿里'。混同一事，文学之士共有此谬，陆士衡尚不免，况其余乎？今流俗书本此，高字有作'蒿'者，妄加增耳。"①按照师古注，汉武帝行禅礼处乃"高里"山，陆机误以为即"蒿里"。说明陆机理解的"人死魂归之处"的"蒿里（高里）"已与汉代挽歌所唱的"蒿里谁家地"之"蒿里"毫无关联：《蒿里》既是为士大夫、庶人送葬的挽歌，也是埋葬死者之处，并非指帝王封禅的"高里山"。但是颜师古指出陆机谬误之后，又提出"蒿里，或呼为下里者也"，此说显系沿习传闻。将"下里"与挽歌中所唱的"蒿里"混为一谈，颇值得存疑。到了宋代，郭茂倩注"蒿里"则曰"山名，在泰山南"，当然也是沿袭陆机臆测之词的结果。

二

余冠英先生对颜师古之说未作辨析，就进一步想当然地阐发"蒿里"与"下里"的关系：

> 《蒿里》，古代迷信的说法，人死后魂魄聚居的地方，名为"蒿里"，又名"薨里"。"蒿"就是"薨"，也就是"槁"，人死则枯槁，故名。又名"下里"，因为假想的蒿里是在地下。②

他先把"蒿"与"薨"乃至人死后之"枯槁"相联系，丰富了"蒿里"与死者形态的各种联想；又由"下里"之名再猜测，因为人死后须埋于地下，所以"蒿里一直是在地下"的。我们试厘清前人对这些文字的训

---

① 郭茂倩《乐府诗集》，第606页。

② 余冠英《乐府诗选》，北京：人民文学出版社，1955年，第10页。

释，便可以清晰见出这种联想的思路脉络：《说文》释“稾”称“稈也，或作蒿。”即蒿草；至于“薧”，《周礼・天官・𩵜人》：“辨鱼物为鱻薧”，郑玄注“薧”曰“干”。《礼记・曲礼》称“稾鱼曰商祭”，孔颖达疏曰：“稾，干也。商，量也。祭，用干鱼量度燥湿得中而用之也。”《说文・死部》释“薧”为“死人里也”。正是通过训诂互释，才让这些语意婉转纠缠在一起。其难通之处，正如同说 A 与 B 相关，B 又与 C 相关，因此便断言 A 与 C 也相关一样，这在逻辑上是无法说通的。当然判断余冠英先生这种推论是否正确，还需要对历史语境中的活态话语作进一步分析。

《说苑》卷十四《至公》载令尹虞丘子向楚庄王报告曰：“臣为令尹十年矣，国不加治，狱讼不息，处士不升，淫祸不讨；久践高位，妨群贤路；尸禄素飡，贪欲无厌；臣之罪当稽于理。臣窃选国俊，下里之士曰孙叔敖，秀羸多能，其性无欲。君举而授之政，则国可使治，而士民可使附。”[①]虞丘子向庄王举荐的孙叔敖只是穷居陋乡的下层贫士。晋人稽含《困热赋序》云：“余以下里贫生，居室卑陋”[②]束皙《近游赋》亦云：“世有逸民，在乎田畴。宅弥五亩，志狭九州。安穷贱于下里，寞玄澹而无求。”[③]这些说明汉晋之时“下里”仍是指社会下层的穷乡僻壤，并无其他语义变化。

但班固《汉书》中曾以“下里物”一词用来指称陪葬物品。《汉书・韩延寿传》曰：“颍川由是以为俗，民多怨仇。延寿欲改更之，教以礼让，恐百姓不从，乃历召郡中长老为乡里所信向者数十人，设酒具食，亲与相对，接以礼意，人人问以谣俗，民所疾苦，为陈和睦亲爱、销除怨咎之路。长老皆以为便，可施行，因与议定嫁娶、丧祭仪品，略依古礼，不得过法。延寿于是令文学校官诸生皮弁执俎

---

① 刘向《说苑》，上海：上海古籍出版社，1990 年，第 122 页。

② 严可均辑《全上古三代秦汉三国六朝文》，北京：中华书局，1958 年，第 1829 页。

③ 严可均辑《全上古三代秦汉三国六朝文》，第 1962 页。

豆，为吏民行丧嫁娶礼。百姓遵用其教，卖偶车马下里伪物者，弃之市道。”①所谓“下里伪物”是指民间老百姓仿造的车马及童婢等供死者阴间使用的随葬之物，“伪”者，仿造之意，行为主体是居于“下里”的民间百姓，此处所谓“下里”并没有改变“民间穷乡僻壤”的含义，与《说苑》中虞丘子的语意并无歧义。类似的例子还有《汉书·田延年传》：

> 先是，茂陵富人焦氏、贾氏以数千万阴积贮炭苇诸下里物。昭帝大行时，方上事暴起，用度未办，延年奏言：“商贾或豫收方上不祥器物，冀其疾用，欲以求利，非民臣所当为。请没入县官。”奏可。②

茂陵富户焦氏、贾氏花费几千万钱，收购木炭、芦苇等修造坟墓的物资，囤积起来，欲牟取暴利。汉昭帝刘弗21岁暴病而亡，皇室事先并没有预备好修造陵墓的物资。田延年主管财政，不肯花钱从商人手里购买，便向宣帝上奏说焦氏贾氏等蓄积建陵物资非法，应全部没收。因炭苇之类产于下层民间，故径称“下里物”。

值得注意的是，三国曹魏学者孟康注《汉书》“下里物”曰：“死者归蒿里，葬地下，故曰下里。”③“下里”被解释成“地下”之“蒿里”，余冠英先生说“因为假想的蒿里一直在地下”盖源于此。这与先秦乃至晋人话语里的“下里”已经大相径庭，孟康对“蒿里”的阐释，等于想当然地为之赋予一层新的语义。“蒿里”果真在地下吗？田横门人所唱：“蒿里谁家地，聚敛魂魄无贤愚”，明明是说在地面上的“谁家地”，怎么会误会到“地下”了呢？

从时间上说，“蒿里”早在西汉时期就已作为固定的挽歌曲名，

---

① 班固《汉书》，《二十五史》百衲本，杭州：浙江古籍出版社，第1册，第527页。

②③ 班固《汉书》，第566页。

“下里”一词在《蒿里》曲产生的时代一直是“贫贱陋乡”之意，沿袭此意，东汉仍以“下里物”指称产自民间的随葬物品。具体语境中尚未发现以“下里”径直指代“蒿里”、“薨里”的例子。

三

先秦时期还流行着《下里》之曲。余冠英先生又从音乐角度将《蒿里》与《下里》直接联系起来，他说：

> 《薤露》和《蒿里》都是东齐产生的谣讴，《蒿里》比《薤露》更普遍些。宋玉《对楚王问》说：有人唱《下里》（就是蒿里），几千人和着他唱，等他唱《薤露》，只有几百人和他。崔豹《古今注》说《薤露》是王公贵人出殡时用的，《蒿里》是士大夫庶人出殡时用的。①

刘向《新序》卷一所录《对楚王问》原文如下：

> 楚威王（《文选》作“襄王”）问于宋玉曰：“先生其有遗行邪（《文选》作“与”）？何士民众庶不誉之甚也？”宋玉对曰：“唯，然，有之。愿大王宽其罪，使得毕其辞。客有歌于郢中者，其始曰《下里》《巴人》，国中属而和者数千人。其为《阳陵》《采薇》（《文选》作《阳阿》《薤露》），国中属而和者数百人。其为《阳春》《白雪》，国中属而和者数十人而已也。引商刻角（《文选》作“刻羽”），杂以流徵，国中属而和者不过数人。是其曲弥高者，其和弥寡。……世俗之民，又安知臣之所为哉？”②

这里并没有指明《下里》与《蒿里》有何直接联系。尽管《文选》将《阳

---

① 余冠英《乐府诗选》，第 11 页。

② 刘向《新序》，上海：上海古籍出版社，1990 年，第 122 页。

陵》《采薇》换作《阳阿》《薤露》，却无法证明《采薇》就是挽歌《薤露》。我们当然更没有理由断定《下里》就是挽歌《蒿里》。

《列子·汤问》曾记载韩国的著名歌者韩娥东到齐国，因断粮而鬻歌假食的故事，其中以余音绕梁、三日不绝来渲染韩娥歌声的感染力。《对楚王问》中的歌者既称为“客”，大约也是像韩娥那样从其他国家到楚国作歌唱表演的演员。“属而和”是指听众追随“客”相唱和的情景，《下里》属而和者可多达数千人，说明其曲调流行之广泛，而《阳陵》、《采薇》(或《阳阿》、《薤露》)之曲则只有数百人和，《阳春》、《白雪》则只有几十人能和，其中原因当与曲子的演唱技巧难易程度密切相关，如宋玉所云“引商刻角，杂以流徵”的曲调就只有寥寥数人能唱了。这些无非是借以说明“曲高和寡”的道理，何足以说明这些歌曲与挽歌有必然联系？《文选》李善注陆机《文赋》及马融《长笛赋》引曰：

> 宋玉《笛赋》曰：师旷为《白雪》之曲。《淮南子》曰：师旷奏《白雪》，而神禽下降。《白雪》，五十弦瑟乐曲名。《下里》，俗之谣歌。①
>
> 宋玉《讽赋》曰：臣援琴而鼓之，作幽兰《白雪》之曲……《淮南子》曰：歌《采菱》，发《阳阿》，鄙人听之，不若《延露》以和。②

《白雪》为五十弦瑟曲，神禽下降是渲染师旷演奏所达到的神奇效果，如同《荀子·劝学》所云：“瓠巴鼓瑟，而沉鱼出听。伯牙鼓琴，而六马仰秣”，都是极言音乐演奏的生动美妙。从演奏者来看，师旷是春秋晋国著名乐师，善弹琴，辨音力极强，以“师旷之聪”闻名后世。《阳春》、《白雪》之曲需要精湛的技巧，只能被少数专业乐师演奏。《下里》、《巴人》之曲俗众普遍能唱，正是因为此类俗谣无需什么技巧。

---

① 萧统编，李善注《文选》，北京：中华书局，1977 年，第 242 页。

② 萧统编，李善注《文选》，第 253 页。

刘向《对楚王问》并未提到《薤露》,但据《文选》,《薤露》之曲能有数百人和,不及《下里》曲流行广。其实根据《文选》李善注马融《长笛赋》“下采制於《延露》《巴人》”句引《淮南子》所谓“歌《采菱》,发《阳阿》,鄙人听之,不若《延露》以和”,《采薇》似或作《采菱》,《薤露》似或作《延露》。《薤露》或属传抄致误。可见宋玉《对楚王问》所涉及的歌曲,未必与挽歌有何关联。

因此迄今尚没有理由因为《下里》与《薤露》同时出现,且《下里》、《巴人》之曲因为和者数千,带有更多平民化的色彩,就径将《下里》视同为平民送葬的《蒿里》。这在逻辑上于理难通。再者,《下里》、《薤露》是两首不同的曲调,且演唱难度不一。而战国时期田横门人伤其自杀所作的挽歌是一曲,到汉武帝时代才由李延年分为两曲,所以《薤露》很可能与田横门人创作的挽歌有关,而《下里》却难能断定就是《蒿里》,而应是较为流行的其他谣俗之曲。很明显,《下里》指谣俗之曲与先秦时期“下里”作“贫乡贱里”的内涵是一致的,而与人死丛葬之处全不相干。

四

汉代将《蒿里》与《薤露》的礼乐功能区分极为明确,不同身份和等级的人使用不同的挽歌,因此,《蒿里》的内涵应该回到汉代礼仪文化的具体语境中去溯求,方能得到合理的阐释。作为哀悼士庶的挽歌,“蒿里”与下层百姓的殡葬文化有着何种关系呢？其实不妨直接从“蒿里”本身入手来寻绎其意。

“蒿”,野草名,艾类。“里”,据《诗经·郑风·将仲子》:“将仲子兮,无逾我里。”《传》:“里,居也,二十五家为里。”如果将“蒿里”合起来讲,就是一大片野草丛生之处。实际上古代许多文献中都可看出野草丛生之处与死人聚居之所的密切联系。汉广陵王刘胥所作《歌》曰:“欲久生兮无终,长不乐兮安穷。奉天期兮不得须臾,千里马兮驻待路。黄泉下兮幽深,人生要死,何为苦心。何用为乐心所喜,出入无悰为乐亟。蒿里召兮郭门阅，死不得取代庸，身自逝。”[①]广陵王胥，是武帝第五子，元狩六年（前117）封广陵王，立六十四年，五凤四年（前54）被诛，谥曰厉。刘胥对年少无子的汉昭帝心存觊觎，迎女巫李须，使下神祝诅。宣帝时，祝诅事发觉，胥乃置酒显阳殿，召太子霸及子女等夜饮，使所幸鼓瑟歌舞，王自歌云云，左右愁，涕泣奏酒，至鸡鸣时方罢。刘胥在即将被诛时，作了这首歌总结和表达自己的心情：长期以来心情郁郁不乐，预谋篡夺帝位，命运却早有安排，已将自己早早地推向死亡之路。此时此刻反思，“蒿里召兮郭门阅，死不得取代庸，身自逝”，后悔晚矣。“蒿里”就是广陵王的葬身之地，它是在“郭门”之外。再看挽歌《梁甫吟》“步出齐城门，遥望荡阴里。里中有三墓，累累正相似”[②]，齐景公时田开疆、古冶子、公接孙三位勇士无罪而被杀，他们的坟墓正是在齐国城门外的“荡阴里”。孟子《齐人有一妻一妾》中的齐人，每天都到郭外墦间乞食，那个地方就是城郭四五里之外的坟冢草野之间。可见刘胥《歌》中的“蒿里”与“荡阴里”都是指城门外的草野坟冢之间，与汉曲《蒿里》云“蒿里谁家地，聚敛魂魄无贤愚”完全吻合，而不知是谁家之地，正说明人死葬处不一，“蒿里”是人死丛葬之地，并非指地下，也更不可能专指生民百姓所居的乡曲闾里。

《蒿里》曲专用于送士庶之丧，我们再来看看“蒿里”与贫士、庶人之死又有什么关系？原来古代等级制度森严，不同身份的人，其墓地、丧祭等礼仪也大不同。尚秉禾先生据《周礼·冢人》疏引《春秋纬》云“天子坟高三仞，诸侯半之，大夫八尺，士四尺，庶人无坟”，《檀弓》又云“庶人县封，葬不为雨止，不封不树”认为：“坟高有制，若庶人则不得起坟。八尺曰仞，三仞两丈四，周律尺合今营造尺八寸二分，然则周天子坟合今二丈微弱。至汉，诸侯尚高四丈，天子则益高。若

---

① 逯钦立编《先秦汉魏晋南北朝诗·汉诗卷二》，北京：中华书局，1983年，第111页。

② 郭茂倩《乐府诗集》，第606页。

士只四尺,虽今庶民尚过之,盖时益后则益侈。”①天子、王公、贵族都可以修建很高的坟墓,周天子之坟合于今日不到两丈,但至汉代诸侯尚可高达四丈,天子之坟则更高,故武帝之坟曰“茂陵”等,都是极形象的说法。然而庶人葬不得起坟,也不得于坟前种树,而士的坟高限制在一米左右。可以想象,士的墓葬仅仅是一个小土丘,庶民则不封不树,仅以不积雨水为率,当然很快就会被野草掩没成茫茫一片,这才是名副其实的“蒿里”!

“里”作为居住所的命名由来已久,从先秦至汉代一直沿用,盛行不衰。据《周礼·地官·大司徒》:“令五家为比,使之相保,五比为闾,使之相受……”②《史记·索隐》云:“古者二十五家为里,里则各立社。”③可以看出,二十五家为里、为闾,“里”即“闾里”,每二十五家为一闾里,共出一门,相当于一个较小的聚居单元。汉代的长安皆以“里”命名,《汉书》云“万石君奋徙居陵里”,又“徙家长安戚里”,刘向《列女传》“节女,长安大昌里人也”,既然“蒿”是指长满杂草的样子,“里”是居住所的命名,“蒿里”就是长满野草的下层士庶丛葬之地,是对死者墓地景象的生动概括。

后世以“蒿里”指墓葬之地,仍然屡见诸文人笔端。东汉灵帝建宁三年(170)六月《淳于长夏承碑》曰:“抱器幽潜,永归蒿里。痛矣如之,行路感动。党魂有灵,垂后不朽。”④东晋陶渊明《祭程氏妹文》:“奈何程妹,于此永已。死如有知,相见蒿里。呜呼哀哉!”⑤又《祭从弟敬远文》:“年甫过立,奄与世辞。长归蒿里,邈无还期。”⑥梁元帝

---

① 尚秉禾《历代社会风俗事物考》,北京:中国书店,2001年,第265页。

② 郑元注,贾公彦疏,《周礼注疏》,《十三经注疏》影印本,北京:中华书局,上册,第707页。

③ 司马迁《史记》,《二十五史》百衲本,杭州:浙江古籍出版社,1998年,第1册,第163页。

④ 严可均辑《全上古三代秦汉三国六朝文》,第1020页。

⑤ 严可均辑《全上古三代秦汉三国六朝文》,第2102页。

⑥ 严可均辑《全上古三代秦汉三国六朝文》,第2103页。

萧绎《玄览赋》:“将鸡鸣於天上,遂埋魂於蒿里。”[①]基本上还是忠于汉曲《蒿里》的内涵而来。

综上所述,《蒿里》所唱“聚敛魂魄”的“蒿里”本义指大片野草丛生之地,古礼制规定士大夫、庶人埋葬时不得起坟和种树,现实中坟墓累累、野草蔓连的景象,被田横门人形象、恰切地唱入他们的挽歌。汉武帝致力于乐府建设,为体现死者的身份区别,规定将《薤露》、《蒿里》分别用于贵族与平民的殡葬礼仪,从此开启了挽歌音乐发展的序幕。随着时间推移,挽歌在流行中发展,也在发展中讹变。西晋以后,陆机等人游离了汉代具体的文化语境,将“高里”、“下里”等同于“蒿里”,已经割断了《蒿里》内涵与时代礼乐文化功能的联系。乐府诗之区别于一般意义上的诗歌文本,乃在于它本身承载着礼乐文化功能。研究乐府诗不能忽略礼乐文化功能及其实现在乐府诗发展中所起的作用,挽歌《蒿里》恰好提供了关于乐府诗产生、传承机制与具体路径的相关思考。

（原载《江苏师范大学学报》2013 年第 4 期）

① 严可均辑《全上古三代秦汉三国六朝文》,第 3036 页。

论汉代诗歌的音乐传播

王立增

诗歌必须经过传播才能实现其生命意义和价值。在汉代，用于书写的物质媒介和技术手段并不发达，因而文本传播还处在相当落后的阶段，大量的诗歌不得不选择口头传播作为其主要的扩散途径。在口头传播中，尤以音乐传播影响最大，且最富艺术性。目前，一些音乐史著作及萧涤非的《汉魏六朝乐府文学史》①、萧亢达的《汉代乐舞百戏艺术研究》②、张永鑫的《汉乐府研究》③、钱志熙的《汉魏乐府的音乐与诗》④、赵敏俐等人的《中国古代歌诗研究——从〈诗经〉到元曲的艺术生产史》⑤、冯建志等人的《汉代音乐文化研究》⑥已对汉代诗歌的演唱情况进行过初步探讨。本文在吸收前人成果的基础上，通过描述汉代诗歌音乐传播的各个环节，力图揭示出它们在当时的扩散过程及其对诗歌发展的影响。

---

① 萧涤非《汉魏六朝乐府文学史》，北京：人民文学出版社，1984 年。

② 萧亢达《汉代乐舞百戏艺术研究》，北京：文物出版社，1991 年。

③ 张永鑫《汉乐府研究》，南京：江苏古籍出版社，1992 年。

④ 钱志熙《汉魏乐府的音乐与诗》，郑州：大象出版社，2000 年。

⑤ 赵敏俐等《中国古代歌诗研究——从〈诗经〉到元曲的艺术生产史》，北京：北京大学出版社，2005 年。

⑥ 冯建志等《汉代音乐文化研究》，开封：河南大学出版社，2009 年。

一、传播空间与环境

汉代诗歌的音乐传播是在社会上下层两个文化空间同时展开的，主要用于各种仪式性场合及游宴娱乐环境。

上层空间以宫廷及贵族富豪家中为代表。在宫廷所举行的各种仪式性活动中，大多会有演奏诗歌的节目。如正月上辛祠太一甘泉时，“使僮男僮女七十人俱歌，春歌《青阳》，夏歌《朱明》，秋歌《西暤》，冬歌《玄冥》”①。祭祀宗庙时，其中有一个环节是“奏《登歌》，独上歌，不以管弦乱人声”②。若遇大丧或大臣之丧，令“执绋者挽歌”③。甚至连每天的报时工作，也采用歌唱形式，据郭茂倩《乐府诗集》卷八十三引《乐府广题》载，“未明三刻鸡鸣，卫士起唱”。所唱之歌为《鸡鸣歌》④。

如果说仪式性场合中的唱诗行为因局限于仪式本身而没有生气和活力的话，那些游宴娱乐环境中的诗歌演唱就完全不同了。在宫廷中，游宴赏歌几乎是皇帝后妃们的日常行为，赵敏俐《汉代社会歌舞娱乐盛况及从艺人员构成情况的文献考察》一文中曾列举了大量事例⑤，如武帝时建昆明池，“常令宫女泛舟池中……作棹歌，杂以鼓吹”⑥，昭帝“时命水嬉，游宴永日。……使宫人歌”⑦。不仅白天如此，到了夜晚仍不停歇，班固《汉书・礼乐志》谓武帝立乐府以“采诗

---

① 司马迁《史记》，北京：中华书局，1959 年，第 1178 页。

② 班固《汉书》，北京：中华书局，1962 年，第 1043 页。

③ 房玄龄等《晋书》，北京：中华书局，1974 年，第 626 页。

④ 郭茂倩《乐府诗集》，北京：中华书局，1979 年，第 1173 页。

⑤ 赵敏俐《汉代社会歌舞娱乐盛况及从艺人员构成情况的文献考察》，《中国诗歌研究》2002 年第 1 辑第 99—116 页。

⑥ 何清谷注《三辅黄图》，北京：中华书局，2005 年，第 253 页。

⑦ 王嘉撰，萧绮录、齐治平校注《拾遗记》，北京：中华书局，1981 年，第 128 页。

夜诵”[①],张衡《七辩》中谓“于是乐中日晚,移即昏庭,美人妖服,变曲为清,改赋新词,转歌流声”[②]。

在贵族富豪家中,也常有听歌赏乐的活动,如西汉成帝时的丞相张禹经常是“后堂理丝竹管弦”[③],东汉仲长统《昌言·理乱篇》说当时的富豪家里“倡讴伎乐,列乎深堂”[④]。尤其在各种饮宴上,大多会安排歌唱表演。邹阳《酒赋》云:“乃纵酒作倡,倾杯覆觞。”[⑤]袁安《夜酣赋》云:“拊燕竽,调齐笙,引宫徵,唱清平。”[⑥]《古诗十九首》云:“今日良宴会,欢乐难具陈,弹筝奋逸响,新声妙入神。令德唱高言,识曲听其真。”[⑦]有时,参加饮宴者还要“以歌相属”(即轮流唱歌)。《汉书》卷六十三载,燕王刘旦“会宾客群臣妃妾坐饮”,先是“王自歌”,然后华容夫人起舞唱歌[⑧]。《后汉书》卷十下载,李儒给弘农王进酖,“酒行,王悲歌”,然后令唐姬“抗袖而歌”[⑨]。

以宫廷及贵族富豪家中为代表的社会上层传播空间,往往拥有全国最优秀的音乐传播资源,是诗歌演唱活动十分频繁和密集的消费场所。但由于这些地方具有封闭性,且限于当时的等级制度,其传播的受众群十分有限,多数情况下歌唱者仅面对着为数不多的几个听众进行表演,类似于今天传播学中所说的“人际传播”。其优点是直观真切,听众易于受到诗歌情绪的感染;缺点是传播范围太小,不利于诗歌的普及。

---

① 班固《汉书》,第 1045 页。

② 费振刚等辑校《全汉赋》,北京:北京大学出版社,1993 年,第491 页。

③ 班固《汉书》,第 3349 页。

④ 严可均《全上古三代秦汉三国六朝文》,北京:中华书局,1958 年,第 949 页。

⑤ 费振刚等辑校《全汉赋》,第37 页。

⑥ 费振刚等辑校《全汉赋》,第310 页。

⑦ 逯钦立《先秦汉魏晋南北朝诗》,北京:中华书局,1983 年,第330 页。

⑧ 班固《汉书》,第 2757 页。

⑨ 范晔《后汉书》,北京:中华书局,1965 年,第 451 页。

汉代诗歌音乐传播的下层文化空间主要是指民间。在民间，也有一些仪式性歌唱，《史记・孝武帝本纪》载，武帝要设立乐府时就曾说过，“民间祠尚有鼓舞之乐”①。桓宽《盐铁论・散不足》云：“古者，邻有丧，舂不相杵，巷不歌谣。孔子食于有丧者之侧，未尝饱也，子于是日哭，则不歌。今俗因人之丧以求酒肉，幸与小坐而责辨，歌舞俳优，连笑伎戏。”②《汉书・成帝纪》谓当时的“公卿列侯亲属近臣……设钟鼓，备女乐，车服嫁娶葬埋过制。吏民慕效，寖以成俗”③。而民间的娱乐歌唱更为发达，崔琦《七蠲》中描述人们唱歌的情形是：“暂唱却转，时吟齐呕。穷乐极欢，濡首相煦。”④当时有许多地方的民众喜歌善舞，如《史记・货殖列传》谓中山一带“丈夫相聚游戏，悲歌慷慨……为倡优，女子则鼓鸣瑟”⑤。张衡《南都赋》中描写南阳是“弹筝吹笙，更为新声，寡妇悲吟，鹍鸡哀鸣，坐者凄欷，荡魂伤精”⑥。《盐铁论・通有》谓荆阳一带“虽白屋草芦，歌讴鼓琴；日给月单，朝歌暮戚”⑦。那些少数民族地区更是歌舞成风，《后汉书・东夷列传》载夫余国“好歌吟，音声不绝”⑧，马韩“常以五月田竟祭鬼神，昼夜酒会，群聚歌舞，舞辄数十人相随蹋地为节”⑨。

社会下层文化空间中的诗歌音乐传播表现出与上层截然不同的一些特点：地域广泛，传播空间具有开放性；受众面大，易形成较大影响；但资源不固定，传播活动具有随意性。当然，上、下两个传播空间并非泾渭分明，常常是相互影响，相互交流。

---

① 司马迁《史记》，第472页。
② 桓宽撰，王利器校注《盐铁论校注》，北京：中华书局，1992年，第354页。
③ 班固《汉书》，第325页。
④ 费振刚等辑校《全汉赋》，第520页。
⑤ 司马迁《史记》，第3263页。
⑥ 费振刚等辑校《全汉赋》，第460页。
⑦ 桓宽撰，王利器校注《盐铁论校注》，北京：中华书局，1992年，第42页。
⑧ 范晔《后汉书》，第2811页。
⑨ 范晔《后汉书》，第2819页。

二、传播主体

汉代诗歌音乐传播的行为主体，几乎涵盖了社会中的各个阶层，但不同的主体在整个传播格局中所起的作用不同。

《史记》、《汉书》中记录了大量的民间歌谣，所录歌谣前面多出现“民有作歌”、“百姓歌之”、“天下皆歌之”、“乡人歌之”、“吏民思而歌之”、“长安歌之”、“巷路为之歌曰”等字样，表明这些歌谣是由下层民众进行传播的。他们虽然带有明显的地域性(大多属某一州郡)，但难以知晓谁是传播活动最初的发起者，传播过程也十分模糊，仅可描述为无数条接力式的传播链，因而只能说下层民众是数量最大、最为广泛的群体传播者。

除下层民众外，皇帝、贵族、文人等也是诗歌的音乐传播者。汉代的皇帝多会唱歌，如高祖过沛，曾“自歌”《大风》之诗①；文帝能“自倚瑟而歌”②；昭帝见黄鹤下太液池，自为《黄鹤》之歌③；少帝被董卓所逼，自为“悲歌”④。王公贵族们也往往能歌，如城阳王刘章与高太后宴饮时，“为太后言《耕田歌》”⑤；燕王刘旦谋废帝自立，事败露后曾“自歌”⑥；广陵王刘胥篡帝位失败后，“使所幸鼓瑟歌舞，王自歌”⑦。汉代的一些文人也善歌，司马相如就曾对卓文君“歌以挑之”⑧，东方朔

---

① 班固《汉书》，第 74 页。

② 司马迁《史记》，第 2753 页。

③ 葛洪《西京杂记》，影印文渊阁《四库全书》第 1035 册，上海：上海古籍出版社，1987 年，第 5 页。

④ 范晔《后汉书》，第 451 页。

⑤ 司马迁《史记》，第 2001 页。

⑥ 班固《汉书》，第 2757 页。

⑦ 班固《汉书》，第 2762 页。

⑧ 徐陵《玉台新咏》，北京：中华书局，1965 年，第 389 页。

“酒酣，据地而歌”①，商丘成“醉歌堂下”②。像这种以皇帝、贵族及文人为传播主体的歌唱行为，多是在特定场合即兴而发，主要是用来表现自己的内心感情，带有“自我传播”的色彩，即使在现场出现一些受传者，范围和效果都相当有限。

事实上，在汉代诗歌音乐传播的格局中，占主导地位的还是那些专业化的乐工歌妓。他们以歌唱为谋生职业，具有积极主动的传播意识，通过不懈的实践推动着汉代诗歌音乐传播的发展。

在宫廷设立的音乐机构“乐府”中，就有一大批职业歌手，如“《安世乐》鼓员”是演唱《安世房中歌》的歌手；“郊祭乐人员”、“大乐鼓员”、“郊祭员”等是演唱《郊祀歌》的歌手；“歌鼓员”可能是演唱相和歌的歌手；“族歌鼓员”可能是演唱少数民族歌曲的歌手；“秦倡员”、“蔡讴员”、“齐讴员”等均为采用地方方言演唱的歌手；“夜诵员”专门负责夜晚唱歌的③。在宫廷永巷中又有掖庭女乐，专为皇帝和后妃们提供歌舞表演，《汉书・元后传》云：“公聘取故掖庭女乐五官殷严、王飞君等，置酒歌舞。”④即便是宫庭中的一些普通侍女，也多善唱歌。据《西京杂记》载，戚夫人的侍儿贾佩兰“又说在宫内时，尝以弦管歌舞相欢娱，竞为妖服，以趣良时。十月十五日，共人灵女庙，以豚黍乐神，吹笛击筑，歌《上灵》之曲。既而相与连臂踏地为节，歌《赤凤凰来》。至七月七日，临于阗池”⑤。汉代有一些皇后、夫人、妃子便是靠歌舞进身的，如卫子夫、李夫人、王翁须、赵飞燕等都原本为乐妓，因歌舞出众而受到皇帝赏识，遂至显贵。

汉代的贵族富豪家中也大多蓄养歌妓。《盐铁论・散不足》载：

---

① 司马迁《史记》，第3205页。

② 班固《汉书》，第663页。

③ 吉联抗辑译《秦汉音乐史料》，上海：上海文艺出版社，1981年，第68—70页。

④ 班固《汉书》，第4028页。

⑤ 葛洪《西京杂记》，第13页。

“富者钟鼓五乐，歌儿数曹。中者鸣竽调瑟，郑舞赵讴。”[①]如陆贾“常乘安车驷马，从歌鼓瑟侍者十人”[②]，杨恽“奴婢歌者数人”[③]，甚至一些宦者家中也是歌童舞女“充备绮室”[④]。此外，在市井民间，还有一些靠卖唱为生的歌女，即汉诗中所说的“倡女”、“倡家女”，她们也属职业传播者。

汉代的歌唱还不像后来的宋人唱宋词那样独重女声，其中有许多是男性歌者，如善“雅歌”鲁人虞公“发声清哀，盖动梁尘”[⑤]。李延年也是男性，曾得到武帝的宠爱。当然，女性歌手似乎更受青睐，她们往往能以深情而美妙的歌声打动听众，如武帝曾“自造歌曲，使女伶歌之。时日已西倾，凉风激水，女伶歌声甚遒，因赋《落叶哀蝉》之曲……帝闻唱动心”[⑥]。正因为这样，连大儒马融“前授生徒，后列女乐”[⑦]，甚至在成帝时还出现过贵族“与人主争女乐”的事件。值得注意的是，汉代的歌唱活动又多用歌童，如朝廷祭祠太一甘泉时，“使僮男僮女七十人俱歌”，[⑧]故《郊祀十九章・天地》云：“千童罗舞成八溢。”[⑨]张衡《南都赋》云：“于是齐僮唱兮列赵女，坐南歌兮起郑舞。”[⑩]究其原因，或许是由于歌童声音纯真、惹人喜爱的缘故吧！

---

① 桓宽撰，王利器校注《盐铁论校注》，第353页。

② 班固《汉书》，第2114页。

③ 班固《汉书》，第2896页。

④ 范晔《后汉书》，第2510页。

⑤ 欧阳询撰，汪绍楹校《艺文类聚》，上海：上海古籍出版社，1965年，第771页。

⑥ 王嘉撰，萧绮录、齐治平校注《拾遗记》，北京：中华书局，1981年，第115页。

⑦ 范晔《后汉书》，第1972页。

⑧ 司马迁《史记》，第1178页。

⑨ 逯钦立《先秦汉魏晋南北朝诗》，第150页。

⑩ 费振刚等辑校《全汉赋》，第460页。

三、所传诗歌

汉代进入音乐传播渠道的诗歌,有些来自于前代。如班婕妤《捣素赋》云:“歌《采绿》之章,发《东山》之咏。”[①]冯衍《显志赋》云:“咏《南风》之歌声。”[②]但这只占极少的一部分,大部分被传唱的诗歌都是汉人自作的。

在民间,流传着大量歌谣,有赞美官员政绩的,如《长安为尹赏歌》、《渔阳民为张堪歌》等;有讥讽丑恶现实的,如《民为淮南王厉王歌》、《长安百姓为王氏五侯歌》等;也有反映时局形势的,如《平城歌》、《匈奴歌》等;还有用作娱乐表演的,如《蛱蝶行》、《陌上桑》等。这些歌谣最初是由某个下层文人所创作,在传唱过程中可能还经过了民众的不断加工。因汉代朝廷设有采集歌谣以考察官吏的制度,部分民间歌谣就是在这样的背景下进入宫廷的,如东汉和帝时的洛阳令王涣爱护百姓,政绩显著,他死后“民思其德,为立祠安阳亭西,每食辄弦歌而荐之”[③],今存《雁门太守行》一诗正是“祭奠时所用歌辞”[④],后来被朝廷采集,进入乐府并在宫廷中演唱。还有许多民间的娱乐性歌谣也是由宫廷直接采进,班固《两都赋》中明言:“采游童之欢谣。”[⑤]于是一些街陌讴谣如《江南可采莲》、《乌生》等便传唱于上层文化空间。

汉代所传唱的歌诗,除民间歌谣外,还有一部分是由皇帝、文人及乐人所作。皇帝享有诗歌音乐传播的特权,往往能将自己所作的诗歌很容易地付诸于演唱。如汉高祖的《大风歌》,起初便令乐人“和

---

① 费振刚等辑校《全汉赋》,第244页。

② 费振刚等辑校《全汉赋》,第260页。

③ 范晔《后汉书》,第2469页。

④ 余冠英《乐府诗选》,第39页。

⑤ 费振刚等辑校《全汉赋》,第316页。

习之”，后来惠帝、文帝、景帝三朝继续在宗庙表演①。武帝建郊祀礼仪，所用的十九章乐歌中有《天马歌》、《景星》、《齐房》、《朝陇首》、《象载瑜》五首是他自己所作②。据《汉书·外戚传》载，武帝在李夫人死后作诗“是邪，非邪？立而望之，偏何姗姗其来迟”，并“令乐府诸音家弦歌之”③。汉宣帝也“颇作歌诗，欲兴协律之事”④。汉章帝曾“亲著歌诗四章，列在食举；又制《云台十二门》诗……下太予乐官习诵，被声”⑤。而汉代文人所创作的传唱歌诗，大多是受朝廷之命而写成的仪式乐歌。班固《两都赋》云：“第从臣之嘉颂。”⑥其序云：“故言语侍从之臣，若司马相如、虞丘寿王、东方朔、枚皋、王褒、刘向之属，朝夕论思，日月献纳。而公卿大臣：御史大夫倪宽、太常孔臧、太中大夫董仲舒、宗正刘德、太子太傅萧望之等，时时间作。”⑦正是班氏列举出的这些文人，完成了武、宣两朝的郊庙祭祀乐章。汉代的有些乐人也利用其便利条件创作了一些歌诗，如《汉书·外戚传》载李延年向武帝推荐其妹时“侍上起舞，歌曰：‘北方有佳人，绝世而独立，一顾倾人城，再顾倾人国。宁不知倾城与倾国，佳人难再得！’”⑧此外，汉代还有献诗入乐者。《后汉书》卷八十六《南蛮西南夷传》载，永平中，白狼王唐菆等慕化归义，作诗三章，上奏朝廷。其诗今存，分别是《远夷乐德歌诗》、《远夷慕德歌诗》、《远夷怀德歌》⑨。

当这些诗歌在实际配乐演唱的时候，大多要经过乐工的增损。

---

① 司马迁《史记》，第1177页。

② 学术界对这几首诗的作者有争议，笔者倾向于把这几首诗看成是汉武帝的作品，因为当时像这样描写祥瑞的作品恐非一般人所为。

③ 班固《汉书》，第3952页。

④ 班固《汉书》，第2821页。

⑤ 班固《汉书》，第3132页。

⑥ 费振刚等辑校《全汉赋》，第316页。

⑦ 费振刚等辑校《全汉赋》，第311页。

⑧ 班固《汉书》，第3951页。

⑨ 范晔《后汉书》，第2855页。

如《史记·乐书》所录汉武帝的《天马歌》是："天马来兮从西极，经万里兮归有德。承灵威兮降外国，涉流沙兮四夷服。"①而《汉书·礼乐志》所录为实际演唱的歌辞，其中第二首是：

天马徕，从西极，涉流沙，九夷服。
天马徕，出泉水，虎脊两，化若鬼。
天马徕，历无草，径千里，循东道。
天马徕，执徐时，将摇举，谁与期？
天马徕，开远门，竦予身，逝昆仑。
天马徕，龙之媒，游阊阖，观玉台。②

共有六段，四句为一段，且都以"天马徕"起头，形式整饬，正好适宜曲调旋律进行多次反复，这显然是经过了改编和加工。再如，马援南征时所作的《武溪深》一诗："滔滔五溪一何深，鸟飞不度，兽不敢临。嗟哉！五溪多毒淫。"③语言结构散漫，形象不够集中，因而在《太平御览》所引的乐人歌本（即《歌录》）中被改成："武溪深复深，飞鸟不能渡，游兽不能临。"④像这样增损的例证很多，余冠英先生《乐府歌辞的拼凑与分割》一文有专门论述，此处不赘⑤。

汉代还有一类歌诗是即兴所唱。从现存的文献资料来看，大多出于宫廷之中。如汉高祖易太子不成，于是歌曰："鸿鹄高飞，一举千里。羽翮已就，横绝四海。横绝四海，当可奈何！虽有矰缴，尚安所施！"⑥吕后囚戚夫人，戚夫人边舂边歌："子为王，母为虏，终日舂薄

---

① 司马迁《史记》，第1178页。
② 班固《汉书》，第1061页。
③ 逯钦立，《先秦汉魏晋南北朝诗》，第163页。
④ 李昉《太平御览》，第321页。
⑤ 余冠英《乐府诗论丛》，上海：棠棣出版社，1953年，第26—38页。
⑥ 司马迁《史记》，第2047页。

暮,常与死为伍！相离三千里,当使谁告汝?'"①这些诗歌多直抒胸臆,反映了宫廷斗争的残酷。它们大多"唱而不播",却因关涉政治而有幸被写入史籍,从而以文本形式传之后世。

四、传唱方式

汉代诗歌的传唱方式按照表演人数的多寡、参予的程度可分为独唱、伴唱和齐唱。独唱是只有一个人表演,如边让《章华台赋》中的"展新声而长歌"②、张衡《西京赋》中的"女娥坐而长歌"③等都是独唱。这种形式能够让表演者充分发挥个人的才艺,也能够把歌曲当中一些细微的技术(如拖腔)准确地表达出来。伴唱是由一人主唱,其他人伴和,伴和者仅参予部分曲调的演唱。张衡《西京赋》中有云:"纵棹歌,发引和。"《文选》注:"发引和,言一人唱,余人和也。"④汉代的"但歌"也是"作伎最先一人倡,三人和"⑤。齐唱是由众多人同时进行演唱,《西京杂记》载戚夫人"歌《出塞》、《入塞》、《望归》之曲,侍婢数百皆习之,后宫齐首高唱,声入云霄"⑥。高祖的《大风歌》曾"令沛中童儿百二十人习而歌之"。齐唱是群体性表演,气势宏大,场面热闹,因而朝廷的仪式活动多用之。

如果从表演艺术方式的角度来分,汉代诗歌的传唱则可分为清唱与和唱两类。清唱又称"清歌",应用最为广泛,如张衡《思玄赋》中有"并咏诗而清歌"⑦,张衡《七辩》中有"淮南清歌"⑧,古诗《寂寂君子

① 班固《汉书》,第3937页。
② 费振刚等辑校《全汉赋》,第559页。
③ 费振刚等辑校《全汉赋》,第419页。
④ 萧统编,李善等注《六臣注文选》,北京:中华书局,1987年,第58页。
⑤ 沈约《宋书》,北京:中华书局,1974年,第603页。
⑥ 葛洪《西京杂记》,1987年,第3页。
⑦ 费振刚等辑校《全汉赋》,第396页。
⑧ 费振刚等辑校《全汉赋》,第490页。

坐》中有“清歌正激扬”[①]，徐干《齐都赋》中有“含清歌以咏志”[②]。清唱时一般不配入器乐，表演者多是“依咏”而歌，因而这种传唱方式的艺术性较为单调，有时会反复演唱数遍，如项羽在垓下被围时曾“歌数阕”[③]，高祖易太子不成后为戚夫人唱楚歌亦是“歌数阕”[④]。

和唱是汉代诗歌演唱的主要艺术形式，又可分为人声和唱与器乐和唱[⑤]。人声和唱是表演者“以歌和歌”，所和之歌一般是简单的几个字，如《后汉书·五行志一》所载灵帝中平年间京都传唱的《董逃歌》：“承乐世（董逃），游四郭（董逃），蒙天恩（董逃），带金紫（董逃），行谢恩（董逃），整车骑（董逃），垂欲发（董逃），与中辞（董逃），出西门（董逃），瞻宫殿（董逃），望京城（董逃），日夜绝（董逃），心摧伤（董逃）。”[⑥]其中“董逃”二字便是和歌。

器乐和唱中较为简单的方式是仅和以节奏。如《汉书》卷五十三载刘去作了一首歌，然后“令昭信声鼓为节，以教诸姬歌之”[⑦]。颇为复杂的便是以管弦乐器伴和人声之歌唱，即《宋书·乐志》卷二十一所云：“丝竹更相和，执节者歌。”[⑧]汉代人常说的“弦歌”、“倚瑟而歌”正是指这种方式，如《西京杂记》中高祖“常拥夫人倚瑟而弦歌”[⑨]，繁

---

① 逯钦立《先秦汉魏晋南北朝诗》，第339页。

② 费振刚等辑校《全汉赋》，第623页。

③ 司马迁《史记》，第333页。

④ 司马迁《史记》，第2047页。

⑤ 此处对“和唱”的分类参考了逯钦立的《“相和歌”曲调考》（载《文史》第十四辑，中华书局1982年版）、王小盾的《何谓“相和歌”》（载《古代艺术三百题》，上海古籍出版社1989年版）、崔炼农的《歌弦唱奏方式与辞乐关系》（载《西南民族大学学报》2004年第1、2期）等。

⑥ 范晔《后汉书》，第3284页。

⑦ 班固《汉书》，第2431页。

⑧ 沈约《宋书》，第603页。

⑨ 葛洪《西京杂记》，第3页。

钦《愁思赋》中有“聊弦歌以厉志”①。蔡邕在《弹琴赋》中为我们描述了汉代相和歌的演唱情况，赋中写到：“于是繁弦既抑，雅韵乃扬。仲尼思归，《鹿鸣》三章。《梁甫》悲吟，周公《越裳》。青雀西飞，别鹤东翔。饮马长城，楚曲明光。楚姬遣叹，鸡鸣高桑。走兽率舞，飞鸟下翔。感激兹歌，一低一昂。……于是歌人恍惚以失曲，舞者乱节而忘形。”②其中“梁甫”、“饮马长城”、“楚妃”、“鸡鸣”等都是汉代的相和歌。表演时既有“繁弦”，又有“歌人”，则说明是边奏边唱，弦、歌相和。

汉人唱诗所配之曲调，除部分是“依咏”外，有些来自于前朝，《汉书》六十四下载益州刺史王襄“欲宣风化于众庶，闻王褒有俊材，请与相见，使褒作《中和》、《乐职》、《宣布》诗，选好事者令依《鹿鸣》之声习而歌之”③。“《鹿鸣》之声”便是先秦的曲调。有些来自于民间，如相和歌“本出于街陌讴谣”，《汉书·艺文志》中所录的“河南周歌声曲折”、“周谣歌诗声曲折”可能就是地方歌曲的乐谱。当然，还有一些是乐工翻新或创制的。《史记·佞幸列传》谓李延年“善歌，为变新声。而上方兴天地祠，欲造乐诗歌弦之，延年善承意，弦次初诗”④，其中所说的“变新声”就是把旧的曲调加以变化翻新，使之成为新的歌曲，如《薤露》、《蒿里》二曲就是他改自于民间，《横吹曲》二十八解是他吸收西域音乐改造的，“弦次初诗”则是直接为文人的诗歌作品创制新的曲调。汉代的这些曲调往往以单纯器乐曲的形式流传，类似于后來的曲牌音乐，可以配入歌辞，《艺文类聚》卷十八引司马相如《美人赋》中说：“有女独处，婉若在床。臣遂抚弦，为《幽兰》之曲。女乃歌曰：‘独处室兮廓无依，有美人兮来何迟。’”⑤一支曲调甚至还能与多首歌辞相配，据郭茂倩所编《乐府诗集》卷三十，《长歌行》有三首

---

① 费振刚等辑校《全汉赋》，第635页。

② 费振刚等辑校《全汉赋》，第581页。

③ 班固《汉书》，第2821页。

④ 司马迁《史记》，第3195页。

⑤ 欧阳询撰，汪绍楹校《艺文类聚》，第331页。

“古辞”,呈现出“一调多辞”的特点。

五、音乐传播对汉代诗歌发展的影响

汉代诗歌采用音乐传播的方式,对诗歌的发展具有重要的影响。

首先,扩大了诗歌的受众面。先秦时期,诗歌主要用于各种典礼仪式和外交聘问场合,学诗及用诗的仅仅是一些贵族、乐师等,在社会全体成员中所占的比例不高,因而诗歌的受众面较小,制约了诗歌在早期阶段上的发展。到了汉代,有一大批诗歌被传唱(《汉书・艺文志》录有三百一十四篇,仅为其中的一部分),这样不仅扩大了诗歌的生存空间,使诗歌深入到了社会的各个层面,形成广泛的群众基础,而且还可以使人民大众(尤其是那些下层文人)有更多的机会来认识诗歌,体悟诗歌,甚至于去学习和模仿。五言诗之所以能在汉代成型,一个关键的原因就是借助于音乐传播,被全社会成员所接受,从而得到了时代的认可。

其次,促进了汉代的诗歌创作。音乐传播实质上是诗歌艺术的消费过程,消费的需求反过来又会刺激生产。当朝廷要完善典礼仪式或进行改制时,总会需要一大批新的歌诗,如东汉明帝时“改太乐官曰太予乐”,而“歌诗曲操,以俟君子”[①],意思是说,歌辞要等待那些有才华的文人来创作。此外,人们在娱乐活动中多喜欢“新声”与“新词”,如边让《章华台赋》云:“设长夜之淫宴,作北里之新声。”[②]张衡《七辩》云:“改赋新词,转歌流声。”[③]《古研歌》云:“研歌展妙声,发曲吐令辞。”[④]这就必然会刺激文人、乐人的创作热情,他们只有创作出大量的“新声”“新词”,才能满足全社会的消费需求,这在客观上促进了汉代的诗歌创作。

---

① 范晔《后汉书》,第1201页。
② 费振刚等辑校《全汉赋》,第559页。
③ 费振刚等辑校《全汉赋》,第491页。
④ 逯钦立《先秦汉魏晋南北朝诗》,第294页。

第三，加强了社会上下层两个文化空间的互动与交流。在等级制度森严的阶级社会里，只有诗歌的音乐传播长上了翅膀，可以来回穿梭在各个阶级之间。汉代正是这样，通过诗歌的音乐传播打破了上下层两个文化空间的封闭性，促进了二者之间的互动与交流。比如，宫廷常常会从民间召收乐工歌妓，采集乐曲与歌辞等，这可视作是上层文化空间对下层的汲取和吸收。汉武帝在建置祭祀礼仪时，就曾对民间的郑声讴谣多有借鉴，《汉书·礼乐志》云："今汉郊庙诗歌，未有祖宗之事……皆以郑声施于朝廷。"①《隋书·音乐志上》亦云："武帝裁音律之响，定郊丘之祭，颇杂讴谣，非全雅什。"②而上层文化空间中诗歌音乐传播的风气，又会引导和推动着下层的传播行为，乐府机构的裁员、贵族文人的贬逐等还会直接把上层的传播资源扩散到民间，从而提高了下层文化空间的传播水平。

第四，使诗歌的风格上走向通俗化。音乐传播要使读者能在瞬间听懂、听明白，所以在风格上偏重于通俗化。在今天所保存的汉诗中，除《郊祀歌》、《安世房中歌》因用于仪式场合故作典雅外，其余的诗歌大都情感真切自然，语言浅显通俗，句式灵活多样。尤其是乐府诗，口语化程度极高，明代胡应麟《诗薮》云："汉乐府歌谣，采摭闾阎，非由润色"③；"矢口成言，绝无文饰，故浑朴真至，独擅古今。"④如《江南》一诗："江南可采莲，莲叶何田田！鱼戏莲叶间：鱼戏莲叶东，鱼戏莲叶西，鱼戏莲叶南，鱼戏莲叶北。"⑤质朴直白，全无雕琢。

然而，音乐传播本身也所存在着一些不足：音乐传播难以长期保留，在"以声存诗"的口传时代，诗歌只有从音乐传播的渠道转化到文本传播，才能幸运地保存下来，如我们今天看到的部分汉代乐府诗就

---

① 班固《汉书》，第 1071 页。

② 魏徵《隋书》，北京：中华书局，1973 年，第 286 页。

③ 胡应麟《诗薮》，上海：上海古籍出版社，1958 年，第 3 页。

④ 胡应麟《诗薮》，第 105 页。

⑤ 逯钦立《先秦汉魏晋南北朝诗》，第256 页。

是因乐人歌本《荀氏录》的记录（后来被沈约收入《宋书·乐志》）才得以保留[①]，而《郭辅碑歌》、《张公神碑歌》等诗歌是因“镌石”才传至今天。而那些未能进入文本传播的诗歌，即使在当时的音乐传播中十分活跃，仍没有摆脱散佚的命运，像《汉书·艺文志》中所记的大部分民间“歌诗”、赵岐所作的《厄屯歌》二十三章[②]等都已难知其详了。

（原载《首都师范大学学报》2010 年第 3 期）

---

① 王运熙《乐府诗述论》，上海：上海古籍出版社，1996 年，第 294 页。

② 范晔《后汉书》，第 2122 页。

《乐府诗集》“鼓吹”“横吹”曲辞的乐类特征及其乐府学意义

王淑梅　于盛庭

乐府诗作为宫廷乐舞表演中使用的乐辞，乐舞表演生态的还原是理解、把握其艺术魅力的重要基础。因此，郭茂倩的《乐府诗集》分类辑集汉唐乐府诗的文本同时，并以题解说明各类乐府诗所属的音乐特点，包括各类曲辞所属音乐的产生来源、隶属乐署、演奏乐人、乐器使用、表演方式、用途功能及其演变等。其中，鼓吹、横吹乐曾广泛使用于朝会、道路、军中，在实际演奏中往往密不可分，加上时代久远，各代嬗变，其间区别较难辨析清爽。出于《乐府诗集》的编纂体例及分类需要，郭氏虽以“有箫笳者为鼓吹，用之朝会、道路，亦以给赐……有鼓角者为横吹，用之军中，马上所奏者是也”①相区分，但仍留下诸多疑问交代不清。之后王运熙、刘怀荣等学者皆试图进一步厘清二者关系，但从刘怀荣《汉魏以来北方鼓吹乐横吹乐及其南传考论》一文所列大量资料看，鼓吹与横吹乐在用乐场合、演奏方式及乐器使用等方面都存在交叉，界限并不分明②。既然如此，如何理解郭氏的分类，能够轻易否定其分类的意义吗？

笔者以为，无论郭氏题解还是当今学者的研究，所依据的书面资

---

① 郭茂倩《乐府诗集》，北京：中华书局，1979 年，第 309 页。

② 刘怀荣《汉魏以来北方鼓吹乐横吹乐及其南传考论》，《黄钟—武汉音乐学院学报》2009 年第 1 期，第 72—78 页。

料主要限于各时代乐舞表演的零散记述，仅能形成各时期古代乐舞的零碎印象，如同斑斑碎片，碎片间留下了许多空白。乐舞因时而变，记述前后不一，亟待新材料的出现填补这些碎片的空白。现今出土的音乐图像资料，特别是汉画像石中保留了不少乐舞表演的画面，恰可作为参照，与文字资料相印证，以资对鼓吹与横吹乐悬疑之迷作进一步考察。

一、鼓吹乐的标志性乐器——铙

《乐府诗集》“鼓吹曲辞”解题云：“鼓吹曲，一曰短箫铙歌。”“然则黄门鼓吹、短箫铙歌与横吹曲，得通名鼓吹，但所用异尔。汉有《朱鹭》等二十二曲，列于鼓吹，谓之铙歌。”[①]可见，郭茂倩“鼓吹曲辞”的分类不仅尊重蔡邕“短箫铙歌”的称名，同时也强调这部分曲目与其他鼓吹乐的区别。据《汉书·礼乐志》载，无论古兵法武乐抑或宴乐、祭祀乐，都置鼓员。另据郭茂倩题解，隋以后横吹四部乐当中，除第四小横吹部无鼓，其余三部皆有鼓，说明“鼓吹乐”的确与鼓有关，但就郭茂倩对“鼓吹”与“横吹”曲辞的分类看，“鼓吹”区别于“横吹”的音乐学特征实在于“铙”。那么“铙”究竟是怎样的乐器，又是如何演奏的呢？却未曾深究。

铙是商周考古中发现的一种铜制钟体体鸣乐器，主要发现于河南，少量出土于鲁中南和陕西关中一带。“关于铙的名称，因所出带铭文的铙未见有自名的，故向来说法不一。李纯一先生通过对甲骨文用、庸、庚诸字并结合文献、实物进行研究，指出中原地区所出商代一般所谓的‘铙’就称之为‘庸’”[②]。如图1所示：铙体呈合瓦形，甬中空呈管状，下粗上细，舞平，于内凹成弧形，铣间径大于舞修。正鼓部置有方形台面，钲部饰凸起饕餮纹，鼓内壁铸有铭文“古”字。

---

① 郭茂倩《乐府诗集》，第224页。

② 李纯一《庸名探讨》，《音乐研究》1988年第1期。

图 1　商代殷墟二期 古铙,《中国音乐文物大系·河南卷》,第 69 页

此小铙柄短,且柄末粗而根细,是“为了便于在柄内插木,并置于座、架上来演奏”①。由于商代铙柄部插木的做法在无意中对高次谐波所起的阻尼作用,到了西周早期甬钟时,可能已被意识到。因此西周早期甬钟的“甬加长,末粗而根细,演奏方式与与一般商铙不同,即为悬挂演奏”②。

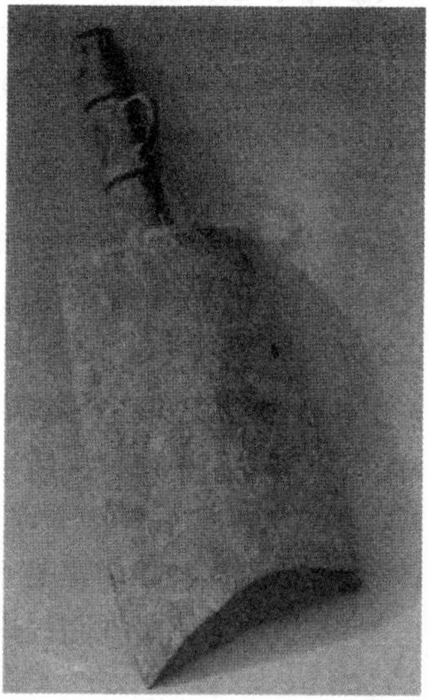

图 2　天凤四年钲,《中国音乐文物大系·河南卷》,第 50 页

不过,“铙”还有许多其他名称。如《说文解字》曰:“铙,小钲也。军法卒长执铙。”图 2 便是 1980 年 11 月发现于襄城县范湖乡盛庄西的新莽天凤四年(17)的“钲”。

钲体作合瓦形,较扁长,舞上有甬,甬呈圆柱状,顶部细,根部粗,中部突起两道圆箍,两箍之间有一环,作悬

①② 方建军《地下音乐文本的读解——方建军音乐考古文集》,上海:上海音乐学院出版社,2006 年,第 165 页。

挂之用。钲口部弧曲，钲身无纹饰。器身正中有铭文曰："颍川县司盾发弩令正，重四十四斤，始建国天凤四年缮。"①天凤为新莽政权年号，适绿林赤眉农民起义之时。其后六年刘秀与莽军大战于昆阳，莽军 40 万全军覆没。此器出土地点盛庄，正是当年莽军阵地之属，故此钲当是莽军在昆阳战败后所弃之物。

考古发现的东周秦汉铜钲，在古代文献中还被称作"丁宁"。《左传》宣公四年："伯棼射王，汏辀，及鼓跗，著於丁宁。"杜注："丁宁，钲也。"②《国语·吴语》曰："昧明，王乃秉枹，亲就鸣钟鼓、丁宁、錞于振铎，勇怯尽应"。韦昭注："丁宁，谓钲也……军行鸣之，与鼓相应。"《札记》引段玉裁说，当作"丁宁，令丁，谓钲也"③。《国语·晋语五》："战以錞于、丁宁，儆其民也。"韦注："丁宁者，谓钲也。"

此外，《说文》亦云："铙也。似铃，柄中上下通。"④《周礼》"以金铙止鼓"注："铙如铃，无舌有柄。执而鸣之，以止击鼓。"⑤而《广雅》则径谓"和、銮、镯、铎、钲，铙、钟、镈，铃也"⑥。考古发现"铃"的确从"铙"演化而来。"天门石家河发现了可能是体鸣乐器的铜铃。一般认为，这种陶铃与后起的铜铃乃制铜制钟类乐器中出现较早的铜铙有着一脉相承的关系。湖北地区的铜铙，在阳新曾出土过 2 件，其器形大小介于湖南所出大铙和中原地区出土的小铙之间。从形制上看，似更接近于中原地区的小铙"⑦。

从音乐考古发掘的实物来看，铙与钲、铎、句鑃、甬钟和钮钟都属钟类击奏乐器，其体制都是平顶、凹口、侈铣的合瓦形钟体。正因其形制相同，故名称被互相混用。

---

① 《中国音乐文物大系·河南卷》，郑州：大象出版社，2009 年，第50 页。

② 《十三经注疏》，北京：中华书局，1980 年，第 1870 页。

③ 《国语》，上海：上海古籍出版社，1978 年，第 610 页。

④ 许慎《说文解字》，北京：中华书局，1963 年，第 297 页。

⑤ 《十三经注疏》，第 721 页。

⑥ 王念孙《广雅疏证》，北京：中华书局，1983 年，第 267 页。

⑦ 方建军《地下音乐文本的读解——方建军音乐考古文集》，第 176 页。

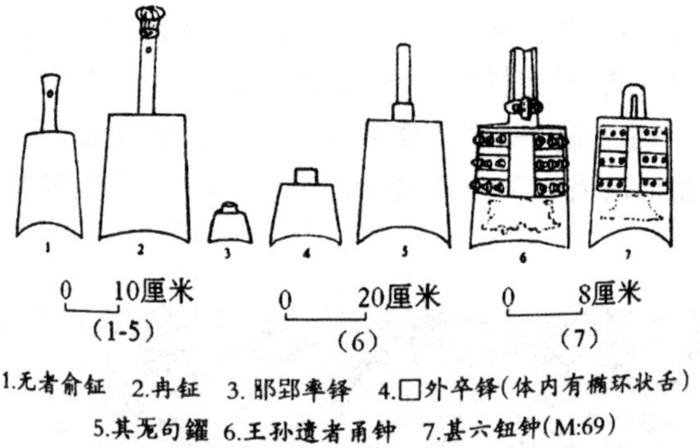

图 3　方建军《地下音乐文本的图解——方建军音乐考古文集》，第 195 页

总之，以钲、铙、镯、铃等乐器伴奏演唱的曲辞均可称“铙歌”。

“铙”的演奏方式有两种，一是乐人单手持铙敲击的演奏方式。以 1952 年成都站东乡青杠坡 3 号东汉墓出土的鼓吹画像砖为例，此为军旅出行时所用仪仗，详见图 4：

图 4　东汉 成都站青杠坡鼓吹画像砖，《中国音乐文物大系・四川卷》，第 174 页

图为六骑，分两横队并辔而行。右上一骑执幢麾，并执笳于口中演奏。居中一骑，马上树鼓，骑吏正挥槌击鼓，下一骑吏执排箫吹奏。左上一骑，一手执铙，一手举桴欲击。居中骑吏吹笳，下一骑吏吹排箫。与之相似的尚有 1954 年成都羊子山出土的东汉鼓吹画像砖，见图 5：

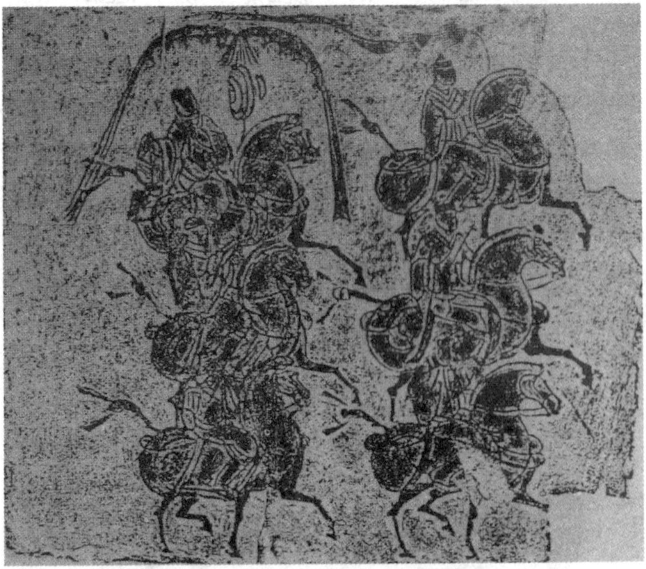

图 5 东汉 成都羊子山鼓吹画像砖，《中国音乐文物大系·四川卷》，第 175 页

图 5 也是六骑，骑吏头戴圆顶帽，身着广袖长服，分两横队并辔而行。右上一骑，上树一幢，幢上羽饰飘舞。居中一骑，手执桴作击铙状（铙被马足所掩），下一骑吹奏排箫。左上一骑，上树建鼓，鼓上木柱顶端饰有羽葆，其两侧下垂。居中一骑，似弹琵琶。下一骑执排箫而吹。除了马上从行鼓吹，还能看到持铙于殿庭演奏鼓吹的情景，以图 6 南阳县卧龙岗崔庄出土的汉画像石为例：

图 6　东汉 南阳崔庄乐舞画像石,《中国音乐文物大系·河南卷》,第 167 页

图中除了杂技舞者,另有一人鼓瑟、两人吹排箫播鼗鼓、一人吹埙,右首尚有持钲以锤敲击者。这位持钲者也就是执节而歌者。这三例持钲铙敲击图极为罕见,弥足珍贵。原因在于我们看到的汉画像石多见击鼓者,却少见击钲铙者。

除了以上所列单手持钲敲击图之外,还有一种演奏方式是敲击附着在鼓上的丁宁。这种方式在汉画像石中更为多见。《诗·小雅·采芑》云:“方叔率止,钲人伐鼓。”[①]因为伐鼓的钲人需要在伐鼓的间隙击金钲以止鼓,最方便的设置是在鼓上附设铙,即小钲,鼓者方可以不移位而便捷击铙。如果是大钲旁置,演奏则颇不顺手,所以铙即钲人在伐鼓时所击之钲。以图 7 这幅 1978 年在河南省唐河县出图的汉画像石为例:

图 7　西汉天凤五年 汉郁平大尹冯君墓乐舞画像石,《中国音乐文物大系·河南卷》,第 160 页

① 《十三经注疏》,第 426 页。

左边的鼓者左手正注视并敲击建鼓下方的球状体，即丁宁，也称令丁。《左传》宣公四年："伯棼射王，汰辀，及鼓跗，著於丁宁。"杜注："丁宁，钲也。"①可见丁宁与鼓跗相邻。《文献通考》将金镯、金钲和丁宁等同，并引郑玄："镯如小钟，军行鸣之，以为鼓节。盖自其声浊言之谓之镯，自其正人言之谓之丁宁，自其正人言之谓之钲，其实一也。"②《国语·吴语》曰："昧明，王乃秉枹，亲就鸣钟鼓、丁宁、錞于振铎，勇怯尽应"。韦昭注："丁宁，谓钲也……军行鸣之，与鼓相应。"《札记》引段玉裁说，当作"丁宁，令丁，谓钲也"③。一般的画像石风格粗犷，难作精细刻画，只能取其大概轮廓，刻成球状，所以让人难以领悟这就是钲。而南阳新店出土的画像石拓片，参见图8：

图8 东汉早期 南阳新店鼓舞吹箫画像石，《中国音乐文物大系·河南卷》，第171页

可以清楚看到丁宁是如何固定在鼓身上的，而且左边的丁宁刻画精细，显示出左侧丁宁朝向左下方的椭圆口，显然是钲铙的造型。

图9为1978年出土的西汉建鼓画像石，则具有更丰富的内容，可以清楚地看到，中间一层鼓下悬垂的两个三角状物体，似钟

① 《十三经注疏》，第721页。

② 马端临《文献通考》，北京：中华书局，1986年，第1195页。

③ 《国语》，上海：上海古籍出版社，1978年，第610页。

图 9　西汉 方城东关击建鼓画像石，《中国音乐文物大系·河南卷》，第 165 页

而较小，其实就是钲。不过华盖羽葆下面的横木下及其下鼓的鼓架下各有两个圆盘状物，看来也应该是击打乐器。鉴于后世往往将“铙”“钹”并称，这种击打乐器会不会就是钹呢？《辞源》载：“【铙钹】乐器。古称铜钹、铜盘、铜钵。其围数寸，隐起如浮沤，贯之以韦，相击以和乐。”[①]此说似据马端临的《文献通考》，马氏释“铜钹”云“铜钹谓之铜盘，本西戎南蛮之器也”；释“铜钲”则说：“钲如大铜疊（似铜盘），悬於簴而击之，南蛮之器也。”[②]根据以上材料，笔者认为：左图中的四个悬於簴的盘状物是后世钹的初始形态，而鼓下悬垂的两个三角形物体形状似钟而较小者才是钲铙。因为铙和钹的悬挂位置及功用近似，才导致后世铙钹并称混合为一体。至于秦汉时代及其以前的铙和钲，则因形状、功用相近而被用来互释。

① 《辞源》，北京：商务印书馆，1983 年，第 3212 页。

② 马端临《文献通考》，第 1195 页。

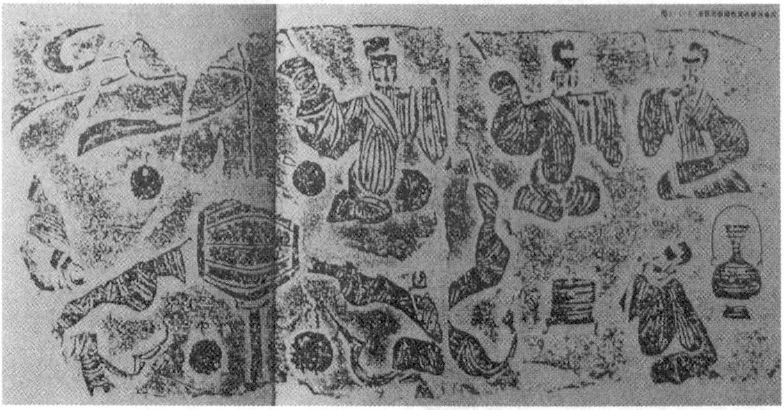

图 10 西汉晚期 新野张家楼鼓舞吹箫画像砖,《中国音乐文物大系·河南卷》,第 193 页

如是,则图 10 新野县张家楼 1962 年出土的画像砖拓片中,除了吹排箫者等人,鼓下的两个球状物显然是“丁宁”,而鼓左右上方的两个圆形物也应是盘状物,我们不妨姑且称之为“钹”。在汉画像石中,此类图像颇多。1973 年出土的东汉早期的南阳王寨乐舞画像石,参见图 11:

图 11 东汉早期 南阳王寨乐舞画像石,《中国音乐文物大系·河南卷》,第 179 页

左边鼓上饰羽葆,鼓下两侧有圆形球状物,鼓侧两男子高髻、窄衣、细腰,双手各执鼓槌,跨步蹲身张臂,且鼓且舞。中间一女子,高髻、长袖、细腰,翩翩起舞。舞者之右,又有 3 人伴奏,一人吹箫播鼗,一人吹埙，另一人左手拊耳，似在歌唱。再以 1983 年南阳县辛店乡英庄村的汉画像砖为例，如图 12：

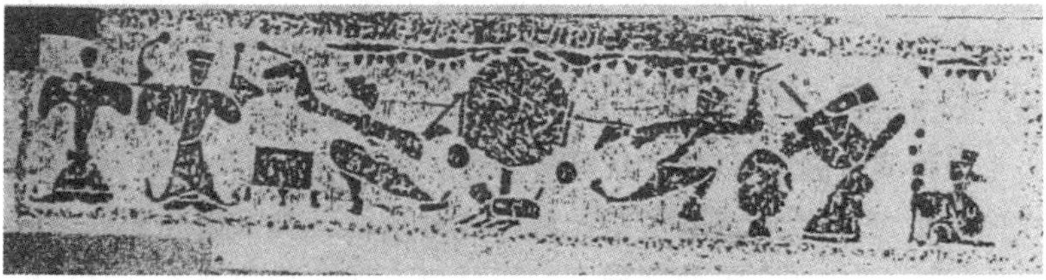

图 12　东汉 南阳英庄乐舞画像石，《中国音乐文物大系·河南卷》，第 181 页

帷幔下共刻 6 人，画面正中置建鼓，鼓下有虎形座，鼓上饰羽葆，鼓旁两男子双手各执鼓桴，跨步张臂，且鼓且舞。鼓左 2 人站立，吹箫播鼗。鼓右亦 2 人，一人跽坐掷 3 丸，一人身体前倾，仰面作戏。

在汉代画像资料中，也有许多无"钲"无"铙"的鼓乐图像。比如图 13 郑州二里岗出土的空心画像砖拓片，只有建鼓，而无"钲""铙"，这就不是鼓吹乐。已出土的此类古代音乐文献资料很丰富，能够真实反映当时鼓乐的演奏风貌及特征。

图 13　西汉晚期 郑州二里岗乐舞空心砖建鼓舞图，《中国音乐文物大系·河南卷》，第 187 页

综上所述,郭茂倩的“鼓吹曲辞”实即蔡邕的所谓 “短箫铙歌”。顾名思义,以短箫与铙为标志性乐器,执节而歌,正是其音乐的本质特征。汉画像石的资料揭示出,铙既可单独持而击奏,又可附着于鼓上,即有铙便有鼓,乐人伐鼓击铙以为节,这才构成鼓吹乐的基本内涵。不过,铙与鼓、埙的编器方式早在商代就已开始。方建军《河南出土殷商编铙初论》认为:“从目前发现的商晚期鼓、特磬、编磬、编铙和埙来看,它们当可组成一个比较可观的乐队。其编制和配器方式似应这样:三件埙中的两件同调埙担任高声部主旋律演奏,编磬、编铙则各有一组,每组一般是三件或多至五件,用于演奏中声部主旋律或调式框架音,特磬则突出调式主音,与鼓一起加强节奏重音,以增强乐曲的表现力。”①

二、“鼓吹”与“横吹”的区别

如何区分“鼓吹”与“横吹”? 郭氏“横吹”解题云:“横吹曲,其始亦谓之鼓吹,马上奏之,盖军中之乐也。北狄诸国,皆马上作乐,故自汉以来,北狄乐总归鼓吹署。其后分为二部,有箫笳者为鼓吹,用之朝会、道路,亦以给赐。汉武帝时,南越七郡,皆给鼓吹是也。有鼓角者为横吹,用之军中,马上所奏者是也。”②他首先强调“横吹”是“马上奏之”,题解还引《宋书·乐志》“此则列于殿庭者名鼓吹,今之从行鼓吹为骑吹,二曲异也。又孙权观魏武军,作鼓吹而还,此应是今之鼓吹”。此处又多出了“骑吹”一词,受沈约的影响,南宋姜夔《圣宋铙歌鼓吹曲十四首诗序》云:“臣闻:铙歌者,汉乐也。殿前谓之鼓吹,军中谓之骑吹。”③演奏方式的不同是“鼓吹”与“横吹”的区别。除此之外,郭氏也强调乐器的不同,他又引《晋书·乐志》曰:“横吹有鼓

---

① 方建军《地下音乐文本的读解—方建军音乐考古文集》,第 135 页。

② 郭茂倩《乐府诗集》,第 309 页。

③ 《小窗幽记》卷四《集灵》,应麟注引。《宋史·乐志六》所述,略有出入。

角，又有胡角。……横吹有双角，即胡乐也。"①为便于理清头绪，兹将以上材料及郭氏解题涉及的相关论述列表如下：

称名	乐　器	使用情况	附加说明
鼓吹	箫、笳。《宋书·乐志》："鼓自一物，吹自竽籁之属，非箫鼓合奏。"	列于殿廷(《宋书·乐志》)用之于朝会、道路(郭氏解题)。	包括短箫铙歌、骑吹、横吹。
骑吹	应劭《汉卤簿图》："唯有骑执箛，箛即笳，不云鼓吹。"	从行鼓吹(《宋书·乐志》)铙歌者，军中谓之骑吹(姜夔)。	骑执箛，不云鼓吹。或骑吹，亦或横吹。
横吹	有鼓角，又有胡角。横吹有双角，即胡乐(晋书·乐志)。	用之军中，马上所奏(郭氏解题)。	隋以后与鼓吹并列。但横吹包括骑吹。
短箫铙歌	鸣笳以和箫声，非八音也。骚人曰："鸣篪吹竽"是也(刘瓛)。	军乐。(蔡邕分类)	初未名鼓吹。

通过上述材料分辨"鼓吹"与"横吹"的确很困难，下面借助出土文献来作考察。图 14 是 1958 年河南邓县学庄村出土的南朝画像砖，对于了解南朝横吹曲的演奏形式及乐器类别应有较实在的帮助。

图 14　南朝 邓县横吹画像砖，《中国音乐文物大系·河南卷》，第 184 页

① 郭茂倩《乐府诗集》，第 309 页。

图 14 左四人，步调整齐，可以想见其演奏的节奏感很强。前两人竖吹长角，角口饰有彩幡流苏；后两人腰挂扁鼓，右手执桴，左手持手摇乐器，既是鼓者，也应是歌者。右五人，由右至左，一人吹横笛、一人吹排箫、两人横吹长角、一人吹胡笳。长角口处饰有垂缨流苏。它们的步调与左图四人完全一致，亦可想见其演奏节奏完全一致。我们无法断定这两块墓砖在墓壁上是否相连，但从两组演奏者的衣饰、步调、乐器组成分析，他们应是同一个演奏团队。郭氏解题对南北朝时期横吹的演奏情况语焉不详，但云："自隋已后，始以横吹用之卤簿，与鼓吹列为四部，总谓之鼓吹，并以供大驾及皇太子、王公等。一曰棡鼓部，其乐器有棡鼓、金钲、大鼓、小鼓、长鸣角、次鸣角、大角七种。……二曰铙鼓部，其乐器有歌、鼓、箫、笳四种……三曰大横吹部，其乐器有角、节鼓、笛、箫、筚篥、笳、桃皮筚篥七种……四曰小横吹部，其乐器有角、笛、箫、筚篥、笳、桃皮筚篥六种。"[①]这两块画像砖上的乐队与第三大横吹部相较，除了缺少两种筚篥，其他全都齐备。说明这两块画像砖的内容所显示的正是横吹曲演化到南朝时期的新变形态。可见所谓"列于殿庭"还是"从行"，不应是鼓吹与骑吹的区分标志。前代"马上奏之"的鼓吹曲，汉画像资料中也可以看到。除了上文所举成都画像砖外，图 15、16 1978 年四川新都东汉墓出土的画像砖亦是马上奏之：

图 15　东汉 新都汉墓鼓吹画像砖，《中国音乐文物大系・四川卷》，第 176 页

① 郭茂倩《乐府诗集》，第 310 页。

图 16　东汉 新都汉墓鼓吹画像砖,《中国音乐文物大系·四川卷》,第 176 页

不仅有胡人骑马吹奏竽和排箫的形象,甚至有两人骑在骆驼上击建鼓的形象。可见郭氏所谓“横吹曲,其始亦谓之鼓吹,马上奏之,盖军中乐也。北狄诸国,皆马上作乐,故自汉以来,北狄乐总归鼓吹署”云云确有所本,但是发展到南朝阶段,与其说“马上奏之”是横吹曲的标志,倒不如说这是骑吹乐的标志更准确些。因此他所谓“有鼓、角者为横吹,用之军中,马上所奏是也”,强调横吹乐都是“马上奏之”,便与事实有了较大出入。

事实上,军乐与“马上奏之”之间并无必然联系。1986 年新野樊集乡西汉晚期墓出土的长 1.22 米大汉画像砖上,生动展现了汉、胡征战的场面,其右端汉主帅身后有一人挥桴击鼓助威,建鼓半隐没在画面之外,所隐没的也可能有箫、铙之类鼓吹乐,但至少那位击建鼓的鼓员,并非在马上击鼓。详见图 17。

图 17 西汉晚期 新野樊集乡 37 号墓击鼓攻战画像砖,《中国音乐文物大系 · 河南卷》,第 192 页

再看图 18 这块河南南阳淅川县西岭林业高中出土的画像砖:

图 18 南朝 淅川吹角画像砖,《中国音乐文物大系 · 河南卷》,第 199 页

右边一人牵马而行,短褐打扮,似为马夫;马后跟随三名仆从,一人持曲柄盖,两人侧头横吹长角,角口饰有垂缨流苏。从构图角度看,主人竟没有出现。故此砖前后还应有其他画像砖相连形成一组演奏团队。值得注意的是,图中虽有马,但这支“从行”乐队并非“马上奏之”,如称“骑吹”,显然名不副实,仍应视为横吹乐队。按照《晋书 · 乐志》的说法,两处的画像砖刻画的都是胡乐。根据这些材料,我们不妨推断:横吹曲与鼓吹曲的区别应仍然由所使用的乐器来决定。横吹曲有横吹的角和笛,又有小型节鼓,鼓手或即歌者;而鼓吹无角,却有鼓、铙和短箫,而伐鼓击铙者同时又或可是歌者。

总之,古代乐舞的表演关涉到乐署、乐工、乐器、演奏方式、场合及功用等多种层面，并随时代变迁而有所变化，如此繁复的情形下，需要我们综合借鉴各类文献，以音乐图像与书面记述相参照，大胆假设，小心求证，对古代乐舞的全息艺术生态加以领会与解读，以此为基础，方能进一步厘清乐府诗的乐类特征。

三、《乐府诗集》“鼓吹”与“横吹”分类的乐府学意义

“鼓吹”乐在汉代是个杂合的概念，王运熙先生《汉代鼓吹曲考》、《说黄门鼓吹乐》认为，汉代“鼓吹”包括黄门鼓吹乐人演奏的黄门鼓吹（相和歌、杂舞曲）、短箫铙歌、横吹曲，通称“鼓吹”。《乐府诗集》“鼓吹曲辞”解题云：“鼓吹曲，一曰短箫铙歌。”“然则黄门鼓吹、短箫铙歌与横吹曲，得通名鼓吹，但所用异尔。汉有《朱鹭》等二十二曲，列于鼓吹，谓之铙歌。”[①]郭氏所谓“鼓吹曲辞”当特指“短箫铙歌”、“铙歌”。

“短箫铙歌”称名源于东汉蔡邕对汉乐的分类，《东观汉记·乐志》记曰：

> 汉乐四品：一曰《太予乐》，典郊庙、上陵殿诸食举之乐。……二曰《周颂》《雅乐》，典辟雍、飨射、六宗、社稷之乐。……三曰《黄门鼓吹》，天子所以宴乐群臣，《诗》所谓“坎坎鼓我，蹲蹲舞我”者也。其《短箫铙歌》，军乐也。其传曰黄帝岐伯所作，以建德扬威，风劝士也。[②]

蔡邕将汉乐分为四品的依据应是东汉时期具体的礼乐施用情况。以太予乐为例，包括郊庙、上陵食举用乐。所谓郊庙，《南齐书》云：“汉东京《礼仪志》：‘南郊礼毕，次北郊、明堂、高庙、世祖庙，谓之五供。’

---

① 郭茂倩《乐府诗集》，第 224 页。

② 刘珍等《东观汉记》，见吴树平《东观汉记校注》，开封：中州古籍出版社，1987 年，第 159 页。

蔡邕所据亦然。"①可见汉郊庙乐为"五供"祭祀用乐。从周至汉，演奏郊庙乐的乐署、乐人并非一成不变，据《唐六典》：

> 周人建国，左宗庙，右社稷，祭天于南郊之圜丘，就阳位也；祭地于北郊之方坛，就阴位也。故有典祀中士二人、下士四人，以时而祭则征役于司隶，帅其属而修除之。秦、汉奉常属官有太祝令、丞，景帝改为祠祀，武帝更曰庙祀。后汉庙祀属于少府。②

西汉哀帝罢乐府而又有所变化，曾将郊祭乐演奏人员别属于祭祀南北郊的郊社署。《汉书·礼乐志》云：

> 其罢乐府官，郊祭乐及古兵法武乐，在经非郑卫之乐者，条奏，别属他官。……丞相孔光、大司空何武奏："郊祭乐人员六十二人，给祀南北郊。"③

再看蔡邕所说的上陵食举之乐。范晔《后汉书》云："永平元年春正月，帝率公卿已下朝于原陵，如元会仪。"唐李贤注曰：《汉官仪》曰："古不墓祭。秦始皇起寝于墓侧，汉因而不改。诸陵寝皆以晦、望、二十四气、三伏、社、腊及四时上饭。其亲陵所宫人，随鼓漏理被枕、具盥水、陈庄具。天子以正月上原陵，公卿百官及诸侯王、郡国计吏皆当轩下，占其郡国谷价，四方改易，欲先帝魂魄闻之也。"④据《读通鉴论》卷七，"明帝即位元年，率百官朝于先帝之陵，上食奏乐，郡国计吏以次

---

① 萧子显《南齐书》，北京：中华书局，1979 年，第 122—123 页。

② 张九龄著，袁文兴编《唐六典全译》，西宁：甘肃人民出版社，1997 年，第 413 页。

③ 班固《汉书》，北京：中华书局，1962 年，第 1073 页。

④ 范晔《后汉书》，杭州：浙江古籍出版社，1998 年，第 1 册，第 634 页。

占其谷价及民疾苦，遂为定制”①。上陵食举之礼是在东汉明帝(58)时才成为定制。汉代食举乐除了上陵食举之外，还有宗庙食举、殿中御饭食举及太乐食举四种，详见下表：

食举乐类型	曲　　目	附加说明
宗庙食举	鹿鸣、承元气、思齐皇姚、六骐麟、竭肃雍、陟叱根	前二者为章和二年之前宗庙食举用乐，后四为章和三年新造。
上陵食举	鹿鸣、承元气、思齐皇姚、六骐麟、竭肃雍、陟叱根、重来、上陵	前六者为章和三年宗庙食举乐，另加后二曲而成。
殿中御饭食举	鹿鸣、思齐皇姚、六骐麟、竭肃雍、陟叱根、惟天之命、天之历数	前五者为章帝三年宗庙食乐，另加后二曲而成。
太乐食举	鹿鸣、重来、初造、侠安、归来、远期、有所思、明星、清凉、涉大海、大置酒、承元气、海淡淡	鹿鸣、承元气是章帝二年宗庙食举乐，后加十一曲而成。

由上表可知，汉代各类食举乐曲目是在章和二年(88)以后逐渐完善才基本定型的。到了熹平元年(172)，“春，正月，车驾上原陵。司徒掾陈留蔡邕曰：‘吾闻古不墓祭。朝廷有上陵之礼，始谓可损；今见威仪，察其本意，乃知孝明皇帝至孝恻隐，不易夺也。礼有烦而不可省者，此之谓也。’”②蔡邕根据殷人重神不重鬼的观念，认为上陵食举之礼乐皆可减省，但观灵帝意在孝悌，观念遂有所转变。由此可见，蔡邕将食举乐与郊庙、上陵均隶属于郊庙神灵所用的《太予乐》，皆是依据当时的礼乐实况。

当注意者，上表食举乐中的《上陵》、《远期》、《有所思》三曲，与铙

---

① 王夫之《读通鉴论》，上海：上海古籍出版社，2002年，《续修四库全书》第499册，第566页。

② 司马光编著，胡三省音注《资治通鉴》，北京：中华书局，1997年，第1827页。

歌十八曲中的三曲相似，郭氏云："(《上陵》)古词大略言神仙事，不知与食举曲同否？"[①]"按《古今乐录》汉太乐食举第七曲亦用之，不知与此(《有所思》)同否？"[②]关于铙歌《远如期》，郭氏云："《宋书·乐志》有《晚芝曲》，沈约言旧史云'诂不可解'，疑是汉《远期曲》也。《古今乐录》曰：'汉太乐食举曲有《远期》，至魏省之。'"[③]

汉代的食举乐为食礼用乐。食礼不饮酒，以饭为主。食礼依轻重不同分飨、食、燕三种不同的食礼，盛者九举九饭，其次七举七饭，再次五举五饭。《大戴礼记·保傅》："食以礼，彻以乐。"[④]《周礼·天官·膳夫》："卒食，以乐彻于造。"造乃"竈"之借字。汉明帝即位元年的上陵食举应为飨礼。据《通典》云：

> 《周官》云："王大食，三侑，皆令钟鼓。"汉蔡邕云："王者食举以乐。今但有食举乐，食毕则无乐。按膳夫职'以乐侑食'，《礼记》云：'客出，以《雍》彻，以《振羽》。'《论语》云：'三家者，以《雍》彻。子曰：相维辟公，天子穆穆，奚取于三家之堂。'如此，则彻食应有乐，不容同用食举也。"[⑤]

君王食毕，客出时须奏《雍》，侍食者撤去席上食物时要以《振羽》乐章作为伴奏，撤食者之动作要与音乐节奏相合。《礼记·哀公问》："和鸾中《采荠》，客出以《雍》，彻以《振羽》。"郑玄注："《采荠》、《雍》、《振羽》皆乐章也。"[⑥]可以看出，汉代食举礼中就只有食举乐，而无撤食之乐，而蔡邕认为，撤食时也当用乐，既然没有专门的撤食之乐，那

---

① 郭茂倩《乐府诗集》，第 229 页。

② 郭茂倩《乐府诗集》，第 230 页。

③ 郭茂倩《乐府诗集》，第 232 页。

④⑥ 钱玄，钱兴奇编著《三礼辞典》，南京：江苏古籍出版社，1998 年，第 1053 页。

⑤ 杜佑《通典》，北京：中华书局，1984 年，第 769 页。

么这就会产生借用曲目的情况。《古今乐录》曰：“汉章帝元和中，有宗庙食举六曲，加《重来》《上陵》二曲，为《上陵》食举。”①上陵食举中又加的两曲，可能是食举乐，也可能是撤食用乐。《淮南子·主术》云：“鼙鼓而食，奏雍而彻。”②可见《上陵》等曲演奏时必有钟、鼓乐器的使用。《乐府诗集》题解还引《宋书·乐志》曰：“汉享宴食举乐十三曲，与魏世鼓吹长箫同。长箫短箫，《伎录》云：‘丝竹合作，执节者歌。’又《建初录》云：‘《务成》、《黄爵》、《玄云》、《远期》，皆骑吹曲，非鼓吹曲。’此则列于殿庭者名鼓吹，今之从行鼓吹为骑吹，二曲异也。……按《西京杂记》：‘汉大驾祠甘泉、汾阴，备千乘万骑，有黄门前后部鼓吹。’则不独列于殿庭者名鼓吹也。汉《远如期曲》辞，有‘雅乐陈’及‘增寿万年’等语，马上奏乐之意，则《远期》又非骑吹曲也”③可见，“短箫铙歌”中的曲辞演奏时不限于短箫的使用，还有使用长箫，“丝竹合作，执节者歌”。在演奏场合及方式上，不仅有列于殿庭者，还有从行鼓吹，马上奏乐的情况，足见乐舞表演的灵活性，从汉画像资料中的确可以看到上文描述的演奏情景。1986 年出土于新野县樊集乡第 23 号西汉晚期墓、用作墓门的画像砖正表现了这种场景，详见图 19：

图 19　西汉晚期 新野樊集乡鼓舞画像砖，《中国音乐文物大系·河南卷》，第 199 页

---

① 郭茂倩《乐府诗集》，第 228 页。

② 《辞源》，第 1800 页。

③ 郭茂倩《乐府诗集》，第 224 页。

图中殿堂下的演奏者分两层：上二人以舞姿击鼓、铙；下五人，一鼓瑟，两相对者吹排箫，一击鞞，一舞刀。《乐府诗集》引《宋书·乐志》曰："雍门周说孟尝君：'鼓吹于不测之渊。'说者云：'鼓自一物，吹自竽、籁之属，非箫、鼓合奏，别为一乐之名也。'"①其中说者所云并不确切，上图表现的恰恰是"箫、鼓合奏"，正如《伎录》所云，是"丝竹合作，执节者歌。"所谓执节而歌者，即画面中击鼓铙者，二人击鼓铙为节，边击边舞边歌。《汉书·礼乐志》称：哀帝下诏罢乐府官，而将郊祭乐及古兵法武乐别属他官。丞相孔光、大司空何武奏称：古兵法武乐"凡鼓十二，(各类鼓)员百二十八人，朝贺置酒陈殿下，应古兵法"②。显然，古兵法武乐属于朝会所用的鼓吹乐。

然而，郭氏明知部分"铙歌"曲目不限于军乐使用，但又以"所用异耳"作为其"鼓吹曲辞"分类的区别性特征，足以表明"铙歌"在其它场合或用途的使用并不影响"短箫铙歌"作为一种类别存在的意义。此种情形正如"短箫铙歌"部分曲目固然用于食举乐，但铙歌十八曲作为军乐是东汉用乐的事实。因此蔡邕根据东汉时期礼乐施用的实际情形，考虑音乐的用途与场合不同，把"短箫铙歌"独立成类。郭茂倩为"短箫铙歌"设立"鼓吹"一类，其解题云："汉有《朱鹭》等二十二曲，列于鼓吹，谓之铙歌。及魏受命，使缪袭改其十二曲，而《君马黄》……十曲，并仍旧名。是时吴亦使韦昭改制十二曲，其十曲亦因之。……晋武帝受禅，命傅玄制二十二曲，而《玄云》《钓竿》之名不改旧汉。宋、齐并用汉曲。又充庭十六曲，梁高祖乃去其四，留其十二，更制新歌，合四时也。北齐二十曲，皆改古名。……后周宣帝革前代鼓吹，制为十五曲……隋制列鼓吹为四部，唐则又增为五部，部各有曲。"③显然，郭茂倩之所以能够在蔡邕分类基础上实现更大的突破，正是因为他能站在汉唐乐府发展的高度，眼光如炬，看到铙歌曲历经

① 沈约《宋书》，北京：中华书局，1974 年，第 558—559 页。

② 班固《汉书》，第 1073 页。

③ 郭茂倩《乐府诗集》，第 224 页。

魏晋后世之改造，成为历代制礼作乐、称述功德的经典套曲的演变脉络，以“短箫铙歌”专为一类正是充分彰显了这一乐府学意义。同样，汉代“鼓吹”乐中的“横吹”、“相和”、“杂舞曲”也因同样的原因，被郭茂倩一一设类，足以见出，音乐学与文学意义的双重并举，不仅是郭茂倩强调的类别意义，还同时体现出以《乐府诗集》的结撰精心呈现汉唐乐府发展脉络的用意。

（原载《江苏师范大学学报》2014 年第 6 期，《高等学校文科学术文摘》2015 年第 1 期转载）

曹植杂曲歌辞的音乐性质考论

王淑梅

郭茂倩《乐府诗集》载录曹植乐府诗 43 首，其中包括相和歌辞 17 首、舞曲歌辞 5 首及杂曲歌辞 21 首。据沈约《宋书·乐志》、释智匠《古今乐录》等记载，曹植所作鼙舞歌辞全部入魏乐演奏，其相和歌辞《怨诗行》、《怨歌行》、《门有车马客行》虽不入魏乐，但是在西晋及南朝时期却有入乐的记载，可以确定这些歌辞曾被选入西晋至南朝的乐府演唱。与音乐关系最不明确的要数杂曲歌辞，由于文献失录、音乐背景不明等原因，使得这些歌辞的来历悬疑重重，郭茂倩《乐府诗集》虽专门设“杂曲”一类，将其归入，但由于史料阙如，杂曲与音乐的关系仍然是个难解的未知之谜，虽众说纷纭，却难有定论，目前关于曹植乐府与音乐关系的观点分歧，仍主要集中在杂曲歌辞。

关于曹植乐府诗的音乐性，自刘勰《文心雕龙·乐府》云“子建士衡，咸有佳篇；并无诏伶人，故事谢丝管”以来，清代学者多将“无诏伶人”、“事谢丝管”之诗视同不可入乐之诗①。二十世纪以来，乐府诗研究在以往片面重视文学性研究的基础上，更加重视其音乐性与文学性的全面探究。关于曹植乐府与音乐的关系问题，也引起了学者

---

① 周振甫注“无诏伶人”引清人黄叔琳评曰：“唐人用乐府古题及自立新题者，皆所谓‘无诏伶人’。”纪昀评曰：“唐伶人所歌，皆当时之诗也。”（参见《文心雕龙注释》，人民文学出版社，1981 年，第 66 页），此后，“无诏伶人”之诗即不可入乐之诗，成为一种代表性的学术观点，后此学者多从之。

们的广泛关注，影响较大的观点认为，曹植的乐府诗已经脱离音乐而文学化[①]，与此同时，也有研究者认为，曹植的乐府诗仍有着确切的音乐环境，基本可以入乐[②]。这些研究多是从零星的文献入手发微、推理，间接考察它们的音乐性质，即使对作为重要依据的刘勰那段论述，也不免有断章取义之嫌。笔者认为，有关魏晋时期的音乐文献缺佚较为严重，仅据此简单推断其与音乐关系之疏密，距离真正的事实本身肯定还有许多缺失环节无法弥补。有鉴于此，本文将从史实与文本的考察入手，围绕曹植杂曲歌辞创作的背景与动机、曲题特点、与汉魏乐府传统之关系等具体问题，对曹植杂曲歌辞的音乐性质再作探讨。

一、对《文心雕龙》论述的重新阐释

刘勰评论曹植乐府的完整论述是："观高祖之咏'大风'，孝武之叹'来迟'，歌童被声，莫敢不协；子建士衡，咸有佳篇，并无诏伶人，故事谢丝管，俗称乖调，盖未思也。"[③]能否准确理解这段话，对于认识曹植的杂曲歌辞的音乐性质，至关重要。观其文意，刘勰实在是为曹植、陆机鸣不平：像高、武二帝有感而发的即兴之作，尽管未必合于音律，但命歌童合乐演唱，没有人敢不尽力使之协乐，哪怕"乖调"也在所不惜；而曹植、陆机虽有乐府佳作，朝廷却不让伶人演唱，以致其乐

---

① 钱志熙认为曹植杂曲以"篇"系题，"可能正说明这种拟乐府诗是以文章辞藻为主，不同于真正的乐歌"（参见《汉魏乐府的音乐与诗》，郑州：大象出版社，2000 年，第 152 页）；王立增认为"篇"题属于拟辞，非真正的歌辞（参见其《唐代乐府诗研究》，国家图书馆博士论文库，2004 年），"'篇'诗是古代文人最早具有自觉意识的徒诗，'篇'诗产生的深长意味，在于标志着魏晋文人以'文学意味'为主导的诗歌创作"，"标志着文人真正进入到乐府诗的领域"。（参见其《乐府诗题'行''篇'的音乐含义与诗体特征》，《文学遗产》2007 年第 3 期）

② 参见向回《曹植乐府不入乐说质疑》，其中列举了大量曹植乐府在后世传唱的例证。

③ 詹锳《文心雕龙义证》，上海：上海古籍出版社，1989 年，第 259—260 页。

府诗与丝管无缘。他首先批驳了曹、陆歌辞不合乐律的谬说，“俗称乖调，盖未思也”。另外指出，曹植乐府诗不被入乐，原因在于“无诏伶人”，而高祖武帝之诗虽未必协律，但并不影响其在朝廷入乐演唱。很显然，决定乐府诗是否入乐的关键并不在于是否协律，而是另有音乐之外的其它原因。反过来说，乐府诗究竟算不算真正的歌辞，并不能以入乐结果作为最终评判的客观标准，合于音律的乐府诗创作完成以后，并不会因为最终没有入乐而使其符合入乐规范的性质发生改变。至于清代学者径将“无诏伶人”与不可入乐等同起来，应该是基于这样一种判断：由于音乐风尚的变化，入唐代乐府演唱的乐府诗多为绝句，而古体乐府则不再适合入乐演唱。那么，视曹植“事谢丝管”之诗为拟辞，非真正的歌辞，或曰其杂曲歌辞以文章辞藻为主，非真正的歌辞，这些观点不过是将“无诏伶人”的结果与曹植杂曲歌辞的文学化、个性化作了“巧妙”的嫁接，使人感觉二者之间隐秘地存在着互为因果的关系，从而倒果为因，循环推理，然而这终竟不过是臆断之辞，难以服人。刘勰的观点已经明确告诉我们，曹植的乐府诗不被入乐，问题绝非出在歌辞本身，所谓文章辞藻等等，当然也不能作为曹植乐府诗脱离音乐的依据。曹植的乐府诗与音乐的关系究竟如何，不妨回到历史的情境当中，对曹植杂曲歌辞的创作动机、创作环境去作具体而微地全面探究，从而彻底厘清曹植杂曲歌辞的音乐性质。

二、曹植杂曲歌辞创作的背景及功用

曹植的 21 首杂曲歌辞，从创作时间上看，除《斗鸡篇》而外，其余皆作于黄初、太和年间，其时曹植及诸侯王的生活境遇开始发生了较大的变化。建安二十二年十月曹丕立为太子，《魏略》称：“太子嗣立，既葬，遣彰之国。”①建安二十五年正月，“文帝即王位，诛丁仪、丁廙并其男口。植与诸侯并就国”②。也就是说，曹植及曹彰诸人自曹丕

① 陈寿《三国志》卷十九，北京：中华书局，1982 年，第 577 页。

② 陈寿《三国志》卷十九，第 661 页。

登帝以后，就被遣至各自的藩国，而且下令诸侯不朝。其目的在曹叡太和五年八月的诏书中说得极为明白："古者诸侯朝聘，所以敦睦亲亲协和万国也。先帝著令，不欲使诸王在京都者，谓幼主在位，母后摄政，防微以渐，关诸兴衰也。"①各诸侯王当中，曹植又是朝廷严加防范的对象，不仅有监国使者对其严密监视，待遇较诸王也更为苛刻。曹植于黄初二年，贬爵安乡侯，又改封鄄城侯。三年，立为鄄城王。四年，徙封雍丘王。太和元年徙封浚仪。二年复还雍丘。三年徙封东阿。太和六年二月，封为陈王。在曹丕、曹叡执政时期，曹植唯在黄初四年、太和五年到过京都，其余时间都只能待在自己的藩国。这种政治上被压抑的痛苦和渴求展露才华的愿望，在他的《求通亲亲表》和《求自试表》等文章中表现得十分强烈。一方面是政治上不断遭到排挤、迫害，生活境遇日渐窘迫，一方面却大量而又集中地创作了那么多杂曲歌辞。试问两者之间有何联系？抑或仅仅出于某种偶然？

从魏晋时期乐府诗的创作总体情况看，乐府歌辞的创作，除了曹氏父子，多是由侍中或其他音乐专职人员来完成的，其时对乐府诗作者的资格限定极为严格，一般文人不能随便创作乐府诗。笔者曾对这些乐府诗作者的职衔职能作过全面考察，发现魏晋乐府诗作者皆为皇帝的近侍之臣，具体来说，他们都属于省官，相对于宫官及外官来讲，与皇帝的关系更为近密，极受皇帝宠信。他们兼擅文学与音乐，是礼乐治国的能臣，礼乐制度与乐府歌辞多出其手。即便如此，魏明帝时期的散骑常侍王肃曾经私造宗庙歌诗 12 篇，却不被歌，这又说明，除了作者拥有创作乐府诗的资格，还要经朝廷诏可，其所造乐府诗方可歌入乐府。因此，曹植在藩国时期大量创作杂曲歌辞，不能说是完全出于偶然，应该有着明确的创作动机。既然如此，曹植创作杂曲歌辞会出于何种动机呢？他在《求通亲亲表》中说："每四节之会，块然独处，左右唯仆隶，所对惟妻子，高谈无所与陈，发义无所与

① 陈寿《三国志》卷三，第 98 页。

展，未尝不闻乐而拊心，临觞而叹息也。”[①]而在其《求自试表》中也有“耳倦丝竹”的自述，可见藩国时期的曹植虽然政治上倍受压抑和迫害，但是仍然可以拥有自己的藩国音乐。其《鞞舞歌序》又云：“汉灵帝西园鼓吹有李坚者，能鞞舞，遭乱西随段熲。先帝闻其旧有技，召之。坚既中废，兼古曲多谬误，异代之文，未必相袭，故依前曲，改作新歌五篇。不敢充之黄门，近以成下国之陋乐焉。”[②]曹植在藩国既然有自己的“陋乐”，必然需要合乐演唱的乐府歌辞，音乐修养极高的曹植既然可以依前曲作鼙舞新歌，当然也会创作其他乐府，除了满足自己藩国的娱乐之需，还可以通过进献的方式实现入朝廷乐府的目的。比如曹植杂曲歌辞中的《名都篇》、《美女篇》、《白马篇》，《歌录》云“并齐瑟行也”，吴兢《乐府古题要解》注为拟《齐瑟行》而作。《齐瑟行》是齐地的很有名的乐舞艺术，曹植《侍太子坐》诗云：“齐人进奇乐，歌者出西秦”，其《野田黄雀行》云：“秦筝何慷慨，齐瑟和且柔。阳阿奏奇舞，京洛出名讴”，曹丕《善哉行》亦云：“齐倡发东舞，秦筝奏西音。有客从南来，为我弹清琴”，从这些诗句可以看出，曹魏时期齐地的乐舞比较发达，早在曹操执政时期就被进献到宫廷表演，而且深得曹丕、曹植兄弟的喜爱，曹植的藩国位处齐地，他拟《齐瑟行》乐调创作诸多“篇”题杂诗，既可以满足娱乐需要，也可以向朝廷进献，其创作动机应与改作鼙舞新歌并无二致。大量文献证明，各地都有进献奇乐歌舞者，可以说，所有进献给朝廷的歌诗，都曾经在当地经过入乐彩排，否则是不可能进献的。既然如此，即使是那些被朝廷淘汰，未能在朝廷下诏伶人、被之管弦的作品也不能说它们与音乐全无关系，纯然是只讲究辞藻的徒诗、拟辞。同样，曹植的杂曲歌辞即使不曾入朝廷之乐，也不能说与音乐无关，至少还可以入其藩国之乐。所以轻率断言曹植的杂曲歌辞脱离音乐，是没有道理的。

---

① 赵幼文《曹植集校注》，北京：人民文学出版社，1998 年，第 437 页。

② 赵幼文《曹植集校注》，第 323 页。

三、曹植杂曲歌辞的曲题特征与乐府传统

乐府诗因为要配乐演唱,受到乐歌传统的极大限制,在文本特征上自来有别于一般意义上的诗歌,曹植杂曲歌辞的创作如果在文本特征方面符合当时的乐歌传统和范式,自然也能充分说明它与音乐的关系。虽然歌与诗古来一体,很难区分,但是乐府诗往往会在曲调、题名、本事、体式、风格等方面,体现出它们与音乐的特殊关系,在这些方面当中,又以曲名或题名与音乐联系最为近密。以下不妨从曲题特征方面将曹植杂曲与汉魏乐府传统作一对照,来具体分析它们的音乐性质。

从曲名、题名上看,曹植的杂曲歌辞分为三种类型:一是"行"类,共有 7 首;二是"篇"类,共有 10 首;另有两首,从题名上看没有表现出前两类这么明显的曲题特征。

首先,我们将"行"类与"篇"类歌辞的命名方法及其意义略作分析。先说"行"类。"行"最早作为动词,与音乐相关的有如下记载:

《庄子·知北游》曰:"啮缺问道乎被衣。被衣曰:'若正汝形,一汝视。天和将至,摄汝知,一汝度。神将来舍,德将为汝美,道将为汝居。汝瞳焉如新生之犊而无求其故。'其言未卒,啮缺睡寐。被衣大说,行歌而去之。"

郭庆藩疏云:"行於大道歌而去之。"

又《达生》:"孔子观於吕梁,悬水三十仞,流沫四十里。……见一丈夫游之,以为有苦而欲死也,使弟子并流而拯之,数百步而出,被发行歌而游於塘下。"

郭庆藩疏云:"塘,岸也。既安於水,故散发而行歌,自得逍遥,遨游岸下。"①

---

① 郭庆藩《庄子集释》卷六,见《诸子集成》第三册,上海:上海书店,1986 年,第 322、288 页。

显然“行歌”是歌之一种。其特点何在呢？郭氏的解释已经说明：歌者应是怀着喜悦的心情，边走边歌，这才符合“行歌”的涵义。既然是行走时唱歌，一方面当然可以称作“行歌”，另一方面，我们也可体会到行走时的歌唱与静止不动地歌唱，在音乐特点上应该有所不同，至少“行歌”的旋律特点与行走的步调是能够配合的。学界目前的研究也能证明这一点。据李纯一音乐考古发现，战国时期即有行钟、歌钟两种不同的乐器。日本学者清水茂《乐府“行”的本义》认为：“依‘行钟’简单的大音程跳跃的音阶演奏的乐曲，因其具有旅行音乐的意味，而被题名作‘行’，或即使乐曲并非用于旅行，但‘行’的名称照样保留了下来。”①，葛晓音先生也持相同观点。因此，“行”对行旅音乐的节奏特点带有某种规定的性质。李善及其同时代人将“行”视为“歌”或“曲”，从逻辑关系上讲，这是没有问题的。但是反过来则不可，因为只有符合大音程跳跃特点的歌曲才可以称为“行”。因此，“行”是指的曲调特点，缀以“行”字的乐府诗，如《长歌行》、《短歌行》、《艳歌行》、《燕歌行》、《陇西行》、《相逢行》等，都应该是“行”类音乐的曲调名。

曹植的7首杂曲“行”题乐府诗，显然也是乐府曲调名。但是我们发现，曹植的某些“行”题曲调中，多了一个“当”字，比如《当事君行》、《当墙欲高行》、《当欲游南山行》、《当车已驾行》。与此类似，曹植相和歌辞中有一首《当来日大难》，也是以“当”命名。在曹魏时期的乐府诗题名中，除了曹植外，再无一人使用此种命名方法。因此，以“当”加“行”为题，是曹植的创造。“当”字何解，曹植的这种命名方法与乐府诗的创作有何关系呢？

魏晋新鼓吹曲辞皆依汉旧曲作新歌，述以功德代汉，萧涤非先生《汉魏六朝乐府文学史》认为：“‘当’为乐府诗中之术语，有时用‘代’，

① 清水茂《清水茂汉学论集》，北京：中华书局，2003年，第333—339页。

其意则一。”[①]《方言》卷十：“皆南楚江湘之间代语也。”郭璞注：“凡以异语相易谓之代也。”[②]缪袭创作新鼓吹曲辞时在魏明帝时期，但类似这种依旧曲创新词的现象，早在东汉东平王苍作武德舞歌诗中就已出现。到了曹魏时期，注重乐章歌辞建设，异代之文未必相袭，依汉旧曲作新歌蔚为风气。而曹植所作的《鼙舞歌》五曲，也是依前曲改作新歌，与“当”的创作方式也是相同的，只是它们在题名上没有体现出来而已。这充分说明，曹魏时期对于乐府诗的命名，并没有一而化之，可以是多样化的。“当”加“行”题的内涵是指依照某种乐府曲调，另创新辞以代之，这在曹魏时期是一种极为普遍和流行的乐歌创作模式。

再看“篇”类。曹植杂曲歌辞中出现了大量以“篇”为题的乐府诗，如《名都篇》、《美女篇》、《白马篇》、《远游篇》、《仙人篇》、《飞龙篇》、《盘石篇》、《斗鸡篇》、《驱车篇》、《种葛篇》，这些歌辞皆是以歌辞首句前两字加“篇”为题。“篇”与“行”不同，它们不是曲调名，而是指歌辞的诗题名。不过，以“篇”为题不是曹植的首创，也不仅限于杂曲歌辞。

最早以“篇”为题，应始于汉代的铎舞曲辞。《宋书·乐志》云：“《铎舞》歌诗二篇。《圣人制礼乐篇》：……”[③]《乐府诗集》转引《古今乐录》曰：

古《铎舞曲》有《圣人制礼乐》一篇，声辞杂写，不复可辨，相传如此。魏曲有《太和时》，晋曲有《云门篇》，傅玄造，以当魏曲，

---

① 萧涤非《汉魏六朝乐府文学史》，北京：人民文学出版社，1998 年，第 164 页。

② 阮元《经籍籑诂》，成都：成都古籍书店，1982 年，第 740 页。

③ 沈约《宋书》卷二十二，《二十五史》百衲本，第 2 册，杭州：浙江古籍出版社，1998 年，第 306 页。

齐因之。[1]

按照《古今乐录》的说法，好像古辞“圣人制礼乐”本无篇，是沈约加上了“篇”字。除此而外，《宋书·乐志》载录的鼙舞、拂舞歌诗也都以“篇”为题。“篇”题是否沈约加上的呢？对《宋书·乐志》载录的汉魏晋杂舞歌辞作一统计，就可以看出并非如此。

汉鼙舞歌五篇：关东有贤女、章和二年中、乐久长、四方皇、殿前生桂树。

魏明帝鼙舞歌五篇：明明魏皇帝、太和有圣帝、魏历长、天生烝民、为君既不易。

魏陈思王鼙舞五篇：圣皇篇、灵芝篇、大魏篇、精微篇、孟冬篇。

晋鼙舞歌五篇：洪业篇、天命篇、景皇帝、大晋篇、明君篇。

铎舞歌诗两篇：圣人制礼乐篇、云门篇。

拂舞歌诗五篇：白鸠篇、济济篇、独禄篇、碣石篇、淮南王篇。

这些歌诗并非统一加“篇”为题，更何况舞曲歌辞中还有众多非“篇”题歌辞。田青认为，《宋书·乐志》始修于齐永明五年至六年（公元487—488年），全部完成当在梁代，在刘宋何承天旧稿本《宋书》基础上完成，是梁武帝乐议以后的产物[2]。沈约载录的歌辞必有所本，想必应该是当时能够见到的脚本或演出记录。况且沈约在前而陈释智匠的《古今乐录》在后，按道理应以前者为是。

另外，魏武帝的《步出夏门行》，魏晋乐所奏解作相和歌瑟调曲，晋时又配入《拂舞》舞曲，改称“碣石篇”[3]。曹操的歌辞原不称“篇”，配入舞曲才改称“篇”，乐书中所载的类似一诗多题现象，应是此诗多次入乐的判断依据。又因为曹植的鼙舞曲也是入乐的，这似乎可以说，“篇”题诗恰是魏晋时期入乐杂舞歌辞的一个标志。不过

---

① 郭茂倩《乐府诗集》卷五十四，北京：中华书局，1979年，第784页。

② 田青《沈约及其〈宋书·乐志〉》，《中国音乐学》2001年第1期。

③ 沈约《宋书》卷二十二，第306页。

舞曲歌辞以“篇”为题，从有限的记载来看，在汉代还只限于《圣人制礼乐篇》一题，而统一以“篇”为题，始于曹植《鼙舞歌》。这与杂曲歌辞的“篇”题命名呈现出一种鲜明的命题特征。

除了舞曲歌辞，在曹操的相和歌辞中也有“篇”题。《乐府诗集》卷二十六“相和曲”注曰：

> 《古今乐录》曰：“张永《元嘉技录》：相和有十五曲……二曲无辞，《觐歌》《东门》是也。其辞《陌上桑》歌瑟调，古辞《艳歌罗敷行》‘日出东南隅’篇。《觐歌》，张录云无辞，而武帝有《往古篇》。《东门》，张录云无辞，而武帝有《阳春篇》。……”①

根据《古今乐录》的说法，《阳春篇》是魏武帝据相和《东门》曲所作的歌辞，《往古篇》是据《觐歌》曲所作的歌辞。从“其辞《陌上桑》歌瑟调，《古辞》《艳歌罗敷行》‘日出东南隅’”篇来看，对一首歌辞从音乐上进行完整的命名应包括调类名、曲名、歌辞名，而“篇”是指的歌辞名。但是如果某一首曲的调类通常是固定的，而且只有一篇歌辞的话，只需说歌辞名或者曲名即可以让人明白，而不必这么麻烦。实际上我们发现，以“篇”为题主要出现在魏，这与魏以来的乐府诗创作是有关系的。魏以来据汉旧曲创作新辞成为一种风尚，在一首曲拥有多篇歌辞的情况下，就产生了在曲名下特别注明歌辞名称以示区分的必要。

从舞曲歌辞、相和歌辞的情况来看，“篇”题无疑是指歌辞的一种命名方法，至于钱志熙所说曹植杂曲以“篇”系题，“可能正说明这种拟乐府诗是以文章辞藻为主，不同于真正的乐歌”②，王立增所说“‘篇’题与‘拟’题、‘当’题、‘代’题、‘效’题、‘学’题等都属于拟辞，非

① 郭茂倩《乐府诗集》卷二十六，第382页。

② 钱志熙《汉魏乐府的音乐与诗》，第152页。

为真正的歌辞”[①]，显然没有综合考虑曹植时期乐府诗创作的背景和风气。因为舞曲的“篇”题显然已经入乐了，而魏武帝的相和歌辞应该也是入乐的，只是文献失传罢了。曹植的杂曲“篇”题既是为入乐的目的而创作的，又据《文选》注引《歌录》，《名都》、《美女》、《白马》、《盘石》诸篇，皆属《齐瑟行》，这部分杂曲歌辞都有具体的曲调名。加之曹植藩国位处齐地，以齐地之乐调将这些杂曲歌辞入其藩国之乐，合乎情理。只不过《齐瑟行》的曲调已经搞不清楚，故郭茂倩《乐府诗集》将其归为杂曲罢了。

关于“妾薄命”和“五游”，这两首没有上述两类明显的曲名或题名的类型特征。不过，“妾薄命”渊源有自，可以找到相关本事。此词最早见于《汉书·外戚传》，汉成帝减省后宫椒房掖庭用度，许皇后上疏皇帝曰：“其萌芽所以约制妾者，恐失人理。今但损车驾及母，若未央宫有所发，遗赐衣服如故事则可矣，其余诚太迫急，奈何！妾薄命！端遇竟宁前，竟宁前于今世而比之，岂可邪？”[②]后来，汉成帝专宠赵飞燕，许皇后和班婕妤等人失宠，最后许皇后被诛死，其余人等被遣回故郡。总之“妾薄命”是许皇后失宠以后的怨嗟之辞，汉魏之际清商怨曲十分流行，“妾薄命”与班婕妤《怨歌行》在本事、性质方面相仿，而曹植作有《怨歌行》、《怨诗行》，足见其对这类音乐的喜爱，因此创作“妾薄命”既顺应了音乐上的娱乐需求，也应有音乐流行的具体背景。

关于“五游”，此篇歌辞创作于太和年间，据《三国志》，植于太和二年，复还雍丘，常自怨愤，抱利器而无所施，上疏求自试曰：

今臣……而位窃东藩，爵在上列，身被轻暖，口厌百味，目极

---

① 参见王立增《唐代乐府诗研究》，国家图书馆博士论文库，2004 年，第 152 页。

② 班固《汉书》卷九十七，《二十五史》百衲本，第 1 册，杭州：浙江古籍出版社，1998 年，第 594 页。

华靡，耳倦丝竹者，爵重禄厚之所致也。退念古之受爵禄者，有异于此，皆以功勤济国，辅主惠民。今臣无德可述，无功可纪，若此终年，无益国朝，将挂风人彼已之讥。是以上惭玄冕，俯愧朱绂。①

曹植这篇《求自试表》当作于曹休战败之后，明帝诏令公卿近臣举良将各一人，曹植因上此表，阐述自己为国立功之宿愿，请求试用，但毫无结果，次年又被徙东阿。《五游》写到天上游历所见，陈胤倩曰："此有托而言神仙者。观'九州不足步'五字，其不得志于今之天下者审矣。"②，可见《五游》托言神仙，乃有迫不得已的隐衷，这种藉游仙以抒泄愤懑自《离骚》开其端，汉乐府中游仙诗极为流行，或述酣宴娱乐，或渴慕长生。特别值得指出的是，魏乐府中游仙诗仍然十分流行，而且自曹操开始对游仙乐府诗作了大量的翻新，将《步出夏门行》由游仙题材完全写成一首山水诗，变成抒发亲身经历和感情的新歌辞，曹植此篇则藉游仙之名，写出了自己特殊境遇下的无奈以自宽。

因此，无论《妾薄命》还是《五游》，都是汉魏乐府中极为常见的题材。虽然我们无法确知《妾薄命》、《五游》的具体音乐曲调，但其创作具有汉魏乐府的音乐文化背景。曹植根据这种音乐背景，抒写自己心志所感，这与上述两类根据音乐曲调创作歌辞也是一致的。

总之，曹植杂曲歌辞的题名具有明显的类别性特点，"行"类命名与曲调直接相关，"篇"类命名则与对一首曲调下的多首歌辞作必要的区分有关，而《妾薄命》、《五游》则有可能是曹植本人新创或当时流行的一种曲调。杂曲歌辞题名类型化的特征表明，它们不是文学化的"诗"，而是融入了曹植的思想与境遇，带有个性化特点与政治隐情的"歌"。

---

① 赵幼文《曹植集校注》，第368页。

② 黄节，陈伯君《汉魏乐府风笺》，北京：人民文学出版社，1958年，第207页。

综上所述，曹植杂曲歌辞的创作有其明显的音乐功用。黄初、太和年间的曹植，从政治身份上看，虽缺乏魏氏三祖直接将自己所作歌辞用于宫廷乐府的资格，但从其《鼙舞歌自序》所述，仍可以将其所创歌辞用于藩国“陋乐”，还可以争取通过向朝廷献乐的途径，为自己的乐府诗创造进入曹魏宫廷之机会。从曹植杂曲歌辞的曲题特征来看，他所作杂曲歌辞仍然有着确切的音乐环境，并且深受乐府诗创作传统的影响，曲题的命名符合当时的乐府诗范式。因此，综合曹植杂曲歌辞创作的动机、功用、传播途径等，笔者认为，曹植杂曲歌辞创作不仅与音乐有着极为密切的关系，而且从情理上推测，这些乐府诗应该都是在其藩国入乐演唱的。

（原载《乐府学》第三辑，学苑出版社，2008 年）

魏晋相和歌辞的入乐情况辨析

王淑梅

魏晋相和歌辞的创作虽有明确而具体的音乐背景，存在明显的入乐动机，但从文献记载看，只有部分乐府诗实现了入乐，且入乐时间、入乐方式也是各不相同、极为复杂的。本节拟考察魏晋时期哪些相和歌辞通过何种方式入乐，入乐以后的歌辞文本经历了哪些具体的改造，以此来了解魏晋相和歌辞的创作实质、流传过程以及辞乐关系的变化。

一、曹魏相和歌辞的入乐情况

据《乐府诗集》，曹魏相和歌辞的入乐分作四种情况：第一，仅限于魏乐所奏；第二，魏晋乐所奏；第三，不入魏乐却入晋乐；第四，从魏晋延续至南朝一直入乐。不过由于文献记载的缺佚，曹魏乐府诗在曹魏时期的入乐情况实际上已经无从知晓，郭茂倩只是根据一定的标准进行大致的判断。逯钦立先生认为，《乐府诗集》于宋书所列相和曲，皆目为魏乐所奏，于宋书所列三调曲，皆目为晋乐所奏。但是也有例外者，如魏武帝的《陌上桑》“驾虹霓”是相和曲，却标为“魏晋乐所奏”。再如，魏文帝的《短歌行》“仰瞻”是三调曲，却标为“魏乐所奏”，所以《乐府诗集》对入乐情况的标注情况似乎不像逯钦立先生所认为的那么简单。值得注意的是，《乐府诗集》对相和三调曲的入乐只标注到晋，至于其在南朝的入乐情况则未予标注。鉴于以上两种情况，以下对曹魏相和歌辞的入乐情况进行综合考察。依照时代顺序，曹魏相和歌辞的入乐可分为以下五种情况：

（一）魏乐所奏

魏乐所奏的相和歌辞包括“三祖”所创全部相和歌辞。不过，这些乐府诗在魏乐演奏的时间应该是各不相同的，比如曹操创作的相和歌辞主要是在其执政时间入乐演唱，曹丕、曹叡所创的歌辞则在他们各自执政的时间入乐演唱，时间上会有交替。另外，曹植的相和歌辞不具备入魏乐演奏的资格，所以曹植的相和歌辞皆不入魏乐。

（二）魏晋乐所奏

西晋时期荀勖整理清商三调歌诗，选用部分汉魏旧辞进行重新配乐加工，“三祖”的部分歌辞就被淘汰，不再入乐。表1便是“魏晋乐所奏”的相和歌辞。

表1 “魏晋乐所奏”相和歌辞一览表

作者	曲类	篇名	文献出处及依据
曹操	相和曲	精列	“魏晋乐所奏”（《乐府诗集》卷二十六，第384页）
		陌上桑	“晋乐所奏”（《乐府诗集》卷二十八，第412页）
	瑟调曲	善哉行2首	“魏晋乐所奏”（《乐府诗集》卷三十六，第538页） “《荀氏录》所载十五曲，传者九曲。武帝‘朝日’‘自惜’‘古公’，文帝‘朝游’‘上山’，明帝‘赫赫’‘我徂’，古辞‘来日’，并《善哉》，古辞《艳歌罗敷行》是也……”（《乐府诗集》第534页）
		却东西门行	“魏晋乐所奏”（《乐府诗集》卷三十七，第546页） 《古今乐录》曰：“王僧虔《技录》云：《却东西门行》，荀录所载。武帝《鸿雁》一篇，今不传。”（《乐府诗集》第552页）
		步出夏门行	“魏晋乐所奏”（《乐府诗集》卷三十七，第546页） 王僧虔《技录》云：“《陇西行》歌武帝‘碣石’、文帝‘夏门’二篇。”（《乐府诗集》第542页）
		秋胡行2首	“魏晋乐所奏”（《乐府诗集》卷三十六，第528页）

续表

作者	曲类	篇名	文献出处及依据
	清调曲	苦寒行	《乐府解题》:“晋乐奏魏武帝《北上篇》……”、“晋乐所奏”(《乐府诗集》卷三十三,第496页)
甄皇后	清调曲	塘上行	《乐府解题》:“前志云:晋乐奏魏武帝《蒲生篇》,而诸集录皆言其词文帝甄后所作……”、“晋乐所奏。”(《乐府诗集》卷三十五,第521—522页)
曹丕	相和曲	十五	“魏晋乐所奏”《古今乐录》曰:“《十五》歌文帝辞,后解歌瑟调‘西山一何高’、‘彭祖称七百’篇。”(《乐府诗集》卷二十七,第395页)
		陌上桑	“晋乐所奏”(《乐府诗集》卷二十八,第412页)
	平调曲	燕歌行2首	“晋乐所奏”《乐府解题》:“晋乐奏魏文帝‘秋风’、‘别日’二曲……”(《乐府诗集》卷三十二,第469页)
	清调曲	苦寒行	“晋乐所奏”(《乐府诗集》卷三十三,第496页)
	瑟调曲	善哉行	“魏晋乐所奏”(《乐府诗集》卷三十六,第538页)
		折杨柳行	“魏晋乐所奏”、《古今乐录》:“王僧虔《技录》云:‘《折杨柳行》歌文帝“西山”、古“默默”二篇,今不歌。’”(《乐府诗集》卷三十七,第547页)
		艳歌何尝行	“晋乐所奏”《古今乐录》曰:“王僧虔《技录》云:《艳歌何尝行》歌文帝《何尝》《古白鹄》二篇。”(《乐府诗集》卷三十九,第576页)
		煌煌京洛行	“晋乐所奏”《古今乐录》:“王僧虔《技录》云:‘《煌煌京洛行》,歌文帝园桃一篇。’”(《乐府诗集》卷三十九,第582页)
		善哉行2首	“魏晋乐所奏”(《乐府诗集》卷三十六,第539页)
		步出夏门行	“魏晋乐所奏”(《乐府诗集》卷三十七,第546页)

续表

作者	曲类	篇名	文献出处及依据
曹叡	瑟调曲	棹歌行	“晋乐所奏”、《古今乐录》曰：“王僧虔《技录》云：《櫂歌行》歌明帝‘王者布大化’一篇，或云左延年作，今不歌。”《乐府解题》曰：“晋乐奏魏明帝辞云‘王者布大化’，备言平吴之勋。……”（《乐府诗集》卷四十，第 592 页）
	清调曲	苦寒行	“晋乐所奏”（《乐府诗集》卷三十三，第 496 页）

魏晋乐演奏的乐曲包括魏武帝曹操相和曲 5 首、瑟调曲 4 首、清调曲 3 首、平调曲 2 首，共计 14 首，其相和曲《度关山》、《薤露》、《蒿里》、《对酒》等不再入乐。魏文帝曹丕有相和曲 2 首、瑟调曲 6 首、平调曲 2 首，共计 10 首，其《短歌行》不再入乐。魏明帝有瑟调曲 4 首、清调曲 1 首，计 5 首。

从数量看，晋乐奏魏武帝歌辞最多，为 14 首，涉及相和曲、瑟调曲、清调曲、平调曲四种调类，共十曲。次奏魏文帝歌辞较多，为 10 首，涉及相和曲、瑟调曲、平调曲三种类别，共九曲。奏魏明帝歌辞为 5 首，涉及瑟调、清调两种类别，共四曲。

从调类看，由魏至晋仍在演奏的相和歌中，瑟调曲最多，为 14 首，其次为相和曲 7 首，再次为清调曲 5 首，平调曲 4 首。我们知道，《乐府诗集》中的相和歌辞分作相和六引、相和曲、吟叹曲、四弦曲、平调曲、清调曲、瑟调曲、楚调曲、侧调曲九种，在这样的九种相和调类中，曹魏乐府诗向西晋提供了其中的四种类型。

从曲名看，包括《气出唱》、《精列》、《陌上桑》、《善哉行》、《却东西门行》、《步出夏门行》、《秋胡行》、《苦寒行》、《塘上行》、《短歌行》、《十五》、《折杨柳行》、《艳歌何尝行》、《煌煌京洛行》、《上留田行》、《大墙上蒿行》、《燕歌行》、《櫂歌行》共 18 曲。这 18 曲当中，除了魏武帝的《气出唱》、《精列》、《步出夏门行》、《塘上行》，魏文帝《十五》、《折杨柳行》，魏明帝的《棹歌行》几曲没有古辞，其余皆有汉古辞。

以上皆是流传下来的魏晋乐演奏的相和歌辞。实际上除了以上这些歌辞，还有一些入晋乐演奏的歌辞，因为在南朝以后失传，《乐府诗集》则没有收录。不过，从晋乐演奏的实际情况来看，它们也属于魏晋乐演奏的情况。这些失传的歌辞有：清调曲 2 首（魏明帝《苦寒行》“悠悠”、魏武帝《董逃行》“白日”）、瑟调曲 1 首（魏武帝《却东西门行》）、平调曲 5 首（《长歌行》魏文帝“功名”、魏明帝“青青”二首、《猛虎行》魏武帝“吾年”、魏明帝“双桐”二首、左延年《从军行》“苦哉”一首），共八首。

（三）晋乐所奏

这主要是指曹植的相和歌辞，包括以下表 2 的三曲。

表 2　“晋乐所奏”相和歌辞一览表

作者	曲辞类型	篇名	文献出处和依据
曹植	楚调曲	怨歌行	“晋乐所奏”（《乐府诗集》卷四十二，第 617 页）
		怨诗行	“晋乐所奏”、《古今乐录》曰：“《怨诗行》歌东阿王‘明月照高楼’一篇。”（《乐府诗集》卷四十一，第 610—611 页）
	瑟调曲	野田黄雀行（门有车马客行）	“晋乐所奏”、《乐府解题》曰：“晋乐奏东阿王‘置酒高殿上’……”（《乐府诗集》卷三十九，第 570 页）《古今乐录》曰：“王僧虔《技录》云：‘〈门有车马客行〉歌东阿王置酒一篇。’”（《乐府诗集》卷四十，第 585 页）

曹植的相和歌辞不入魏乐，个中原因非常明显，那就是曹植的政治地位与三祖不能相比。但是并不能就此认为，曹植歌辞皆不入乐，或为不可入乐之“乖调”。因为曹植歌辞在西晋就实现了入乐，两相对比，使得曹植歌辞不入魏乐的原因更加昭然。西晋选择曹植歌辞入乐，说明西晋并不在意曹植的政治地位。曹植奏入晋乐之辞共有三首。从调类上看，一首属于瑟调，另两种是楚调。楚调曲作为相和的一种调式，在“魏氏三祖”的音乐调类中没有出现，曹植楚调曲应是对西晋相和曲调类的一种补充。

(四) 沿续至南朝晋、宋、齐、一直演唱

虽然郭茂倩对歌辞的入乐时间下限只标到晋，但实际上许多歌辞在南朝时期仍然一直演唱。凡是在刘宋时期张永《元嘉正声伎录》、王僧虔《技录》中仍有著录的歌辞，通常都表明它们在刘宋时期仍在演唱；而《古今乐录》对张录、王录多所引用，又在其后注明“今不歌”、“今不传”的情况，又说明这些刘宋时期仍在演唱的曲辞，到了梁、陈时代则可能不再歌唱。不过，到南朝仍在演唱的歌辞，都是经过西晋荀勖进行加工过的“清商三调”歌诗。

1. 清调曲在南朝的传唱情况。《乐府诗集》引《古今乐录》曰：

> 王僧虔《技录》，清调有六曲：一《苦寒行》，二《豫章行》，三《董逃行》，四《相逢狭路间行》，五《塘上行》，六《秋胡行》。荀氏录所载九曲，传者五曲。晋、宋、齐所歌，今不歌。武帝“北上”《苦寒行》，“上谒”《董逃行》，“蒲生”《塘上行》，“晨上”“愿登”并《秋胡行》是也。其四曲今不传。明帝“悠悠”《苦寒行》，古辞“白杨”《豫章行》，武帝“白日”《董逃行》，古辞《相逢狭路间行》是也。其器有笙、笛、(下声弄、高弄、游弄)，篪、节、琴、瑟、筝、琵琶八种。歌弦四弦。张永录云：“未歌之前，有五部弦，又在弄后。晋、宋、齐，止四器也。”①

这段话笔者这样理解：第一，王僧虔《技录》所说的清调六曲，是指的六种曲调。第二，荀录所载九曲，这个“曲”不是指的曲调，而是指的歌曲篇数是 9 首。第三，这 9 首歌辞在传唱中有变化。9 首当中的 5 首（分别是：武帝《苦寒行》、谒上《董逃行》、蒲行《塘上行》、晨上、愿登《秋胡行》）流传了下来，这 5 曲在晋、宋、齐时还在歌唱，而到了梁、陈之时则不再歌唱。另外的 4 首（分别是：明帝的《苦寒行》、古辞《豫章行》、武帝“白日”《董逃行》，古辞《相逢狭路间行》）“今失传”，应指其

---

① 郭茂倩《乐府诗集》卷三十三，北京：中华书局，1979 年，第 495 页。

音乐或歌辞已失传。为清楚起见，将以上情况制成表 3。

表 3 清调曲在南朝入乐情况表

曲名	篇名	作者	原标注情况	实际入乐情况
苦寒行	北上	武帝	晋乐所奏	晋宋齐所歌
	悠悠	明帝	晋乐所奏	音乐失传
豫章行	白杨	古辞	晋乐所奏	音乐失传
董逃行	上谒	古辞	无标注	晋宋齐所歌
	白日	武帝	无辞	音乐、歌辞失传
相逢行	相逢	古辞	晋乐所奏	音乐失传
塘上行	蒲行	武帝	晋乐所奏	晋宋齐所歌
秋胡行	晨上	武帝	魏晋乐所奏	晋宋齐所歌
	愿登	武帝	魏晋乐所奏	晋宋齐所歌

根据上表，相和清调曲魏武帝《秋胡行》二首、《苦寒行》一首，在南朝晋、宋、齐三朝仍在演唱。

2. 瑟调曲在南朝的传唱情况。关于瑟调曲的入乐流传情况，《乐府诗集》引《古今乐录》云：

> 王僧虔《技录》，瑟调曲有《善哉行》《陇西行》《折杨柳行》《西门行》《东门行》《东西门行》《却东西门行》《顺东西门行》《饮马行》《上留田行》《新成安乐宫行》《妇病行》《孤子生行》《放歌行》《大墙上蒿行》《野田黄爵行》《钓竿行》《临高台行》《长安城西行》《武舍之中行》《雁门太守行》《艳歌何尝行》《艳歌福钟行》《艳歌双鸿行》《煌煌京洛行》《帝王所居行》《门有车马客行》《墙上难用趋行》《日重光行》《蜀道难行》《棹歌行》《有所思行》《蒲坂行》《采梨橘行》《白杨行》《胡无人行》《青龙行》《公无渡河行》。《荀氏录》所载十五曲，传者九曲。武帝“朝日”“自惜”“古公”，文帝“朝

游""上山",明帝"赫赫""我徂",古辞"来日",并《善哉》,古辞《罗敷艳歌行》是也,其六曲今不传。"五岳"《善哉行》,武帝"鸿雁"《却东西门行》,"长安"《长安城西行》,"双鸿""福钟"并《艳歌行》,"墙上"《墙上难用趋行》是也。其器有笙、笛、节、琴、瑟、筝、琵琶七种,歌弦六部。张永录云:"未歌之前有七部,弦又在弄后。晋、宋、齐止四器也。①

王僧虔《技录》中载有瑟调曲共 38 首,但是在《荀氏录》中却只有 15 首,这个情况说明,《王录》所收不限于《荀氏录》。15 首当中,包括了《善哉行》、《艳歌罗敷行》、《却东西门行》、《长安城西行》、《艳歌行》、《墙上难为趋行》六种曲调。六种曲调中,《却东西门行》、《长安城西行》、《艳歌行》三曲不传,三曲中又有六曲歌辞至南朝已不传。如表 4 所示:

表 4 瑟调曲在南朝入乐情况表

曲 调	篇 名	作者	标注情况	实际入乐情况
善哉行	来日大难	古辞	魏晋乐所奏	晋宋齐所歌
	古公	武帝	魏晋乐所奏	晋宋齐所歌
	自惜	武帝	魏晋乐所奏	晋宋齐所歌
	朝日	文帝	魏晋乐所奏	晋宋齐所歌
	上山	文帝	魏晋乐所奏	晋宋齐所歌
	朝游	文帝	魏晋乐所奏	宋齐梁仍在歌
	我徂	明帝	魏晋乐所奏	宋齐梁仍在歌
	赫赫	明帝	魏晋乐所奏	晋宋齐所歌
	五岳			音乐、歌辞失传

① 郭茂倩《乐府诗集》卷三十六,第 534—535 页。

续表

曲　调	篇　名	作者	标注情况	实际入乐情况
步出夏门行	碣石	武帝	魏晋乐所奏	晋宋齐所歌
	步出	明帝	魏晋乐所奏	晋宋齐所歌
折杨柳行	默默	古辞	魏晋乐所奏	晋宋齐所歌
	西山	文帝	魏晋乐所奏	晋宋齐所歌
西门行	出西门	古辞	晋乐所奏	音乐、歌辞失传
东门行	出东门	古辞	晋乐所奏	音乐、歌辞失传
却东西门行	鸿雁	武帝	魏晋乐所奏	音乐、歌辞失传
长安城西行	长安			音乐、歌辞失传
野田黄雀行	置酒	曹植	晋乐所奏	晋宋齐所歌
雁门太守行	孝和帝	古辞	晋乐所奏	晋宋齐所歌
艳歌何尝行	飞来双白鹄	古辞	晋乐所奏	晋宋齐所歌
	何尝	文帝	晋乐所奏	晋宋齐所歌
艳歌罗敷行	日出	古辞	魏晋乐所奏	晋宋齐所歌
艳歌福钟行				音乐、歌辞失传
艳歌双鸿行				音乐、歌辞失传
煌煌京洛行	园桃	文帝	晋乐所奏	晋宋齐所歌
门有车马客行	置酒	曹植	晋乐所奏	晋宋齐所歌
櫂歌行	王者布大化	明帝	晋乐所奏	晋宋齐所歌
墙上难为趋行	墙上			音乐、歌辞失传

从上表可见，有16首瑟调曲在晋、宋、齐时仍在传唱。分别是武帝《善哉行》2首、《步出夏门行》、《却东西门行》，文帝《善哉行》3首、《折杨柳行》、《艳歌何尝行》、《煌煌京洛行》，明帝《善哉行》2首、《步出夏门行》、《櫂歌行》以及曹植的《野田黄雀行》、《门有车马客行》。

3. 平调曲在南朝的传唱情况。《乐府诗集》引《古今乐录》曰：

> 王僧虔《大明三年宴乐技录》平调有七曲：一曰《长歌行》，二曰《短歌行》，三曰《猛虎行》，四曰《君子行》，五曰《燕歌行》，六曰《从军行》，七曰《鞠歌行》。荀氏录所载十二曲，传者五曲。武帝"周西""对酒"，文帝"仰瞻"，并《短歌行》，文帝"秋风""别日"，并《燕歌行》是也，其七曲今不传。文帝"功名"，明帝"青青"，并《长歌行》，武帝"吾年"，明帝"双桐"，并《猛虎行》，"燕赵"《君子行》，左延年"苦哉"《从军行》，"雉朝飞"《短歌行》是也。①

根据这段话，《荀录》载有汉魏时期的平调共 12 曲，至南朝流传下来有 5 曲，分别隶属于《短歌行》、《燕歌行》二种曲调。而据刘宋大明三年王僧虔的《技录》，平调曲共有七曲。这说明，平调曲的曲目在《技录》中还有，直到《古今乐录》失传，只余 5 曲。如表 5 所示：

表 5 平调曲在南朝入乐情况表

曲名	篇名	作者	原标注情况	实际入乐情况
长歌行	功名	文帝		音乐、歌辞失传
	青青	明帝		音乐、歌辞失传
短歌行	对酒	武帝	晋乐所奏	晋宋齐所歌
	周西	武帝	晋乐所奏	晋宋齐所歌
	仰瞻	文帝	魏乐所奏	晋宋齐所歌
	雉朝飞			音乐、歌辞失传
猛虎行	吾年	武帝		音乐、歌辞失传
猛虎行	双桐	明帝		音乐、歌辞失传

① 郭茂倩《乐府诗集》卷三十，第 441 页。

续表

曲名	篇名	作者	原标注情况	实际入乐情况
君子行	燕赵			音乐、歌辞失传
燕歌行	秋风	文帝	晋乐所奏	晋宋齐所歌
	别日	文帝	晋乐所奏	晋宋齐所歌
从军行	苦哉	左延年		音乐、歌辞失传

平调曲歌辞在南朝流传下来的只有5曲，是三调中最少的一类。三调歌辞在南朝的流传在《古今乐录》中常标明为“晋宋齐所歌”，说明到了梁、陈时期不再流传了。不再流传的原因分两种，一为“今不歌”，一为“今不传”。这两个词还是有所不同的，“不歌”主要说不唱了，至于曲调、歌辞是否还有，不能断定。而“不传”则明确为曲调、歌辞失传了，这可能是“不歌”的一个原因。

（五）不入晋乐，但在南朝又被歌唱。这主要是指魏文帝的瑟调曲《上留田行》、《大墙上蒿行》两首。这两首在王僧虔的《技录》中均有记录，但却不见于《荀氏录》，说明这两曲不入晋乐，但到了南朝又被传唱。

通过上述考察，我们发现曹魏相和歌辞的入乐共分为五种情况：一是魏乐所奏，魏乐所奏的是三祖所创作的所有相和歌辞，曹植辞不被入乐；二是魏晋乐所奏，指魏晋一直演奏的三祖歌辞；三是晋乐所奏，主要指曹植入选晋乐的歌辞；四是魏晋宋齐一直演唱，这仍是指三祖一直入乐的歌辞；五是不入晋乐却入南朝演唱的歌辞，主要指文帝的《上留田行》、《大墙上蒿行》两曲。

二、西晋相和歌辞的入乐情况

西晋相和歌辞的作家只有傅玄、陆机、石崇三人。石崇的歌辞全部入乐，《乐府诗集》已有标注，因此下面主要考察傅玄、陆机相和歌辞与音乐的关系。

傅玄共创作了相和歌辞14首，分别是相和曲《惟汉行》（曹植有作，曲名据曹操《薤露》首句而来。）、《艳歌行》（《陌上桑》）2首；平调曲《长歌行》（前有古辞、魏明帝辞）、《短歌行》（前有魏氏三祖辞、魏晋乐所奏）2首；清调曲《豫章行》（古辞、曹植辞）、《董逃行》（魏晋乐所奏有古辞、魏武帝辞）、《秋胡行》（前有魏武、魏文辞，魏晋乐所奏）2首共4首；瑟调曲《鸿雁生塞北行》（魏武帝《却东西门行》魏晋乐所奏）、《饮马长城窟行》（古辞、魏文帝）、《放歌行》、《艳歌行》（古辞）、《墙上难为趋行》5首；楚调曲《怨歌行》（魏晋乐）1首。

陆机共创作了相和歌辞30首。分别是：相和曲《挽歌》3首、《日出东南隅行》共4首；平调曲《长歌行》、《短歌行》、《猛虎行》、《君子行》、《燕歌行》、《从军行》、《鞠歌行》共7首，清调曲《苦寒行》、《豫章行》、《董逃行》、《长安有狭邪行》、《塘上行》、《秋胡行》共6首；瑟调曲《陇西行》、《折杨柳行》、《顺东西门行》、《饮马长城窟行》、《上留田行》、《门有车马客行》、《日重光行》、《月重轮行》、《櫂歌行》、《泰山吟》、《梁甫吟》、《东武吟行》共12首；楚调曲《班婕妤》1首。

首先来看傅玄、陆机所作相和歌辞的曲调。

《挽歌》的曲调是汉代《薤露》曲。据陆机《挽歌》云“殡宫何嘈嘈，哀响沸中闱。闱中且勿喧，听我《薤露》诗”①，可明显看出这首《挽歌》辞是入乐的，而且确实是作为送葬之用的。由于《薤露》诗经曹操改造为社会的挽歌，曹植改造为歌功颂德的“挽歌”，所以，《薤露》曲在曹魏时期变成了一种上层社会流行的艺术歌曲，原先用于送葬的功能已经被欣赏功能所代替，而陆机的这首《挽歌》在名称上不再叫《薤露》，表明陆机所创的曲辞与曹魏时候用于宴会欣赏的《薤露》有所不同。从其描写的内容及用乐的背景来看，这首《挽歌》上承汉代，是用于挽悼死者的送葬曲。

傅玄的《艳歌行》、《艳歌行有女篇》，陆机的《日出东南隅行》皆是艳歌。据《古今乐录》曰：“《艳歌行》非一，有直云‘艳歌’，即《艳歌行》

① 郭茂倩《乐府诗集》卷二十七，第399页。

是也。若《罗敷》《何尝》《双鸿》《福钟》等行，亦皆‘艳歌’。”[①]由此可知，《艳歌行》是据曲调的艺术特征进行命名的，《罗敷》、《何尝》是被选入《艳歌行》曲调演唱，傅玄、陆机则是直接据《艳歌行》曲调所作的“艳歌”。再看陆机的《日出东南隅行》歌辞写道：“悲歌吐清响”、“赴曲迅惊鸿，蹈节如集鸾”，歌是“悲歌清响”，舞如“惊鸿集鸾”，表明《日出东南隅行》是用于这一特定歌舞场合的歌辞，因此傅玄、陆机所新创的《艳歌行》歌辞应该是用于表演歌唱的，而不是文人拟作。另外这些歌辞在刘宋时期张永《元嘉正声伎录》、王僧虔《大明三年宴乐技录》、智匠的《古今乐录》均有记载，说明到南朝时期这些歌诗都还在入乐，正因为它们在艺术上具有趋同性，才将其统一称作“艳歌”。

傅玄有《放歌行》一曲，郭茂倩将其放在《孤儿生行》后面，并引无名氏《歌录》曰：“《孤儿生行》，亦曰《放歌行》。”[②]从时间看，《放歌行》是西晋才有的曲名，而《孤儿生行》是汉旧曲。另外歌辞上也有较大差异：《孤儿生行》描述了孤儿在父母死后遭兄嫂迫害的悲惨情状，用故事体和杂言句式。傅玄的《放歌行》已全为五言，不用故事体，以抒情为主，描写旷野墓地的惨淡景象，充满悲悼人生的情绪，类似“挽歌”。凡此说明，《放歌行》已经不同于《孤儿生行》。王僧虔《技录》也能证明这一点：

> 王僧虔《技录》，瑟调曲有《善哉行》《陇西行》《折杨柳行》《西门行》《东门行》《东西门行》《卻东西门行》《顺东西门行》《饮马行》《上留田行》《新成安乐宫行》《妇病行》《孤子生行》《放歌行》《大墙上蒿行》《野田黄爵行》《钓竿行》《临高台行》《长安城西行》《武舍之中行》《雁门太守行》《艳歌何尝行》《艳歌福钟行》《艳歌双鸿行》《煌煌京洛行》《帝王所居行》《门有车马客行》《墙上难用趋行》《日重光行》《蜀道难行》《棹歌行》《有所思行》《蒲坂行》《采

---

① 郭茂倩《乐府诗集》卷三十九，第579页。

② 郭茂倩《乐府诗集》卷三十八，第567页。

梨橘行》《白杨行》《胡无人行》《青龙行》《公无渡河行》。……[①]

《技录》所著录的瑟调曲中，既有《孤儿生行》又有《放歌行》，说明它们是两曲。另外张永的《元嘉正声伎录》对包括《放歌行》在内的瑟调曲在魏晋以及晋、宋、齐的乐器演唱情况作了比较，这说明傅玄所作《放歌行》在刘宋时期是入乐的。

傅玄《鸿雁生塞北行》从魏武帝《却东西门行》首句“鸿雁生塞北”而来，与曹植《惟汉行》取魏武帝《薤露》“惟汉二十世”为题一样，因此《鸿雁生塞北行》实际是由《却东西门行》变化出的新题、新辞。陆机的《顺东西门行》首句曰“出西门”，与汉古辞《西门行》首句相同，与魏武帝《却东西门行》的题意相反，可知《顺东西门行》与魏武帝之《却东西门行》、汉古曲《东门行》、《西门行》有同源关系。从《技录》可知，《东门行》、《西门行》、《却东西门行》、《顺东西门行》皆有入乐的明确记载，说明这些歌辞的制作有着明确的音乐背景，作者不过是根据流行曲调创制新辞，由于异代之文未必相袭的作乐传统，傅玄、陆机所创新辞应该具有入乐的极大可能。

傅玄、陆机所作的其他相和歌辞，曲名基本上与汉魏旧曲保持一致，也有一些歌辞虽然不用旧曲名，但也可看出明显的源流关系，如傅玄《怨诗行・朝时篇》、陆机《班婕妤》实际上皆是据汉旧曲《怨歌行》、《怨诗行》新创歌辞。总之，傅玄、陆机的相和歌辞所用曲调多为汉魏旧曲，而它们在傅玄、陆机的时代仍然入乐。

除了曲调仍在入乐外，二人所作相和歌辞本身还有大量音乐环境的具体描写。除了上文提到的陆机《挽歌》“闱中且勿喧，听我薤露诗”；陆机《日出东南隅行》有“悲歌吐清响”、“赴曲迅惊鸿，蹈节如集鸾”的歌舞描写外，像陆机《短歌行》云“悲歌临觞”、“短歌可咏”；傅玄《董逃行・历九秋篇》有“乃命妙伎才人”、“宾主递起雁行”等宴会场面的描写；陆机《鸿雁生塞北行》曰“迨未暮，及时平，置酒高堂宴友

① 郭茂倩《乐府诗集》卷三十六，第534—535页。

生。激郎笛，弹哀筝，取乐今日尽欢情”，宴会歌舞场景非常具体。陆机《棹歌行》“名讴激清唱，榜人纵棹歌”，其《泰山吟》又曰“长吟泰山侧”等。写到如此具体的音乐场景，说明歌辞是在当时的宴会现场表演歌唱的，这与曹操等人相和曲的创作特点是相同的。

另外也有一些歌辞虽然没有具体的宴会场景，但其体式与汉魏旧曲保持着一致性。如傅玄《艳歌行・有女篇》、《豫章行・苦相篇》、《艳歌行》、《惟汉行》、《秋胡行》等，都采用对话体，写具体人物的故事或场景，类似于戏剧的脚本。陆机的《燕歌行》、《短歌行》、《长安有狭邪行》、《上留田行》、《日重光行》、《从军行》、《月重轮行》、《门有车马客行》、《饮马长城窟行》等在句式、韵式、内容上都与汉魏旧辞保持着一致，说明它们都是按照乐辞的范式创作的，所以也是可以入乐的。除了齐言歌辞外，另有一些歌辞运用杂言句式。如陆机《鞠歌行》、《顺东西门行》皆用三三七句式，傅玄的《董逃行・历九秋篇》用骚体句式，《鸿雁出塞北行》、《放歌行》皆用杂言句式。选用杂言句式而不用时下流行的五言，说明作者在创作时是极力遵守音乐的曲调的，皆是明显的歌辞体式。

总之，西晋傅玄、陆机的相和歌辞既有确切可入乐的曲调，不少歌辞又有具体的宴会音乐场景，还在题名、题材、体式上严格遵循歌辞的制作规范。综合这些特点来看，陆机、傅玄的相和歌辞入乐的可能性很大，它们与脱离音乐背景的乐府拟作是有严格区别的。

三、魏晋相和歌辞的多次入乐情况考察

一首完整意义上的乐府诗应是诗人、乐人共同创造的结晶。乐府诗被创作完成以后，就进入了音乐加工和表演的环节。从入乐情况看，魏晋时期的不少乐府诗在音乐表演的过程中，经历过多次入乐的情况。通过对这些经过多次入乐的作品进行考察，有助于了解这些乐府诗经历过何种情况的多次入乐，入乐方式和过程如何？在多次入乐的过程中，乐府诗又有哪些变化？这些变化是由什么原因导致的，它反映了什么问题？

(一) 魏武帝《步出夏门行》“碣石”

1. 配入大曲

《步出夏门行》本为汉代乐府游仙诗，魏武帝据旧曲另作新辞，不再写游仙内容，转而叙写自己于北征乌桓途中的所见所感。歌辞由四首不同时间、不同内容的歌诗组成，乐工将此四首配入大曲演唱。

> 云行雨步，超越九江之皋。临观异同，心意怀游豫，不知当复何从。经过至我碣石，心惆怅我东海。临行至此为艳。
>
> 东临碣石，以观沧海。水何澹澹，山岛竦峙。树木丛生，百草丰茂。秋风萧瑟，洪波涌起。日月之行，若出其中。星汉粲烂，若出其里。幸甚至哉，歌以咏志。观沧海一解
>
> 孟冬十月，北风徘徊。天气肃清，繁霜霏霏。鹍鸡晨鸣，鸿雁南飞。鸷鸟潜藏，熊罴窟栖。钱镈停置，农收积场。逆旅整设，以通贾商。幸甚至哉，歌以咏志。冬十月二解
>
> 乡土不同，河朔隆寒。流澌浮漂，舟船行难。锥不入地，蘴藾深奥。水竭不流，冰坚可蹈。士隐者贫，勇侠轻非。心常叹怨，戚戚多悲。幸甚至哉，歌以咏志。河朔寒三解
>
> 神龟虽寿，犹有竟时。腾蛇乘雾，终为土灰。老骥伏枥，志在千里。烈士暮年，壮心不已。盈缩之期，不但在天。养怡之福，可得永年。幸甚至哉，歌以咏志。神龟虽寿四解①

这四首歌辞在内容上并不贯通。第一首写在“秋风萧瑟，洪波涌起”的秋天，东临碣石，见沧海之广，日月出入其中；第二首虽也写秋天，但从“天气肃清，繁霜霏霏”来看，秋意更浓，时间上往前推进，入秋以后的天气、鸟兽、农收完毕、商贾往来等整体景象尽入作者胸怀；第三首既写到“河朔隆寒”、“水竭不流，冰坚可蹈”，俨然已是隆冬景象，行

---

① 郭茂倩《乐府诗集》卷三十七，第545—546页。

旅途中感受到乡土不同，人性各异；最后一首抒发作者壮心不已的情怀。原本各自独立的四首诗，配入一首大曲演唱，需要在入乐方面做哪些工作呢？

第一，前面加上艳。“云行雨步，超越九江之皋。临观异同，心意怀游豫，不知当复何从。经过至我碣石，心惆怅我东海”应为入乐之时所加，作为大曲的“艳”。安海民在《试论汉魏乐府诗之艳、趋、乱》中认为，“艳”是乐曲的序曲，置于曲之前，艳的歌辞内容与全诗有关，相当于诗歌起兴，有引起、发端作用。《步出夏门行》曲的艳辞表现了作者（或表演者）的惆怅心态，可作为大曲主体表演前的引起部分。从句式看，“艳”采用杂言体，与后面整齐的四言唱词不类。

第二，给歌辞分解。“解”是音乐的段落，它与歌辞的段落有时可以一致，分解是乐人对歌辞配乐留下的痕迹。

第三，歌辞的贯通和排序。这本是时间、内容并不连缀的四首诗，若想放到一首大曲中表演，须将这些歌辞按照表演的需要进行安排。虽然这四首诗各不连贯，但从时间上有一个推进的过程，因此按照时间的顺序就可以将四首诗连到一起，最后一首“龟虽寿”没有时间性，抒发曹操踌躇满志的情怀，所以将之放到最后。通过“时间”这样一个切入，就将各不搭界的四首诗整合到一起。

正是因为有了如上乐人的加工，才有了这样一首大曲的出现，并且这首大曲在魏晋时期的乐府中都在演唱。

2. 西晋时期配入晋拂舞曲

魏武帝《碣石》在晋代又被配入拂舞。据《晋书·乐志》：“《拂舞》出自江左，旧云吴舞也。晋曲五篇：一曰《白鸠》，二曰《济济》，三曰《独禄》，四曰《碣石》，五曰《淮南王》。齐多删旧辞，而因其曲名。”《古今乐录》曰：“梁《拂舞歌》并用晋辞。”①《乐府解题》曰：“读其辞，除《白鸠》一曲，余并非吴歌，未知所起也。”②

拂舞属于江南舞蹈形式。西晋统一后，也将江南的乐工艺人收

①② 郭茂倩《乐府诗集》卷五十四，第788—789页。

拢来，拂舞得以进入西晋宫廷。拂舞有的有原辞，如《白鸠》，出自无名氏之手，但到了西晋，又配入了新的歌辞，武帝《碣石》就被选入配舞。配入拂舞的碣石将前面的“艳”去掉了，其余照旧。“艳”是相和大曲的基本组成部分，到了舞曲当中则不再需要。由于大曲本身就是歌舞表演的形式，“碣石”歌辞因而很容易配合拂舞演唱，无需作较大改动。

3. 刘宋时期配入《陇西行》曲调继续演唱

据王僧虔《技录》云：“《陇西行》歌武帝‘碣石’、文帝‘夏门’二篇。”[1]刘宋时期的宴乐仍在歌唱“碣石”，不过又被配入了《陇西行》。

这里有必要对《陇西行》与《步出夏门行》之间的关系作一说明。郭茂倩在《陇西行》曲调下云：“一曰《步出夏门行》。”[2]认为《陇西行》与《步出夏门行》实为一曲，属于同曲异名。原因从解题可知，“陇西行”是指陇西郡一带的音乐。《通典》曰：“秦置陇西郡，以居陇坻之西为名……”郭茂倩按曰：“今首阳山亦在焉。”[3]而魏明帝《步出夏门行》首句便说“步出夏门，东登首阳山”[4]，两曲的产地相同。另外《陇西行》古辞开篇有“天上何所有，历历种白榆。桂树夹道生，青龙对道隅”四句，与《步出夏门行》歌辞末尾“天上何所有，历历种白榆。桂树夹道生，青龙对伏趺”四句也基本相同，这似乎皆能说明《陇西行》即《步出夏门行》。但是这两曲又不可简单加以等同。首先，《陇西行》与《步出夏门行》在《乐府诗集》中是分作两曲来著录的。《乐府诗集》卷三十七首先著录的是《陇西行》，其下著录了汉古辞“天上何所有“及陆机的四言“我静如镜，民动如烟”共两首。《步出夏门行》著录其后，将汉古辞“邪径过空庐”一首、魏武帝“碣石”及魏明帝“步出夏门”著录其下。第二，《陇西行》曲辞皆为相和曲，不分解。而《步出夏门行》除汉古辞外，其余两首皆为大曲。歌辞分解，有艳有趋，显然《步出夏门行》比《陇西行》在表演形式上更为复杂。说明魏晋时期的《步

---

①②③　郭茂倩《乐府诗集》卷三十七，第542页。

④　郭茂倩《乐府诗集》卷三十七，第546页。

出夏门行》与《陇西行》已经有了明显不同。

综上所述，《陇西行》与《步出夏门行》虽皆为产生于陇西一带的曲调，在音乐上可能有相通之处，但至魏晋时期，《步出夏门行》已用作大曲，而《陇西行》只是相和曲，二者从表演形式到歌辞内容出现明显分化。从著录情况看，《乐府诗集》也是将二者分开著录的，因而理应视作两曲。不过毕竟它们有音乐上的相通之处，南朝时期又将大曲《步出夏门行》“碣石”配入《陇西行》曲调演唱。

（二）魏文帝《长歌行》“西山一何高”

1. 曹魏时期配入《长歌行》曲调演唱

据《乐府解题》：“古辞云‘青青园中葵，朝露待日晞’，言芳华不久，当努力为乐，无至老大乃伤悲也。魏改奏文帝所赋曲‘西山一何高’，言仙道茫茫不可识，如王乔、赤松，皆空言虚词，迂怪难信，当观圣道而已。”①汉代旧曲《长歌行》到了曹魏时期，改唱魏文帝的“西山一何高”。

2. 晋宋时期配入《折杨柳行》曲调演唱

据《古今乐录》：“王僧虔《技录》云：《折杨柳行》歌，文帝‘西山’、古‘默默’二篇，今不歌。”②《长歌行》“西山一何高”至刘宋时期用《折杨柳行》曲调演唱。

3. 南朝时还曾作为《十五》的解曲演唱

据《古今乐录》：“《十五》歌，文帝辞，后解歌瑟调‘西山一何高’，‘彭祖称七百’篇。辞在瑟调。”③笔者以为这句话的标点不确，应改为：“《十五》，歌文帝辞，后解歌瑟调‘西山一何高’、‘彭祖称七百’篇。”从《乐府诗集》的载录来看，《十五》原为汉代街陌讴谣之曲，后演唱魏文帝歌辞。其辞曰：

---

① 郭茂倩《乐府诗集》卷三十，第 442 页。

② 郭茂倩《乐府诗集》卷三十七，第 547 页。

③ 郭茂倩《乐府诗集》卷二十七，第 395 页。

登山而远望，溪谷多所有。楩柟千余尺，众草之盛茂。华叶耀人目，五色难可纪。雉锥山鸡鸣，虎啸谷风起。号罴当我道，狂顾动牙齿。①

魏文帝《十五》并不分解，更不会有解曲，只是一首单曲。到了南朝刘宋以后又对其进行音乐加工，用瑟调《折杨柳行》作为解曲，从而使《十五》曲在音乐上更趋于完善。何为“解歌”？黄节、李济阻、冯轩洁、杨荫浏等先生均对“解”提出过自己的看法②，以杨荫浏先生对“解”的论述最为全面，其《中国古代音乐史稿》指出“解”有六种音乐特点：

1. “解”在速度上一定是快速的；它不是慢曲，而是“急遍”。

2. 它在情调上，不是“澹”、“雅淡”或是“清雅”的，而可能是强烈、奔放、热闹的；若依后来所用“文曲”、“武曲”等名词来分类的话，则它不是文曲而是武曲。

3. 它常用在乐曲的末尾；在地位上，它前面的乐曲是主体，

---

① 郭茂倩《乐府诗集》卷二十七，第 395 页。

② 黄节先生认为“此(《十五》)即魏风瑟调之折杨柳行也”(《汉魏乐府风笺》，北京：人民文学出版社，1958 年，第 73 页)；李济阻认为：“‘西山一何高’、“彭祖称七百‘分别是文帝作《折杨柳行》的第一、三两段，把它们放在《十五》歌后边歌唱，便是用带辞的歌曲作为解乐。”(李济阻《乐府音乐中的“解”与歌辞中的“拼凑分割”》，第 4—5 页)；冯轩洁认为：“《乐府诗集》卷二十七载《十五》一曲的歌辞未注有‘解’。但《乐府诗集》引《古今乐录》说：‘《十五》歌，文帝辞。后解歌瑟调“西山一何高”、“彭祖称七百”篇’，可见单歌《十五》无解，其后再加一段歌曲上去，则加在后面的称为‘后解’，也就等于说《十五》原辞变为‘前解’。这再清楚不过地说明，‘解’是指《十五》和《西山一何高 · 彭祖称七百》歌曲本身，而非歌曲以外另加的器乐段落……”(冯轩洁《说“解”》，见《艺术探索》1995 年第 1 期，第 4 页)。笔者既不同意黄节先生径将《十五》视作魏风瑟调《折杨柳行》，也不同意李济阻先生关于解歌位置的说法，冯轩洁先生关于“前解”、“后解”的说法也不符合古代音乐学的术语规范，因此，对此问题还要再作考察。

它是一个附加上去的部分。

4. 有时在用同一个曲调配合多节歌词，作多次反复歌唱的歌曲中，或在作多次反复演奏的器乐曲调中，每反复一次，就可以其后用一次“解”。例如，在李延年所作的《新声二十八解》中共用“解”二十八次；在相和大曲《艳歌何尝行》古辞中共用“解”四次。

5. 有时在一个完整的（也可能是较大的）乐曲之后，仅用“解”一次。例如，在《耶婆色鸡》之后，用《屈柘急遍》作“解”。

6. 有些独立的快速曲调，特别适宜于用作别的乐曲的“解”；这样的曲调，特别被称为“解曲”。①

杨荫浏全面论述了古代音乐中的“解”。第 1、2 两条论述的是“解”的旋律特点；第 3、4、5 条讲述是“解”的位置和使用频率，或在一首乐曲的末尾，或用于一首曲当中。用于末尾时仅用“解”一次，用于曲中时则多次反复使用；第 6 条讲的是某些快速的曲调会成为专门的“解曲”。

那么《十五》解歌瑟调“西山一何高”就很清楚了：乐曲《十五》的主体歌魏文帝辞“登山而远望”，后用快速的瑟调曲《折杨柳行》来“解”，《折杨柳行》的歌辞即魏文帝的“西山一何高”、“彭祖称七百”篇。瑟调曲“西山一何高”解歌《十五》，从时间上来讲应滞后于《折杨柳行》，至少应该在南朝刘宋时期或更晚。这与王僧虔《技录》所云也基本吻合，《古今乐录》引王僧虔启云：“古曰章，今曰解，解有多少。当时先诗而后声，诗叙事，声成文，必使志尽于诗，音尽于曲。是以作诗有丰约，制解有多少；犹诗《君子阳阳》两解，《南山有台》五解之类也。”②《十五》虽为汉旧曲，但由于魏文帝之特殊地

---

① 杨荫浏《中国古代音乐史稿》，上册，北京：人民音乐出版社，2004 年，第 116—117 页。

② 郭茂倩《乐府诗集》卷二十六，第 376 页。

位，在将其辞配入《十五》演唱时，乐工艺人必然要以“登山而远望”的歌辞为主，在此基础上进行音乐加工。但这种入乐方式有一种矛盾，即虽然志尽于诗了，但可能音未尽于曲。《乐府诗集》引唐南卓《羯鼓录》云：“凡曲有意尽声不尽者，须以他曲解之，如《耶婆色鸡》用《屈柘急遍》解，《屈柘》用《浑脱》解之类是也。”①由此可知用作解曲的瑟调《折杨柳行》“西山一何高”，它是附加于《十五》主体以后的部分。

综上所述，《十五》原是汉相和旧曲，魏时歌唱文帝辞，为一首单曲。到了刘宋以后，又对《十五》重新进行音乐加工，这时《折杨柳行》“西山一何高”已经形成固定的曲调，便用瑟调《折杨柳行》曲调连同歌辞“西山一何高”、“彭祖称七百”篇唱入《十五》作解曲。“后解歌”，应为“后来解歌”之意。

（三）曹植《门有车马客行》“置酒”

《乐府诗集》卷三十九载曹植所作“置酒”一篇，其辞隶于《野田黄雀行》之下，并标明“晋乐所奏”：

置酒高殿上，亲交从我游。中厨办丰膳，烹羊宰肥牛。秦筝何慷慨，齐瑟和且柔。一解

阳阿奏奇舞，京洛出名讴。乐饮过三爵，缓带倾庶羞。主称千金寿，宾奉万年酬。二解

久要不可忘，薄终义所尤。谦谦君子德，磬折欲何求。盛时不再来，百年忽我遒。三解

惊风飘白日，光景驰西流。生存华屋处，零落归山丘。先民谁不死，知命复何忧！四解

右一曲，晋乐所奏

置酒高殿上，亲交从我游。中厨办丰膳，烹羊宰肥牛。秦筝何慷慨，齐瑟和且柔。阳阿奏奇舞，京洛出名讴。乐饮过三爵，

①　郭茂倩《乐府诗集》卷五十六，第818页。

缓带倾庶羞。主称千金寿，宾奉万年酬。久要不可忘，薄终义所尤。谦谦君子德，磬折欲何求。惊风飘白日，光景驰西流。盛时不可再，百年忽我遒。生存华屋处，零落归山丘。先民谁不死，知命亦何忧！

右一曲，本辞。①

在解题中，郭茂倩引《古今乐录》、《乐府解题》云：

《古今乐录》曰："王僧虔《技录》有《野田黄雀行》，今不歌。"《乐府解题》曰："晋乐奏东阿王'置酒高殿上'，始言丰膳乐饮，盛宾主之献酬。中言欢极而悲，嗟盛时不再。终言归于知命而无忧也。"《空侯引》亦用此曲。按汉鼓吹铙歌亦有《黄雀行》，不知与此同否？②

曹植所作"置酒"一篇曾入晋乐所奏，被歌入《野田黄雀行》曲调，并且刘宋王僧虔《技录》中还录有此曲，说明晋乐所奏的《野田黄雀行》"置酒"至南朝刘宋时期仍在演唱，到了陈时则不再歌唱。歌入《野田黄雀行》的"置酒"被分作四解，其后又录有本辞。将本辞与乐辞两相比较，可以看出入晋乐所奏时，"置酒"已经分解，并有个别辞句变动和调整的情况。如本辞中的"盛时不可再"一句，在晋乐所奏时，变作"盛时不再来"，而且这句话的位置被调整到"惊风飘白日，光景驰西流"两句的前面去了，构成第三解的歌辞。

从"置酒"歌辞的内容来看，与曲名"野田黄雀行"无任何关联，这种歌辞与曲名不一致的现象，通常是选词以入乐的结果，说明曹植"置酒"一篇，原不属于此曲调，而是在西晋时期被选入《野田黄雀行》曲调歌唱的。另外，根据《箜篌引》"亦用此曲"，这个"曲"不是曲调之

① 郭茂倩《乐府诗集》卷三十九，第 570 页。

② 郭茂倩《乐府诗集》卷三十七，第 570 页。

意，而是指歌辞，也就是说，“置酒”篇还曾被歌入《箜篌引》。问题是，在“置酒”被奏入《野田黄雀行》之前，原来的《野田黄雀行》歌辞应是哪一首？《乐府诗集》在“置酒”篇以后，就著录了曹植的另一首《野田黄雀行》歌辞，其辞曰：

高树多悲风，海水扬其波。利剑不在掌，结友何须多。不见篱间雀，见鹞自投罗。罗家得雀喜，少年见雀悲。拔剑捎罗网，黄雀得飞飞。飞飞摩苍天，来下谢少年。①

这首歌辞提到了少年救黄雀的故事，与《野田黄雀行》的曲调是相一致的，可据以判断曹植的《野田黄雀行》最初应是指这篇歌辞。西晋时期《野田黄雀行》仍在演唱，但原创的这篇歌辞却被替换成了“置酒”。那么“置酒”在配入晋乐之前，其曲调应是什么呢？遍察《乐府诗集》，涉及“置酒”篇的还有这样几条内容。《乐府诗集》卷二十六引《古今乐录》曰：

张永《技录》相和有四引，一曰箜篌，二曰商引，三曰徵引，四曰羽引。箜篌引歌瑟调，东阿王辞。《门有车马客行》《置酒篇》，并晋、宋、齐奏之。古有六引，其宫引、角引二曲阙，宋为箜篌引有辞，三引有歌声，而辞不传。梁具五引，有歌有辞。”②

古代引曲有箜篌引、宫引、商引、角引、徵引、羽引六种。到了刘宋时期，宫引、角引已经不传，余下的“四引”当中，商引、徵引、羽引有声无辞，刘宋时候将《箜篌引》重新配上新辞，这就是《门有车马客行》“置酒篇”，所以刘宋之时的《箜篌引》是有辞有声的乐曲。张永最早提到“置酒篇”的曲调原是《门有车马客行》，之后又被奏入《箜篌引》。在

---

① 郭茂倩《乐诗诗集》卷三十九，第 571 页。

② 郭茂倩《乐府诗集》卷二十六，第 377 页。

另一条解题中，我们也可以看到“置酒篇”与《门有车马客行》的关系。《乐府诗集》卷四十又引《古今乐录》曰：王僧虔《技录》云：“《门有车马客行》歌东阿王置酒一篇。”[①]刘宋王僧虔的《技录》也能证明张永的说法，西晋时候“置酒”确实是歌入《门有车马客行》曲调的歌辞。由此可以总结“置酒”篇与《门有车马客行》、《野田黄雀行》、《箜篌引》三曲之间的关系：“置酒”原是曹植根据《门有车马客行》所创歌辞，晋、宋时期也是唱入《门有车马客行》曲调。由于曹植所创《野田黄雀行》入晋乐演奏时，其原辞被换掉，重新配入了这首“置酒”，所以“置酒”在西晋时期实际被配入了两首曲调演唱。到了刘宋时期，“置酒”篇仍唱入《门有车马客行》、《野田黄雀行》，另外这首歌辞又被配入了《箜篌引》曲调，“置酒”篇因而在刘宋时期就被配入了三种曲调演唱。

总之，乐府诗多次入乐的情况再次明确了辞乐关系的辩证性及音乐的重要性。歌辞创作与音乐加工是音乐艺术的两个重要组成部分。魏晋时期据旧曲创新辞的行为中，歌辞的地位被明显予以加强和突出，音乐加工要围绕着歌辞来进行。但是再往后随着音乐的发展或表演欣赏的需要，这些乐府诗又被配入了其它曲调演唱，显然音乐的主体地位再次被加以突显，歌辞则又沦为服务于音乐需要的从属地位。虽然辞和乐的关系在不同时期因主观的需要被不同程度地予以突出，但总的来看，纳入在音乐艺术范畴内便决定了音乐自始至终的重要性。乐辞虽然具有独立的表意功能，但它们却是为着入乐的目的而作，只有将表意的乐辞实现与音乐的结合，才成其为乐辞，乐辞的第一目的还是指向入乐的。从魏晋旧辞在南朝的入乐情况看，如果音乐改变了，歌辞即使不变，但随着音乐和表演形式的改变，它们所隶属的曲调会发生改变，又或乐工在重新配乐加工时，会对歌辞进行分解，对其句子的顺序进行重排，或者会联缀上其他乐府诗，而使原来的乐府诗呈现出轻重各异的新面貌来。乐工艺人对乐府诗

① 郭茂倩《乐府诗集》卷四十，第585页。

的音乐加工已经不再会考虑到原初创作的具体音乐目的和需要，因此，魏晋乐辞与乐曲的原有关系被新的音乐表演需要打破，从而再次形成新的辞乐关系。

（原载《乐府学》第二辑，学苑出版社，2007 年）

北朝乐府内乐辞的入乐情况考察

王淑梅

乐府诗不同于一般的诗歌文本，它的创制、使用及流播，其核心关节点在于是否实现了入乐，入乐既是乐府诗创制的目的，也是其价值得以实现的方式。乐府诗是否入乐是以具体的乐府音乐、礼乐制度的基础为保障的。一首乐府诗创制出来，如不能实现入乐，必然影响其流传与接受。下文即从入乐的角度梳理北朝乐府内乐辞的入乐使用情况，从而估量其价值及影响。

还原北朝乐府内乐辞的入乐情况当考虑到这样几种复杂性因素：第一，曾在北朝入乐，但后世失传或残佚而未被《隋书》、《乐府诗集》等文献载录的乐辞需要补充。第二，南北朝时期乐器、乐人、乐种因流离战乱而迁转，使得某些乐调、乐辞产生融合，如现存“梁鼓角横吹曲”实源于北朝，流入南方经过再度加工改造，此类乐府乐辞的入乐需要审慎处理。第三，域外的乐府音乐流入北朝，应该真实反映它们在北朝乐府入乐的客观事实。

一、郊庙歌辞

北朝现存郊庙歌辞95首，包括齐武成帝时期55首①，北周庾信作40首，各施用于本朝。后魏朝虽无郊庙歌辞流存，但据《魏书·乐

---

① 《隋书·乐志》曰：“齐武成时，始定四郊、宗庙、三朝之乐。”见郭茂倩《乐府诗集》卷三，北京：中华书局，1979年，第36页。

志》："初，侍中崔光、临淮王彧并为郊庙歌词而迄不施用，乐人传习旧曲，加以讹失，了无章句。"[①]崔光与元彧曾创郊庙歌辞，崔光在孝文帝朝兼侍中之职，宣武朝为正侍中。元彧作为临淮王谭之曾孙，复封临淮王，与穆绍并为僚署，时间也应该是在宣武朝才有可能。由此可基本确定崔、元二人造郊庙歌辞在宣武时期。

《魏书·乐志》指出后魏一朝传习旧曲以入乐。具体包括如下三种：一是中原古雅乐。正始四年春，太乐令公孙崇《请以高肇监乐务表》云"乐府先正声有《王夏》、《肆夏》、《登歌》、《鹿鸣》之属六十馀韵，又有《皇》、《五行》、《勺舞》"[②]，又《魏书·乐志》云："世祖（太武帝拓跋焘）破赫连昌，获古雅乐；及平凉州，得其伶人、器服，并择而存之。"[③]这些古雅乐一直入于后魏乐府，但使用情形却不容乐观。由于南北战乱，宫悬乐器损毁及乐工艺人流亡，后魏乐府的雅乐建设一直未见成效。加之北魏历代君主忙于经营四方，开疆拓土，无暇于礼乐之事，直至孝文帝太和年间，命中书监高闾草创古乐，然而随着高闾去世，雅乐建设的任务只好委派给公孙崇，苦心经营了十余年，仍然存在着体制舛谬，未合古义之弊。永平三年，太常卿刘芳请求重修。《魏书·乐志》载其奏书云：

> 大魏应期启运，奄有万方，虽日不暇给，常以礼乐为先。古乐亏阙，询求靡所，故顷年以来，创造非一，考之经史，每乖典制。遂使铿锵之礼，未备于效庙；鼓舞之式，尚阙于庭陛。臣忝官宗伯，礼乐是司，所以仰惭俯愧，不遑宁处者矣。自献春被旨，赐令博采经传，更制金石，并教文武二舞及登歌、鼓吹诸曲。今始校就，谨依前敕，延集公卿并一时儒彦讨论终始，

① 《魏书》卷一〇九，北京：中华书局，1974年，第2843页。

② 严可均《全上古三代秦汉三国六朝文》，北京：中华书局，1958年，第3737页。

③ 《魏书》卷一〇九，第2828页。

莫之能异。谨以申闻，请与旧者参呈。若臣等所营形合古制，击拊会节，元日大飨，则须陈列。既岁聿云暮，三朝无远，请共本曹尚书及郎中部率呈试。如蒙允许，赐垂敕判。”诏曰：“舞可用新，余且仍旧。”①

宣武诏令刘芳、崔光等人修定金石乐律，造制郊庙乐舞，准备在元日大飨之时试用登歌、鼓吹等曲辞及金石乐器，但由于东平王元匡等各树朋党，争议纷纭，最终诏令不予施用。至正光年间，侍中、安丰王延明又受孝明帝诏监修金石，博探古今乐事，令其门生河间信都芳考算之，却因为战争等原因无所造制。加之永安末年胡贼入京，乐器尽焚毁。前废帝普泰元年，尚书长孙稚、太常卿祖莹再次营理金石，永熙二年二人上表论及古雅乐的使用情况：

自中原丧乱，晋室播荡，永嘉已后，旧章湮没。太武皇帝破平统万，得古雅乐一部，正声歌五十曲，工伎相传，间有施用。自高祖迁居，世宗晏驾，内外多事，礼物未周。今日所有《王夏》、《肆夏》之属二十三曲，犹得击奏，足以阐累圣之休风，宣重光之盛美。②

北魏朝在孝文帝之前并没有创制郊庙雅乐，而是间用从统万所获古雅乐，包括正声歌五十曲，孝文、宣武以后虽屡屡下诏营修金石乐律，但终不能合于古制。到了永熙二年，只能演奏古雅乐中的二十三曲。第二，道武帝天兴年间辑集《真人代歌》③，《魏书·乐志》称“掖庭中歌《真人代歌》，上叙祖宗开基所由，下及君臣废兴之迹，凡一

---

① 《魏书》卷一〇九，第2833页。

② 《魏书》卷一〇九，第2841页。

③ 田余庆认为，天兴年间为辑集代歌的年代。参见其《〈代歌〉〈代记〉和〈北魏国史〉》，《历史研究》2001年第1期。

百五十章，昏晨歌之，时与丝竹合奏。郊庙宴飨亦用之”[①]。第三，孝文帝时期中书监高允等人辑集《国语真歌》、《国语御歌》，《魏书·乐志》载：“七年秋，中书监高允奏乐府歌词，陈国家王业符瑞及祖宗德美，又随时歌谣，不准古旧，辨雅、郑也。”[②]这部分乐歌的内容涉及到国家王业符瑞及祖宗德美，类于《真人代歌》，其中很可能包含流传到那时的《真人代歌》中的乐歌。

《乐府诗集》“郊庙歌辞”题解云：“元魏、宇文继有朔漠，宣武已后，雅好胡曲，郊庙之乐，徒有其名。”[③]《乐府诗集》虽然著录了北齐、北周新制的郊庙歌辞，但这些歌辞的使用同样具有很大的局限性。北齐自河清以来，胡乐盛行。后主唯赏胡戎乐，郊庙歌辞往往成为一种摆设。

北周制郊庙始于恭帝及武帝时期，太祖宇文泰于公元 554 年议立齐王廓，是为恭帝。同年平荆州，获得大量南梁乐器，建六官，诏定郊庙燕射之乐，以《章夏》、《深夏》、《族夏》、《陔夏》、《骜夏》用于郊庙。至北周武帝建德二年(573)，复制六代乐舞，令庾信新创郊庙歌辞。宣帝以来一直沿袭武帝所制郊庙乐辞。新辞的起用使得恭帝歌辞及武帝时曾用《皇夏》、《肆夏》、《骜夏》、《纳夏》、《族夏》及登歌十八曲，不再施于乐府，曲辞渐失。《乐府诗集》所载北周郊庙歌辞为庾信所制新辞。

综上，北朝郊庙乐辞创制及使用、著录情况如下：

---

① 《魏书》卷一〇九，第 2828 页。

② 《魏书》卷一〇九，第 2829 页。

③ 郭茂倩《乐府诗集》卷一，北京：中华书局，1979 年，第 2 页。

表 1　北朝郊庙乐辞创制使用情况一览表

朝代	创制乐辞	使用乐辞	著录情况	备　注
北魏	1. 孝文帝时高允奏乐府歌词，陈国家王业符瑞及祖宗德美。 2. 宣武朝崔光等人作郊庙，迄不施用。	1.《真人代歌》 2.《王夏》、《肆夏》、《登歌》、《鹿鸣》之属六十余韵	1. 天兴年间辑集《真人代歌》。 2. 孝文帝时期高允等编集《国语真歌》、《国语御歌》。	名存辞佚乐辞： 1.《王夏》、《登歌》、《神祚》、《陛步》、《总章》、《皇矣》、《维皇》、《天祚》、《肆夏》、《鹿鸣》之属六十余韵； 2.《真人代歌》一百五十章。
北齐	齐孝昭皇建元年议定三祖乐用《武德》、《文德》、《文正》三乐，均无辞。 武成时创制郊庙55首：南郊乐歌13，北郊乐歌8首，五郊乐歌5首，明堂乐歌11首，享庙乐辞18首。	齐孝昭曾用《武德》等三乐。 齐武成时创制并施用于本朝	武成时郊庙乐辞见于《隋书》、《乐府诗集》	补所使用三祖乐名《武德》、《文德》、《文正》。
北周	北周静帝时庾信作郊庙歌辞40首：祀五帝歌12首，祀圆丘歌12首；祀方泽歌4首，北周宗庙歌12首，北周大袷歌2首。	1. 北周恭帝使用《章夏》、《深夏》、《族夏》、《陔夏》、《骜夏》。 2. 武帝有《皇夏》、《肆夏》、《骜夏》、《纳夏》、《族夏》及登歌八十曲使用。	庾信歌辞见于《隋书》、《乐府诗集》。	北周沿袭使用古郊庙雅乐乐辞及登歌八十多首，名存辞佚。

二、燕射歌辞

北朝现存燕射歌辞34首，包括北齐“元会大享歌”10首，北周庾信所作“五声调曲”24首。但北朝实际燕射用乐歌辞却不限于此。

北魏一朝没有创制燕射歌辞，每以《真人代歌》及燕、赵、秦、吴等殊俗之曲来承当。《魏书·乐志》云：

> 正月上日，飨群臣，宣布政教，备列宫悬正乐，兼奏燕、赵、秦、吴之音，五方殊俗之曲。四时飨会亦用焉。凡乐者乐其所自生，礼不忘其本，掖庭中歌《真人代歌》，上叙祖宗开基所由，下及君臣废兴之迹，凡一百五十章，昏晨歌之，时与丝竹合奏。郊庙宴飨亦用之。①

北魏朝在将燕、赵、秦、吴等方俗杂曲用于演奏时，只是依天子之礼把钟磬等雅乐器悬挂在象征宫室四壁的四面架上，在雅乐乐律、乐器、乐辞阙失情况下，只能以其他乐辞来充当。

《乐府诗集》云：“后魏孝文讨淮汉，宣武定寿春，收其声伎，得江左所传中原旧曲，《明君》、《圣主》、《公莫》、《白鸠》之属，及江南吴歌、荆楚西声，总谓之清商乐。至於殿庭飨宴，则兼奏之。”②孝文、宣武时期宴飨之际以中原相和旧曲及江南清商乐辞入乐。

北齐虽然创制了“元会大享歌”施用于本朝，实际演奏的音乐种类也颇丰富。《隋书·乐志》曰：“北齐元会大飨，协律不得升陛，黄门举麾於殿上。宾入门，四厢奏《肆夏》；皇帝出阁奏《皇夏》；皇帝当扆，群臣奉贺，奏《皇夏》；皇帝入宁变服，黄钟、太蔟二厢奏《皇夏》；皇帝变服，移幄坐於西厢，帝出升御坐，沽洗厢奏《皇夏》；王公奠璧奏《肆夏》；上寿，黄钟厢奏上寿曲；皇太子入，至坐位，酒至御，殿上奏登歌，

---

① 《魏书》卷一〇九，第2828页。

② 郭茂倩《乐府诗集》卷四四，第638页。

食至御前奏食举乐；文舞将作，先设阶步，次奏文舞；武舞将作，先设阶步，次奏武舞；皇帝入，钟鼓奏《皇夏》。”[1]《隋书·乐志》细致记述北齐元会飨礼时使用歌辞的顺序，依次为《肆夏》、《皇夏》、《皇夏》、《皇夏》、《皇夏》、《肆夏》、《上寿曲》、《登歌》三章、《食举乐》十章及《皇夏》。演奏方式既有四厢齐奏，亦有黄钟、太簇二厢联奏或者黄钟、姑洗一厢独奏的情形。

《隋书·乐志》所载北周恭帝时期用于大射的《驺虞》、《狸首》、《采苹》、《采蘩》等辞，已经失传，《乐府诗集》均不载。今所载为庾信所作燕射歌辞。北周燕射歌辞有“周五声调曲”，《乐府诗集》题解引其《曲序》曰：“元正飨会大礼，宾至食举，称觞荐玉。六律既从，八风斯畅。以歌大业，以舞成功。”[2]

除以上燕射歌辞外，北齐以后更为盛行胡戎杂乐。《隋书·乐志》曰：“杂乐有西凉鼙舞、清乐、龟兹等。然吹笛、弹琵琶、五弦及歌舞之伎，自文襄以来，皆所爱好。至河清以后，传习尤盛。后主唯赏胡戎乐，耽爱无已。”[3]表明西凉鼙舞、清乐、龟兹、胡乐皆于北齐乐府内演奏。

北周的情形也不例外，《隋书·乐志》云：“太祖辅魏之时，高昌款附，乃得其伎，教习以备飨宴之礼。及天和六年，武帝罢掖庭四夷乐。其后帝娉皇后于北狄，得其所获康国、龟兹等乐，更杂以高昌之旧，并于大司乐习焉。采用其声，被于钟石，取《周官》制以陈之。”[4]除用本朝新创乐辞而外，还演奏《康国乐》、《龟兹乐》、《高昌乐》。具体详见下表：

---

① 郭茂倩《乐府诗集》卷十四，第206—207页。

② 郭茂倩《乐府诗集》卷十五，第211页。

③ 魏徵、令狐德棻撰《隋书》卷十四，北京：中华书局，1973年，第331页。后所引该书皆为此版。

④ 《隋书》卷十四，第342页。

表 2 北朝燕射乐辞创制及用情况一览表

朝代	创制乐辞	使用乐辞	著录情况	备 注
北魏	无	1.《簸逻回歌》 2.《真人代歌》 3. 中原相和旧曲 4. 吴声、西曲	1. 天兴年间辑集《真人代歌》。 2. 孝文帝时期高允等编集《国语真歌》、《国语御歌》。	名存辞佚乐辞:1.《簸逻回歌》、《真人代歌》。
北齐	《元会大享歌》10首	齐武成时创制并施用于本朝。 西凉鼙舞、清乐、龟兹、胡乐	见于《隋书》、《乐府诗集》	
北周	庾信作《五声调曲》24首	1. 高祖辅魏时高昌乐伎用于宴享。2. 恭帝时歌燕射歌《驺虞》、《狸首》、《采苹》、《采蘩》。3. 天和六年之前掖庭曾使用四夷乐。4. 聘北狄皇后,得康国、龟兹乐,与高昌乐杂用。采用其声,被于钟石。5. 北周静帝大象元年庾信作《五声调曲》施用。	除《五声调曲》见于《隋书》、《乐府诗集》,余不载。	使用乐名:《四夷乐》、《高昌乐》、《康国乐》、《龟兹乐》。使用燕射歌辞《驺虞》、《狸首》、《采苹》、《采蘩》等,辞佚。

三、鼓吹曲辞

魏晋以来,鼓吹曲辞担当起各朝歌颂祖德、纪述王朝创业历程的神圣职责,在礼乐建设中具有极为重要的意义。北魏自道武帝拓跋珪建国以来,始因循汉晋旧制,制礼作乐。然而直至宣武帝时期,侍中崔光等人虽创鼓吹新曲,惜不曾被诏许使用。而《乐府诗集》唯一载录的鼓吹曲辞是裴让之《有所思》,只是据汉旧曲创制的新辞。

北齐创制过成系统的鼓吹新曲，他们是《水德谢》、《出山东》、《战韩陵》、《殄关陇》、《灭山胡》、《立武定》、《战芒山》、《擒萧明》、《破侯景》、《定汝颍》、《克淮南》、《嗣丕基》、《圣道洽》、《受魏禅》、《平瀚海》、《服江南》、《刑罚中》、《远夷至》、《嘉瑞臻》、《成礼乐》二十曲，惜歌辞不存。关于北齐鼓吹的使用，《隋书·乐志》云："（北齐）诸州镇戍，各给鼓吹乐，多少各以大小等级为差。诸王为州，皆给赤鼓、赤角，皇子则增给吴鼓、长鸣角，上州刺史皆给青鼓、青角，中州已下及诸镇戍，皆给黑鼓、黑角。乐器皆有衣，并同鼓色。"①这些鼓吹曲辞不仅于北齐乐府使用，还以给赐的方式用于各边镇州郡。

北周朝早期没有鼓吹曲，只是沿用南梁的鼓吹曲，《隋书·乐志》云："武帝以梁鼓吹熊羆十二案，每元正大会，列于悬间，与正乐合奏。宣帝时，革前代鼓吹，制为十五曲。"②鼓吹曲使用于元正大会，说明鼓吹曲是在郊庙、燕射的场合使用的。直到宣帝时，才新制十五首鼓吹新曲。分别是：《玄精季》、《征陇西》、《迎魏帝》、《平窦泰》、《复弘农》、《克沙苑》、《战河阴》、《平汉东》、《取巴蜀》、《拔江陵》、《受魏禅》、《宣重光》、《哲皇出》、《平东夏》、《禽明彻》。

表 3　北朝鼓吹乐辞创制及使用情况表

朝代	创制乐辞	使用乐辞	著录情况	备　注
北魏	1. 宣武帝永平三年曾创制鼓吹诸曲，数量不详，当不会少于12曲。 2. 裴让之《有所思》。	使用汉魏以来鼓吹旧曲。	《乐府诗集》仅载裴让之《有所思》。	宣武之前乐府内有汉魏晋鼓吹曲，宣武时所创新鼓吹曲辞，均不存。

① 《隋书》卷十四，第331页。
② 《隋书》卷十四，第342页。

续表

朝代	创制乐辞	使用乐辞	著录情况	备　注
北齐	齐武成时创制20曲。	施用于本朝。	《隋书》、《乐府诗集》只有曲名,无辞。	《水德谢》、《出山东》、《战韩陵》、《殄关陇》、《灭山胡》、《立武定》、《战芒山》、《擒萧明》、《破侯景》、《定汝颍》、《克淮南》、《嗣丕基》、《圣道洽》、《受魏禅》、《平瀚海》、《服江南》、《刑罚中》、《远夷至》、《嘉瑞臻》、《成礼乐》。名存辞佚。
北周	宣帝时新制15曲。	武帝时使用南梁鼓吹曲。宣帝时使用新曲。	《隋书》、《乐府诗集》唯有曲名,曲辞不存。	《玄精季》、《征陇西》、《迎魏帝》、《平窦泰》、《复弘农》、《克沙苑》、《战河阴》、《平汉东》、《取巴蜀》、《拔江陵》、《受魏禅》、《宣重光》、《哲皇出》、《平东夏》、《禽明彻》。名存辞佚。

四、横吹曲辞

《乐府诗集》载录"梁鼓角横吹曲"三十四个曲调,七十首曲辞,通过辨析,"梁鼓角横吹曲"的曲调在三十四曲基础上,去掉《半和企喻》、《大白净皇太子》、《小白净皇太子》三曲,再加上《白鼻䯄》,应作三十二曲。歌辞数量在七十首基础上,去掉梁武帝、吴均《雍台》二首及《地驱乐》"侧侧力力"二首,应作六十六首。

《乐府诗集》载录北齐魏收、祖珽各有《出塞》诗一首。另王褒《出塞》、《入塞》、《关山月》、《长安道》四首汉横吹曲中,只《出塞》应为入北之作,余为南朝时作品。

表 4　北朝横吹乐辞创制及使用情况表

朝代	创制情况	使用情况	著录情况	备　注
北魏	鼓角横吹曲34曲调，曲辞66首。	施用于本朝。	《真人代歌》、《国语真歌》歌集中可能包含这部分鼓吹曲。后传至南梁乐府收录保存，为《古今乐录》、《乐府诗集》载录。	《乐府诗集》载录"梁鼓角横吹曲"34个曲调，当去掉《半和企喻》、《大白净皇太子》、《小白净皇太子》3曲，再加上《白鼻䯄》，应作32曲。曲辞70首，当去掉梁武帝、吴均《雍台》2首及《地驱乐》"侧侧力力"2首，应作66首。
北齐	魏收、祖珽《出塞》各一首。	赋诗		魏收等《出塞》，名存辞佚。
北周	王褒《出塞》		《乐府诗集》	

五、相和歌辞与清商曲辞

中原相和旧曲在魏晋战乱以后流入江南，又作为孝文、宣武时代的战利品与吴声、西曲一起入北，北魏朝不辨中原旧曲与江南新声，笼统谓之为"清商乐"。这些乐曲经周、隋世入唐，至唐代仍有不少曲目留存。据《新唐书·音乐志》可知相和歌辞有《清调》,《蔡邕五弄》、《楚调四弄》、相和歌平调曲、清凋曲、《明君》、《白雪》等曲。清商曲辞有《子夜》、《前溪》、《团扇》、《懊侬》、《长史变》、《丁都督》、《读曲》、《乌夜啼》、《石城》、《石城乐》、《襄阳》、《乌夜飞》、《估客乐》、常林欢》、《三洲》、《吴声四时歌》、《雅歌》、《上林》、《凤雏》、《平折》、《命啸》等曲。依据所传十不一二的比例，北魏朝乐府内的相和、清商曲辞应多达二、三百曲之多。

中原相和旧曲及清商乐辞虽然进入北魏乐府，但却并没有激发北朝文人的作歌热情。北魏唯中书监高允作有《罗敷行》、《王子乔》，当与孝文帝以来相和与清商乐辞进入乐府有关。而北齐朝则尤喜挽歌，祖孝徵作《挽歌》，魏收作《櫂歌行》。其余相和歌辞作于北周时期，徐谦有《短歌行》二首、尚法师《饮马长城窟行》二首，其他均为庾信、王褒之辞。王褒、庾信、萧㧑的相和歌辞多为南朝时作品。

《乐府诗集》著录北朝“清商曲辞”唯庾信《乌夜啼》及《贾客词》，属于西曲舞曲，全为南朝时作品。

北朝没有清商曲辞创作，说明它只是用于殿庭宴飨演奏之用。即便庾信等由南入北的文士创作也很稀少，这种局面当与北朝乐府音乐大环境有关，缺乏创制新曲新辞的动机与热情。

表 5　北朝相和、清商乐辞创制及使用情况表

朝代	创制乐辞	使用乐辞	著录情况	备　注
北魏	相和歌辞有高允《罗敷行》、《王子乔》，温子昇《相国清河王挽歌》，计3首。 清商曲辞有王容《大堤女》。	殿庭宴飨奏中原旧曲《明君》等及吴声、西曲。	《新唐书》、《乐府诗集》所载	补相和歌辞《清调》，《蔡邕五弄》、《楚调四弄》、相和歌平调曲、清凋曲、《明君》、《白雪》等曲。清商曲辞则补《子夜》、《前溪》、《团扇》、《懊侬》、《长史变》、《丁都督》、《读曲》、《乌夜啼》、《石城》、《石城乐》、《襄阳》、《乌夜飞》、《估客乐》、常林欢》、《三洲》、《吴声四时歌》、《雅歌》、《上林》、《凤雏》、《平折》、《命啸》等曲。另据所传十不一二的比例，北朝孝文帝、宣武帝时期所保留的相和、清商曲辞应多达二、三百曲之多。
北齐	有祖孝徵《挽歌》、魏收《櫂歌行》。		《乐府诗集》所载	

续表

朝代	创制乐辞	使用乐辞	著录情况	备　注
北周	徐谦《短歌行》2首、赵王《从军行》、王褒《从军行》、庾信《从军行》、尚法师《饮马长城窟行》、无名氏《王昭君》，总7首。无清商曲辞。		《乐府诗集》所载	王褒《长安有狭邪行》、《燕歌行》、《明君词》，庾信《燕歌行》、《明君词》，属南朝文士间唱和之作。

六、舞曲歌辞

舞曲分为雅舞及杂舞两类。雅舞曲的创制及使用向为历来君主所重视。先秦以来中原已形成文舞、武舞系统，以颂美君主的文德武治。道武帝从中山国获得中原古雅乐舞，使用《文始》、《五行》之舞。关于《文始》舞，孝武帝永熙二年（533）录尚书长孙稚、太常卿祖莹上表称："《文始舞》者，舜《韶舞》，高祖六年更名曰为《文始》，以示不相袭也；《五行舞》者，本周舞，秦始皇二十六年更名为《五行》也。"[①]再如《勺舞》，王国维在《周大武乐章考》（《观堂集林》卷二）及《说勺舞象舞》（同上）里，说起三种舞："一是《大武舞》，包括《武宿夜》（即《昊天有成命》）、《武》、《酌》、《桓》、《赉》、《般》六篇；二是《勺舞》，指《酌》一篇；三是《象舞》，指《维清》一篇，或指《桓》、《赉》、《般》三篇。"[②]郊庙朝飨所用的雅乐舞分为文舞和武舞，此处所言《文始》即武舞，《五行》即文舞。道武帝即位以后，于

① 《魏书》卷一〇九，第2840页。

② 陆侃如、冯阮君《中国诗史》，天津：百花文艺出版社，1999年，第21—22页。

天兴元年诏令邓渊修定雅乐律吕，作《皇始舞》。孝文帝之时仍沿用《文始》、《五行》、《皇始》之舞。至宣武帝才诏令参定新乐舞。宣武帝于永平二年(509)先令颇解雅乐正声的扬州、义阳人张阳子等七人来帮助修正雅乐器的声律并辅导乐府雅乐舞操练，第二年准备施之于郊庙，此时制定二舞之名便提上议事日程。雅舞的代有继作通常并不改变舞蹈动作的表演内容，创改的只是舞名及歌辞。上文提到诏令崔光、元彧制的郊庙歌辞就是配合雅舞所用。宣武帝最后诏令只用新的舞名，其他一切仍然沿袭旧乐。至节闵帝普泰二年(532)，前废帝诏录尚书长孙稚、太常卿祖莹修定金石乐律乐器。永熙二年(533)春，长孙稚、祖莹二人上表曰：

> 案周兼六代之乐，声律所施，咸有次第。灭学以后，经礼散亡，汉来所存，二舞而已。请以《韶舞》为《崇德》，《武舞》为《章烈》，总名曰《嘉成》。……诏曰："王者功成作乐，治定制礼，以'成'为号，良无间然。又六代之舞者，以大为名，今可准古为《大成》也。凡音乐以舞为主，故干戈羽籥，礼亦无别，但依旧为文舞、武舞而已。余如议。"①

到了孝武帝时期，祖莹在修定完金石乐律的情况下，请求议定新雅舞名，最后定名为《大成》。北魏一朝虽没有制作新乐舞辞，但其乐府内一直将雅舞施之郊庙宴飨，却是事实。北周恭帝元年制成六代雅乐舞。这些雅乐舞均无乐辞见载。留下乐辞的唯北齐有《北齐文武舞歌》四首。总的来看，北朝雅舞乐辞的创制及使用主要受中原雅舞的影响。不过由于北齐唯赏胡风戎舞，至北周时期，"周太祖迎魏武入关，乐声皆阙"。雅舞皆亡佚。

北朝使用的杂舞也主要来自域外。包括吴夷、东夷、西戎之舞，悦般国鼓舞，西凉《永世乐》等。北齐时创制新乐舞《兰陵王入阵曲》，

---

① 《魏书》卷一〇九，第2842—2843页。

后主高纬尤喜汉舞《窟〈石垒〉子》,《旧唐书·音乐志》云:"《窟〈石垒〉子》,亦云《魁〈石垒〉子》,作偶人以戏,善歌舞。本丧家乐也。汉末始用之于嘉会。"①

从舞曲乐舞的创制及使用来看,雅舞系列主要受中原乐舞的影响,而杂舞多使用域外乐舞。

表 6 北朝舞曲乐辞创制及使用情况表

类别	朝代	创制乐辞	使用乐辞	著录情况	备注
雅舞	北魏	道武帝创制《皇始舞》,宣武帝议定乐舞名《嘉成》,其中《韶舞》改为《崇德》,《武舞》改名为《章烈》。	使用《皇始》、《文始》、《五行》、《勺舞》。	《魏书》、《乐府诗集》所载均有名无辞。	当补录所创制《皇始舞》,所使用《文始》、《五行》、《勺舞》。
	北齐	武成时创制《北齐文武舞歌》4 首:《文舞阶步辞》、《文舞辞》、《武舞阶步辞》、《武舞辞》。	孝昭时用《昭烈》、《宣政》、《光大》三舞,无辞。武成时《北齐文武舞歌》施用于本朝	《乐府诗集》所载	补所用乐舞名《昭烈》、《宣政》、《光大》。
	北周	武帝天和六年制成《大夏》、《大护》、《大武》、《正德》、《武德》、《山云》六舞。	施用于本朝	《隋书》记载,无辞	当补六舞曲名。
杂舞	北魏	无	1. 吴夷、东夷、西戎之舞。2. 疏勒歌曲《元利死让乐》,舞曲《远服解曲》、《有盐曲》。3. 高丽歌曲《歌芝栖》、舞曲《舞芝栖》。4. 悦般国鼓舞。5. 西凉乐歌曲《永世乐》。	《魏书》、《隋书》所载均有名无辞。	当补录使用疏勒舞曲、高丽舞曲 2 曲。其余乐舞均无辞。

① 欧阳修、宋祁撰《旧唐书》卷二九,北京:中华书局,1975 年,第 1074 页。

续表

类别	朝代	创制乐辞	使用乐辞	著录情况	备注
	北齐	《兰陵王入阵曲》	西凉鼙舞、龟兹乐舞、汉魏丧乐舞《窟〈石垒〉子》、胡戎舞。	《隋书》所载均无辞。	补创制《兰陵王入阵曲》，使用西凉、中原、龟兹舞、胡戎舞四种，均无辞。

七、杂曲歌辞

《乐府诗集》载北魏杂曲歌辞7首，笔者补录6首，计13首。北齐杂曲歌辞8首，其中4首为补录，北周杂曲20首。但仍有不少杂曲歌辞存在于北魏乐府中，其使用情况也较为复杂。为明晰起见，将杂曲歌辞情况列表如下：

表7　北朝杂曲乐辞创制及使用情况表

朝代	创制乐辞	使用乐辞	著录情况	备　注
北魏	7首：祖叔辨《千里思》，无名氏《杨白花》，无名氏《于阗采花》，温子昇《结袜子》、《安定侯曲》、《燉煌乐》及古辞《阿那环》。补录6首：温子昇《凉州乐歌》2首、北魏文明太后游戏歌《青台歌》。无名氏《陇上歌》、《咸阳王乐人歌》。	1. 孝文帝时期所作《温泉之歌》、《劝戒歌》、"历颂群臣之歌"。2. 常景《扶风歌》12首。3. 疏勒歌曲《元利死让乐》。4. 高丽歌曲《歌芝栖》。5. 田僧超《壮士歌》、《项羽吟》用于军中。	1. 孝文帝高允编《国语御歌》、《国语御歌》共21卷，今不传。2. 宣武帝时太乐令崔九龙录古杂曲近500曲，今不见载。祖叔辨等所创13首见于《乐府诗集》，其余皆有名无辞。	1. 宣武帝乐府保存古杂曲近500曲。既非创制，也不使用于乐府。2. 当补录孝文帝时期《温泉之歌》《劝戒歌》及历颂群臣歌。3. 补录常景《扶风歌》12首，疏勒《元利死让乐》曲、高丽《歌芝栖》曲，均无辞。
北齐	4首：魏收《齐瑟行之美女篇》2首、《永世乐》及邢劭《思公子》。补录4首：萧综《听钟鸣》3首、高昂《行路难》。 北齐后主《无愁曲》无辞	施用于本朝。	除《无愁曲》之外，皆见于《乐府诗集》	补录《无愁曲》，无辞。

续表

朝代	创制乐辞	使用乐辞	著录情况	备　　注
北周	12 首:庾信《步虚词》10 首,《舞媚娘》。王褒《高句丽》。		均见于《乐府诗集》	

从北朝乐府乐辞的使用情况可得出如下观点:第一,北朝乐府创制的歌辞,有施用与不施用两种情况,不施用者则基本上不产生影响,影响于后世的多为施用于乐府的歌辞。入乐之辞又分为仅施于本朝的,如北齐、北周所造郊庙、燕射、舞曲等辞,产生影响局限于本朝。另有不限于本朝使用的歌辞,如横吹曲辞及《无愁曲》等杂曲歌辞,时间从北朝延续至唐,空间由北及南,影响之深远皆非前两种乐辞能及。第二,北朝通过战争、外交等关系吸收不少本土之外的歌乐舞辞,这部分乐辞非北朝创制,但它们通过北朝乐府这一环节继续实现价值,产生影响。这部分乐辞又可分作两种情形:其一,进入北朝乐府表演,其曲调、乐器、相关乐人及其艺术形式得以完好保存,流传后世。如中原相和旧曲,就是依赖于北朝乐府才得以流存。其二,不在乐府表演,如崔九龙因怕古乐府杂曲失传,收编古杂曲近 500 曲,但有的已不知其意,只能记其声折,至于如何演唱,是否入乐也颇值得怀疑。第三,由于战乱造成的乐器损毁、乐工流亡、乐律失修,雅乐重建工作困难重重,加上民族性格、文化习俗及音乐、语言、审美风尚的差异与隔膜,北朝乐府一贯使用的是具有本民族特点的乐歌乐辞。如《真人代歌》在朝廷郊庙、燕飨,各边镇鼓吹中兼用,而对于按照中原礼乐所创制的郊庙、鼓吹等新曲却下诏废寝。与此同时,尽管北朝以博大的胸怀吸纳了不少中原及其他少数民族的歌乐,但由于文化的差异,这些歌乐在北朝并没有衍生新的生命力。如中原旧曲及清商曲辞,新曲、新辞的数量都不多,而且多是王褒、庾信等入北文人所作。出于同样的原因,北朝所辑录的歌集《真人代歌》、《国语真歌》、《国语御歌》及古杂曲等,能在南朝的文献中记存的亦属百不遗一,其中语言、文化的隔膜差异当是重要原因。

(原载《乐府学》第八辑,学苑出版社,2013 年)

“鱼山梵呗”的源流演化及乐谱形式探原*

王淑梅

曹植感鱼山梵声制呗，对后世佛教音乐的发展具有重要影响。但由于其所制“鱼山梵呗”已不存，因此“鱼山梵呗”的面目究竟如何，已无从知晓，学界甚至就曹植创制“鱼山梵呗”的真伪，产生过一些质疑，持有不同的观点①，但是在缺乏直接文献依据的情况下，对曹植与“鱼山梵呗”的关系问题似乎无从深入下去，关于“鱼山梵呗”的争议也只能任其自然。但“鱼山梵呗”在南朝至唐代的文献中确曾作为一个流行的佛教音乐文化现象在广泛流传着，而且“鱼山梵呗”与道教步虚音乐有一定的源流变化关系，日本现存的“鱼山”声明音乐的乐谱又与中国较早的步虚音乐所用曲谱基本一致。本文拟从这些具体材料入手，在对“鱼山梵呗”的相关史料进行详细梳理的基础上，对这一现象作一些切实的探讨，希求对揭开“鱼山梵呗”的朦胧面纱有所助益。

---

* 本文为国家社科基金项目“魏晋乐府诗的诗乐关系研究”(10CZW020)及江苏省青蓝工程骨干教师培养项目(QLG2010)的阶段性成果。

① 学界对曹植创制鱼山梵呗有两种态度，肯定者，如李小荣等认为，中土首制梵呗者应为曹植(《变文讲唱与华梵宗教艺术》，上海：上海三联书店，2002年，第148页)；否定者，如陈寅恪、王小盾等认为，中土首制梵呗者应为支谦，曹植创制鱼山梵呗不过东晋人编制的传说。(参见陈寅恪《四声三问》，载《金明稿丛稿初编》；王昆吾《汉唐佛教音乐述略》，载其《中国早期艺术与宗教》，上海：东方出版中心，1998年，第361页)

一、“鱼山梵呗”的源流演化

曹植于鱼山闻梵制呗，在梁释僧祐撰《出三藏记集》卷十二《法苑杂像原始集目录序第七》录有《陈思王感鱼山梵声制呗记》之目，而其文已佚，所以曹植创制“鱼山梵呗”的具体情形无从探求。但从其他一些历代文献的相关记载，我们仍可以见出“鱼山梵呗”的源流演化轨迹。

鱼山，位于今山东东阿县境内。关于鱼山的最早记载，见于《史记·河渠书·瓠子歌》：

> 殚为河兮地不得宁，功无已时兮吾山平。吾山平兮钜野溢，鱼沸郁兮柏冬日。……
>
> 吾山平，《集解》引徐广曰：“东郡东阿有鱼山，或者是乎？”骃按：如淳曰：“恐水渐山使平也”。柏冬日，《集解》引徐广曰：“柏犹迫也。冬日行天边，若与水相连矣。”骃按：《汉书音义》曰：“钜野满溢，则众鱼沸郁而滋长也。迫冬日乃止。”①

由此可知，司马迁时代“鱼山”名曰“吾山”，尚无“鱼山”之名，但《瓠子歌》“鱼沸郁兮柏冬日”一句，却给后人留下联想的宽广余地。“鱼山”之得名或缘于此。曹植登鱼山的初始记载，见于西晋陈寿的《三国志》卷十九：“初，植登鱼山，临东阿，喟然有终焉之心，遂营为墓。”②此时只称曹植登鱼山，尚无闻梵赞之说。到了南朝刘宋时期，则首次出现曹植感鱼山梵声制呗的说法。唐释湛然述《法华文句记》卷五引刘义庆(403—444)《宣验记》云：“陈思王姓曹，名植，字子建，魏武帝第四子。十岁善文艺，私制转七声。植曾游渔山，于岩谷间，闻诵经

---

① 司马迁《史记》卷二九，北京：中华书局，1975年，第1413—1414页。

② 陈寿《三国志》卷一九，北京：中华书局，1975年，第576页。

声,远谷流美。乃效之而制其声。”[①]值得注意的是,此处虽先云曹植善文艺,“私制转七声”,后说曹植游渔山闻诵经声,效之制其声。但“私制转七声”与“效之而制其声”两者之间的联系是显然的,只是“鱼山”讹作“渔山”。此后刘宋刘敬叔(刘于元嘉(424—453)中官给事黄门郎)《异苑》卷五又云:

> 陈思王曹植,字子建。尝登鱼山,临东阿,忽闻岩岫里有诵经声,清遒深亮,远谷流响,肃然有灵气,不觉敛衿祇敬,便有终焉之志,即效而则之。今之梵响,皆植依拟所造。一云:陈思王游山,忽闻空里诵经声,清远遒亮。解音者则而写之,为神仙声;道士效之,作步虚声也。[②]

此无曹植“私制转七声”之说,却有登鱼山闻诵经声的两种说法,一为曹植依拟造梵响,二是曹植仅闻诵经声,“解音者则而写之为神仙声;道士效之作步虚声也”。鱼山上的诵经声与后来的神仙声、道士所作《步虚》音乐有明确的源流关系,至少二者有相通之处。北魏时期,郦道元(? —527)《水经注》(成书于北魏延昌、正光(512—525)年间)卷八注“济水又北经渔山东,左合马颊水”云:

> 马颊水又迳桃城东,《春秋》桓公十年,《经》书公会卫侯于桃丘,卫地也。杜预曰:济北东阿县东南有桃城,即桃丘矣;马颊水又东北流,经山南山,即吾山也。汉武帝《瓠子歌》所谓吾山平者也。山上有柳舒城,魏东阿王曹子建每登之,有终焉之志,及其

---

① 湛然述《法华文句记》,见《大正大藏经》影印本,第34册,台北:台湾新丰出版公司,1983年,第245页。

② 刘敬叔《异苑》,见《汉魏六朝小说笔记大观》,上海:上海古籍出版社,1999年,第641页。

终也，葬山西，西去东阿城四十里。①

此处所说"吾山"位于今山东东阿县西约四公里处。郦氏言称"鱼山"为"吾山"，所据当为《史记》，其不取《宣验记》、《异苑》诸书，意在求实也。北周时期，《拓拔虎墓志》（拓拔虎卒于保定四年即公元 564 年）云：

祖僧保，抽簪国嗣，脱屣王家，改碣石为香城，变睢阳为奈苑，叶捐冠冕，来被鹿野之衣，寂绝哥钟，独响□山之梵。注云"□"，当为"鱼"，志文拓片中"鱼"字虽已泐损，但其上下部仍依稀可见。②

据此可知，北周时"鱼山梵呗"音乐已经作为佛教音乐的主要形式广为流传。到了南朝梁，慧皎撰《高僧传》第十三云：

自大教东流，乃译文者众，而传声盖寡……金言有译，梵响无授。始有魏陈思王曹植深爱声律，属意经音。既通般遮之瑞响，又感鱼山之神制，于是删治《瑞应本起》，以为学者之宗。传声则三千有余，在契则四十有二。③

唐代以后有关"鱼山梵呗"的记载更多，唐释道宣（596—667）编纂的《广弘明集》卷五《辨惑篇》录曹植《辨道论》，文末附后记云：

植，字子建，魏武帝第四子也。初封东阿郡王，终后谥为陈思王也。幼含圭璋，十岁能属文，下笔便成，初无所改，世间艺术

---

① 郦道元《水经注》，上海：上海人民出版社，1984 年，第 271 页。

② 《魏晋南北朝隋唐史资料》第 18 辑，武汉：武汉大学出版社，2001 年，第 128—130 页。

③ 释慧皎《高僧传》卷十三，北京：中华书局，1982 年，第 243 页。

> 无不毕善。邯郸淳见而骇服，称为天人也。植每读佛经，辄流连嗟玩。以为至道之宗极也。遂制转读七声升降曲折之响，故世之讽诵，咸宪章焉。尝游鱼山，闻空中梵天之赞，乃摹而传于后。则备见梁《法苑集》，然统括道源，精究仙录，诈妄尤甚，故著论以详云。①

唐释道世所著《法苑珠林》(668年编纂)卷三十六《赞叹部·呗攒篇》则云：

> 至魏时陈思王曹植……每读佛经，辄流连嗟玩，以为至道之宗极也。遂制转赞七声升降曲折之响；世人讽诵，咸宪章焉。尝游鱼山，忽闻空中梵天之响，清雅哀婉，其声动心；独听良久，而侍御皆闻。植深感神理，弥寤法应，乃摹其声节，写为梵呗，纂文制音，传为后式。梵声显世，始于此焉。②

除此而外，言及曹植游鱼山闻梵天之赞的记载还有一些，如唐代窥基所撰《妙法莲华经玄赞》等，但都不过是祖述以上诸说而已。

据以上文献可知，“鱼山”始称“吾山”，以“众鱼沸郁”，故名“鱼山”，后讹为“渔山”。西晋时期仅言及子建有营葬鱼山之志，至刘宋间开始出现曹植仿效鱼山诵经声造制梵响之说，又云鱼山梵响与道教音乐互有影响。至北周时期，鱼山音乐已经成为佛教音乐的主要形式。就这些记载来看，“鱼山梵呗”所涉地点、人物，“鱼山梵呗”的产生过程、性质及影响，这些因素是基本一致且比较明确。但还有其他一些不确定的说法：如曹植游鱼山所闻者，南朝宋时刘义庆《宣验记》、刘敬叔《异苑》谓“诵经声”，至唐代《广弘明集》、《法苑珠林》等始称“梵天之赞”或“梵天之响”。而诵经之声的来源，或谓岩谷间，或谓

---

① 释道宣《广弘明集》，上海：上海古籍出版社，1981年，第124页。

② 释道世《法苑珠林》，上海：上海古籍出版社，1991年，第286页。

岩岫里，或谓空里。曹植据以造制者，《宣验记》谓“乃效之而制其声”，《异苑》称“今之梵响，皆植依拟所造”，《高僧传》意谓所传为“梵响”，《广弘明集》以为“闻梵天之响，乃摩而传于后”，《法苑珠林》则称“乃摩其声，书写为梵呗，摩文制音，传为后式”。这些传闻异辞的现象，正说明曹植“鱼山梵呗”在南朝至唐代的历史时期内，经历过层递式地被创造、被选择、被淘汰的演化过程。但无论如何，“鱼山梵呗”既然在南朝刘宋时期已经广为流传，并与道教音乐有所融通，至少可以说明，“鱼山梵呗”在这之前就已经产生了。

二、“鱼山梵呗”的乐谱形式探原

梵呗，乃“呗匿”（梵文 Pathaka）音译之略，亦译作“婆陟”、“婆师”，意为“止断止息”或“赞叹”，是佛教徒以短偈、赞语形式赞唱佛、菩萨之颂歌，常有乐器伴奏。《呗赞篇》云：“呗者短偈以流唱”①，“天竺方俗，凡是歌咏法言，皆称为呗。至于此土，咏经则称为转读，歌赞则号为梵呗，昔诸天赞呗，皆以韵入弦管”②。据三国东吴支谦所作《法句经序》，这种用于歌咏的“法言”自东汉以来就被安世高等人译成汉语，传至中土，“昙钵偈者，众经之要义。昙之言法，钵者句也。而《法句经》别有数部，有九百偈，或七百偈，及五百偈。偈者结语，犹诗颂也。是佛见事而作，非一时言，各有本末，布在诸经”③。载于《出三藏记集》中《经呗导师集》之首的《帝释（天）乐人般遮琴歌呗》，是直接从天竺和西域输入中土的经中偈赞，据饶宗颐考证应是东汉末人所制④，东吴时支谦曾依《无量寿》、《中本起经》制《赞菩萨连句

---

① 释道世《法苑珠林》，第 285 页。

② 释慧皎《高僧传》卷十三，第 243 页。

③ 《全上古三代秦汉三国六朝文》，北京：中华书局，1958 年，第 1458 页。

④ 饶宗颐《从（经呗导师集）第一种〈帝释（天）乐人般遮琴歌呗〉联想到的若干问题》（《东方文化》创刊号，第 57 页）指出：“这一歌呗虽然没有写明作者和时代，但僧佑把它刊于经呗集之首，而且注明出自《中本起经》，其采取康孟祥所译，甚为明显，则必东汉末人所制。”

梵呗》三契。这些例子说明，东汉至三国时期“用汉音译曲以咏梵文”已经开始了，如果曹植于鱼山闻梵音而制呗，其乐谱形式会是什么样子的呢？

刘敬叔《异苑》既然称“解音者则而写之为神仙声，道士效之作步虚声”[①]，循着这条线索，我们在《道藏》三百三十册，《洞玄部》养之门上，找到《玉音法事》一书，其上卷载有玉京山《步虚经·步虚吟》三首，其中《空洞》一首，全以大字写唱辞，用小字记乐声，而又用曲折线联络各音，表示曲调的抑扬以及与乐声的配合的方式。此首《步虚吟》，《玉音法事》谓为葛玄所创。“右玉京步虚十首。按太上玉京步虚经云：太极左仙翁葛玄于天台山传授弟子郑思远，思远复传仙翁从孙葛洪号抱朴子者是也。郑君说，天翁去世时，告思远曰：所受《上清大洞道经》，付吾家门子弟，世世传录。至人勿闭天道”[②]。据此虽然不能遽断《步虚经·步虚吟》出于晋代，但唐初释法琳所选《辩正论》曾引玉京山《步虚词》云：“长齐会玄都，鸣玉叩琼钟，法鼓会群仙，灵唱弥不同。”[③]而《玉音法事》所载《步虚吟》第十首的四句恰与之相合，唯“周”作“同”[④]，这说明《步虚吟》必为唐前之作，且此谱与后世工尺谱不合，兼具声辞曲折的形式，其来源必定甚古。据《广弘明集》所载曹植《辨道论》附记，“植每读佛经，辄流连嗟玩。以为至道之宗极也。遂制转读七声，升降曲折之响，故世之讽诵，咸宪章焉。尝游鱼山，闻空中梵天之赞，乃摹传于后”[⑤]。此道曲的记谱形式也应与之相似。姑附《步虚经》曲谱如下以见其面貌[⑥]：

---

① 刘敬叔《异苑》，《汉魏六朝小说笔记大观》，第641页。

② 无名氏《玉音法事》，《正统道藏》第11册，天津：天津古籍出版社，1988年，第120页。

③ 释法琳《辩正论》，《大正大藏经》影印本，第52册，台北：新丰出版公司，1983年，第548页。

④ 无名氏《玉音法事》，《正统道藏》第11册，第140页。

⑤ 释道宣《广弘明集》，第124页。

⑥ 《玉音法事》，《正统道藏》第18册，第567—568页。

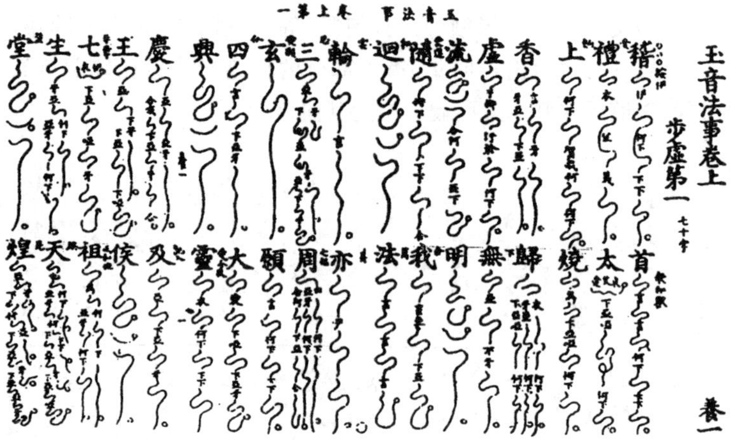

图 1

又《大正大藏经》载有日本人家宽法印所撰《鱼山声明集》，其中收录的呗赞皆标明宫商曲调，第六部分有《云何呗》、《毁形呗》两篇：

> 《云何呗》："云何於此经，究竟到彼岸；愿佛开微密，广为众生说。"
>
> 《毁形呗》："毁形守支节，割爱无所亲；弃家弘圣道，愿度一切人。"

其曲谱形式与上文所引《步虚经》颇相似，也是将各字以曲线标出音调的抑扬曲折，唯作自右向左横书而已。

《鱼山声明集》一名《鱼山六卷抄》或《鱼山声明六卷帖》，其撰者家宽法印是在胜林院创建道场的良忍上人的弟子，是后白河法皇的声明乐师。而胜林院最先引入了盛行一时的鱼山梵音。后来胜林院的十一世传人宗快法师在嘉祯 4 年(1238)根据学习研究《鱼山六卷帖》音律的心得，编成《鱼山目录》，成为音律宝典传播后世。明应五年(1496)，高野山的巨匠长惠又据《鱼山声明集》撰成《鱼山私钞》，即《声明口传集》或《口传声明集》，广泛应用于天台宗佛教。其中的《出家呗》（即《鱼山声明集》所载《毁形呗》）、《云何呗》等也是因袭《鱼山声明集》的方式记谱。因此《鱼山声明集》第六部分的记谱形式也比较贴近曹植的时代，能够反映其本来面貌。姑附其曲谱如下①：

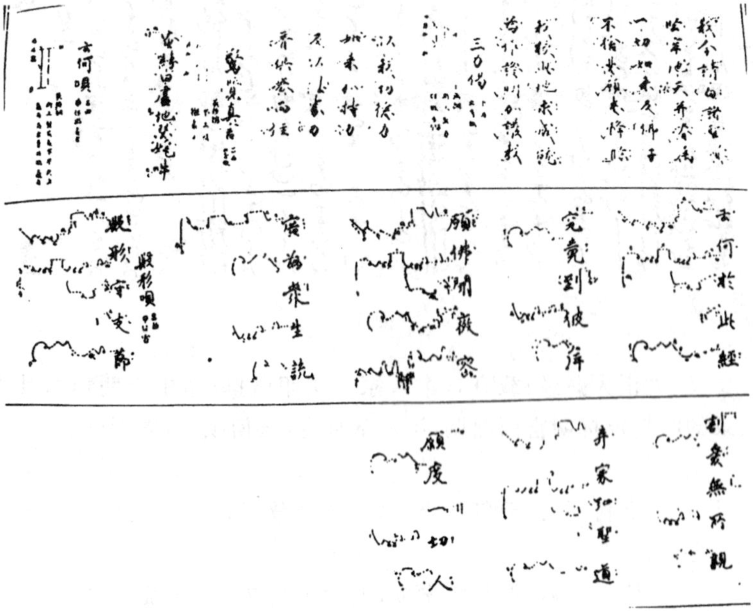

图 2

再考察相关的文献记载，我们发现《步虚经》和《鱼山声明集》的记谱形式的确反映了汉魏时期的乐谱面貌。《乐府诗集》卷十九引《古今乐录》云：

《上邪曲》四解，《晚芝曲》九解，汉曲有《远期》，疑是也。《艾如张》三解，沈约云："乐人以音声相传，训诂不可复解。凡古乐

① 家宽法印《鱼山声明集》，《大正新修大藏经》第 84 册，第 824—826 页。

录，皆大字是辞，细字是声，声辞合写，故致然耳。①

《汉书·艺文志·诗赋略·歌诗》载《河南周歌声曲折》七篇、《周谣歌诗声曲折》七十五篇。王先谦《汉书补注》曰：“声曲折，即歌声之谱，唐曰乐句，今曰板眼。”②姚振宗《汉书艺文志条理》：“此两家皆有声律曲折，《隋书·王劭传》所谓曲折其声，有如歌咏是也。”③《宋书·乐志》载张华表亦云：

按魏《上寿食举诗》及汉氏所施用。其文句长短不齐，未皆合古。盖以依咏弦节，本有因循，而识乐知音，足以制声，度曲法用，率非凡近所能改。二代三京，袭而不变。虽诗章词异，兴废随时，至其韵逗曲折，皆系于旧，有由然也。是以一皆因就，不敢有所改易。④

又载贺循《尚书下太常祭祀所用乐名》云：

魏氏增损汉乐，以为一代之礼。……自汉氏以来，依放此体，自造新诗而已。旧京荒废，今既散亡，音韵曲折，又无识者，则于今难以意言。④

所谓“声曲折”就是曲谱，在歌词旁边用曲线符号标明歌唱时人声的抑扬进行和长短。曲折即谱之曲折。韵逗曲折、音韵曲折，均指乐谱

---

① 郭茂倩《乐府诗集》，北京：中华书局，1979年，第285页。

② 王先谦《汉书补注》上册，北京：中华书局，1983年，第894页。

③ 姚振宗《汉书艺文志条理》，《二十五史补编》本，第2册，北京：中华书局1955年，第1652页。

④ 沈约《宋书》卷十九，《二十五史》百衲本，第2册，杭州：浙江古籍出版社，1998年，第291页。

之声字。其歌辞均用大字，而记谱的声辞均用小字。逯钦立云："《步虚吟》之声字，如'贺俄阿'、'何下'、'下下'之类，壮写声节，各成定组，此即为音，即为逗，'音'者，自其为歌曲之声者言；逗者，自其为曲折中之住节作用者言。如'于御污于'专于'虚'字下用之，'乌悞悟'专于'无'字下用之，此类字因辞变换，要须于本辞为叠韵，凡此则所谓韵，自其与本辞为叶韵者言也。'于御污于'因本辞'虚'字而屡转之，故曰韵转，或曰却转，或曰还喉叠弄，加之以'何何'、'贺俄阿'等声节之音，故曰有无穷音韵也。"①所有这些"声曲折"、"韵逗曲折"、"音韵曲折"等等，都足以证明《玉音法事》所载《步虚经·步虚吟》和《鱼山声明集》所载曲谱，与曹植那个时代的乐谱形式是相吻合的。

根据以上分析，"鱼山梵呗"的音乐形式在《步虚经·步虚吟》和《鱼山声明集》、《鱼山私钞》所载中可见其原始面貌。因此，曹植所制"鱼山梵呗"虽已不存，但从《步虚经》及《鱼山声明集》所存的曲谱均采用"声曲折"谱式来看，这至少说明，刘宋时期《异苑》中所说的"解音者"仿照鱼山梵音所作的"步虚声"，与日本胜林院所流传"鱼山"声明音乐都是中国较古老的音乐遗留，它们作为中国较早的佛教、道教音乐形式，都曾明确受到"鱼山梵呗"的影响。根据葛玄的生活年代，其所创的《步虚经》可确定为晋至刘宋这段时间，那么比它更早存在的"鱼山梵呗"，其创制年代或可上溯到魏晋时期，这与曹植生活的年代基本一致。

（原载《徐州师范大学学报》2011 年第 5 期）

① 逯钦立《汉魏六朝文学论集》，西安：陕西人民出版社，1984 年，第 526—527 页。

汉代乐府古辞的文本化及其文学史意义

文晓华

汉代乐府古辞，乃是来自民间的街陌谣讴。沈约云："凡乐章古词，今之存者，并汉世街陌谣讴，《江南可采莲》、《乌生》、《十五》、《白头吟》之属是也。"①其最初发生于民间里巷，靠着人们的口耳相传才得以传播，呈现出一种灵活的动态的生存方式。经乐府采集、加工、整理以后，才被文献记录、保存下来，具有了相对稳定的文本形式，古辞也便完成了从口头到文本的生存状态的变化。本文将深入追索这一变化过程，同时揭示其深刻的文学史意义。

一、初始状态的古辞——口头歌唱

古辞乃民间歌谣，由百姓传唱，具有一定的曲调与歌辞，可以歌唱。这些"代赵之讴，秦楚之风"，得到了汉代乐府机构的采集整理才得以保存下来。透过文献，我们可以大致了解这些歌谣的情况。在哀帝罢乐府时，丞相孔光、大司空何武曾经上奏了一份乐府人员的安置方案，其中提到的民乐民歌有：邯郸鼓、江南鼓、淮南鼓、巴俞鼓、楚严鼓、梁皇鼓、临淮鼓、兹邡鼓、郑四会、沛吹鼓、陈吹鼓、东海鼓、楚鼓、秦倡、秦倡象人、诏随秦倡、楚四会、巴四会、铫四会、齐四会、蔡讴、齐讴等。这些以地域命名的民乐民歌必定具有显著的地方特色，或许曲调悠扬，或许节奏铿锵，但皆各有所长，各具特点，引人入胜。

---

① 沈约《宋书》，北京：中华书局，1974年，第549页。

《汉书·艺文志》亦曾载二十八家歌诗共三百一十四篇，其中具有民歌性质的歌诗有：

> 《吴楚汝南歌诗》十五篇、《燕代讴雁门云中陇西歌诗》九篇、《邯郸河间歌诗》四篇、《齐郑歌诗》四篇、《淮南歌诗》四篇、《左冯翊秦歌诗》三篇、《京兆尹秦歌诗》五篇、《河东蒲反歌诗》一篇、《洛阳歌诗》四篇、《河南周歌诗》七篇、《河南周歌声曲折》七篇、《周谣歌诗》七十五篇、《周谣歌诗声曲折》七十五篇、《周歌诗》二篇、《南郡歌诗》五篇。①

这些歌诗仍然以地域命名，其来源地几乎涵盖了长安周围东、南、西、北各个区域。

源于民间百姓之口的民歌，虽然其后被国家音乐机关采集、记录、配乐，在一个迥异于民间的上层社会中演唱，但其民间口头信息却难以消弭，从现存古辞的文本记录中，我们可以发现一些古辞的口头特性，如其长短不齐的句子、俚词俗语的运用等。

汉乐府古辞中杂言诗所占比例较大，与《诗经·国风》中杂言诗多有规律可寻相比，乐府古辞只有少数歌诗的句式组合有规律可寻：或以三言为主，如《朱鹭》、《将进酒》、《思悲翁》；或以四言为主，如《雁门太守行》、《满歌行》、《俳歌辞》；或以五言为主，如《艳歌何尝行》《上陵》、《东光》、《悲歌行》；有以七言句为主者，如《王子乔》、《蒿里》；《平陵东》则呈现出三、三、七的句子组合规律。但更多的杂言诗语言形式却非常散乱，尤其是除《朱鹭》、《将进酒》、《思悲翁》、《上陵》几首外的鼓吹曲辞，大都没有章法，长短参差，甚至难以理解，如《芳树》一首："芳树日月，君乱如于风。芳树不上无心温而鹄，三而为行。临兰池，心中怀我怅。心不可匡，目不可顾，妒人之子愁杀人。君有他心，

---

① 班固《汉书》，北京：中华书局，1962年，第1754页。

乐不可禁。王将何似，如孙如鱼乎？悲矣"①，二言、三言、四言、五言、七言、九言句并存，其内容也难以确指。鼓吹曲辞以外，一些口语化较强的古辞，其句式也多显杂乱，如《妇病行》、《蛱蝶行》、《乌生》、《东门行》、《董逃行》等，一言、二言、三言、四言、五言、六言、七言乃至八言、九言句都有。

迭句的运用可使诗句显得齐整，汉乐府古辞中也有迭句现象出现，如《西门行》："出西门，步念之，今日不作乐，当待何时？逮为乐，逮为乐，当及时。"《王子乔》："王子乔，参驾白鹿云中遨，参驾白鹿云中遨。下游来，王子乔。"但乐府古辞没有大量使用这种迭句方式，只有极少数采用了这一写作方式。及此可见，汉乐府古辞中的杂言表现出较多的随意性，没有统一或相近的章法结构，表现出了更多纯真的原始状态，这是古辞来源于口头的重要体现。

民间俗语是民歌身份的标签，在乐府古辞中，保留着较为明显的口语痕迹。举例如下：

誓词。《上邪》一首，以呼告语起，大呼"上邪"，即"天哪"，是当时民间俗语，是百姓向天立誓时常用的语词。《东门行》："上用沧浪天故，下当用此黄口儿"，意为"上有沧浪之天相照，下有无辜的黄口小儿，所以不要……"此句誓词在当时非常普遍，在《艳歌何尝行》古辞（何尝快独无忧）中，亦有"上惭仓浪天，下顾黄口小儿"之句。

"阿谁"、"阿母"。清翟灏《通俗编·语辞》："古《为焦仲卿妻诗》'堂上启阿母'，《木兰诗》'阿爷无大儿'，虽父母亦系以阿字，盖阿者发语辞，语未出口，自然有此一音，古人以谁为阿谁，亦犹此也。"②这是当时人互相称呼用语，除了《焦仲卿妻》诗中的用例外，《十五从军征》诗中亦有此称呼："道逢乡里人，家中有阿谁？……羹饭一时熟，不知饴阿谁？"

---

① 本文乐府诗皆选自郭茂倩《乐府诗集》，北京：中华书局，1979年。

② 翟灏、陈志明《通俗编》，北京：东方出版社，2013年，第625页。

“我”。《鸡鸣》“鸣声何啾啾，闻我殿东厢”，《乌生》：“我秦氏家有游遨荡子……我一丸即发中乌身……我人民安知乌子处……我黄鹄摩天极高飞……我人民生各各有寿命……”《陌上桑》“日出东南隅，照我秦氏楼”，《王子乔》：“三王五帝不足令，令我圣明应太平。”此处的“我”字，并不是第一人称代词，用来指称自己，而是一个类似于发语词的助词，为口头习惯用语，可用来补充音节，加强语气等。这样的用语习惯，使歌诗颇带有一些说唱文学的韵味。

“咄”。叹词，表示嗟叹，有时用为“咄唶”，表示感慨，《乌生》中共用五个“唶”字，表示强烈的感叹之情，正是故事情节极为紧张，作者感情极为强烈的时刻。《咄唶歌》，言枣树果实累累之时，众人竞相趋附，而当枣已摘尽时，则树下不复有人，寓意世态炎凉，以“咄唶”命名歌辞，表达了作者深深的感慨。《东门行》古辞：“咄！行！吾去为迟，白发时下难久居。”亦运用了这一口语词来表示丈夫对妻子观点的强烈反对。

作为歌辞，最重要的是“动听”，这不仅仅取决于曲调的优美，也在于配曲的歌辞是否容易上口，是否容易被记住。汉乐府古辞所配曲调虽已渺不可寻，但其歌辞却显然具备了琅琅上口的特点：口语色彩比较强烈，更加贴近民众习惯，一些俚词俗语随处可见，使歌辞显得生动活泼。古辞获得了作为音乐歌辞的基本资格，具备了口头传唱的条件。

二、进入乐府后的古辞——文本化

若是没有音乐机关的采集，这些歌谣便只能以口耳相传的方式传承下去，长久以来，辞调极可能湮灭不闻。汉代乐府负有采诗整理之责，大量民歌谣讴被采集入官，经过整理后的歌辞以文本的形式被保存下来，成为我们今天所见到的汉乐府古辞。《荀录》、《大明三年宴乐技录》、《宋书・乐志》、《古今乐录》等均记载了部分汉乐府歌诗，其中尤以《宋书・乐志》的记载最为权威。这些记载在很多细微之处都凸显其歌辞底本（即文本化）的性质，如以篇名在前，曲名在后的标记方式，显示出其强调歌辞的目的，如“上谒　董逃行　古词”的记载等；有的记录了歌辞的歌法，如分解、复唱等，如《宋书·乐志》中对“北上　苦寒行　武帝词”歌辞的记录：

> 北上太‖行‖山‖，艰‖哉‖何‖巍‖巍‖。羊肠坂诘屈，车轮为之摧。一解　树木何萧‖瑟‖，北‖风‖声‖正‖悲‖。熊罴对我蹲，虎豹夹道啼。二解　溪谷少‖人‖民‖，雪‖落‖何‖霏‖霏‖。延颈长叹息，远行多所怀。三解　我心何‖佛‖郁‖，思‖欲‖一‖东‖归‖。水深桥梁绝，中道正裴回。四解　迷惑失‖径‖路‖，暝‖无‖所‖宿‖栖‖。行行日以远，人马同时饥。五解　担‖囊‖行‖取‖薪‖，斧‖冰‖持‖作‖糜‖。悲彼东山诗，悠悠使我哀。六解①

在上述记录中，有歌辞解数的明确划分，有某段歌辞的特定歌法，如各解中用“‖”的符号表示复唱。如果说，这些记录是很明确地告诉我们古辞已然文本化的事实，那么，尚有一些古辞文本化的特征隐藏在蛛丝马迹的细节中，具体展示如下：

1. 声辞杂写

《宋书·乐志》(四)“今鼓吹铙歌词”下，沈约云：“乐人以音相传，训诂不可复解。”②《古今乐录》对这一点作了更为详细的说明：“……沈约云‘乐人以音相传，训诂不可复解’③。凡古乐录，皆大字是辞，细字是声，声辞合写，故致然尔。”则古代各种“乐录”，皆分大字与细字两种字形来书写，大字记辞，细字写声，但在流传过程中，大字与细字之分日渐泯灭，其差别已经不再，再加上传写过程中的讹误，我们便难以通晓其义了。

---

① 沈约《宋书》，第611页。
② 沈约《宋书》，第660页。
③ 郭茂倩《乐府诗集》，第285页。

汉代乐府古辞中存在一些明显的声、辞合写的现象，尤其是铙歌十八曲。《古今乐录》云其“皆声、辞、艳相杂，不可复分”，且云其“字多讹误”，而这正是铙歌古辞杂乱无章的原因。如：《朱鹭》一曲：

朱鹭，鱼以乌，路訾邪。鹭何食，食茄下。不之食，不以吐，将以问诛者。

其中，“路訾邪”三字被学者认为是“表声字，当与曲辞有别”。十八曲中其他的表声字还有：《艾如张》中的“夷于何”、《有所思》中的“妃呼豨”、《临高台》中的“收中吾”、《思悲翁》中的“唐思”、《雉子班》中的“尧羊蜚”等。

《石留》一曲是十八曲中最难解的一首辞：

石留凉阳凉石水流为沙锡以微河为香向始　冷将风阳北逝肯无敢与于扬心邪怀兰志金安薄北方开留离兰。

很多学者力图破解，然而歧义颇大。姚小鸥在《汉鼓吹铙歌十八曲的文本类型与解读方法》一文中，区分出表声字、借字、讹字，将其断句为：

石流
石[上]流阳
(石)水流为何兮为何向？
始兮何冷，
将风扬。
北逝肯无？
敢与于扬。
心邪怀兰志，
今安薄北方。
——开留离兰①

① 姚小鸥《汉鼓吹铙歌十八曲的文本类型与解读方法》，《复旦学报》2005年第1期，第14页。

声、辞杂写是汉乐府古辞的记录方式。姚小鸥认为，典型的汉魏六朝乐府曲唱文本的形成大体有以下几个方面的规律：依音录字，不计其义；文学文本中的某一个字可能依照实际演唱，用音同、音近的两字或多字记录；复唱与主要唱辞一并录入；衬字依演唱实际录入；可由演唱中协律、协韵的需要而省略文学文本中的某些文字。这些规律的存在，正表明了古辞记录的目的是为方便乐人的歌唱，有本可依的歌辞及唱法正是古辞的文本化表现。

2. 套语

套语是歌辞中一种常见的形式要素，早在《诗经》中已经大量出现，汉乐府古辞把这一歌辞传统发扬光大。套语往往在意义上与前文没有联系，它们往往很突兀地出现在歌辞末尾，成为歌辞的一个组成部分。套语内容多是祝福，胡应麟曾云："乐府尾句，多用'今日乐相乐'等语，至有与题意及上文略不相蒙者，旧亦疑之。盖汉魏诗皆以被之弦歌，必燕会间用之。尾句如此，率为听乐者所设，即《郊祀》延年意也。"[①]汉乐府古辞中的套语如下：

关弓射鹄，令我主寿万年。（《临高台》）

增寿万年亦诚哉。（《远如期》）

仙人下来饮，延寿千万岁。（《上陵》）

千秋万岁寿无极。（《上之回》）

圣主享万年，悲吟皇帝延寿命。（《王子乔》）

发白复更黑，延年寿命长。（《长歌行》）

陛下长生老寿，四面肃肃稽首，天神拥护左右，陛下长与天相保守。（《董逃行》）

今日乐相乐，延年万岁期。（《艳歌何尝行》）

今日相对乐，延年万岁期。（《白头吟》）

安神养性，得保遐期。（《满歌行》）

---

① 胡应麟《诗薮》，上海：上海古籍出版社，1979 年，第 19 页。

长笛续短笛，欲今皇帝陛下三千万。(《前缓声歌》)

今日乐相乐，延年寿千霜。(《古歌》)

长笛续短笛，愿陛下保寿无极。(《古歌》残句)

这些套语呈现出一片长命百岁的祝福之声。

可想而知，这些在内容上与全辞毫无联系、生硬地祝福“陛下”、“皇帝”、“我主”万寿无疆的套语必非古辞的本来面目，只能是被乐府采集后乐工根据演唱场合而加，乐工依据着这样的歌辞文本，歌功颂德，祈福祝寿，这是古辞文本化的一个重要表现。乐府诗中使用套语，表达祝福，可以娱乐听乐者，同时，“它使汉乐府的歌诗演唱可以比较容易地纳入相应的音乐调式之中，也容易被消费者所接受，因而才会使一首诗在社会上很快地流传开来”①。促进了乐府歌诗的流传。

3. 歌辞的割裂、混接与拼凑

关于“乐府歌辞的拼凑和分割现象”，余冠英在《汉魏六朝诗论丛》一书《乐府歌辞的拼凑和分割》一节中已经有了详细论述，他以汉、魏乐府歌辞为例，将拼凑和分割现象分成七种情况，(一) 本为两辞合成一章，(二) 并合两篇联以短章，(三) 一篇之中插入他篇，(四) 分割甲辞散入乙辞，(五) 节取他篇加入本篇，(六) 联合数篇各有删节，(七) 以甲辞尾声为乙辞起兴，并指出，单独一篇辞在入乐的时候有时也被删，一辞也可以分为数曲②。本文简单梳理汉代乐府古辞中的此种现象：

A.《薤露》与《蒿里》本为二曲，李延年分为二曲

郭茂倩在《薤露》题解中引崔豹《古今注》云：“《薤露》、《蒿里》泣

---

① 赵敏俐等《中国古代诗歌研究——从诗经到元曲的艺术生产史》，北京：北京大学出版社，2005 年，第 252 页。

② 余冠英《汉魏六朝诗论丛》，上海：古典文学出版社，1957 年，第 26—38 页。

丧歌也。本出田横门人，横自杀，门人伤之，为作悲歌。言人命奄忽，如薤上之露，易晞灭也，亦谓人死魂魄归于蒿里。至汉武帝时，李延年分为二曲，《薤露》送王公贵人，《蒿里》送士大夫庶人。使挽柩者歌之，亦谓之挽歌。"①

B.《十五从军征》混入其他曲辞

《十五从军征》一辞首见于《乐府诗集·梁鼓角横吹曲》中，名为《紫骝马歌辞》。从歌辞看，《紫骝马歌辞》共有六曲，每曲四解，我们所认定的《十五从军征》是其第三曲至第六曲，学者多以为是古辞。此曲因曲调或主题相近等原因被采入《紫骝马》曲，与"野火烧野田"等曲一起共同歌唱。

C.《鸡鸣》辞由拼凑而成

其辞文意不相连贯，《乐府解题》云："古词云'鸡鸣高树巅，狗吠深宫中'。初言'天下方太平，荡子何所之'。次言'黄金为门，白玉为堂，置酒作倡乐为乐'。终言桃伤而李仆，喻兄弟当相为表里"②，正是将歌辞分为了三个部分，从文意上看它们毫不相干，应该是选诗入乐、以诗配乐综合而成的歌辞。其中，第二部分与《相逢行》古辞同，其第一、第三部分亦当有所本。《古诗纪》卷十六在此辞题解中云："此曲前后辞不相属，盖采诗入乐而成章邪？抑有错简紊误也？后多放此。"③

D.《步出夏门行》与《陇西行》二曲本为一曲

二曲均属《相和歌·瑟调曲》。《宋书·乐志》、《乐府诗集》皆言《陇西行》一曰《步出夏门行》，则二曲关系特殊。《古诗纪》在《陇西行》题解中云："此篇之辞。前后不属。首四句乃与步出夏门行同。

---

① 郭茂倩《乐府诗集》，第 396 页。

② 郭茂倩《乐府诗集》，第 406 页。

③ 冯惟讷《古诗纪》，文渊阁四库全书本，台北：商务印书馆，1986 年，第 1379 册，第 122 页。

而辞意复备。”[1]逯钦立指出“《陇西行》与《步出夏门行》实同属一篇也”，并提出了四点理由：一、《步出夏门行》辞文义不完，且与《陇西行》之前段大同小异。二、《宋志》、《乐府》皆言《陇西行》一曰《步出夏门》，是二调古辞亦原为一篇，特标题不同耳。三、“凤皇鸣啾啾，一母将九雏”二句，今属《陇西行》语，但《文选》注引《歌录》，二句正作《步出夏门行》，尤证《陇西行》、《步出夏门行》之原为一辞。四、九代乐章所载《步出夏门行》较今为备，十四句后又有“凤皇鸣啾啾，一母将九雏。顾视世间人，为乐甚独殊”四句，亦证二者同属一篇，节取又有不同[2]。

当代学者亦认同二者同为一篇歌辞，其中以周坊《释〈步出夏门行〉古辞》一文所论最为合理。他认为二者是“一辞二名古辞”，“这篇一辞二名古辞所具体描述的是一个人自夏门出游，经过大山，然后遨游太空至于陇西的途中经历。乐府歌辞可分可合。只唱其前面自夏门出游一段，称为《步出夏门行》，只唱其后面到达陇西一段，称为《陇西行》。后来分开的两篇歌辞流传下来了，而合起来唱的一辞二名古辞却被人遗忘”[3]。将二人所言综合来看，可谓合情合理。

E.《艳歌何尝行》(何尝快独无忧)辞为典型的拼凑

这首歌辞明显掺有其他歌辞的印迹：“饮醇酒，炙肥牛”句与《西门行》“饮醇酒，炙肥牛”句同；“长兄为二千石，中兄被貂裘。小弟虽无官爵，鞍马驱驱，往来王侯长者游”是典型的兄弟夸富情节，与《鸡鸣》、《相逢行》、《长安有狭斜行》情节相同；“吾中道与卿共别离”句意与《艳歌何尝行》(飞来双白鹄)篇“乐哉新相逢知，忧来生别离。念与君离别，气结不能言”相似；“上惭仓浪之天，下顾黄口小儿”句与《东

① 冯惟讷《古诗纪》，文渊阁四库全书本，台北：商务印书馆，1986 年，第 1379 册，第 126 页。

② 逯钦立《先秦汉魏晋南北朝诗》，北京：中华书局，1983 年，第 267 页。

③ 周坊《释〈步出夏门行〉古辞》，《云南民族大学学报》1986 年第 2 期，第 54 页。

门行》古辞同用当世流行语。

F.《相逢行》与《长安有狭斜行》本为一曲

二辞结构相同，都有问路、夸官、三妇三个主要情节，文意相似，其中仅有某些细节略有出入。从写作的表达方式看，《长安有狭斜行》以叙述为主，《相逢行》既有叙述，亦有描写，如果去掉《相逢行》中的描写部分，二者几无差别。或许二曲存在一繁一简的关系，由于演唱的实际需要，有的场合唱繁本《相逢行》，有的场合则唱简本《长安有狭斜行》。

4. 情节结构的程式化

乐府古辞中常常出现相似的情节与结构，如夸富套数（《鸡鸣》、《相逢行》、长安有狭斜行》）、夸耀媳妇的“三妇”情节（《相逢行》与《长安有狭斜行》）；数字运用套数（《陌上桑》、《焦仲卿妻》等）；“客从远方来”的行文套数（《饮马长城窟行》、《孟冬寒气至》、《客从远方来》）；寻仙求药情节套数（《长歌行》《董逃行》《善哉行》）等。

“按照口传诗学的理论，这些固定的抒写格式和套语之所以存在，正是一个民族在漫长的口传诗歌发展过程中形成的形式技巧，这种技巧往往与音乐演唱的固定模式紧紧联系在一起，后世的歌唱者在创作中可以熟练地拿来套用。也就是说，一个民族在早期诗歌长久的发展过程中，逐渐形成了一些固定的音乐曲调和演唱程式，这些固定的音乐曲调和演唱程式，往往决定了一首诗的语言形式”①。程式和套数，使后来的演唱者能够迅速知晓一首歌辞的演唱方式，具有重要的歌唱提示意义。

汉乐府古辞来源于民间歌谣小唱，句子多长短不一，甚至悬殊很大，一些口头俗语、时下流行语经常不经意地透露出其作为口头文学的原始存在状态。而在进入乐府后，它们被进行了统一的加工整理，歌辞逐渐固定，声辞杂写、程式化的套语与情节、歌辞间的互相拼凑

---

①　赵敏俐《音乐对先秦两汉诗歌的影响》，《社会科学战线》2002 年第 5 期，第94 页。

与割裂，种种现象表明：古辞已经不再是大街小巷随意传唱的小调，而是有了固定歌辞、唱法的歌唱文本，乐工需要依据这些文本在不同场合进行演唱，街陌谣讴的随意化形态已经为相对稳定的文本形式所取代。

三、古辞文本化的文学史意义

古辞由口头生存转而为文本方式存在，其意义首先在于保存了大量民间歌谣。民间歌谣系百姓有感而发，若无专人整理，仅仅依靠口耳相传，势必会有大量的歌谣散失，但依靠可长时间保存的文本方式则可以大大减少这种散失，从而使我们得以见到大量珍贵的汉代音乐文学史料，更加真实而全面地认识汉代乐府及汉代文学。《荀录》、《大明三年宴乐技录》、《元嘉技录》、《宋书·乐志》、《古今乐录》、《乐府诗集》等为我们保存了第一手的古辞资料，是为我们的文学研究宝库。

在古辞文本记录中，即有歌辞内容，又有乐类、演唱情况、曲调名、歌曲唱法等，今兹以《宋书·乐志》一段歌辞记载为例：

大曲

西门　西门行　古词六解

出西门，步念之。今日不作乐，当待何时。一解　夫为乐，为乐当及时。何能坐愁怫郁，当复待来兹。二解　饮醇酒，炙肥牛。请呼心所欢，可用解愁忧。三解　人生不满百，常怀千岁忧。昼短而夜长，何不秉烛游。四解　自＝非＝仙＝人＝王＝子＝乔＝，计＝会＝寿＝命＝难＝与＝期＝。五解　人寿非金石，年命安可期。贪财爱惜费，但为后世嗤。六解[①]

在这个文本中，“大曲”指演唱情况，大曲往往曲调复杂，结构多样，正

① 沈约《宋书》，第617页。

曲前多前有艳、后有趋或乱，可能配有舞蹈。“西门”是这首古辞的篇名，依据歌辞内容而命名，“西门行”则是其曲调名，“古词”指出了这首歌辞的作者已经无考，它是来自于汉民间的歌辞，小字“六解”则指出这首歌辞共分六个音乐段落。正文的歌辞内容，值得注意的有两点：一是六处小字所标明的“解”数，共有六解，与标题中所言相同；二是第五解中加在“自非仙人王子乔，计会寿命难与期”两句每个字下（原文为竖排版）所加的“＝”号，表明这两句要重复唱一次，颇类似于现代的速记符号。“解”是一个重要的音乐名词，“凡诸调歌词，并以一章为一解。”（郭茂倩语）诸调歌辞均可分解，“解”是歌辞演唱中的一个乐段，乐段重复演奏，分别配以每解歌辞随乐演唱。每首歌辞解数不一，每解的句数、字数也不尽相同。王僧虔启云：“古曰章，今曰解，解有多少。当时先诗而后声，诗叙事，声成文，必使志尽于诗，音尽于曲。是以作诗有丰约，制解有多少，犹诗《君子阳阳》两解，《南山有台》五解之类也。”[1]这样，《西门行》的演唱方式、歌辞、唱法等就完全展现出来。大量宝贵的音乐文学史资料就通过古辞文本的方式保存下来。

古辞的文本化又展示了古辞文化性质由俗及雅的转变，而这一转变在表象上体现为古辞生存空间的变化。最初的古辞产生于民众之间，传播于田间地头、大街小巷，但当其被采入乐府之后，文本化的古辞便分别在迥异于民间的场合进行演唱。

郊庙歌辞《灵芝歌》云：“因灵寝兮产灵芝，象三德兮瑞应图。延寿命兮光此都，配上帝兮象太微，参日月兮扬光辉。”从其内容来看，似为歌颂祥瑞“灵芝”事。为汉郊祀歌，于祭祀场合演唱。

铙歌鼓吹古辞以军乐身份被采集入乐府，广泛应用于各种场合。举凡宴饮、给赐、军队、食举、仪式、道路等，均有鼓吹乐曲的演奏。《上之回》、《上陵》、《临高台》、《远如期》四曲中的祝福套语，是它们曾经用于天子宴享的明证。太乐食举乐中有《远期》与《有所思》二曲，

---

① 郭茂倩《乐府诗集》，第 376 页。

《上陵》一曲为上陵食举乐。皇家仪式中往往有鼓吹壮势，《西京杂记》卷五载汉朝舆驾祠甘泉汾阴备千乘万骑，并有黄门前后部鼓吹。鼓吹亦用作给赐，但只限于赐给诸侯皇室、有功者与边郡长官。《后汉书》卷四十二亦载，楚王英徙丹阳时，“遣大鸿胪持节护送，使伎人奴婢工技鼓吹悉从，得乘辎軿，持兵弩，行道射猎，极意自娱。”[①]《北堂书钞》卷130引《晋中兴书》曰：“汉武帝时南平百越，始置交趾、九真、日南、合浦、南海、郁林、仓梧，凡七郡，立交州刺史以统之。以州边远，山越不宾，宜加威重，七郡皆假以鼓吹。”[②]《后汉书·郡国志五》注引王范《交广春秋》载：“交州治羸陵县，元封五年移治苍梧广信县，建安十五年治番禺县。诏书以州边远，使持节，并七郡皆授鼓吹，以重威镇。”[③]以鼓吹赐有功与诸侯、边郡长官，是抬高其地位，后者更有炫耀威力于外邦的政治效用。鼓吹乐还曾用于外交场合，《后汉书·东夷列传》载，武帝灭朝鲜后，立高丽县，使属玄菟，赐鼓吹伎人；顺帝永和元年，“夫余王来朝京师，帝作黄门鼓吹、角抵戏以遣之”[④]。鼓吹乐又可能随着这些赏赐传入外族。

相和古辞分为平调、清调、瑟调、楚调、侧调诸调，以楚调为主，各调所配乐器及演唱方式略有不同。大部分相和古辞用于宴饮佐欢，有些歌辞中的“今日相对乐，延年万岁期”、“今日乐相乐，延年万岁期”等套语，表明其歌唱场合及目的。《薤露》、《蒿里》是挽歌，用于葬礼。二曲本为一曲，李延年将其分为二曲，其《薤露》以送王公贵人，《蒿里》以送士大夫庶人，使挽柩者歌之，其音当哀。然随着时代风气的变换，挽歌竟然施用于吉庆场合。《风俗通义》云：“灵帝时京师宾婚嘉会皆作魁桂，酒酣之后，续以挽歌。魁櫑，丧家之乐；挽歌，执绋

① 范晔《后汉书》，北京：中华书局，1965年，第1429页。

② 虞世南《北堂书钞》，北京：中国书店，1989年，第515页。

③ 范晔《后汉书》，第3533页。

④ 范晔《后汉书》，第2812页。

相偶和之者。”[①]

如上所述，被采集入乐府后的古辞，由专门的乐工在天子、贵族、外交等各场合演出，早已脱离了其最初由民众在田间地头、大街小巷的歌唱场所。生存空间的变化，暗示的是古辞文化性质的改变。

任何文学，都具有一定的社会性，它往往要代表某些人的立场，表现出某些人的喜好，从而体现出一定的文化功能，换言之，任何文学都具有一定的社会身份。

民间有许多爱好音乐者，古辞也就具有深厚的生长基础。《史记·货殖列传》便有对这种风气的描述：“中山地薄人众，犹有沙丘，纣淫地余民，民俗懁急，仰机利而食。丈夫相聚游戏，悲歌慷慨，起则相随椎剽，休则掘冢作巧奸冶，多美物，为倡优。女子则鼓鸣瑟，跕屣，游媚富贵，入后宫，遍诸侯。”[②]不仅是中山，荆阳也是如此，《盐铁论·通有》载：“荆阳……虽白屋草庐，歌讴鼓琴，日给月单，朝歌暮戚。赵、中山……民淫好末，侈靡而不务本，田畴不修，男女矜饰，家无斗筲，鸣琴在室。”[③]“饥者歌其食，劳者歌其事”，他们总是把自己最熟悉、最有感触的生活唱出来，或者邻里间有兄不养弟（《上留田行》、《孤儿行》），或者有贤妻无辜被休（《上山采蘼芜》），亦或是青年男女爱恋受挫（《有所思》、《白头吟》），家庭贫困生活难以为继不得不铤而走险（《东门行》），诸种琐事，均可成为他们的歌唱素材。街陌谣讴反映的是下层百姓的心声与道德旨趣，属于百姓话语体系，因而它们代表的是下层的民间文化。当它们被乐府机关采集过后，情况便大有不同。

乐府是一个宏大的音乐机关，哀帝罢乐府时，孔光与何武在上奏中称乐府乐人“凡八百二十九人”（《汉书·礼乐志》）。这些乐人是民间歌谣被朝廷吸纳后的最初接触者，也是最重要的传播者。

---

① 王利器《风俗通义校注》，北京：中华书局，1981 年，第 568 页。

② 司马迁《史记》，北京：中华书局，1982 年，第 3263 页。

③ 桓宽《盐铁论》，上海：上海古籍出版社，1974 年，第 7 页。

作为传播主体的乐人所作的工作有：将歌谣配入由不同乐器伴奏的乐调，对歌辞作出适当的改动，并且加以歌唱表演。给古辞配乐，是为了美听，提高它们的娱乐功能，而对于歌辞内容的改动，则是为了迎合服务对象，体现上层阶级意识，从而反映出古辞文化身份的深刻变化。

祝福套语是古辞服务于统治阶级的有力证据。古代帝王皆冀长生，其中尤以汉武帝为最，一卷《史记・武帝本纪》记述了武帝种种荒唐的求长生故事，从设立承露盘，到宠信方士，再到登山祈福，武帝一生痴迷于长生的幻想之中。为了讨得帝王贵胄的欢心，一句句与歌辞内容毫不相干的祝愿长寿之语被醒目地加于歌辞之中，明白显示着自己的话语倾向。前文曾大量摘列古辞中的祝福套语，而《乐府诗集》中保留的相和歌辞楚调曲《白头吟》的"乐奏辞"与"本辞"又为我们提供了可供直接对比的样本：

皑如山上雪，皎若云间月。闻君有两意，故来相决绝。一解平生共城中，何尝斗酒会。今日斗酒会，明旦沟水头。蹀躞御沟上，沟水东西流。二解郭东亦有樵，郭西亦有樵，两樵相推与，无亲为谁骄？三解凄凄重凄凄，嫁娶亦不啼。愿得一心人，白头不相离。四解竹竿何袅袅，鱼尾何离簁。男儿欲相知，何用钱刀为！〈齿玄〉如马啖萁，川上高士嬉。今日相对乐，延年万岁期。五解

右一曲，晋乐所奏。

皑如山上雪，皎若云间月。闻君有两意，故来相决绝。今日斗酒会，明旦沟水头。躞蹀御沟上，沟水东西流。凄凄复凄凄，嫁娶不须啼。愿得一心人，白头不相离。竹竿何袅袅，鱼尾何簁簁。男儿重意气，何用钱刀为！

右一曲，本辞。①

---

① 郭茂倩《乐府诗集》，第600页。

可以看到，在本辞的基础上，乐奏辞进行了很大的改动。从结构上讲，最大的改动乃是增添了程式化套语："今日相对乐，延年万岁期。"试想，在民间一首表达因恋人变心而愤慨的歌中，如何会有这样的词句出现？原因只有一个，即乐工在演唱时，为迎合演出气氛，向音乐的接受者致意而加。

《东门行》"乐奏辞"对"本辞"的改变则从另一个角度体现了鲜明的为上层阶级服务的意识：

> 出东门，不顾归。来入门，怅欲悲。盎中无斗储，还视桁上无悬衣。一解拔剑出门去，儿女牵衣啼。他家但愿富贵，贱妾与君共餔糜。二解共餔糜，上用仓浪天故，下为黄口小儿。三解今时清廉，难犯教言，君复自爱，莫为非。行！吾去为迟。平慎行，望君归。四解
>
> 右一曲，晋乐所奏。
>
> 出东门，不顾归。来入门，怅欲悲。盎中无斗米储，还视架上无悬衣。拔剑东门去，舍中儿母牵衣啼。他家但愿富贵，贱妾与君共餔糜。上用仓浪天故，下当用此黄口儿。今非，咄！行！吾去为迟，白发时下难久居。
>
> 右一曲，本辞。①

两相比照，乐奏辞主要改动有：1. 增加了妻儿深明大义的劝戒之言；2. 具有明显的入乐标志，除"解"的标明外，尚有不顾文意，将一个人的话拆在两解中之处（妻儿的话二解、三解、四解中均有）。后一处改动自然是为入乐考虑，第一个改动则为迎合上层意识而做。古辞来自民间，必然带有民间话语的痕迹，公然鼓吹抢劫有理显然不符合上层意识，古辞中其妻劝以"他家但愿富贵，贱妾与君共餔糜。上用仓浪天故，下当用此黄口儿"尚嫌力度不够，因而在乐奏辞中要加入"今

---

① 郭茂倩《乐府诗集》，第550页。

时清廉，难犯教言，君复自爱，莫为非”这样明确表示阶级立场的话语，并且在丈夫执意要行的情况下再加入最后的规劝：“平慎行，望君归”，反复劝解丈夫不要铤而走险。乐工对歌辞的这种改动，正反映了民间歌谣在向乐府歌辞的转变过程中，不得不接受国家话语加于其上的权力渗透的处境，也只有向国家话语体系靠拢，民间歌谣才能被上层社会所接受。

乐人分工合作，完成配乐、改辞、表演三大任务，将“街陌谣讴”传播给了上层统治者。民间歌谣得以“脱胎换骨”，摆脱其下层民间文化代言者的前身，成为乐府歌辞，向上层文化靠拢并被接纳，其接受者也由下层百姓转变为上层贵族。旧有的随意传播、接受方式逐渐被新的具有一定规范的传播、接受秩序所代替，古辞处于一种崭新的社会运行方式之中。在乐府歌辞的发生机制中，从形式到内容，俗乐被雅乐吸收和改造，其社会身分与文化性质随之发生了巨变。

文学社会身份的构成和确认，有三个方面：

一、创作者和接受者具有何种范围的社会覆盖面。

二、具有何种群体确认的价值和功能。

三、具有何种社会运行方式和动作机制。①

我们看到，从街陌谣讴到乐府古辞，便经历了这种社会身份的转变。街陌谣讴的创作者与接受者很显然只是下层民众，其传播限于左邻右舍，一乡一里，其社会覆盖面自然较低。歌谣系百姓有感而发，脱口而出，无人整理，没有什么运行方式和传播机制，加之其曲调与歌辞均缺乏稳定性，因而其所歌讴的社会时事也好、内心感情也罢，仅仅在很小的范围内短暂地引起过百姓的关注，其所造成的社会影响并不大。而当其由乐府采集后，便正式进入了一套运行机制——先由乐人修改歌辞，并将其配入适合的乐曲，由乐器伴奏，再

---

① 李昌集《文学的社会身份与文化功能——文学史研究提出的追问》，《文学遗产》2006年第1期，第10—12页。

演习熟练，表演于宫廷各个场合。这些以民间歌谣为前身的古辞便具有了一个显贵的身份——专供宫廷消费的音乐，即相对于民间俗乐而言的雅乐。各地民歌以乐府古辞的形式获得了上层统治阶级的认可，其文化性质日益从“俗文化”转变为“雅文化”，而这些只有伴随着古辞的文本化才能实现。

（原载《文艺评论》2012年第8期）

魏晋六朝拟乐府古辞不均衡现象考察

文晓华

乐府，是秦汉时期的国家音乐机关，隶属于少府，“其官有令，有音监，有游徼”(《日知录·乐府》)。“至武帝定郊祀之礼，祠太一于甘泉，就乾位也；祭后土于汾阴，泽中方丘也。乃立乐府，采诗夜诵，有赵、代、秦、楚之讴”①。乐府机关便多方采集各地歌谣，配入乐曲，以供祭祀、军中、娱乐之用。沈约在《宋书·乐志》中第一次明确提出“古辞”概念，“凡乐章古词，今之存者，并汉世街陌谣讴，《江南可采莲》、《乌生》、《十五》、《白头吟》之属是也”②。细察其意，“古辞”之构成条件有三：一是古词是可歌的。沈约指称古词为“乐章古词”，这就从根本上规定了“古词”的“出身”，即一定是入乐歌辞。二是古词是汉代的歌辞，即“汉世”。三是古词来源于民间，“街陌谣讴”，意即街头巷尾的民间歌谣小唱，其作者情况已不可知。随后吴兢、郭茂倩等也采用了这一说法，分别列出若干“古辞”。根据“汉代民间歌辞”这一判断标准，本文以《乐府诗集》所认定古辞为基础，并参考《玉台新咏》、《文选》、《先秦汉魏晋南北朝诗》、《汉魏六朝百三名家集》、《元嘉技录》、《古今乐录》、《乐府诗集》、《乐府广题》、《乐府解题》、《古乐府》、《古乐苑》、《古诗纪》、《古诗镜》、《文苑英华》、《艺文类聚》等文献，共得到75首古辞。

---

① 班固《汉书》，北京：中华书局，1962年，第1045页。

② 沈约《宋书》，北京：中华书局，1979年，第549页。

从魏晋时代起，就不断有文人模拟汉乐府古辞进行乐府诗的写作，这种情况一直延续到明清，其中尤以魏晋南北朝时期文人拟作最盛，也最具代表性。本文主要选取这一时段来进行研究。此一时期，拟古辞乐府数量越来越多，形成“彬彬之盛”的创作局面，但仔细阅读，笔者发现其中存在着严重的不均衡现象。

一、拟作朝代分布的不均

魏、晋、宋、齐、梁、陈各由汉族建立的朝代乐府诗的拟作数量与参与拟作的文人数量基本上是与“朝”俱增的。曹魏的拟作数量是33首，其中王室成员的拟作数量达到了31首。可以说，此时的拟乐府创作还处在初起阶段，只有王室人员才初次尝试了这一前所未有的创作方式，文人参与则较少，只有与帝王关系密切的陈琳、缪袭才有作品。西晋则没有王室人员写作乐府诗，但一些文人却以相当高的热情投入了写作，傅玄、张华、陆机3人共作了24首拟作，参与文人数量不多，拟作数量却较多，这说明部分文人已经接受了这样一种拟作创作方式，并焕发出极大的创作热情，用拟乐府古辞的诗歌形式抒写着他们的喜怒哀乐。东晋的拟古辞乐府则呈现了一个重大断层，3名文人总共写有5首作品，这首先是由于晋室的南迁，造成伶人、乐器的大量流散，从而使音乐文学创作步入低谷。“永嘉之乱，海内分崩，伶官乐器，皆没于刘、石”①。《隋书·音乐志下》亦云：“清乐，其始即清商三调是也，并汉来旧曲。乐器形制，并歌章古辞，与魏三祖所作者，皆被于史籍。属晋朝迁播，夷羯窃据，其音分散。”②资料显示，虽然有一批伶人渡江南下，但大多避乱荆州，未能将旧有音乐带入建康，如《晋书·刘弘传》载：“时总章太乐伶人，避乱多至荆

① 魏徵、令狐德棻《晋书》，北京：中华书局，1974年，第697页。

② 魏徵、令狐德棻《隋书》，第377页。

州。”[①]《晋书·山简传》亦云：“时乐府伶人避难，多奔沔汉。”[②]恶劣的政治环境，造成了以音乐为支撑点的拟乐府诗创作的重大缺失。此外，“平典似道德论”的玄言诗大盛也形成了对音乐文学的一个冲击；宋代文人数量进一步增加到12人，拟作数量为47首，其中何承天甚至私自创作了一套鼓吹曲辞，而这本应是朝廷的“公事”，显示出文人创作的自觉性；齐代共有4人写了12首拟古辞诗作，成为拟古辞乐府的另一个断层；到了梁、陈，对古辞的拟写活动变得普遍起来，拟古辞乐府呈现出一片繁荣景象：梁共有6名帝王、皇室成员作有32首拟作，另有30名文人作了69首拟古辞乐府，陈代后主一人便有13首拟作，其他16名文人写有49首拟作。这些数字，展现出这样一个创作现象：拟乐府古辞活动首先由帝室成员发起，文人逐步接受、认可这一创作方式，开始大量写作拟乐府诗作，并使拟乐府创作技巧日益纯熟。换言之，帝室首开先例，推波助澜，文人紧跟其后，积极响应，造就了拟古辞乐府创作的繁荣局面。

北朝拟古辞乐府则较为沉寂，这首先是由于北方战乱频仍的局势造成的。乐府古辞可以入乐歌唱，但战事连绵，朝代更替频繁，使音乐的发展遭受重创。当然，北朝各代也相继获得了一些乐器伶工，首先是北魏：

《魏书·乐志》曰：“自始祖内和魏晋，二代更致音伎。穆帝为代王，愍帝又进以乐物，金石之器虽有未周，而弦管具矣。逮太祖定中山，获其乐悬，既初拨乱，未遑创改，因时所行而用之。世历分崩，颇有遗失。”[③]

《魏书·乐志》载，长孙稚、祖莹曾上表云：“自中原丧乱，晋室播荡，永嘉已后，旧间湮没。太武皇帝破平统万，得古雅乐一

① 魏徵、令狐德棻《晋书》，第1766页。

② 魏徵、令狐德棻《晋书》，第1230页。

③ 魏收《魏书》，第2827页。

部，正声歌五十曲，工伎相传，间有施用。”[①]

《魏书·乐志》载：“初，高祖讨淮、汉，世宗定寿春，收其声伎。江左所传中原旧曲，《明君》、《圣主》、《公莫》、《白鸠》之属，及江南吴歌、荆楚西声，总谓‘清商’。至于殿庭飨宴兼奏之。”[②]

北魏先是通过与魏、晋的友好关系而获赠部分音伎，继而通过战争获得当地的音乐、曲调。这些中原旧曲在当时“世历分崩，颇有遗失”，且只是“间有施用”，文人拟作肯定有限。梁代因侯景之乱，梁乐外流，北齐、北周先后获得荆州音乐：

《隋书·音乐志》载：“及王僧辨破侯景，诸乐并送荆州经乱，工器颇阙，元帝诏有司补缀才备。荆州陷没，周人不知采用，工人有知音者，并入关中，随例没为奴婢。”[③]

《隋书·音乐志》记：“周太祖迎魏武入关，乐声皆阙。恭帝元年，平荆州，大获梁氏乐器，以属有司。”[④]

《隋书·何妥传》载何妥表云：“自永嘉播越，五都倾荡，乐声南度，是以大备江东。宋、齐已来，至于梁代，所行乐事，犹皆传古。三雍四始，实称大盛。及侯景篡逆，乐师分散，其四舞三调，悉度伪齐。齐氏虽知传受，得曲而不用之于宗庙朝廷也。”

本就已经“工器颇阙”、“乐声皆阙”的南方乐器、乐人入北后，北人并不知采用，周将知音工人没为奴婢，齐则并不将所获之曲用于宗庙朝廷，极大限制了古辞在北方的传播，从而造成其拟作数量的巨减。此外，南、北朝语言的差异、音乐风格的差异，也使得北朝文人拟

---

① 魏收《魏书》，2841 页。

② 魏收《魏书》，第 2843 页。

③ 魏徵、令狐德棻《隋书》，第 331 页。

④ 魏徵、令狐德棻《隋书》，第 1714 页。

作汉乐府古辞的兴趣不大，因而出现了南、北朝拟古辞乐府的不均衡现象。

从表中可见，各朝拟作分布极不均匀：魏晋、南朝多，北朝少；南朝中以梁、陈拟作数量最多，而其他各朝拟作较少；各朝参与拟作人数分布情况也大致如此，梁朝拟作文人达三十多人，而北朝各代则只有几人甚至一人参与，且各朝拟作人员组成成分也并不相同。

各朝拟作古辞乐府分布情况如下表：

朝代	拟作数量	拟　作　者
魏	33	曹操、曹丕、曹植、曹叡、陈琳、缪袭(6 人)
西晋	24	傅玄、张华、陆机(3 人)
东晋	5	张骏、陶潜、梅陶(3 人)
宋	46	何承天、汤惠休、鲍照、谢惠连、谢灵运、孔欣、荀昶、刘铄、吴迈远、刘义恭、孔宁子、何偃(12 人)
齐	12	虞羲、王融、谢朓、刘绘(4 人)
梁	101	刘孝威、沈约、简文帝、柳恽、戴暠、刘遵、范云、张率、吴均、王台卿、亡名氏、姚翻、刘邈、沈君攸、萧子范、萧子显、江淹、高允生、元帝、刘孝绰、昭明太子、刘孺、庾肩吾、王冏、徐防、王筠、武帝、褚翔、王僧孺、王泰、裴宪伯、丘迟、刘缓、朱超、李镜远、费昶(36 人)
陈	62	后主、张正见、苏子卿、萧铨、蔡君知、李爽、顾野王、陆系、毛处约、江总、贺彻、傅载、徐伯阳、殷谋、徐陵、卢询、陆瑜(17 人)
后魏	3	高允、裴让之(2 人)
北齐	1	祖孝征(1 人)
北周	5	王褒、萧扮、尚法师(3 人)
隋	10	卢思道、薛道衡、李德林、炀帝、王胄、萧悫(6 人)

二、拟作对象分布的不均衡

各朝文人在拟作古辞乐府时，并非一视同仁，对古辞进行同等的模拟，而是有选择性地进行拟作。经笔者简单统计，75 首古辞中共有 23 首古辞没有拟作，它们是：《灵芝歌》、《圣人出》、《十为从军征》、《东光》、《西门行》、《长歌行》（2 首）、《艳歌何尝行》、《艳歌行》、《满歌行》、《淮南王篇》、《俳歌辞》、《驱车上东门行》、《伤歌行》、《焦仲卿妻》、《枯鱼过河泣》、《上山采靡芜》、《离歌》、《古歌》（3 首）、《艳歌》、《古八变歌》，占 75 首古辞的 31%；在拥有拟作的 52 首古辞中，拟作状况也大不相同，有的古辞拟作多达二三十首，如《长安有狭斜行》、《陌上桑》等，又有 27 首古辞的拟作数低于平均数 4 首，它们是：《思悲翁》、《艾如张》、《上之回》、《翁离》、《战城南》、《上陵》、《将进酒》、《上邪》、《远如期》、《箜篌引》、《鸡鸣》、《乌生》、《平陵东》、《王子乔》、《董逃行》、《东门行》、《上留田行》（2），《孤儿行》、《妇病行》、《雁门太守行》、《艳歌何尝行》、《白头吟》、《蛱蝶行》、《冉冉孤生竹》、《咄唶歌》、《乐府》。这样，拟作对象呈现出严重的不均衡现象。

铙歌曲辞中只有《有所思》（20），《芳树》（10），《巫山高》（9），《临高台》（8），《朱鹭》（5），《雉子斑》（5），6 首古辞拟作超过 4 首，且多为梁、陈文人所拟。文人进行拟作，或着眼于其“乐”的动听，或着眼于“辞”的优美，亦或同时兼顾。而从拟作内容来看，对铙歌古辞的拟作是从“辞”来着眼的，梁、陈文人采用的是“赋题”法，即从古辞题目所包含的意象、内涵出发，去进行模拟，与音乐曲调无关。《朱鹭》拟作均咏写“朱鹭”的形貌、精神，与汉曲之“以鹭饰鼓”意毫无联系；《巫山高》“古词言江淮水深，无梁可渡，临水远望，思归而已。若齐王融‘想像巫山高’，梁范云‘巫山高不极’，杂以阳台神女之事，无复远望思归之意也[①]，笔意摇荡”；《有所思》古词言：“从今已往，勿复相思而与君绝，若齐王融‘如何有所思’，梁刘绘‘别离安可再’，但言离思而已；

---

① 郭茂倩《乐府诗集》，第 228 页。

《雉子斑》若梁简文帝‘妒场时向陇’，但咏雉而已；《临高台》本言临高台关弓射鹄，若齐王融‘千里常思归’，但言临望伤情而已；《芳树》一辞，《乐府解题》云：‘古词中有云：“妒人之子愁杀人，君有他心，乐不可禁。”’若齐王融‘相思早春日’，谢朓‘早玩华池阴’，但言时暮众芳歇绝而已。”①其他拟作情况类似。因而对于鼓吹古辞的拟作，后人多选取歌辞中题目可供无限发挥的古辞进行拟作，其表现内容已经迥异于原作。以梁、陈文人对鼓吹古辞的拟作盛况反观魏、晋文人，差别立现：二朝文人竟没有一首个人行为的拟作。我们可以从两个方面来解释这一现象。首先，是此一时期文人对鼓吹曲辞的认识和定位。蔡邕《礼乐志》曰：“短箫铙歌，军乐也。黄帝岐伯所作，以建威扬德，风敌劝上也。”②用于军中，亦可用于燕享、给赐，崔豹《古今注》曰：“汉乐有黄门鼓吹，天子所以宴乐群臣也，短箫铙歌，鼓吹之一章尔，亦以赐有功诸侯。”③其均用于朝廷雅乐，地位甚高。魏晋时期，文人拟作古辞本就较少，鼓吹曲又成套用为朝廷仪式乐，因而文人未能“异想天开”尝试进行拟作。其二，是文学发展的内部规律所决定的。此时文人还未发现“赋题法”，宋何承天私造鼓吹 15 曲，才首先采用此法，基本是整套拟写古辞，到了齐，文人才有选择性地进行了少量鼓吹古辞的拟作，梁、陈遂为大盛。这就造成了对鼓吹古辞拟作的不均衡现象。

乐府古辞中许多对人生百态进行直接描写、带有时事性质的作品，拟作数量都很少，如《妇病行》、《孤儿行》、《焦仲卿妻》、《平陵东》、《东门行》、《上山采蘼芜》等。这些古辞所描写的多是具有悲剧色彩的现象，而后世文人的身份与此种生活场景距离太远，帝王身份的作者自不待言，其他文人也大多身居高官，富贵悠游，自然很难关注此类古辞。此外，拟作表现出更多对人生的理性态度。具体表现在：哀

---

① 郭茂倩《乐府诗集》，第 229 页。

② 郭茂倩《乐府诗集》，第 223 页。

③ 郭茂倩《乐府诗集》，第 224 页。

叹生命短暂、祈求长寿永年的作品数量减少，游仙长生类作品数量减少，及时行乐的消极思想退居次要地位。古辞中，《薤露》、《蒿里》哀哀哭告，为短暂的人生而哭泣；《豫章行》、《乌生》、《蛱蝶行》对生命遭遇意外而终止表示愤怒、心酸；《王子乔》、《长歌行》(3 首)、《董逃行》、(善哉行》多次提到仙人奉药情节，幻想通过结交仙人获取仙药等方式实现长生，对仙人与天地同寿表现出狂热的崇拜；及时行乐与秉烛夜游便是汉人生命短暂高压下的释放，《西门行》便是这一思想的代表。魏晋六朝时期，人们虽然仍对生命短暂难以作出科学的解释，但恐惧感已逐渐变淡，他们甚至可以设想自己死后的情景(陆机、陶渊明)，对长生的幻想已化作对现实享乐生活的追求，一种淡然处之的人生态度逐渐形成，谢灵运“鄙哉愚人，戚戚怀瘼。善哉达士，滔滔处乐”的诗句便是这种精神的写照。上述几篇古辞的拟作很多与长生长寿思想已然无关，正表现了汉魏六朝士人思想的转变。

拟作最多的三首古辞是《陌上桑》(有 33 首拟作)，《长安有狭斜行》(有 32 首拟作)，《饮马长城窟行》(有 17 首拟作)，它们的拟作数量远远超过其他古辞。《古今乐录》曰：“《陌上桑》歌瑟调古辞《艳歌罗敷行》‘日出东南隅’篇。”[①]除楚辞钞、魏武帝、魏文帝三首拟作曾经入乐外，其他拟作均无入乐记录。除这三首入乐辞外，其他拟作表现出题材上惊人的一致性：大力描摹采桑女子的美貌，加入艳情成分，其中尤以梁、陈文人拟作最为典型。《长安有狭斜行》本为夸富题材，炫富耀贵正是汉代社会的真实状况，为此，成帝永始二年(前 15)曾下诏戒“奢”：“方今世俗奢僭亡极，靡有厌足。公卿列侯亲属近臣，四方所则，未闻修身遵礼，同心忧国者也。或乃奢侈逸豫，务广第宅，治园池，多畜奴婢，被服绮縠，设钟鼓，备女乐，车服、嫁娶、葬埋过制。吏民慕效，浸以成俗，而欲望百姓俭节，家给人足，岂不难哉！”[②]在炫耀富贵的社会风气影响下，《相逢行》、《长安有狭斜行》等便是这种真

---

① 郭茂倩《乐府诗集》，第 410 页。

② 《汉书·成帝纪》，北京：中华书局，1962 年，第 324—325 页。

实社会情况的写照。《长安有狭斜行》本从《相逢行》变化而来，按词意可分为三个部分：第一部分为问路，第二部分夸官耀富，第三部分夸耀媳妇的孝顺贤惠。同题的拟作用相同的结构表达相同的主题，毫无新意。宋代刘铄初次创作了题为《三妇艳》的拟作。张永《元嘉正声技录》百："凡三调，歌弦一部竟，辄作送歌弦，今有器。又有大歌弦一曲，歌'大妇织绮罗'，不在歌数，唯平调有之，即清调'相逢狭路间，道隘不容车'篇，后篇有'大妇织绮罗，中妇织流黄'是也。"并云其"非管弦音声所寄，似是命笛理弦之余"①。可知，在刘铄前，"大妇织绮罗"曲已经从旧曲独立出来，作为大歌弦在平调曲中演奏，其曲调可能比较优美，在元嘉年间尚可倚笛而歌。而刘铄本人，知音晓乐，曾为豫州造《寿阳乐》，作《白纻曲》歌辞②，因而其做《三妇艳》诗应能人乐，配合独立的大歌弦曲"大妇织绮罗"演唱，其辞意亦去古辞不远，表现儿媳的孝顺。郭茂倩又云"王录所无也"，"王录"指王僧虔所作《大明三年宴乐技录》，那么，《三妇艳》曲在永明三年(459)时已不歌。到了齐王融作《三妇艳》诗时，已经纯从文学上进行仿拟了，并且特别将"丈人"改为"丈夫"，开启了后世拟作的艳情风格。梁、陈文人在宫体诗风的影响下，大量进行模拟创作，使得《长安有狭斜行》古辞拥有了众多拟作。《饮马长城窟行》，《古今乐录》曰："王僧虔《技录》云'饮马行'，今不歌。"则此曲在刘宋大明年间已不歌。一开始，其拟作便纷纷偏离了古辞的主题，魏文帝辞写一场海战，"浮舟横大江，讨彼犯荆虏"，是典型的以乐府旧题写时事的作品；陈琳的拟作用对话形式，写筑长城的太原卒与妻子的相互牵挂，生人作死别，其情异常动人；傅玄则写夫妻思念之情，纯为抒情之作；陆机作品别出机杼，引入边塞军旅题材，表达"猃狁未夷，征人岂旋"的爱国主题。陆机的作品一出，后世拟作几乎全写长城饮马的军旅生活，但以渲染边塞生活的险恶为重点，爱国主题则退居其次。

---

① 郭茂倩《乐府诗集》，第 441 页。

② 沈约《宋书》，第 1856—1858 页。

由上可见，魏晋南北朝文人对古辞的拟作呈现出冷热不均、厚此薄彼的创作现状，体现出文人创作的选择性，个人能动性。这既与文人的趣尚、爱好关系密切，同时，又受到音乐文学内部发展规律的制约。

三、拟作诗体的不均衡

汉代乐府机关采集“赵代秦楚之讴”以配合一定的旋律演唱，这些来自于民间百姓口头的歌辞被音乐机关所采纳，需要“审音以节唱”或是“选辞以配乐”，歌辞以付诸演唱为目的。

由于这些歌辞来自于百姓口头，所以，具有鲜明的口语色彩，句子长短不齐，一些俚词俗语也充斥其中。虽然乐府中的乐工等人也要对这些歌辞进行再加工，但歌辞以配乐为本，要适应其所配音乐的风格、节奏、长短等等，而曲调复杂多变，歌辞很难做到整齐划一。在具有拟作的 52 首古辞中，共有 33 首杂言诗，占 63%，齐言诗则占小部分，其中有 17 首五言诗，2 首四言诗。而在魏晋六朝 302 首拟作中，只有 23 首杂言诗，齐言诗占了绝对优势，共有 279 首，占拟作总数的 92.4%，其中，有 3 首七言诗、10 首四言诗、3 首六言诗、1 首三言诗、262 首五言诗，又以五言诗蔚为大观。各朝拟作呈现出鲜明的变“杂言”为“齐言”的创作特征。

汉代乐府古辞以杂言为主，而拟作则以齐言为主，细细考查，其中亦有颇可注意者。曹魏 33 首拟作中，有 6 首四言诗，10 首杂言诗。《善哉行》古辞六解，每解四句，每句四字，言“人命不可保，当见亲友，且永长年术，与王乔、八公游焉”。曹魏共有 9 首拟作，其中魏武帝 2 首，一首七解四言，一首六解五言，其主题与与原辞无干。魏文帝 3 首，两首五解五言，一首六解四言，这 5 首皆为魏、晋乐所奏。魏明帝两首，一首八解四言，一首四解四言，为晋乐所奏。此外，有魏文帝“有美一人，婉如清扬”一首，四言，“此篇诸集所出，不入乐志”，曹植拟《善哉行》为“日苦短”，题名“当来日大难”，杂言，此 2 首未有入乐记录。在《陌上桑》拟辞中，3 首作品《楚辞钞》、魏武帝、文帝的作品为杂言，均可入乐。《步出夏门行》拟辞，魏武帝一首四解，前有艳词，杂言，明帝一首二解，有艳词、趋词，杂言，均可入乐。文帝与曹植所作四言，无入乐记录。《上留田行》，文帝一首杂言，每句插入“上留田”三字，应能入乐。可见，曹魏时，许多古辞曲调尚存，文人拟作大多依“乐”而作，无关诗体的齐言、杂言形式，也不在意是否与古辞内容相合。文学史往往用“以乐府旧题写时事”来定位曹操等的拟乐府诗，这完全是从文学的角度来评价乐府诗的拟作，而忽视了乐府诗所具有的另一性质—音乐属性，也忽视了部分汉乐府在曹魏时期仍然可歌的流传状态，因而是不准确的。曹魏以后大量的杂言诗出自何承天之手，他在晋义熙末私自拟作了整套铙歌鼓吹古辞，其中有八首杂言诗。郭茂倩云：“此诸曲皆承天私作，疑未尝被于歌也。虽有汉曲旧名，大抵别增新意，故其义与古辞考之多不合云[①]。其杂言诗，多呈“三、三、四、三”的格式，如《思悲公》：“思悲公，怀哀衣。东国何悲，公西归。公西归，流二叔。幼主既悟，偃禾复。……”读来颇有一种内在节奏，若在两个三字句中加入一“兮”字，将“四、三”两句连贯读下，则成为骚体七言诗。虽然其可能未被于“乐”，但不排除其可徒歌的可能性。当汉乐府曲调尚存时，文人拟作多从曲调入手，诗歌体式并不重要，是为“拟乐”时代；当曲调不传时，文人拟作以古辞的内容、题面为写作内容，较多采用流行诗体，五言诗体的大盛便是“拟辞”时代的必然结果。

五言诗体大盛，其中尤以梁、陈二朝为盛。五言诗句在先秦诗歌中就已经出现，秦汉以来，五言诗歌、谣谚不断出现，为文人五言诗的创作提供了借鉴。学者多以为文人五言诗成熟于汉代末年，自“建安之初，五言腾踊”以来，文人也乐于采用时新诗体来创作拟古辞乐府。齐永明年间，沈约、周颙等发现汉字四声，并提出“四声八病”之说后，文人拟作已经注意到了诗句字音高低轻重的间隔运用，使音节上呈现顿挫流转之美，即沈约在《宋书・谢灵运传》中所云：“夫五色相宣，

① 郭茂倩《乐府诗集》，第287页。

八音谐畅，由乎玄黄律吕，各适物宜。欲使宫羽相变，低昂互节。若前有浮声，则后须切响。一简之内，音韵尽殊；两句之中，轻重悉异。”[①]梁王台卿“挂筐须叶满，息倦重枝阴”（《陌上桑》）句，姚翻《陌上桑》诗中“旧照茱萸领，风摇翡翠簪”句，已经暗合声律规则。沈约拟《饮马长城窟行》诗有六句，“介马渡龙堆，涂萦马屡回。前访昌海驿，杂种冠轮台。旌幕卷烟雨，徒御犯冰埃”。除掉最后两句，前四句中除“访”字失律外，其他字均符合绝句“仄起平收”式的规则。不断出现的暗合声律的拟作，为唐初的律诗定型提供了实践基础，成为律诗定型过程的有机组成部分。

魏晋六朝文人对汉代乐府古辞的拟作，有着从拟“乐”到拟“辞”的转变，所用诗体亦存在变化，并且由于观念的不同，对古辞的题材也进行相应的选择，造成古辞拟作的不均衡状态。这一切都与时代的文学观念及乐府文学的发展状况有着密切关系。拟古辞乐府与拟乐府诗歌一道，是魏晋六朝诗歌的重要组成部分，并体现出魏晋六朝诗歌发展的基本规律。

（原载《北方论丛》2009年第1期）

① 沈约《宋书》，第1799页。

《乐府诗集》“本辞”索解*

王淑梅

一

汉魏时期的不少歌辞随着时间的推移渐趋失传，而郭茂倩《乐府诗集》著录的十曲汉魏旧辞，不仅著录乐奏辞，还附列“本辞”，清晰展示出这些歌辞流传演变的历史脉络。由于这种著录体例是在承袭前代乐书基础上的创新，故研究者对乐辞、本辞的来源及二者之关系亦颇多关注。逯钦立先生《〈古诗纪〉补正凡例》认为，郭氏所录乐辞本之《宋书·乐志》，本辞则本之《文选》、《玉台》等①。法国汉学家桀溺则认为乐辞乃原创之辞，“本辞”为文人改作②。之后崔炼农《乐府诗集“本辞”考》对“本辞”所涉文献详细考订，对逯氏观点进行了修正，认为郭茂倩所录“本辞”有更可靠而广泛的文献基础，并提出“本辞”为最初(或前次)入乐之辞③。但其说仍有费解之处。第一，崔文分析《塘上行》“本辞”时指出，“本辞不遵套语转而适应全篇文意，则显

---

* 本文为国家社科基金项目“魏晋乐府诗的诗乐关系研究”(10CZW020)的阶段性成果。

① 逯钦立《汉魏六朝文学论集》，西安：陕西人民出版社，1984 年，第 151 页。

② [法]桀溺《驳郭茂倩》，《法国汉学》2003 年第 4 期。

③ 崔炼农《乐府诗集“本辞”考》，《文学遗产》2005 年第 1 期，第 85 页。

示出强烈的主文意味，当在乐奏辞的基础上改造而成，是经过转录整理的歌辞文本”[①]。据此，则《塘上行》乐奏辞产生在前，本辞为后人整理改作。这与桀溺的观点倒有几分相似，但与作者最后的结论却自相矛盾；第二，根据《乐府诗集》，汉魏时期的相和旧辞后又配入晋乐者多达 39 曲 60 首，本辞也当有 60 首，而郭茂倩仅列十曲“本辞”，数目悬殊，仍令人存疑。笔者以为，郭茂倩唯独列出十曲“本辞”的用意何在，有何标准，十曲本辞的独特性为何，这才应该是理解“本辞”的关键问题。可惜诸家偏偏对此未予关注。

荀勖坚持作新律造晋歌，意义重大，对后世产生了深远的影响。郭茂倩眼光独到，特别重视荀勖“撰旧辞施用”的这部分歌诗，逐一详细注明其入乐情况，解题则详尽说明其依据的文献资料，并为其中十首晋乐所奏之辞列出“本辞”。要弄明白“本辞”的涵义，理清楚他选录本辞的用意和标准，我们只能依据现有的文献资料深入细致地爬梳解析。

以下我们从音乐、文本、文献校勘角度对“本辞”再作考察。

二

首先考察“本辞”所从乐曲的音乐特点。此十曲皆属于相和歌辞，它们在《宋书》及《乐府诗集》中的著录顺序及乐类情况，详见下表[②]：

《乐府诗集》与《宋书》著录分类情况表

序号	篇　　名	作　者	曲类（相和调）	
			《宋书》	《乐府》
1	《短歌行》“对酒”	魏武帝	平调曲	平调曲
2	《燕歌行》“别日”	魏文帝	平调曲	平调曲

---

① 崔炼农《乐府诗集“本辞”考》，第 79 页。

② 依据郭茂倩《乐府诗集》，北京：中华书局，1979 年；沈约《宋书》，北京：中华书局，1974 年。

续表

序号	篇名	作者	曲类(相和调)	
			《宋书》	《乐府》
3	《苦寒行》“北上”	魏武帝	清调曲	清调曲
4	《塘上行》“蒲生”	魏武帝	清调曲	清调曲
5	《东门行》	古辞	大曲	瑟调曲
6	《西门行》	古辞	大曲	瑟调曲
7	《野田黄雀行》“置酒”	曹植	大曲、箜篌引亦用此曲	瑟调曲
8	《怨诗行》“明月”	曹植	大曲	楚调曲
9	《白头吟》	古辞	大曲、与櫂歌同调	楚调曲
10	《满歌行》“为乐”	古辞	大曲	大曲

由于体例不同，此十曲在《宋书》及《乐府诗集》中的著录顺序及标注方式稍有不同。《宋书·乐志》先列“清商三调(平、清、瑟调)歌诗”，后列大曲。《乐府诗集》分类更细，其“大曲”解题云“今依张永《元嘉正声伎录》分于诸调，又别叙大曲于其后。唯《满歌行》一首，诸调不载，故附见于大曲之下。其曲调先后，亦准《伎录》为次云”①。故“大曲”诸调分别标注为“瑟调”、“楚调”、“大曲”。《乐府诗集》又引王僧虔《技录》说：“《棹歌行》在瑟调，《白头吟》在楚调。”②可见，《乐府诗集》分别依据刘宋张永《伎录》、王僧虔《技录》等文献将大曲分于诸调。《乐府诗集》将此十曲标为“晋乐所奏”，即“荀勖撰旧词施用”。

从入乐特征来看，乐辞分解，本辞不分解。这说明乐辞是经荀勖“撰旧辞施用”入晋乐之辞，本辞并非荀氏的入乐之辞，而是郭氏特意列出以与荀氏入晋乐之辞作对比者。

---

① 《乐府诗集》卷二六，第 376 页。

② 《乐府诗集》卷四三，第 635 页。

综上所述，“本辞”所从乐曲皆为荀勖撰旧词施用者，郭茂倩关于十曲的音乐类别、调类、入乐时间的标注皆有详细的文献依据，比《宋书》的著录更为细致、准确。特别是“本辞”的列出，明显有着与荀勖所撰乐奏辞加以对比的用意。下面即进一步探究其附列“本辞”的标准和依据。

三

我们首先从文献的角度对十曲乐辞和“本辞”及相关文献资料逐一加以比勘，分析乐辞与本辞的关系，探明附列本辞的依据，详见下表。

乐辞、本辞相关文献对勘表①

篇名	《乐府》乐辞、本辞互校	乐辞相关文献互校	本辞相关文献互校	说　明
短歌行·对酒	1. 本辞30句，不分解。乐辞24句，4句一解，共6解。2. 本辞多“越陌度阡，枉用相存；契阔谈讌，心念旧恩；月明星稀，乌雀南飞；绕树三匝，何枝可依”8句。3. 乐辞多“但为君故，沉吟至今”2句。4. 语序调整：乐辞“明明如月”4句在前，“呦呦鹿鸣”4句在后，本辞则相反。	郭氏乐辞、本辞皆作“何时可辍”，《宋书》乐辞“何时可掇”，同于《文选》、《艺文类聚》。逆测其用意，可能是蒙后二句“忧从中来，不可断绝”之意，谓令人彻夜难寐的明月何时才能不再照得人心忧神伤。此与李后主“春花秋月何时了”句有异曲同工之妙。	《乐府诗集》的本辞与《文选》所载相较，多“但为”两句，六臣注本《文选》在此两句下注曰：“善本无此二句。”郭氏当系择善而从。除此，本辞与《文选》所载无异。	1. 乐辞与本辞相较有段落顺序调整、句字增改等较明显的改动。2. 乐辞的选定，郭氏自有判定是非的标准，而且肯定有版本依据。3. 从版本系统角度看，本辞所据之本与《文选》当属同一系统。

① 参照依据为《乐府诗集》、《宋书》、《文选》(李善注本、六臣注本)、《玉台新咏》、逯钦立《先秦汉魏晋南北朝诗》(北京：中华书局，1973年)、《艺文类聚》。

续表

篇名	《乐府》乐辞、本辞互校	乐辞相关文献互校	本辞相关文献互校	说　明
燕歌行·别日	1. 本辞13句，不分解。乐辞15句，前5解各2句，末解3句，且比本辞多“悲风清厉秋气寒，罗帷徐动经秦轩”2句。2. 本辞“容颜”、“肺肝”、“仰看”、“飞仓鸟”、“不能存”等，乐辞则作“形颜”、“心肝”、“仰戴”、“飞鸟”、“不自存”。3. 语序也有调整：乐辞“耿耿”2句在前，“展诗”2句在后，本辞顺序相反。	乐辞与《宋书》、《玉台新咏》相比，郭氏将《宋书》乐辞之“飞鸟晨鸣，声气可怜”二句，删去“气”字成七言句，恰与《玉台新咏》卷九所载相同，亦与“秋风”篇句式吻合。余则无异。	本辞与《玉台新咏》所载相较，已将“两面”改作“雨面”，与《宋书》所载同。《玉台》“涕零两面毁容颜”一句于义难通，“两”显系误字。	1. 乐辞与本辞相较有句序调整、句字增改等较明显的改动。2. 郭氏整理乐辞时，可能参校过《玉台新咏》或与之属于同系统的其它版本。3. 本辞较《宋书》、《玉台》有增改，编选严谨审慎。
苦寒行·北上	1. 本辞24句，不分解。乐辞分6解，由于将每组的前2句复奏，成为6句一解，共36句。但前5组的第1句，只复奏后3字。2. 字句更改：本辞“夹路”、“故路”、“薄暮无”，乐辞为“夹道”、“径路”、“暝无所”。	乐辞与《宋书》、《文选》相较，《宋书》乐辞以字下加两划的方式表示乐句的复奏，但“何萧瑟”句，“何”字下缺两划，郭氏已据其全篇复奏体例为之更正。“裴回”也改作常用之“徘徊”，与《文选》同。	本辞与《文选》相较，李善注本之“檐囊”被改正为“擔囊”，与六臣注本同。余则无异。	1. 乐辞与本辞相较，有字句增改。2. 乐辞袭用《宋书》时作过审慎处理，并据《文选》作过改动。3. 本辞所出之本当与《文选》同源。
塘上行·蒲生	1. 本辞24句，不分解，乐辞35句，分5解，比本辞多出第4解“倍恩”8句。且乐辞每解首句皆复奏。2. 字句更改：(1) 本辞“仁义”、“莫若妾自知”，乐辞首解作	乐辞与《宋书》相较，郭氏将《宋书》第四句之“仪仪”改为“人仪”，第二十二句“苦䅌”改为“苦枯”。	本辞与《玉台新咏》卷二所载题为甄皇后所作者文字无异。	1. 乐辞与本辞相较有字句增改。2. 乐辞袭用《宋书》作过审慎处理。3. 本辞所出之本当与《文选》同源。

续表

篇名	《乐府》乐辞、本辞互校	乐辞相关文献互校	本辞相关文献互校	说　　明
	“人仪”、“莫能缕自知”；(2) 本辞原句“今君常苦悲，夜夜不能寐”，全篇为规整的五言，而乐辞次解则作七言“今悉夜夜愁不寐”；(3) 本辞“莫以”、“鱼肉贱”，乐辞三解作“莫用”、“鱼肉贵”；(4) 本辞“修修”、“从君致独乐”，乐辞五解作“萧萧”、“今日乐相乐”。均可见乐奏辞为入乐改撰留下的明显特征。			
东门行	1. 本辞24句，不分解，乐辞分4解。2. 字句更改：本辞“架上”、“东门去”、“舍中儿母”，乐辞作“桁上”、“出门去”、“儿女”。本辞“下当用此黄口儿”，乐辞作“下为黄口小儿”。又本辞末云“今非，咄！行！吾去为迟，白发时下难久居”，乐奏辞作：“行！吾去为迟，平慎行，望君归。”3. 本辞“共餔糜”3字，乐辞复奏；4. 本辞无“今时清廉，难犯教言，君复自爱莫为非”及其复奏共6句。	1. 郭氏乐辞末句作“望君归”，《宋书》作“望吾归”，余则无异。但从内容分析，自以郭氏为优。“望吾归”与前一句“平慎行”之嘱咐语意不相连贯。可见其校录之审慎。2.《乐府解题》“今时清，不可为非”又系引述乐辞“今时清廉，难犯教言，君复自爱莫为非”。	1. 本辞与《文选》相较，《文选》卷21李善注引：“古《出东门行》曰：盎中无斗米储，还视架上无悬衣。”与本辞此两句无异。可见李善注《文选》时，本辞尚在。2.《乐府解题》引述其辞曰：“言士有贫不安其居者，拔剑将去，妻子牵衣留之，愿共餔糜，不求富贵。且曰：今时清，不可为非也。”“妻子”与本辞“舍中儿母”近似。	1. 乐辞与本辞有字句增改。2. 乐辞袭用《宋书》作过审慎处理。3. 本辞所出之本当与《文选》同源。4.《乐府解题》似兼及本辞与乐辞，混而为一。

续表

篇名	《乐府》乐辞、本辞互校	乐辞相关文献互校	本辞相关文献互校	说　明
西门行	1. 本辞19句，不分解，乐辞24句，分6解。2. 字句更改：(1) 乐辞比本辞增"自非仙人王子乔"等8句；(2) 本辞"游行去去如云除，弊车羸马为自储"，乐辞则无。(3) 本辞"逮为乐，逮为乐，当及时"，乐辞第2解作"夫为乐，为乐当及时"；(4) 乐辞"坐愁"，本辞无"坐"；(5) 本辞"酿美酒"、"忧愁"，乐辞第3解作"饮醇酒"、"愁忧"；(6) 本辞"昼短苦夜长"，乐辞第4解作"昼短而夜长"。	1. 乐奏辞与《宋书》无异。2.《乐府解题》与乐辞相类。《古今乐录》引王僧虔《技录》云："《西门行》歌古西门一篇，今不传。"《乐府解题》引述其辞云"始言醇酒肥牛……终言贪财惜费，为后世所嗤"，与乐辞相类。	1.《宋书》载乐奏辞后附："一本：'烛游'后'行去之，如云除，弊车羸马为自推'，无'自非'以下四十八字。"本辞末云："游行去去如云除，弊车羸马为自储。""游"字，当系承前衍，第二"去"字，或本作"之"，被误作二划，而成"去"。"储"、"推"二字，如果底本残破漫漶，也有形近致误的可能，但从韵文的角度看，似当以"储"为是。此"一本"与本辞应属同一版本系统。2.《乐府题解》引述"昼短苦夜长"一句，又与本辞相合。	1. 乐辞与本辞有字句增改。2. 乐辞袭用《宋书》。3. 本辞与《宋书》乐奏辞所附"一本"应属同一版本系统。4.《乐府解题》兼及本辞与乐辞，混而为一。
野田黄雀行·置酒	1. 本辞24句，不分解，乐辞分4解。2. 本辞"惊风飘白日，光景驰西流。盛时不可再，百年忽我遒"。乐辞则句序相反，并更换字词，作"盛时不再来，百年忽我遒。惊风飘白日，光景	乐辞与《宋书》无异。	本辞与《文选》相较，《文选》作《箜篌引》。《文选》"亲友"、"生在"，郭氏作"亲交"、"生存"，余无异。汉乐府《妇病行》有"道逢亲交"句，可知郭氏取"亲交"为是；又，	1. 乐辞与本辞有字句增改、句序调整等明显改动。2. 乐辞袭自《宋书》。3. 本辞参考《文选》时择善而从，十分审慎。

续表

篇名	《乐府》乐辞、本辞互校	乐辞相关文献互校	本辞相关文献互校	说　明
	驰西流”。3. 本辞末尾作“亦何忧”，乐奏辞为“复何忧”。		“生在”也不如“生存”确当，恰可与下句之“零落”对举。	
怨诗行·明月	1. 本辞16句，不分解，乐辞28句，分7解。2. 乐辞第3解“念君过于渴，思君剧于饥”、第4解“北风行萧萧，烈烈入吾耳。心中念故人，泪堕不能止”、第6解“恩情中道绝，流止任东西”、第7解“我欲竟此曲，此曲悲且长。今日乐相乐，别后莫相忘”等句，本辞皆无。3. 词语更换：本辞“言是”、“君行”、“十年”、“孤妾”，乐辞二解作“自云”、“夫行”、“十载”、“贱妾“；本辞“君若清路尘，妾若浊水泥”，乐辞三解作“君为高山柏，妾为浊水泥”；本辞“愿为西南风，长逝入君怀”，乐辞五解作“愿作东西风，吹我入君怀”；本辞“良不开”、“妾心”，乐辞六解作“常不开”、“贱妾”。	乐辞与《宋书》所载相较，除“裴回”改作常用的“徘徊”，与《文选》、《玉台新咏》同，余无所异。	本辞与《文选》卷二十三所载相较，则“时不开”，郭氏作“良不开”；“贱妾”，郭氏作“妾心”。而与《玉台新咏》卷二所载一无所异。	1. 乐辞与本辞有字句增改。2. 郭氏采录本辞和整理乐辞时，也曾以《文选》、《玉台新咏》系统的版本作参照。

续表

篇名	《乐府》乐辞、本辞互校	乐辞相关文献互校	本辞相关文献互校	说　　明
白头吟	1. 本辞16句，不分解，乐辞26句，分5解。2. 乐辞第2解“平生共城中，何尝斗酒会”、第3解“郭东亦有樵，郭西亦有樵”等4句、第5解“齿玄如”以下4句，本辞皆无。3. 词语更换：本辞“不须啼”、“重意气”，乐辞第四解作“亦不啼”、第五解作“欲相知”。	乐辞与《宋书》、《玉台新咏》相较：1.《宋书》乐辞“晴如山上云”，郭氏作“皑如山上雪”，同《玉台新咏》所载；2.“嬿嬿”郭氏作“臬臬”，“(齿立)如五马啖萁”，郭氏作“(齿玄)如如字下或有五字马啖萁”。	1. 本辞与《玉台新咏》相较：《玉台》卷一所载《皑如山上雪》同为五言，除“诀绝”作“决绝”，“嬿嬿”作“臬臬”，“蓰蓰”作“簁簁”，余无异。2. 本辞与《乐府解题》相较：《乐府解题》引述此辞曰：“古辞云：‘皑如山上雪，皎如云间月。’……终言男儿重义气，何用于钱刀。”也与本辞相类。3. 至于《宋书》乐奏辞末称：“一本云：词曰上有‘紫罗咄咄奈何’”，“词曰”二字竟不知何所指。	1. 乐辞与本辞相较有字句增改。2. 乐辞与《宋书》不同，反同《玉台》，说明郭氏在整理乐辞时，曾根据《玉台新咏》等本辞版本系统作过文字改订。3. 本辞与《玉台》、《乐府解题》同，可知三者版本出自同一系统。
满歌行·为乐	1. 本辞50不分解，乐辞50句，分4解，解下为趋。2. 词语更换：本辞“难为”、“极辰”、“栖栖”、“末荣”，乐辞第1、2解作“难支”、“辰极”“山栖”、“一荣”；本辞“子遐同游”，乐辞第四解作“子熙同巇”。3. 句式改变：(1) 本辞四言句“耿		《乐府解题》引述其辞曰：“古辞云：‘为乐未及时，遭时嶮巇。’其始言逢此百罹，零丁荼毒。古人逊位躬耕，遂我所愿。次言穷达天命，智者不忧。庄周遗名，名垂千载。终言命如凿石见火，宜自娱以颐	1. 乐辞与本辞相较有句字、句式更改，句式改换尤足以显示出二者时代先后的特征。2.《乐府解题》兼及本辞与乐辞，混而为一。

续表

篇名	《乐府》乐辞、本辞互校	乐辞相关文献互校	本辞相关文献互校	说　　明
	耿不宁"、"暮秋烈风"、"揽衣瞻夜"、"去自无他"、"穷达天为"、"安贫乐道"，乐辞第二、三、四解作五言句"耿耿夜不宁"、"暮秋烈风起"、"揽衣起瞻夜"、"去去自无他"、"穷达天所为"、"安贫乐正道"。(2) 本辞四言句"照视日月"、"凿石见火"、"居代几时"、"为当欢乐，心得所喜。安神养性，得保遐期"。乐辞趋多则作六言句："善哉照观日月"、"命如凿石见火"、"居世竟能几时"、"但当欢乐自娱，尽心极所嬉怡。安善养君德性，百年保此期颐"。		养，保此百年也。"所云"遭时"同于本辞，且"始言"、"次言"、"终言"云云，不依解或趋述意，应是依本辞引述。	

根据以上比勘分析，十曲乐辞较本辞皆有明显改动。两相对比，可见荀勖撰制时所作的加工痕迹，及魏晋时期乐辞入乐的发展脉络。这正可见出郭氏列出"本辞"的标准及用意。

郭氏所列"本辞"虽然未必是直接采自《文选》、《玉台新咏》等现存文献资料，而应该别有所据，但是肯定曾以这类现存资料或其同一版本系统的其他资料作参考，对所选录的本辞及乐奏辞做过周密细致的校勘整理工作。

四

在《文选》、《玉台新咏》等文献中明明还另有同源诗章的乐奏辞，郭氏为何不据以列出“本辞”呢？下面，我们将未列“本辞”者与《文选》等加以比较，可以从另一角度探明郭氏附列本辞的标准和依据。

魏文帝《善哉行》“上山”在《乐府诗集》中标为“魏晋乐所奏”，且未列本辞，以之与《文选》卷二十七同题之作相较，仅有个别字词的差异，如：“猿猴”、“岁月其驰”、“转薄”，李善注《文选》作“猴猿”、“岁月如驰”（六臣注本作“日月如驰”）、“迴转”（同六臣注本）。乐辞与此相较，改动不大，故应不必另录本辞。

古辞《艳歌何尝行》，《乐府诗集》卷三十九载“晋乐所奏”，且与《玉台新咏》卷一古乐府诗《双白鹄》出自同源而异文甚多，似乎应该或者可以列出本辞，如古辞《白头吟》似取《玉台新咏》等所载《皑如山上雪》为本辞那样做。但是郭氏为何不取《双白鹄》作本辞呢？分析这个现象，恰恰可以帮助我们从另一角度了解郭氏选录本辞的用意与标准，并进一步揭示本辞的内涵。

《白头吟》和《皑如山上雪》同为五言之作。但是作为乐奏辞的《艳歌何尝行》大多数辞句虽为五言，却夹杂三句四言，带有明显的源自杂言古辞的痕迹。《艺文类聚》卷九十录古诗曰：“飞来白鹤，从西北来。十五十五，逻迾成行。妻卒被病，不能相随。五里一反顾，六里一徘徊。吾欲衔汝去，口噤不能开。吾欲负汝去，毛羽日摧颓。”虽系断简残编，却不难窥见其旧貌。而《玉台新咏》所载《双白鹄》为成熟五言之作，自然不可能是《艳歌何尝行》之本辞。而《艺文类聚》所载残断，又是类书所录，郭氏岂能选作本辞！

另外，《宋书》载武帝《秋胡行》“晨上”所附完整“又本”一篇，通篇复奏一遍。复奏形式在《宋志》和《乐府诗集》中集中见于“相和歌辞”的《塘上行》、《秋胡行》、《苦寒行》、《西门行》、《上留田行》、《饮马长城窟行》等少数诗章，但绝大部分只是字或句的复奏迭唱。像这样通篇复奏的歌辞可以说仅见于此，这显然是后人模拟并发展前人复奏迭唱形式的结果，当然不可能是本辞。据《宋书·乐志一》，荀勖之后屡有增益修订雅乐之举。惠帝时庾亮与谢尚曾“共为朝廷修雅乐”，东晋时，“食举之乐，犹有未备。明帝太宁末，诏阮孚等增益之”。郭氏《短歌行》解题引《古今乐录》：“王僧虔《技录》云：‘《短歌行》“仰瞻”一曲……此曲声制最美，辞不可入宴乐。’”可知《短歌行》本是可入宴乐之曲，可能因为丕作之辞过于伤感，故不宜采用罢了。《宋书·乐志》以王僧虔上表论“三调哥”也反复强调“夫钟悬之器，以雅为用”，“四悬所奏，谨依雅则，斯则旧乐前典，不坠于地”云云，可知清商三调皆关乎宴饮雅乐，此“又本”或即庾亮、阮孚们的手笔。

由此可见，未经明显改动便入晋乐的歌辞，不必列出本辞。本辞虽存只言片语断简残编，也为郭氏所不取。

五

通过以上比勘分析，不难见出郭茂倩整理《乐府诗集》的科学态度、对“本辞”本质的理解，以及他列出“本辞”的用意和标准。

郭茂倩整理编著《乐府诗集》的态度十分严肃审慎，对当时所能见到的各种文献都作过周密细致地校勘工作，而且尽可能择善而从。

所谓“本辞”，即乐奏辞之本。《乐府诗集》卷二十九指出：“辞，其歌诗也。”因此，所谓“本辞”，不妨说就是荀勖“撰旧辞”时用作底本的旧歌诗。

郭氏列出“本辞”，旨在揭示荀勖“撰旧辞”之历史真实面貌，力图还原乐府歌辞演化发展的历史脉络。荀勖撰旧辞施用于晋乐者，皆分解，而十首本辞附晋乐奏辞之后，皆不分解，这说明：在荀勖改作晋入乐之辞时，本辞是不被用来入晋乐的。但是荀勖“撰旧辞施用”时，对旧辞可能采用的处理办法无非两种：第一，基本是把汉乐府古辞或曹魏乐奏辞照旧搬来入晋乐。当然不排除他对个别字句的改动，或文本传抄过程中造成的些微文本差异；第二，荀勖根据当时入乐的实际需要，作词语和句序的大幅度调整改撰。凡是郭氏列出本辞的乐奏辞，都与本辞之间存在着字词、语序、章法等方面的较大差异。透过郭氏所列本辞，荀勖“撰旧辞施用”的基本历史面貌自可大白于天下。

其次《乐府解题》等往往将本辞与乐奏辞混为一谈，郭氏在使用这些资料时，也可能感觉到确实有正本清源，釐清本辞与乐奏辞之必要。

不过，正如《古今乐录》等屡屡指出的，许多古辞久已“不传”或“不歌”。在这种条件下，郭茂倩也不可能把荀勖大幅度改订过的所有乐奏辞的本辞逐一列出，而只可尽其所能，搜寻时存的资料，揭开荀勖“撰旧辞施用”这历史神秘面纱之一角。了解这种条件的制约，对于他只列出十首本辞，我们就不会感到费解和奇怪了。

根据郭氏既定的意图，他选录“本辞”的标准大约有两条：曾经荀勖做过较多改撰工作的乐奏辞才附列本辞。相反，汉乐府古辞或曹魏乐奏辞未作大改动就入晋乐者，自然不必列出本辞。其次，即使现存文献中，还保留着某些与荀勖所撰乐奏辞同源或近似的断简残编，也不必奇怪郭茂倩何以不多列出一条或几条本辞。这说明郭氏选录本辞的另一条标准就是完整性。

最后，关于《满歌行》，其本辞除《乐府解题》所引只言片语，余无可比勘者，这种文献缺失的缺憾，我们也无从弥补。

（原载《文献》2010年第2期）

汉唐乐府诗题目的创制

王立增

制题是乐府诗创作过程的一部分，因此在乐府诗的研究领域中不应该忽视对其制题艺术的探讨。吴承学先生曾撰《论古诗制题制序史》①一文论述古代诗歌的制题发展史，但文中对汉唐时期乐府诗的制题却语焉不详。况且，乐府诗的题目与徒诗迥然不同，情况又颇为复杂。有鉴于此，本文对汉唐时期乐府诗题目的创制进行考察，不妥之处，请专家指正。

一、汉魏晋时期乐府诗题目的创制

从本质上讲，汉代乐府诗的题目都是曲调名，因为它最初是以音乐曲调的方式在乐工手中进行记录和传播的。这些曲调名的创制，往往是取该曲调歌辞首句的前二三字或整个首句作为题目。通检汉代的"郊祀歌"、"铙歌"、"相和歌"和"杂曲"等，大都如此。显然，这样的题目只是方便于记录和传播的标记，通常情况下反映不出歌辞的题旨。如果把它放在整个诗歌制题史的大背景下来看，会发现这种制题方式其实是沿续了《诗经》，并与当时徒诗（如古诗十九首）的制题方式相一致，还没有凸现出自身的特点。

到了魏晋前后，乐府诗的题目出现了一个明显的变化：在取首句

---

① 吴承学《论古诗制题制序史》，《文学遗产》1996 年第 5 期，第 10—20 页。

前二三字的基础上再缀以歌辞性题目。这使乐府诗的制题与徒诗出现了极大的区别，标志着乐府诗的制题开始具有了自身的特点。在这一时期所使用的歌辞性题目中，尤以“行”、“篇”、“歌”最多。下面分论之。

1. 加“行”。凡是被吸收到清商三调（清调、平调、瑟调）中的乐府诗的题目统统以“行”字缀尾，如《长歌行》、《苦寒行》、《秋胡行》、《善哉行》等。“行”的本义是丝竹器乐曲，由于三调歌在音乐构成上与先前的相和歌相比发生了变化——增加了丝竹器乐的伴奏，所以题目中加上代表丝竹器乐曲的“行”①。但需要注意的是，“××行”仅代表该歌辞演唱时的丝竹伴奏曲名，并不是该歌辞的真正题目，比如魏文帝的《善哉行》“朝游高台观”，“善哉行”是伴奏曲名，而其歌辞题目在《艺文类聚》卷二十八中题作《铜雀台诗》。也就是说，进入清商三调的乐府诗实际上应有两个题名：伴奏曲名和歌辞题目。

伴奏曲名的创制，一般是取始辞（即该曲调最早的歌辞）首句的前二三字并缀以“行”字，如《妇病行》、《孤儿行》、《长安有狭邪行》等便是如此，而像《秋胡行》、《棹歌行》等与现存歌辞的首句不符的题名，很可能是以“秋胡”、“棹歌”为开篇的始辞早已散佚，我们今天无法看到而已。由于曲调名是以始辞命名的，必然会导致在后人为该曲调重新填写的歌辞与沿用的旧曲调名毫无关联的现象，如《秋胡行》，从题面意思看应咏秋胡辱妻事，魏武帝却用来写游仙，魏文帝辞则歌颂魏德。再如《棹歌行》，从题面意思看应写举棹划船之事，魏明帝辞却“备言平吴之勋”②。

歌辞题目则是作者创作该诗时的本来的题目，如上所举魏文帝的《铜雀园诗》。遗憾的是，当时的歌辞题目到了后来大都失传了，而

---

① 逯钦立《“相和歌”曲调考》，《文史》第十四辑，北京：中华书局，1982年，第219—236页，第226页。

② 吴兢《乐府古题要解》，丁福保辑《历代诗话续编》，上海：上海古籍出版社，1983年，第32页。

伴奏曲名却被流传下来，以致于人们常常错误地将伴奏曲名当成了歌辞题目。《洛阳行》的情况便是典型例证，近人丁福保所辑《清诗话》中《师友诗传续录》五〇条下加按语："古人作乐府，有题有调。后人删其题而存其调，如《雁门太守行》，乐府之调也，其题为《洛阳行》，见《宋书·乐志》。后世各选本，选《雁门太守行》而去其题，读者误认其调为题。但觉其辞与题绝不相关者，职此故也。"[①]

2. 加"篇"。魏晋时期一支伴奏"行"曲下往往可以填有多首歌辞[②]，乐工为了区分这些不同的歌辞，通常是以歌辞首句前二三字为称名。如沈约的《宋书·乐志》中所录的三调歌辞[③]便是前面标出曲调名，后面标出歌辞名，而歌辞名多取首句前二三字。后来文人曹植、傅玄等给某一曲调填写歌辞时，也模仿乐工取歌辞首句前二三字为题，不过在后面又缀上"篇"字。如曹植的《名都篇》、《美女篇》、《白马篇》，郭茂倩《乐府诗集》卷六十三引《歌录》云："《名都》、《美女》、《白马》，并《齐瑟行》也。曹植《名都篇》曰'名都多妖女'，《美女篇》曰'美女妖且闲'，《白马篇》曰'白马饰金羁'，皆以首句名篇。"[④]傅玄的《豫章行·苦相篇》、《艳歌行·有女篇》、《董逃行·历九秋篇》等亦是如此。

之所以加"篇"字，是因为"篇"诗所依赖的音乐本体"行"曲是分章分解的，而刘勰《文心雕龙·章句》云"积章而成篇"[⑤]，故把数章数解组成的歌辞称作"篇"。"篇"的出现，在乐府诗制题史上意义颇大，表明歌辞有了自己真正的题目，可以被名正言顺地记录下来，但同时也意味着乐府诗题目的音乐意义淡化，文学性增强，尤其是后来张华

---

① 王夫之等《清诗话》，上海：上海古籍出版社，1963 年，第 158 页。

② 如《短歌行》有四首，《善哉行》有八首，分别见郭茂倩《乐府诗集》卷三十"平调曲"题解、卷三十三"清调曲"题解、卷三十六"瑟调曲"题解。

③ 沈约的《宋书·乐志》中所录的三调歌辞采自晋代荀勖所撰《荀氏录》，应是清商三调流行时期乐工所用之歌本。

④ 郭茂倩《乐府诗集》，北京：中华书局，1979 年，第 911 页。

⑤ 王运熙等《文心雕龙译注》，上海：上海古籍出版社，1998 年，第307 页。

的《游侠篇》、《游猎篇》、《壮士篇》等，改变了取首句前二字加“篇”字为题的做法，转化为有意识地以吟咏主题为诗题，标志着乐府诗的制题开始走向“因意命题”。

歌辞有了自己的题目后，乐府诗中便出现了“一诗多题”的现象，因为一首乐府诗在记录过程中会有曲调名和歌辞名两个题目，有些甚至还出现了两个以上的题目。如《陌上桑》，在《宋书・乐志》中题作《艳歌罗敷行》，在《玉台新咏》中题作《日出东南隅行》，在《歌录》和《古今乐录》中都作《艳歌罗敷行》“日出东南隅篇”。这种现象在徒诗中很少出现。

3. 加“歌”。《释名》云：“人声曰歌。”[1]说明“歌”代表与器乐曲相对的纯用人声的普通徒歌。汉魏晋时期有一大批以“歌行”缀尾的乐府诗题目，如《燕歌行》、《悲歌行》、《怨歌行》、《伤歌行》、《鞠歌行》、《长歌行》、《短歌行》等，从前面的论述可知，其“歌行”中的“行”字是进入清商三调时所加，而此前都是徒歌，分别以《燕歌》、《悲歌》、《怨歌》、《伤歌》、《鞠歌》、《长歌》、《短歌》的题名流传，如陆机的《鞠歌行》小序云：“鞠城弥于街路，《鞠歌》将谓此也。”[2]称作《鞠歌》，便是其证。这一时期还有大量的乐府诗题目缀以“歌”字，如《董少平歌》、《渔阳民为张堪歌》、《平城歌》、《广陵王歌》等，它们多是后人从史书或杂传笔记中抄录出来的，因为在性质上属于徒歌，所以后人在整理编集的过程中加“歌”字缀尾。

二、南北朝时期乐府诗题目的创制

南北朝时期的乐府诗可分为南朝乐府民歌、北朝乐府民歌和文人拟乐府诗三部分。在南朝乐府民歌中，虽然还有一些曲调继续采用首句命题的方法，如《碧玉歌》、《华山畿》、《黄鹄曲》等，但已是少

---

① 王先谦《释名疏证补》，上海：上海古籍出版社，1984 年，第 336 页。

② 郭茂倩《乐府诗集》，第 494 页。

数。由于受到当时整个诗坛制题趋于成熟化和艺术化的影响[①]，南朝乐府民歌的制题也明显地表现出艺术化的倾向。如《子夜歌》、《乌夜啼》、《乌栖曲》、《读曲歌》、《团扇郎》等，单就这些题目本身，已经能够令人产生无限的遐想。再如陈后主所制的乐府诗题《春江花月夜》，题目便具有丰富的艺术蕴味和审美情调，难怪唐代的张若虚按着题面字样分别写出“春”、“江”、“花”、“月”、“夜”，就成了千古名篇。但这里需要注意的是，乐府诗制题的艺术程度也仅此而已，其后来的发展并没有继续下去，它与徒诗制题中所表现出来的高度艺术化还有相当一段距离。

在歌辞性题目的使用上，南朝乐府民歌也出现了变化——不再使用“行”和“篇”作缀尾，而是大量使用“歌”、“曲”、“乐”等。其中吴歌多带“歌”字，因为吴歌初为徒歌，正符合《释名》所说的“人声曰歌”；西曲中多缀以“曲”，因为“曲”代表器乐曲，《乐府诗集》卷六十一云：“至其协声律，播金石，而总谓之曲。”[②]郑樵《通志·乐略》云：“入乐谓之曲。”[③]而西曲多配有丝竹等器乐，故称；西曲中还多缀以“乐”，《礼记·乐记》云：“比音而乐之，及干旄，谓之乐。”郑玄注：“干，盾也；戚，斧也，武舞所执也。羽，翟羽也；旄，旄牛尾也，文舞所执。”[④]也就是说，乐是配合舞蹈的。西曲中如《莫愁乐》、《估客乐》、《襄阳乐》、《江陵乐》、《共戏乐》、《翳乐》、《寿阳乐》等都配有舞蹈，所以缀以“乐”字。

南朝乐府民歌的制题还有一个独特的特点，就是以和送声来命名。王运熙先生认为和送声在清商曲调中“构成了曲子的主要声调”，因此，“曲调之名称，往往包含在和送声中”，如《阿子歌》、《欢闻

---

① 吴承学先生在《论古诗制题制序史》(载《文学遗产》1996 年第 5 期)一文中认为，诗题形式的成熟大约是在西晋时期。

② 郭茂倩《乐府诗集》，第 884 页。

③ 郑樵《通志》，北京：中华书局，1995 年，第 626 页。

④ 《礼记》，十三经注疏本，北京：中华书局，1979 年，第 1527 页。

歌》、《莫愁乐》、《乌夜啼》、《襄阳蹋铜蹄》、《白纻歌》等。王先生还推定《子夜歌》、《丁督护歌》、《长乐佳》、《懊侬歌》、《月节折杨柳歌》等既是曲调名，又兼为和送声①。

北朝乐府民歌数量少，其题或由“虏音”音译而成，如《企喻歌辞》，或直呼人名，如《琅琊王歌辞》、《钜鹿公主歌辞》、《慕容垂歌辞》等，这些题目多是后人为了记录的方便而加上的，于制题艺术的意义不大，故不赘言。

这一时期还需要考察的是文人拟乐府诗的题目。乐府诗发展到晋宋以后，部分曲调不再演唱，文人们在拟写这些非歌辞的乐府诗时对题目也做出了相应的变动。比如晋之前的曹植，已在乐府诗题目前加“当”字，如《当墙欲高行》、《当欲南游山行》、《当欲事君行》、《当车已驾行》等，表示“事谢丝管”②之意。刘宋时期的鲍照又多用“代”字，如《代白头吟》、《代白纻曲》、《代东武吟》等。也有人加“效”、“拟”字，如袁淑的《效曹子建白马篇》、何逊的《拟轻薄篇》等。

在文人拟乐府诗中，又出现了从旧题目中衍生出新题目的现象，这也是乐府诗不同于徒诗的特有的制题方式。这种制题方式源于音乐曲调的衍生，某些曲调往往由于音乐的改变而衍生出了新的曲调，如从《子夜歌》衍生出《子夜变歌》，从《欢闻歌》衍生出《欢闻变歌》等。而在文人拟乐府诗中，则表现为：旧题乐府诗不再入乐了，却取该乐府诗的首句或首句前二三字衍生出新的题目，如梁简文帝的《泛舟横大江》出自魏文帝《饮马长城窟行》首句，陈代张正见的《置酒高殿上》出自曹植的《野田黄雀行》首句。但从总体上来看，这种情况在南北朝时期并不普遍，而到了唐代，当乐府诗完全脱离音乐成为“诗之一体”后，这种从旧题中衍生出来的新题目才蔚为大观。

---

① 王运熙《论六朝清商曲中之和送声》，《乐府诗述论》，上海：上海古籍出版社，1996 年，第 94—110 页。

② 王运熙等《文心雕龙译注》，第55 页。

三、唐代乐府诗题目的衍生和创制

唐代的乐府诗中，有些题目完全是沿用汉魏南北朝时期的旧题目，没有任何变化，故不论。有些新的题目[①]是从旧题乐府诗中衍生出来的，其衍生方式主要有以下5种：

1. 将乐府诗的旧题目略作变化或进行限制。略作变化的，如乐府旧题有《古别离》，唐代则出现《古离别》（王适、常理、姚系、赵微明）、《远别离》（李白、张籍、令狐楚）、《久别离》（李白）、《新别离》（戴叔伦）、《今别离》（崔国辅）、《暗别离》（刘瑶）、《潜别离》（白居易）、《别离曲》（张籍、陆龟蒙）等；乐府旧题有《长歌行》与《短歌行》，李贺合起来变为《长歌续短歌》。

进行限制的，如杜甫的《前出塞》、《后出塞》和《前苦寒行》、《后苦寒行》，都因创作时间的先后加"前"、"后"二字[②]。也有对乐府旧题目加上地点的限制，如刘长卿的《太行苦热行》、孟郊的《灞上轻薄行》、崔国辅的《长乐少年行》、崔颢的《渭城少年行》、高适的《邯郸少年行》、李益的《汉宫少年行》等。而王昌龄的《变行路难》，加一"变"字，李云逸认为，前人《行路难》皆言世路艰难离别悲伤之意，王昌龄却写边塞主题，故曰"变"[③]。笔者则认为还包括形式上的变化，因为前人所写《行路难》都是七言，而王昌龄此首却变为五言。

2. 给乐府诗旧题目加上歌辞性题目或将不带歌辞性题目的乐府诗题改换成带有歌辞性题目的新题。前者如乐府旧题有《出塞》，刘湾拟作《出塞曲》；乐府旧题有《绿竹》，宋之问拟作《绿竹引》。后者

---

① 在郭茂倩所编的《乐府诗集》中，这些从旧题乐府诗中衍生出来的新题目，除本小节所论第5种方式以外，其余4种都没有被编排在"新乐府辞"部分，显然在郭氏看来，这些题目还是"旧题"。笔者不这么认为，因为任何微小的变化都预示着发展，都会透露新的生命信息，所以本文把凡是有所变化的乐府旧题目都视作新题。

② 仇兆鳌《杜诗详注》，北京：中华书局，1979年，第118页。

③ 李云逸《王昌龄诗注》，上海：上海古籍出版社，1984年，第1页。

如乔知之把《定情诗》改换成《定情篇》，王建把《羽林郎》改换成《羽林行》，马戴把《度关山》改换成《关山曲》等。

3. 变换歌辞性题目。如李白把《侠客篇》改成《侠客行》；杜甫把《丽人曲》改成《丽人行》；刘禹锡把《采菱歌》改成《采菱行》；李贺把《莫愁乐》改成《莫愁曲》；贾岛把《壮士篇》改成《壮士吟》；孟郊把《列女引》改成《列女操》等。据粗略统计，将其它歌辞性题目改为“行”、“曲”者数量较多。

4. 取旧题乐府诗首句的前二三字（甚至是整个首句）或者其中某一句做为题目，有时还加上“行”字。如李白《北上行》出自魏武帝《苦寒行》首句“北上太行山”；戎昱《苦哉行》出自李延年《从军行》首句“苦哉边地人”；鲍溶《苦哉远征人》取陆机《从军行》首句；李益《从军有苦乐行》出自王粲《从军行》首句；赵嘏则把隋代薛道衡《昔昔盐》中的每一句都做为题目，扩展成一首乐府诗。

5. 在旧题乐府诗的题旨基础上衍生出新题目。如《塞上》、《塞下》、《塞上曲》、《塞下曲》、《塞上行》等均出自横吹曲《出塞》，胡曾又作《交河塞下曲》；《公子行》、《少年行》是承袭旧题乐府《游侠篇》、《轻薄篇》、《结客少年场行》而来；王建的《斜路行》取自古辞《长安有狭斜行》中“长安有狭斜，道隘不容车”之意；王建、张籍的《北邙行》及李益《野田行》意同《蒿里行》；李白的《东海有勇妇》出自《关中有贤女》；刘禹锡的《阿娇怨》出自《长门怨》；元稹的《决绝词》出自《白头吟》；孟郊的《长安羁旅行》出自《长安道》；李贺的《难忘曲》出自《相逢狭路间》；张祜的《上巳乐》出自《把禊曲》等。

唐人完全自创的乐府诗新题目中，一部分是入乐的声诗和曲子辞的题目，具体的创制情况在任半塘的《唐声诗》[①]和王昆吾的《隋唐五代燕乐杂言歌辞研究》[②]二书中已经论及，限于篇幅这里不再重复。另一部分是不入乐的乐府诗新题目，大体来讲，其创制方式主要

---

① 任半塘《唐声诗》，上编，上海：上海古籍出版社，1982 年。

② 王昆吾《隋唐五代燕乐杂言歌辞研究》，北京：中华书局，1996 年。

有以下两种：

1. 仿照汉乐府的制题方法创制新题。主要有：(1) 用首句前二三字甚至是整个首句为题。如张籍的《山头鹿》和《雀飞多》、韩愈的《青青水中蒲》、元稹的《梦上天》、李贺的《黄头郎》及白居易的《新乐府》五十首，都采用这种命题方式；(2) 仿照汉乐府简短的三字题，语言高度概括全诗内容。如《静夜思》(李白)、《悲陈陶》(杜甫)、《哀王孙》(杜甫)、《思君恩》(张仲素、王涯、张籍)、《雉将雏》(王建)、《夫远征》(元稹)、《江南别》(罗隐)等。元结《系乐府》中的《去乡悲》，皮日休《正乐府》中的《贱贡士》、《颂夷臣》、《惜义鸟》、《诮虚器》、《哀陇民》等都是采用这种命题方法。

2. 加以歌辞性题目。有些还是采取首句前二三字加歌辞性题目的方式，如刘希夷的《将军行》、李白的《黄葛篇》等，但数量较少。大部分能以所咏对象为题，如《邯战宫人怨》(崔颢)、《情人玉清歌》(毕耀)、《楼上女儿曲》(卢仝)、《节妇吟》(张籍)、《征妇怨》(孟郊)、《湘宫人歌》(温庭筠)、《舞衣曲》(温庭筠)、《贪官怨》(皮日休)等；或以精炼简短的语言(通常是“动词＋名词”的结构)概括所写乐府诗的内容为题，如《采葛行》(鲍溶)、《平蕃曲》(刘长卿)、《寄远曲》(王建、张籍)、《织绵曲》(王建)、《寄衣曲》(张籍)、《求仙曲》(孟郊)、《采珠行》(元稹、鲍溶)、《平戎辞》(王涯、张仲素)、《望春辞》(令狐楚)、《烧香曲》(李商隐)、《罩鱼歌》(温庭筠)等。

四、小结

一般地讲，事物初起时的特征，往往是事物的本质特征。乐府诗的制题也不例外。汉魏晋乐府诗作为乐府诗发展史上的初步阶段，其题目或取歌辞首句前二三字甚至是整个首句，或者再缀以歌辞性题目，这正是乐府诗制题的主要特点。如果说汉魏晋时期采用这样的制题方式是代表了发生学上的意义的话，那么到了后来南北朝和唐代，人们再采用这样的方式制题便是有意地继承乐府诗的制题传统了。这与徒诗制题的直线性走向成熟化和艺术化的发展路线截然不同，而且这样的题目往往十分简短，也与徒诗中出现的长达二三十字的标题形成了鲜明的对比。

由于乐府诗曾经是配乐歌辞，所以乐府诗的制题深受音乐的影响，体现在：(1) 最初是作为曲调名，后来才有了歌辞本身的名称，这就导致了“一辞多题”的现象；(2) 带有歌辞性题目。一般来看，歌辞性题目的不同与音乐品种有关，比如清商三调演唱时有丝竹伴奏曲，故带“行”字；不配器乐的徒歌多带“歌”字；配有丝竹或有伴舞的多带“曲”和“乐”字；(3) 清商曲中以和送声为题；(4) 受曲调衍生的影响，唐代出现了大量的题目衍生现象。这些特点大都是徒诗的制题所不具备的。

从乐府诗的制题发展史来看，乐府诗的命题经历了从音乐意义上的曲调名向文学意义的诗题转变的过程。汉魏晋时期的乐府诗题目多是曲调名，而以“篇”缀尾的诗题才开始“因意命题”，这使乐府诗题的音乐性消解，文学性增强，到了南朝的乐府民歌中表现出艺术化的倾向。在唐人创制的乐府诗新题目中，多数是以所咏对象为题，或概括诗意而成，这反映出乐府诗的制题与一般诗歌根据诗意立题的方法趋于一致。正因为如此，乐府诗题的创制逐渐淡化了独特性，开始融入到一般诗歌中，这对乐府诗的衰落起到了一定的加速作用。

（原载《上饶师范学院学报》2007 年第 1 期）

乐府诗题“行”、“篇”的音乐含义与诗体特征

王立增

魏晋六朝文人乐府诗，多以“ΔΔ 行”、“ΔΔ 篇”乃至“ΔΔ 行・ΔΔ 篇”相连并题为标识。从唐至今，关于“行”、“篇”的含义及二者的关系，释者纷纭。所以如此，在于“行”“篇”称名伏涵着魏晋时期乐府诗的音乐信息和诗体信息，透露着魏晋时期文人乐府诗体变迁的历史消息，在中国古代的诗体演进史上意味深长。对之加以深入研究，有助于理解中国古代诗歌史上一个重要的历史环节：“篇”诗的出现，是古代文人诗从“歌”的时代走向“诗”的时代的里程碑。

一、古今对乐府诗题中“行”、“篇”含义的诸种解说

最初拈出乐府诗题中的“行”与“篇”，是唐代元稹的《乐府古题序》。该文中指出，乐府诗题中以“行”与“篇”为名的诗，都属于“选词以配乐”的入乐之诗。对此，宋代王灼的《碧鸡漫志》提出异议，认为“当时或由乐定词，或选词配乐，初无常法”。但二者对“行”、“篇”的具体含义都没有做解释。而整个宋代，几乎无人对“篇”做出说明，对“行”的解释倒是很多，就中又分两大类，一类从音乐的角度释之，如施德操《北窗炙輠录》卷上云：“余所谓歌、行、引本一曲尔，一曲中有此三节：凡欲始发声谓之引。引者，谓之导引也。既引矣，其声稍放焉，故谓之行。行者，其声行也。既行矣，于是声音遂纵，所谓歌也。……惟一曲备三节，故引自引，行自行，歌自歌，其音节有缓急，

而文义有终始，故不同也，正如今大曲有入破、滚、煞之类。今诗家既分之，各自成曲，故谓之乐府，无复异制矣。”[①]另一类观点则从文体角度释之，如姜夔《白石道人诗说》云：“体如行书曰‘行’。”宋人的这两类观点，施说从乐曲的角度解释“行”，方向正确，但与六朝人的说法颇有隔阂（详下文），故赞同者不多；姜说为明清许多论家认可，但冯班《钝吟杂录》却讥之曰：“……‘行’，本不知何解。宋人云：‘体如行书。’真可掩口也。”认为“行”的含义已渺不可考，不知者为不知，不必强加索解。

对乐府诗题中“篇”的解说，主要见于明、清人，如吴讷《文章辨体序说·歌行》、徐师曾《文体明辨序说·乐府》都认为“本其命篇之义曰篇”；郎廷槐《师友诗传录》转述张笃庆语：“煌然而成篇谓之篇。”前者接触到“篇”的某种含义，惜语焉不详；后者则泛言无的，意义不大。

总之，古代诸论家虽对乐府诗题中的“行”、“篇”有诸种解说，触摸到某些意味，但总的说来未得真谛，尤其是对“△△行·△△篇”相连并题同一首乐府诗的现象未予注意，当然也就对“行”、“篇”含义的内在关系未能理解。

对“行”、“篇”进行卓有成效的研究始见于上世纪八十年代后，其中以葛晓音、钱志熙、崔炼农等学者取得的成果最令人瞩目。葛晓音先生的《初盛唐七言歌行的发展——兼论歌行的形成及其与七古的分野》[②]一文，指出汉代的“行”诗具有四大特点：(1) 以叙事体和人生教训式的谚语体为主；(2) 除少数作品散见于其它曲辞外，绝大多数在相和歌辞的平、清、瑟三调中；(3) 有的同一题目下有若干篇内容不同的作品；(4) 篇幅一般较长，大多是可分解分章演奏的乐诗。又指出：以“篇”为题的乐府不少是从“行”诗变的；“篇”诗重铺排，繁会复沓是其主要特征。在她的另一篇论文《关于“行”之释义的补正》[③]

---

① 见影印文渊阁《四库全书》第 1039 册，第 375 页。

② 载《文学遗产》1997 年第 5 期。

③ 载《文学遗产》1999 年第 4 期。

中，葛先生还联系日本学者清水茂的观点，认为乐府诗中“行”的命名与公元前5世纪的“行钟”有关，“行钟”之曲配合行进而多遍重复，具有旅行音乐的意味，与“行”诗重叠反复的多遍演奏十分类似。但葛先生又谨慎地指出：“‘行钟’所奏之行曲又如何变成汉代的行曲？因没有资料根据，这个问题很难回答。”钱志熙先生的《论建安诗歌与音乐艺术的关系》一文，对“篇”的标题意义提出新说，认为曹植等“创出了不依乐曲的拟乐府一体，并且不用旧曲题目，另制新题，以示区别”，提出“以‘篇’系题可能正说明这种拟乐府诗是以文章辞藻为主，不同于真正的乐歌”①。崔炼农在其博士论文中指出，“‘行’作为音乐术语不仅与弦奏有关，而且直指徒奏，即纯器乐演奏”，“‘行’乃特指丝竹演奏曲调（旋律）的过程，与‘丝竹’的本质特点相对应”，而“以‘篇’名篇现象的出现则代表了文人拟作的自觉和兴盛”②。

上述观点，从音乐与文体两个层面对乐府诗题中的“行”、“篇”含意进行了解释，提出以“行”和“篇”系题的由来、“行”诗和“篇”诗的关系及文体特征，可谓揭开了“行”、“篇”的真正含义，接触到古代文体发生史上的一个重要环节，说明对乐府诗题中“行”、“篇”意义的探究是一个富有意义而尚待深入的课题。葛先生认为“行”与先秦“行钟”有关，虽值得注意，但“行”是魏晋乐府的产物，与“行钟”时代相隔遥远，目前首先要做的工作，是立足于魏晋乐府诗的实际音乐表演进一步解释“行”、“篇”的确切含义；钱先生认为“篇”诗虽为歌辞，但并不付唱，可能不同于真正的乐歌，所云“可能”，也值得进一步论证，其历史意味更当予以深究；崔炼农讨论了“行”、“篇”的某些特点，对有些问题也未能进行详细阐述。因此，本文在前人研究的基础上，尝试从音乐的角度切入，更细致地探讨“行”、“篇”的含义及二者的关系和诗体特征，说明魏晋时期歌辞与音乐剥离的现象及其历史意味。

---

① 载《原学》第四辑，北京：中国广播电视出版社，1996年，第116页。

② 崔炼农《汉魏六朝乐府辞乐关系研究》，上海师范大学2003年博士论文打印本，第172页，第61页。

二、“行”的音乐意义及“行”与“篇”的关系

中古时期，“行”为乐曲之一名。《文选》卷二十七录乐府诗《饮马长城窟行》，李善注引《汉书音义》曰：“行，曲也。”《汉书》卷五七《司马相如列传》“为鼓一再行”，颜师古注曰：“行谓曲引也。古乐府之《长歌行》、《短歌行》，此其义也。”郭茂倩《乐府诗集》卷三九《艳歌行》题解引陈释智匠《古今乐录》云：“若《罗敷》、《何尝》、《双鸿》、《福钟》等行，亦皆‘艳歌’。”

以上解释说明：“行”的本义指“曲引”，即一个乐章开头的序曲，属于“艳歌”一类。所谓“艳”，本是魏晋大曲中的一个特定音乐术语，指大曲开头的序引之曲。《乐府诗集》卷二六“相和歌辞”题解据南朝刘宋时期张永的《元嘉正声伎录》、王僧虔的《大明三年宴乐伎录》及《古今乐录》等云：“大曲又有‘艳’、有‘趋’、有‘乱’。……‘艳’在曲之前，‘趋’与‘乱’在曲之后，亦犹吴声西曲前有‘和’后有‘送’也。”所以，颜师古曰“行”乃“曲引”，智匠曰为“艳歌”，在音乐指意上是一致的。

与之相参证，《乐府诗集》卷三十、卷三三、卷三六所引《古今乐录》载“平调曲”、“清调曲”、“瑟调曲”的演奏程式，歌唱之前先有一段单纯的弦乐序曲称为“弦”，歌唱部分则称之为“歌弦”，多由数解（章）组成，诸解之间以及整个“歌弦”结束，都有一段弦乐过渡和结煞，称“送歌弦”。逯钦立先生据此在《“相和歌”曲调考》一文中指出：汉代的“相和歌”是丝竹与乐歌间作，歌的时候只用节打着拍子清唱，并不配弦索。魏晋的“清商三调”，乃出自汉“相和歌”，但歌唱部分也加上了弦索伴奏，所以冠以“行”的特称。简言之，魏晋的“三调”歌辞所以在诗题上标以“行”，乃是歌唱以弦乐伴奏后的新名①。逯先生的这一观点颇有见地，《国语·周语下》就有“丝竹以行之”之说，故加入弦奏的歌唱特称“行”本就渊源有自，将和弦而唱的歌辞称为“行”自然

---

① 载《文史》第十四期，北京：中华书局，1982 年。

也在情理之中。

因此，“行”有互相联系的双重含义，在音乐意义上指弦奏；在歌辞意义上指伴以弦奏的歌辞。从音乐指意言，“ΔΔ行”本质上是一支弦乐曲，故也时或称之为“调”。沈约《宋书・乐志》卷三所录“清商三调歌诗”，于《白头吟》题下注云：“与《棹歌》同调。”也就是说，《白头吟》与《棹歌》所配合的弦奏乐曲是同一首曲调。但从宋代起，一些学者对此已颇为茫然，《乐府诗集》卷四三有云：“按王僧虔《伎录》：‘《棹歌行》在瑟调，《白头吟》在楚调。’而沈约云‘同调’，未知孰是。”实际上，这里的“调”非谓瑟调、楚调之“调”，而是指弦奏曲调。“与《棹歌》同调”，即《白头吟》歌辞在演唱时所用的弦奏乐曲（前奏或间奏）即《棹歌行》。这一点从沈约对“三调歌”的记录方式可以得到证明：其对歌辞的记录方式，都是歌辞名・曲调名・作者名[①]，如：

《周西》	《短歌行》	武帝词
《秋风》	《燕歌行》	文帝词
《白头吟》	与《棹歌》同调	古词

由此，近人丁福保在所辑《清诗话・师友诗传续录》50条下按曰：

古人作乐府，有题有调。后人删其题而存其调，如《雁门太守行》，乐府之调也，其题为《洛阳行》，见《宋书・乐志》。后世各选本，选《雁门太守行》而去其题，读者误认其调为题。但觉其辞与题绝不相关者，职此故也。

丁福保指出：乐府诗有题有调，《雁门太守行》本是“乐府之调”，

---

① 崔炼农认为《宋书・乐志三》所录“三调”歌辞均采用篇名、曲名并列的方式标题。见其《汉魏六朝乐府辞乐关系研究》，第60页。

也就是《洛阳行》歌辞演唱时的弦奏乐曲。只是后人不解，混淆了文学意义上的诗题与曲调意义上的调名，从而导致了将诗题认作调名、把调名认作诗题的混乱状况。

实际上，这种调名与诗题的“混乱”，根源在古代“诗”与“乐”的原生状态本来就互为一体，所谓“有诗而乃成乐，乐作而必由诗”。①也就是说，古代绝大多数“曲调”最初就是从歌诗的音乐转化而来的，故其曲调的称名即取之原始歌辞。如《相逢行》古辞首句为“相逢狭路间”，《妇病行》古辞首句为“妇病连年累岁”。这些歌曲，起初大约多出于民间，也没有什么标题，传入上层，播入管弦，就会形成某种器乐曲，用于弦奏的就称为“行”，取其歌辞首句中的前数字为题，就成了“△△行”。到这时，“△△行”的含义已指一首弦乐曲调。如《棹歌行》，其原始歌曲乃《棹歌》，但《棹歌行》则已成为一首弦奏曲调，凡用《棹歌行》曲调作“引曲”和“解”之间弦乐过门的歌辞，也都可以标为《棹歌行》。这就是《白头吟》“与《棹歌》同调”的原因。因此，“△△行”可以系以若干不同篇名的歌辞，《乐府诗集》卷三十“平调曲”题解云：

> 《荀氏录》所载十二曲，传者五曲：武帝“周西”、“对酒”，文帝“仰瞻”，并《短歌行》；文帝“秋风”、“别日”，并《燕歌行》是也。其七曲今不传：文帝“功名”、明帝“青青”，并《长歌行》，武帝“吾年”、明帝“双桐”，并《猛虎行》，“燕赵”《君子行》，左延年“苦哉”《从军行》，“雉朝飞”《短歌行》是也。

以上所述平调曲的情况，在“清调曲”和“瑟调曲”中同样存在。由此可以看出：同一首“行”曲可配有多首歌辞，如《短歌行》有四首，《燕歌行》有两首，《长歌行》有两首，《猛虎行》有两首，而《善哉

---

① 宋段昌武《段氏毛诗集解》卷首《学诗总说·诗之世》，影印文渊阁《四库全书》第74册，第430页。

行》则多达九首，呈现为普遍的“一调多辞”现象。但问题的复杂性在于：为什么同一“行”中的“曲”有传有不传？同是《短歌行》，武帝“周西”等三曲传，而“雉朝飞”一曲不传？同是《苦寒行》，武帝“北上”一曲传，而明帝“悠悠”一曲不传？[①]（按：明帝“悠悠”歌辞至今尚存）

问题确实很复杂，仔细说来甚费篇幅，简言之：这里“传”与“不传”的“曲”，乃特指传唱歌辞的声乐之曲，而不是用为“引曲”和过门间奏的“行”。也就是说，当采用原始歌曲转化成的“行”曲配合新的歌辞传唱表演时，声歌的音乐与“行”并不全然相同。显而易见的证明是：同一个“ΔΔ 行”的歌辞在语文形式上是大不相同的，如魏武帝两首《短歌行》，都为“晋乐所奏”，其中“对酒当歌”一首有六解，每解四言四句，极为整齐；另一首“周西伯昌”，也是六解，但第一解八句，第二解七句，第三解八句，第四解七句，第五解六句，第六解七句，其中还有奇言句式，可见同一“行”的歌辞，传唱的音乐是并不相同的。由此，自然会出现“行”虽存但声歌音乐失传的情形。石崇《思归引·序》有云：

> 寻览乐篇有《思归引》，傥古人之心有同于今，故制此曲。此曲有弦无歌。今为作歌辞以述余怀。恨时无知音者，令造新声而播于丝竹也。

所谓“有弦无歌”，指《思归引》当时已不用于传唱歌辞，即《思归引》仅存弦乐，声歌部分的音乐已经失传，所以石崇要造“新声”而传歌。这里的“新声”，兼指与《思归引》相配合的声歌音乐和新作的歌辞。因此，同一个“行”的若干“曲”有传有不传，此“曲”乃特指传唱歌辞的声乐，古代声乐记存于口耳，极易失传，某个“行”中的某“曲”不传，并不

---

① 《苦寒行》的流传情况见《乐府诗集》卷三三“清调曲”题解。

奇怪。张永《元嘉正声技录》云“《东光》旧但弦无音，宋识造其声”[①]，说的也是同样的情形。

但是，既然同一个“行”配合着不同的歌辞，不同歌辞的声歌音乐又可以大不相同，为什么还要以“ΔΔ 行”为共同的“调名”？其原因大致有二：其一，前文曾云：“行”作为特定的音乐称名，其性质本是“引曲”，故由某个原始歌曲转化成的弦奏之“行”，首先是作为某种序曲使用的。也就是说，同一个“行”，尽管声歌部分的音乐可能是“新声”而与“行”之本调有所不同，但其“曲引”和歌辞每一“解”之间过渡的弦乐伴奏是大体相同的。这是不同诗题的歌辞可以“并《ΔΔ 行》”最重要的原因。其二，“行”既然是序曲和声歌之间的过门，则其与声歌的音乐必要有内在的联系，而从汉代以来，所谓“造新声”，通常是因某曲调“翻制新声”，“ΔΔ 行”往往作为既定的曲调，以之为序曲和间奏的声歌音乐，在旋律主音、基本乐汇等乐式结构上势必要与此“行”相和谐，从这个意义上说，“ΔΔ 行”名下的歌辞声乐，在相当程度上必为此“行”音乐的某种变体，在演奏中，与引曲之“行”实际上构成了新的曲调，只不过原来的“行”乃是其母体，所以仍用此“行”作为整个音乐篇章的总名。《宋书·乐志》云清、平、瑟三调歌的创作方式为“因弦管金石，造哥以被之，魏世三调哥词之类是也”。所谓“因弦管金石”，即是根据（“因”）各种器乐曲而“造歌”，“行”当然是其中最重要的一类。

明乎此，便可以进一步理解为什么会有“一‘行’多辞”的现象：“行”在音乐上的功能主要是前奏和间奏，声歌部分乃是“行”的种种变化，从而使歌辞形式获得了极大自由，“一‘行’多辞”是必然的。而

---

① 见《乐府诗集》卷二七《东光》题解所引《古今乐录》。宋识，魏末晋初清商署的乐人，曾帮助荀勖改造过三调歌。《东光》古辞至今犹存，所谓“但弦无音”，当指《东光》当时已只存弦奏，声歌不传，故宋识“造其声”，乃因《东光》之弦奏而造《东光》之声乐。崔炼农认为，《东光》是宋识通过对“弦”的模仿而造出的“相和”之“歌”。见其《汉魏六朝乐府辞乐关系研究》第 175 页。

从音乐角度言，“一‘行’多辞”也就是某个“行”用于表演时可以有不同的声歌乐段，可与不同形式的歌辞相配合。如此，一个长期以来令人困惑的问题：若干以“行”为题的魏晋乐府——如《短歌行》、《燕歌行》、《秋胡行》、《善哉行》等，为什么内容与“行”名毫不相关？其答案也就不难寻觅：“行”成为弦乐曲调后，其本源歌曲的原始歌辞由于不再传唱而佚失，但“行”的音乐则因仍在采用而相传，并由之派生出新的声歌音乐，传唱种种新的歌辞。这样，就会产生像《思归引》“传曲不传辞”与明帝《苦寒行·悠悠》“传辞不传曲”两种现象的共存，究其原因，其实都是由“行”的音乐功能和实际表演状况所决定的。

理解了“行”的音乐性质，“行”与“篇”的关系便可迎刃而解。

魏晋乐府诗题中标识“篇”，今所见始于曹植诗[①]，后傅玄、张华的作品中也有部分以“篇”系题。而最早提出“篇”与“行”的关系，首见《文选》李善注，其据《歌录》[②]云曹植《美女篇》、《白马篇》和《名都篇》“并《齐瑟行》也。”《乐府诗集》卷六三亦有同样的说明：

> 《名都》、《美女》、《白马》，并《齐瑟行》也。曹植《名都篇》曰“名都多妖女”，《美女篇》曰“美女妖且闲”，《白马篇》曰“白马饰金羁”，皆以首句名篇，犹《艳歌罗敷行》有《日出东南隅篇》，《豫章行》有《鸳鸯篇》是也。

上述材料，清楚说明以“篇”系题的诗是可与“行”曲相配合的，而“篇”诗的题名，通常取诗之首句中的前二字。所要进一步追究的是：1.“篇”诗是否仅仅与“行”相配合而与其他曲调无涉？2.“篇”诗与

---

① 曹操乐府诗之称“篇”者（如《碣石篇》等），乃后人所称，并非当时所题，魏晋六朝时无称操诗为“篇”者。

② 《歌录》已佚，该书约是西晋至刘宋时期的一部记录乐府音乐的典籍，可能为清商三调盛行时期乐工演唱所用的歌本。参见喻意志《〈歌录〉考》，载《天津音乐学院学报》2004年第2期。

“行”配合的具体情形为何？3. 为什么要以“篇”缀以诗题？

第一点，根据现有材料，所有“篇”诗都是与“行”相配合，尚未发现有与其他曲调配合的记载。也就是说，“篇”诗如果演唱的话，乃与弦奏相和而“丝竹以行之”。曹植的《名都》等篇乃属《齐瑟行》，文献有明确记载；其《盘石篇》也属《齐瑟行》，《文选》卷一二《海赋》李善注：“曹植《齐瑟行》曰：‘蚌蛤被滨崖，光采如锦红。’”此二句为曹植《盘石篇》中诗句，可证《盘石篇》也属《齐瑟行》。曹植的“浮萍寄清水”一诗，《乐府诗集》卷三五录为“蒲生行浮萍篇”，可见其诗属《蒲生行》。傅玄的“篇”诗，也是前“行”后“篇”相连并题，如《豫章行・苦相篇》、《艳歌行・有女篇》、《怨歌行・朝时篇》、《董逃行・历九秋篇》等。此外如《歌录》载“《艳歌罗敷行》有《日出东南隅篇》”、“《豫章行》有《鸳鸯篇》”等等，都说明“篇”诗是配合“行”曲的。

第二点，前文已说明：以“行”为音乐的歌诗乃以“行”的曲调为“引曲”和间奏，“篇”诗既与“行”相配合，情形应当是一样的。但问题在于：翻检《乐府诗集》，凡是以“篇”称名的乐府诗，都没有“魏乐”、“魏晋乐”或“晋乐”演奏的记录，而《荀氏录》、《元嘉正声伎录》、《大明三年宴乐技录》、《宋书・乐志》、《古今乐录》等所载有案可稽曾演唱过的歌辞，题名都不带“篇”字。也就是说，从理论上讲“篇”诗的音乐属类为“行”，是可以入乐演唱的，但实际上绝大部分“篇”诗并不演唱，实际演唱的“行”诗题名几乎都未加“篇”字。这就引出了下一个问题——

第三点，为什么某些乐府诗题中要缀以“篇”字？

“篇”，本是一个语文范畴中的概念。刘勰《文心雕龙・章句》云：“积章而成篇。”唐成玄英《南华真经疏序》云：“篇以编简为义，古者杀青为简，以韦为编，编简成篇，犹今连纸成卷也。”①可见“篇”字意义与音乐无涉。因此，以语文意义的“篇”系以乐府诗题，只有一个解

---

① 《全唐文》卷九二三，北京：中华书局，1983 年，影印嘉庆刻本，第 9615 页。

释:乐府诗创作中“文学意识”的强化,以“ΔΔ 篇”冠名乃是乐府诗歌之文学与音乐剥离的微妙标志。所以,以“篇”缀于诗题,皆出文人之手,以“篇”系题最深层的意味,在于其是文人以“文学意识”为主导而体认乐府“诗”的表现。

因此,乐府诗题标示“篇”,表面看只是一个极细微的迹象,但却反映了古代诗歌演进史上的一个重要环节,因为其透露了一个重要的历史消息:魏晋时期,文人的“拟乐府”开始以“文学意识”为主导。《乐府诗集》所引的《乐府解题》中每见这样一种表述:“曹植拟《薤露行》为《天地》”(卷二七)、“曹植拟《长歌行》为《鰕䱇》”(卷三十)、“曹植拟《苦寒行》为《吁嗟》”(卷三三)、“曹植拟《豫章》为《穷达》”(卷三四)。这里的拟某某“行”为某某“篇”,意味着诗、乐一体化的传统格局开始被打破,形成文人作辞而乐人表演的二元化新格局,文人作辞的主导意向,在文学之“篇”而不在音乐之“行”。在这样的诗、乐关系中,文人作辞可以付歌,但并不着意付歌,可唱亦可不唱,如此一来,便产生了某种诗与乐的分离,诗——文学的诗,获得了某种独立的品质,诗的文学意义获得了某种提升,“篇”之称名出现的深长意味即在此。由此思路出发,我们还可以发现与之相联系的若干细节——

其一,诗题方式的变化,曲调名(行)在前、歌辞名在后的书写顺序(“ΔΔ 行・ΔΔ 篇”)渐少,歌辞名在先而曲调名在后成为一种普遍的书写方式,《宋书・乐志》所录三调歌辞皆如此,如“《仰瞻》・《短歌行》・文帝词”,意味着在文人观念中,“诗”的意义已上升为第一位。

其二,出现了若干只有“篇”名而没有“行”名的诗题,如曹植、傅玄的《仙人篇》、《驱车篇》、《种葛篇》、《明月篇》、《秋兰篇》等等。所以出现这一现象,有两种可能:一是其所配的“行”亡佚或失载;二是这些“篇”诗可以与不同的“行”相配合,故无须记录“行”名。而不管哪种情况,都说明“诗”已不仅仅是音乐的附属而具有了某种独立的意义。

其三,更值得深味的是:“篇”诗题名从取首句前二字缀“篇”为题,转化为有意识地以吟咏主题为诗题,如张华的《游侠篇》、《游猎篇》、

《壮士篇》等，标志着“篇”诗脱离音乐而成了某种纯粹的“诗”[①]。

综上所述，我们可以这样概括“行”与“篇”的关系：“篇”，乃是“行”的歌辞某种徒诗化的标志，“篇”诗可入乐但不以入乐为生存条件，以文学意义为首务。由此，我们便可以解释为什么今存文献中没有“篇”诗入乐歌唱的记载；可以解释为什么魏晋乐府诗题中无“篇”之题与有“篇”之题共存的现象；可以认为凡无“篇”之标识的文人“行”诗，都是曾经入乐或为了入乐作的歌诗，而“篇”诗则是古代文人最早具有自觉意识的徒诗。“篇”诗产生的深长意味，在于标志着魏晋文人以“文学意识”为主导的诗歌创作，没有这一历史环节，就没有今日我们所见的文人诗史[②]。

三、“行”诗和“篇”诗的诗体特征

如上文所述，“篇”诗只是“行”诗的某种徒诗化，因此，二者在诗体特征上本是一致的。而“诗体特征”，可以在若干层面上予以解析，本文只是拈出与音乐相关的几点简述之。亦正因为此，我们的解说乃以“行”诗为主体，“篇”诗则仅将与其徒诗化相关的要点略加说明。

早期“行”诗的诗体特征，与“行”的音乐特征紧密相联，大体说来主要有以下三点：

1. 篇幅长而分解，每解多为四句。

“行”曲在音乐上的一大特征是“繁音”。谢灵运《会吟行》：“六引缓清唱，三调伫繁音。”“繁音”，即音乐上繁会复杂。《乐府诗集》引《古今乐录》说明平调、清调、瑟调的表演程式，皆由弦、歌弦、送歌弦

---

① 吴承学先生在《论古诗制题制序史》（载《文学遗产》1996 年第 5 期）一文中认为，诗题形式的成熟大约是在西晋时期，这时诗人完全有意识地利用诗题来阐释其创作宗旨、创作缘起、歌咏对象等。“篇”诗题目的微妙变化，正透露出“诗”文学制题艺术的成熟。

② 至于对此历史现象之所以发生的进一步追究，如“行”诗为什么会徒诗化、“篇”诗之作在魏晋时期为什么仅见于上层文人等等，乃是另一个富有趣味的话题。

等几部分组成(见卷三十、卷三三、卷三六)。其中,“歌弦”指配有弦奏的歌曲演唱,平调曲、瑟调曲皆有六部,清调曲有四部,这是三调歌的主体部分,最易动人,魏文帝《善哉行》谓“弦歌感人肠,四座皆欢悦”,魏明帝《步出夏门行》谓“善哉殊复善,弦歌乐我情”。每一部歌弦结束,接之以“送歌弦”,或亦配以歌辞。这样繁会复杂的音乐表演,要求用较长的歌辞才能与之相配,这就决定了“行”诗必然具有较长的篇幅。

歌弦部分是分部演奏的,相应的歌辞部分则分“解”。《乐府诗集》中“相和歌辞”所收清平瑟三调、楚调和大曲中的“行”诗,二解、三解者各 1 首,四解 10 首,五解 8 首,六解 9 首,七解 2 首,八解 2 首。可见早期“行”诗以四、五、六解居多。而每一解的歌辞,大多为四句或半数以上为四句,说明“行”诗以四句一解为主要体制。这一特征在后来文人的拟辞中进一步稳固,成为歌行体四句一转韵的渊源。张表臣《珊瑚钩诗话》卷三谓“步骤驰骋,斐然成章谓之‘行’”,所谓“步骤”,即指“行”诗仍然有一定篇章规则,并非随意造作。

2. 多叙事,善铺叙。

早期“行”诗多用于实际演出,往往要求具有某种故事性以吸引观众。班固《汉书・艺文志》谓汉乐府“缘事而发”,徐桢卿《谈艺录》谓“乐府往往叙事,故与诗殊”,刘大勤《师友诗传续录》转述王士禛谓“古乐府立题,必因一事”,都体察到“行”诗的叙事性特征。胡震亨在《唐音癸签》卷一中说得更清楚:“衍其事而歌之曰‘行’。”如人们熟悉的《妇病行》、《孤儿行》、《东门行》、《艳歌行》、《陇西行》、《长安有狭邪行》等,皆择取生动的故事片断,具有浓厚的叙事性。

“行”诗的叙事性导致其必然多用铺叙,而“行”曲的长篇音乐体制,或繁音促节,或逶迤徐缓,适与铺叙相和应,沈德潜《说诗晬语》卷上云:“乐府之妙,全在繁音促节,其来于于,其去徐徐,往往于回翔曲折处感人,是即依永和声之遗意也。”“行”的诗体特征与音乐特征本是相依一体、相辅相成的。试看汉魏乐府诗《艳歌行》、《董逃行》、《豫章行》、《相逢行》、《塘上行》、《秋胡行》等等,无不叙事灵动,铺叙跌宕。

3. 重美刺，寓劝诫。

早期“行”诗出于民间，但能成为“乐府”，却是经过选择的。乐府本为宫廷机构，主要演出俗乐，“行”诗在乐府中演出，承传统乐文化中“采诗观风”和“乐教”之观念，决定了“行”诗不仅供帝王公卿娱乐，更重要的乃在反映民风，“上达视听”，即所谓“上以风化下，下以风刺上”。因此，重美刺、寓劝诫便成为“行”诗的文学内容和内在精神的一大特征。由此，我们便能理解为什么像《孤儿行》、《妇病行》、《东门行》等反映民生疾苦的“刺世”歌诗能成为“乐府”流传至今，而汉魏以来，“刺世”一直是歌行体诗的主流传统之一。至于“美”、“刺”双兼的《罗敷行》、劝诫少年珍惜时光的《长歌行》等等，所以能为乐府采集而进入宫廷，从而有幸流传至今，都与中国古代独特的“乐文化”、与“乐府”的文化职能相联系，如果没有乐府的音乐表演为中介，这些歌诗能否保存至今，颇得打个问号。

以上“行”诗的主要特征，作为“行”诗之徒诗化的“篇”诗，必然既有体现，亦有变异。限于篇幅，其体现兹不复述，仅略述其变异——

其一，多用典故。如张华《轻薄篇》全诗六十句，使用了二十多处典故，有些典故相当隐晦。歌唱之文辞本须平白畅达，听之即晓。用典艰深，恰恰是歌辞大忌。但对文人诗而言，则其为才学。“篇”诗的文人化、徒诗化，于此最为明显。

其二，多用对仗。如曹植《名都篇》中“脍鲤臇胎鰕，炮鳖炙熊蹯”，对仗极为工整。曹植的《鰕䱇篇》前四句为隔句对，清代宋长白《柳亭诗话》卷十谓“隔句对始于曹子建《鰕䱇篇》”，看来是诗歌中隔句对最早的创举。这显然也是与歌辞传唱的通俗易懂背道而驰，但对徒诗而言，则颇增文体形式上的机趣，善用之未尝不是好事。在诗体形式发展史上，是应当记上一笔的。

其三，将民间的比兴深化为一种内在的暗喻。此点亦可以曹植为代表。如《白马篇》，朱乾《乐府正义》云其“寓意于幽、并游侠，实自况也”。《美女篇》，清人王尧衢《古唐诗合解・古诗》卷三有云：“子建求自试而不见用，如美女之不见售，故以为比。”其《浮萍篇》、《种葛篇》也是以弃妇自喻。《飞龙篇》、《仙人篇》、《远游篇》等，吴兢《乐府古题要解》卷下曰：“皆伤人世不永，俗情险巇，当求神仙翱翔六合之外。”当然，这种“香草美人”之喻，闻之于文人之耳方能知其意，置之案头反复咀嚼方能会其深意，在一时的歌唱中是难以得之三昧的。徒诗与歌诗，由于传播方式的不同，其文学要求、文学的魅力和接受方式会大不一样。但尽管如此，文学内涵的深化对提升文学品味总是必要的。尤为重要的是：文人“篇”诗将叙事主体和抒情主体逐步转向作者自身，从而将古代的诗歌创作从群体风貌导向了一种崭新的个性化格局。

因此，“篇”诗在乐府诗发展史上具有重要意义，尽管从不同角度看，其“意义”是正面的还是负面的可能会有差异，但其开辟了古代诗史上的一个新时代是毋庸置疑的：“篇”诗的出现标志着文人真正进入了乐府诗的领域——正是由于曹植、傅玄等文人们创作了大量的“篇”诗，才使魏晋时期的文人乐府诗趋向繁荣。更重要的是：继屈原《离骚》等为文人徒诗作了最初的奠基后，“篇”诗的产生是古代文人诗从“歌”的时代走向“诗”的时代又一重要的里程碑，从此，文人诗乃形成徒诗与歌诗（广义）并存的格局而以徒诗为主流，从而创造了灿烂的中国古代诗歌史。

（原载《文学遗产》2007 年第 3 期）

汉唐乐府诗中歌辞性题目的诗体意义

——以“歌”体诗为中心

王立增

一

在汉唐乐府诗中，其题目后面经常会缀以“行”、“篇”、“歌”、“曲”、“引”、“谣”等字眼，日本学者松浦友久先生称之为“歌辞性诗题”①。关于这些歌辞性题目的含义及诗体特征，明代徐师曾在综合前人说法的基础上，认为：

乐府命题，名称不一：盖自琴曲之外，其放情长言，杂而无方者曰“歌”；步骤驰骋，疏而不滞者曰“行”；兼之曰“歌行”；述事本末，先后有序，以抽其臆者曰“引”；高下长短，委曲尽情，以道其微者曰“曲”；吁嗟慨歌，悲忧深思，以呻其郁者曰“吟”；因其立辞之意曰“辞”；本其命篇之意曰“篇”；发歌曰“唱”；条理曰“调”；愤而不怒曰“怨”；感而发言曰“叹”。又有以“诗”名者，以“弄”名者，以“章”名者，以“度”名者，以“乐”名者，以“思”名者，以“愁”名者。此编虽不悉载，然观所录，亦可触类而长之矣。②

---

① [日]松浦友久撰，孙昌武、郑天纲译《中国诗歌原理》第八篇“诗与音乐”，沈阳：辽宁教育出版社，1990年。

② 徐师曾《文体明辨序说》，北京：人民文学出版社，1998年，第104页。

对此，有些人持反对意见，如许学夷在《诗源辩体》卷三中说："汉人乐府五言，有歌、行、篇、引等，目名虽不同，而体则无甚分别。后人必欲于乐府诸名辩之，恐不免穿凿耳。"[①]近人王易在《乐府通论·辨体第三》中更是针对徐师曾的说法表示："诸所释虽似明切，实亦强立界说耳；按诸古辞，未必一一符其义也。夫昔人命篇，每出偶然，声情所趋，无取琐屑，曰歌曰唱曰行曰引，曰曲曰调，曰吟曰叹，曰辞曰篇，初未尝深致意于彼此之间，必求说以凿之，无乃拘墟。"[②]的确，徐师曾对部分歌辞性题目的解说有牵强附会、模糊不清的地方（如"引"），而且，也确实有一些乐府诗可以带不同的歌辞性题目，如《壮士行》与《壮士吟》，《襄阳曲》与《襄阳乐》，《采菱曲》与《采菱行》，《长歌引》与《长歌行》，《白纻歌》、《白纻曲》、《白纻篇》与《白纻辞》等，从篇章体制上看似乎并没有多大的区别，即如胡应麟所言："汉、魏歌行吟引，率可互换。唐人稍别体裁，然亦不甚远也。"[③]但因此而否认这些歌辞性题目的诗体意义，却是不符合事实的。为此，我们有必要追溯一下历史上人们最初对该问题的看法。

汉魏南北朝时期，人们使用歌辞性题目似乎是约定俗成，并没有留下多少文字性的说明材料。宋人常征引《宋书·乐志》中有"诗之流乃有八名：曰行，曰引，曰歌，曰谣，曰吟，曰咏，曰怨，曰叹，皆诗人六义之余也"[④]，但此条材料不见于今本《宋书》。今见最先对歌辞性题目进行解说的是唐代元稹的《乐府古题序》。文中说：

《诗》讫于周，《离骚》讫于楚。是后，诗之流为二十四名：赋、颂、

---

① 许学夷《诗源辩体》卷三，北京：人民文学出版社，1987年，第67—68页。

② 王易《乐府通论》，上海：中国文化服务社，1948年，第43页。

③ 胡应麟《诗薮·内编》卷三，上海：上海古籍出版社，1958年，第48页。

④ 如后文所引吴曾的《能改斋漫录》、曾敏行的《独醒杂志》、郭茂倩的《乐府诗集》等。

铭、赞、文、诔、箴、诗、行、咏、吟、题、怨、叹、章、篇、操、引、谣、讴、歌、曲、词、调，皆诗人六义之余，而作者之旨。由操而下八名，皆起于郊庙、军宾、吉凶、苦乐之际。在音声者，因声以度词，审调以节唱，句度短长之数，声韵平上之差，莫不由之准度。而又别其在琴瑟者为操、引，采民甿者为讴、谣，备曲度者，总得谓之歌、曲、词、调，斯皆由乐以定词，非选调以配乐也。由诗而下九名，皆属事而作，虽题号不同，而悉谓之为诗可也。后之审乐者，往往采取其词，度为歌曲，盖选词以配乐，非由乐以定词也。而纂撰者，由诗而下十七名，尽编为《乐录》。[①]

在元稹看来，这些歌辞性题目之间的差别是由辞乐相配的先后次序所决定的："操"以后的八名是"由乐以定词"，而"诗"以下的九名是"选词以配乐"。对元稹的说法，宋人王灼不以为然。他在《碧鸡漫志》中说："微之分诗与乐府作两科，固不知事始。又不知后世俗变，凡十七名皆诗也。诗即可歌，可被之管弦也。元以八名者近乐府，故谓由乐以定词。九名者本诸诗，故谓选词以配乐。今乐府古题具在，当时或由乐定词，或选词配乐，初无常法。习俗之变，安能齐一。"[②]但他又说："古诗或名曰乐府，谓诗之可歌也。故乐府中有歌有谣，有吟有引，有行有曲。"[③]看来王灼虽然不同意元稹的解说，但还是承认乐府诗中存在着由歌辞性题目所构成的诗体。

事实上，宋人大都承认歌辞性题目的诗体意义。比如，吴曾《能改斋漫录》云：

《西清诗话》谓："蔡元长尝谓之曰：'汝知歌行吟谣之别乎？近人

---

① 冀勤校点《元稹集》卷二三，北京：中华书局，1982年，第254页。

② 王灼《碧鸡漫志》，唐圭璋编《词话丛编》，北京：中华书局，1986年，第79页。

③ 王灼《碧鸡漫志》，唐圭璋编《词话丛编》，第73页。

昧此，作歌而为行，制谣而为曲者多矣。且虽有名章秀句，苦不得体。如人眉目娟好，而颠倒位置，可乎？'余退读少陵诸作，默有所契，惟心语口，未尝为人道也。"予按，《宋书·乐志》曰："诗之流乃有八名：曰行，曰引，曰歌，曰谣，曰吟，曰咏，曰怨，曰叹，皆诗人六义之余也。"然则歌行吟谣，其别岂自子美邪？①

从所引《西清诗话》中蔡元长对当时"作歌而为行，制谣而为曲"以至于"虽有名章秀句，苦不得体"的不满可以看出，至少像蔡元长这样的人还能分辨出"歌"体诗、"行"体诗、"谣"体诗和"曲"体诗的不同。但吴曾推想其区别自杜甫开始却是不正确的。曾敏行《独醒杂志》卷十云："少陵古诗有歌、行、吟、叹之异名，每与能诗者求其别，讫未尝犁然当于心也。尝观宋之《乐志》，以为诗之流有八：曰行，曰引，曰歌，曰谣，曰吟，曰咏，曰怨，曰叹。少陵其必有所祖述矣。"②曾敏行的意见富有启发性，杜少陵"所祖述"的其实正是汉代乐府诗。郭茂倩在《乐府诗集》卷六十一《杂曲歌辞》序中引《宋书·乐志》说："汉、魏之世，歌咏杂兴，而诗之流乃有八名：曰行，曰引，曰歌，曰谣，曰吟，曰咏，曰怨，曰叹，皆诗人六义之余也。至其协声律，播金石，而总谓之曲。"③后来明代的胡应麟也说："曰歌，曰行，曰吟，曰操，曰辞，曰曲，曰谣，曰谚，两汉之音也。"又，"行者，歌中之一体，创自汉人明矣。"④在汉代，由于这些歌辞性题目都是曲调名，因而它们之间的不同是受音乐的制约和实际演出的需要而形成的。从这个角度看，元稹试图从辞乐相配的先后关系来探源，途径是正确的，其中的一些说法（如

---

① 吴曾《能改斋漫录》卷十，上海：上海古籍出版社，1960年，第287—288页。

② 曾敏行《独醒杂志》，影印文渊阁《四库全书》第1039册，上海：上海古籍出版社，1987年，第584页。

③ 郭茂倩《乐府诗集》卷六一，北京：中华书局，1979年，第884页。

④ 胡应麟《诗薮·内编》卷一，第1页。

认为操、引是琴曲）也没有错，但其说过于笼统，不够具体深入（因为“先辞后乐”与“先乐后辞”本来就是古代辞乐相配的两种基本方式），对“行”、“篇”的解释也未必得当。宋代的施德操也试图从入乐角度来探讨歌辞性题目的含义，他在《北窗炙輠录》中说：

> 余所谓歌、行、引本一曲尔，一曲中有此三节：凡欲始发声谓之引，引者，谓之导引也；既引矣，其声稍放焉，故谓之行，行者，其声行也；既行矣，于是声音遂纵，所谓歌也。……可见唯一曲备三节，故引自引、行自行、歌自歌，其音节有缓急，而文义有终始，故不同也，正如今大曲有入破、滚、煞之类，今诗家既分之，各自成曲，故谓之乐府，无复异制矣。①

施氏把“歌”、“引”、“行”看成是“一曲中的三节”，是参照唐宋大曲的结构而得出的结论。沈括《梦溪笔谈》云：“元稹《连昌宫词》有‘逡巡大遍凉州彻’。所谓大遍者，有序、引、歌、䌷、嗺、哨、催、攧、衮、破、行、中腔、踏歌之类，凡数十解。”②但歌辞性题目起于汉代，与唐宋大曲绝然不同。如果真如他所言，一曲中有“引”、“行”、“歌”三段的话，那么就应该存在某某引、某某行和某某歌在音乐上为同一曲、在所咏对象上为同一主题的乐府诗，但现存材料里没有这样的例证。况且，“引”属琴曲，“行”属相和曲，“歌”则多是杂歌和吴歌，难以同属一曲。因此，唐宋时期虽然有些人已经认识到了这些歌辞性题目之间的差别源于汉代，乃因音乐的影响而致，但还没有揭示出它们的真正本质。

宋代还有许多人力图从文体角度释之，如李之仪《姑溪居士全集》卷一六《谢人寄诗并问诗中格目小纸》中说：

---

① 施德操《北窗炙輠录》卷上，影印文渊阁《四库全书》第 1039 册，第 375 页。

② 沈括《梦溪笔谈》卷五，影印文渊阁《四库全书》第 862 册，第 733 页。

凡所谓古与近体，格与半格，及曰叹、曰行、曰歌、曰曲、曰谣之类，皆出于作者一时之所寓，比方“四诗”而强名之耳。方其意有所可，浩然发于句之长短，声之高下，则为“歌”。欲有所达，而意未能见，必遵而引之，以致其所欲达，则为“行”。事有所感，形于嗟叹之不足，则为“叹”。千岐万辙，非诘屈折旋，则不可尽，则为“曲”。未知其实而遽欲骤见，始仿佛传闻之得而会于必至，则为“谣”。“篇”者，举其全也。①

释惠洪《天厨禁脔》卷中说：

夫谓之“行”者，达其词而已，如古文而有韵者耳。自唐陈子昂一变江左之体，而歌行暴于世，作者辈能守其法，不失为文之旨，唯杜子美、李长吉。今专指二人之词以为证。夫谓之“歌”者，哀而不怨之词，有丰功盛德则歌之，诡异希奇之事则歌之。其词与古诗无以异，但无铺叙之语，奔骤之气。其遣语也，舒徐而不迫，峻特而愈工。吟讽之而味有余，追绎之而情不尽。叙端发词，许为雄夸跌荡之语，及其终也，许置讽刺伤悼之意。此大凡如此尔。

“行”者词之遣无所留碍，如云行水流，曲折溶曳，而不为声律语句所拘。但于古诗句法中得增辞语耳。如李贺《将进酒》、《致酒行》、《南山田中行》，杜甫《丽人行》、《贫交行》、《兵车行》。

“歌”者亦古诗之流，但有卓绝之事，可以歌咏者，至节要处，任其词为抑扬之语。如李贺《鬌篥歌》、《采玉歌》、《莫舞歌》，杜甫《醉时歌》、《乐游园歌》、《山水障歌》。②

张表臣《珊瑚钩诗话》卷三说：

---

① 李之仪《姑溪居士全集》，影印文渊阁《四库全书》第1120册，第463页。

② 释惠洪《天厨禁脔》，张伯伟编校《稀见本宋人诗话四种》，南京：江苏古籍出版社，2002年，第141—144页。

猗迁抑扬，永言谓之“歌”；非鼓非钟，徒歌谓之“谣”；步骤驰骋，斐然成章谓之“行”；品秩先后，叙而推之谓之“引”；声音杂比，高下短长谓之“曲”；吁嗟慨叹，悲忧深思谓之“吟”。[①]

姜夔《白石道人诗说》中说：

守法度曰诗，载始末曰引，体如行书曰行，放情曰歌，兼之曰歌行。悲如蛩螿曰吟，通乎俚俗曰谣，委曲尽情曰曲。[②]

前面已经论述过，歌辞性题目的区别在汉代是缘于音乐的不同，可是到了南北朝及唐代，因先前的曲调散佚[③]，大部分乐府诗已不再入乐演唱，这时候歌辞性题目之间的区别必然会转入文学层面[④]，具体落实为题材、体制、风格、表现手法等诸种文本上的特征，即如赵孟坚《赵竹潭诗集序》所云：“至唐而歌、行、吟、谣、怨、叹、词、曲等此而律生焉，诗之体备而诗亦变矣。”[⑤]宋人正是看到了这一点，因而撇开其音乐性而探索其文体特征。上引李之仪、释惠洪、张表臣、姜夔等人的解说，已经接触到了某些歌辞性题目的诗体特征，开启了后人从文体角度研究歌辞性题目的先河——事实上，后来元明清时期对该问题的探讨正是沿袭宋人而来，且只在个别细节上有所发展，总体上未

---

① 张表臣《珊瑚钩诗话》，何文焕辑《历代诗话》，北京：中华书局，1981 年，第 476 页。

② 姜夔《白石道人诗说》，何文焕辑《历代诗话》，第 681 页。

③ 刘宋时期王僧虔的《大明三年宴乐伎录》和陈释智匠的《古今乐录》里都记载了大量的曲调“不传”或“不歌”。此二书已佚，郭茂倩《乐府诗集》有所征引，可参看。

④ 王昆吾先生指出：“唐代诗题中的‘行’，所代表的只是一种文学体裁（拟乐府体、歌行体），而不是音乐的体裁。”见其《隋唐五代燕乐杂言歌辞研究》，第 334 页。

⑤ 赵孟坚《彝斋文编》卷三，影印文渊阁《四库全书》第 1181 册，第 330 页。

能有所突破。当然，宋人的有些说法太过于离谱，以致遭人讥笑，清代冯班在《钝吟杂录》中就说："谓之曰'行'，本不知何解。宋人云：体如行书。真可掩口也。"①

综上所述，可以表明：唐宋时期，人们不仅承认歌辞性题目的诗体意义，而且已经认识到了它们之间的差别起自汉代，缘于音乐的影响，并体现为某些不同的文体特征。我们知道，唐人创作了大量的乐府诗，代表着文人乐府诗趋于繁荣的阶段，而宋人对乐府诗进行了全面的整理和总结（如刘次庄编《乐府集》、郭茂倩编《乐府诗集》），因而唐宋人的认识应该比后代更接近于历史真实。正因为这样，宋代以后仍有一些人按照歌辞性题目来分类编排诗集，如明代黄溥的《诗学权舆》、李伯玙的《文翰类选大成》、臧懋循的《唐诗所》②都是如此，近人胡才甫在《诗体释例》③一书中更是明确把这些歌辞性题目视作不同的诗体，进行了举例说明。因此，在文体研究日益细致化的今天，我们完全有必要进一步弄清楚这些歌辞性题目的诗体意义。

二

对歌辞性题目的诗体意义进行卓有成效的研究是从上世纪八十年代后开始的。据笔者所见，较具代表性的成果有：日本学者松原朗曾撰《杜甫歌行诗论考——论"歌"诗与"行"诗的对立》、《歌行的形成过程——论初唐的歌行》、《盛唐时期歌行的发展——论李白的第一人称的歌行》、《杜甫的歌行——在歌行史上的位置》、《李白的歌行——论歌行与咏物的关系》等文章，主要对李白、杜甫的"歌"诗与

---

① 冯班《钝吟杂录》，王夫之等撰《清诗话》，第 42 页。

② 值得注意的是，臧懋循在《唐诗所》里把唐人拟写的旧题乐府诗称为"古乐府"，将唐人拟写的歌辞性题目诗称为"乐府系"。

③ 胡才甫《诗体释例》，北京：中华书局，1937 年，第 42 页。

“行”诗进行了研究，并论及“歌”、“行”、“篇”的变化[①]；葛晓音先生在《新乐府的缘起和界定》、《初盛唐七言歌行的发展——兼论歌行的形成及其与七古的分野》、《关于“行”之释义的补正》等系列文章中对部分歌辞性题目的题材、形式等特征进行了初步概括，并提出了一些富于启发性的见解，如“以‘篇’为题的乐府不少是从‘行’诗变的”，“‘歌行’的意义主要在‘行’，即‘×歌之行’，而不是‘歌’加‘行’”[②]；王师昆吾先生在考察了《乐府诗集》“杂歌谣辞”、“琴曲歌辞”、“舞曲歌辞”中的歌辞性题目后指出，“‘歌’、‘曲’、‘辞’等等类名，在唐代的使用是相当规范的，它们同歌辞配合音乐的性质有必然联系”，又说：“命题之中，有文学的考虑，而不仅是音乐的考虑。”[③]他还对“歌”、“操”、“弄”、“谣”等歌辞性题目的音乐特点进行了考察；钱志熙先生在《论建安诗歌与音乐艺术的关系》一文中对“篇”的标题意义提出新说，认为“以‘篇’系题可能正说明这种拟乐府诗是以文章辞藻为主，不同于真正的乐歌”[④]；薛天纬先生在《唐代歌行论》[⑤]一书中也曾论及了一些歌辞性题目的特点。此外，崔炼农的《相和唱奏方式与辞乐关

---

① ［日］松原朗《杜甫歌行诗论考》，载《中国文学研究》第八期，早稻田大学中国文学研究会，1983 年；《歌行的形成过程》，载《中国文学研究》第九期，早稻田大学中国文学研究会，1983 年；《盛唐时期歌行的发展》，载《中国诗文论丛》第三集，中国诗文研究会，1984 年；《杜甫的歌行》，载《中国诗文论丛》第四集，中国诗文研究会，1985 年；《李白的歌行》，载《中日李白研究论文集》，中国展望出版社，1986 年。

② 葛晓音《新乐府的缘起和界定》，载《中国社会科学》1995 年第 3 期；《初盛唐七言歌行的发展——兼论歌行的形成及其与七古的分野》，载《文学遗产》1997 年第 5 期；《关于“行”之释义的补正》，载《文学遗产》1999 年第4 期。

③ 王昆吾《隋唐五代燕乐杂言歌辞研究》，第 333 页、第 335 页。

④ 钱志熙《论建安诗歌与音乐艺术的关系》，载《原学》第四辑，北京：中国广播电视出版社，1996 年，第 116 页。

⑤ 薛天纬《唐代歌行论》，北京：人民文学出版社，2006 年。

系——乐府唱奏方式研究》[①]、李会玲的《“歌行”本义考》[②]、笔者的《乐府诗题“行”、“篇”的音乐含义与诗体特征》[③]、傅江的《“篇”诗论》[④]等论文也都从不同的角度对部分歌辞性题目进行了探讨。这些成果的出现,充分说明该问题富有学术价值,值得进一步深入思考和研究。本文限于篇幅,在这里仅选取“歌”体诗为中心,试图描述出它最初形成时的音乐表演背景及发展流变过程。

在笔者看来,这些诗体建构的机制是:受音乐的制约或表演的需要形成了它们最初的文体特征,后来经过文人的大量模仿得以强化和稳定。如果在发展过程中受外部因素的影响较小,那么,它的文体特质就始终是单一的,比如“谣”体诗,文人之作依然继承了民间“谣”诗的特点,无非是在使用的语词方面较为文雅。倘若受到了外界较大的影响,或是自身发生了某种蜕变,那么它后来形成的文体特征就与当初的情形有了较大的不同,甚至还会演变成另一种文体,“行”诗发展为“歌行”的过程就是如此[⑤]。事实上,我国古代大多数文体的确立过程都可作如是观,当然这已是另外一个值得关注的学术命题了。

(一)“歌”体诗的音乐特点与实际表演

“歌”出现最早,胡震亨在《唐音癸签》卷一中便说“歌最古”[⑥]。最初的意义是指拉长声调的一种说话方式,《礼记·乐记》云:“歌之

---

① 崔炼农《相和唱奏方式与辞乐关系——乐府唱奏方式研究》,载《西南民族大学学报》2004年第1、2期。

② 李会玲《“歌行”本义考》,载《武汉大学学报》(人文科学版)2006年第6期。

③ 王立增《乐府诗题“行”、“篇”的音乐含义与诗体特征》,载《文学遗产》2007年第3期。

④ 傅江《“篇”诗论》,新疆师范大学硕士学士位论文,2006年。

⑤ 葛晓音先生在《初盛唐七言歌行的发展——兼论歌行的形成及其与七古的分野》(载《文学遗产》1997年第5期)一文中有细致的论述,可参看。

⑥ 胡震亨《唐音癸签》卷一,上海:上海古籍出版社,1981年,第2页。

为言也，长言之也。”①因而早期的“歌”专指人发出来的声音，故《释名》谓“人声曰歌”②，与表示器乐之声的“曲”相区别。“徒歌”就是从这一含义上发展而来的。乐府诗中以“歌”命名的类别，基本上都是取“徒歌”之意，如相和歌本是“街陌讴谣”，吴歌“始亦徒歌”，但歌也是“无弦节”。后来“歌”的概念扩大，出现了“弦歌”、“笙歌”等，用来表示配入器乐的乐歌，于是汉儒又有了新的解释：“歌者，比于琴瑟也”③、“曲和乐曰歌”④。再到后来，“歌”成为区别于徒诗的泛称概念，⑤如《唐音癸签》卷一谓：“歌，曲之总名。”⑥

一般来说，事物初起时的特征往往是事物最为本质的特征。“歌”之意义虽然到后来有所变化，但其最为本质的特点仍然是“徒歌”。因此，早期的“歌”诗多是人们随口吟诵而成，如：

夏人饮酒，醉者持不醉者，不醉者持醉者，相和而歌曰：“盍归于亳，亳亦大矣。”故伊尹退而闲居，深听乐声，更曰：“觉兮较兮，吾大命格兮。去不善而就善，何乐兮。”(《尚书大传》)⑦

孔子蚤作，复手曳杖，消摇于门，歌曰：“泰山其颓乎，梁木其坏乎，哲人其萎乎。”(《礼记·檀弓上》)⑧

《别鹤操》，商陵牧子所作也。娶妻五年而无子，父兄将为之改

---

① 《礼记》，《十三经注疏》本，北京：中华书局，1980年，第1545页。

② 《释名》卷七，影印文渊阁《四库全书》第221册，第415页。

③ 《诗经·行苇》毛传，《十三经注疏》本，第534页。

④ 《诗经·园有桃》毛传，《十三经注疏》本，第357页。

⑤ 汉唐乐府诗中，部分郊庙歌辞带有“歌”，如《安世房中歌》、《降神歌》、《飨神歌》、《登歌》、《夕牲歌》、《迎送神歌》、《食举歌》等，正是立足于这一含义而命名的。因其具有很强的仪式性，传播范围极小，故不在本文的论述范围之内。

⑥ 胡震亨《唐音癸签》卷一，第2页。

⑦ 伏胜撰，孙之騄辑《尚书大传》，影印文渊阁《四库全书》第68册，第397页。

⑧ 《礼记》，《十三经注疏》，第1283页。

娶，妻闻之，中夜起，倚户而悲啸。牧子闻之，怆然而悲，乃歌曰："将乖比翼隔天端，山川悠远路漫漫，揽衣不寝食忘餐。"后人因为乐章焉。（崔豹《古今注》）[1]

"歌"既然是随口吟诵，那么它便没有固定的曲调或声腔，在表演时可能仅是依字声成腔，通过对语言声调的夸张处理，使其旋律化，以区别于日常说话，因而冯班在《钝吟杂录》中说："声成文谓之歌。"[2]尽管如此，它还是和那种天籁式的"谣"有明显的区别，因为它毕竟表现出了较强的音乐性。主要是：(1) 有节奏，如《击壤歌》是"击壤"时所歌[3]，《商歌》是"击牛角"而歌[4]，庄子曾"鼓盆而歌"[5]，《渔父歌》是"鼓枻"而歌[6]，《戚夫人歌》是"舂而歌"[7]；(2) 采用赓唱或相和的形式，如《赓歌》是帝庸与皋陶的赓唱[8]，《卿云歌》是"俊乂百工相和而歌"[9]，《广川王歌》是"使美人相和歌之"[10]；(3) 配弦或伴舞，如百里奚"援琴抚弦而悲歌"，[11]《李夫人歌》曾"令乐府诸音家弦歌之"[12]，《燕

---

① 崔豹《古今注》，影印文渊阁《四库全书》第 850 册，第 104 页。

② 冯班《钝吟杂录》，王夫之等撰《清诗话》，第 37 页。

③ 皇甫谧《帝王世纪》，《丛书集成初编》第 3701 册，北京：中华书局，1985 年，第 9 页。

④ 刘安撰，高诱注《淮南鸿烈解》卷十二，影印文渊阁《四库全书》第 848 册，第 637 页。

⑤ 郭庆藩《庄子集释》卷六下，《新编诸子集成》本，北京：中华书局，1961 年，第 614 页。

⑥ 洪兴祖《楚辞补注》卷七，北京：中华书局，1983 年，第 180 页。

⑦ 班固《汉书》卷九七上，北京：中华书局，1962 年，第 3937 页。

⑧ 《尚书》卷五，《十三经注疏》本，第 144 页。

⑨ 伏胜撰，孙之騄辑《尚书大传》，影印文渊阁《四库全书》第 68 册，第 393 页。

⑩ 班固《汉书》卷五三，第 2431 页。

⑪ 转引自逯钦立辑校《先秦汉魏晋南北朝诗》，北京：中华书局，1983 年，第 27 页。

⑫ 班固《汉书》卷九七上，第 3952 页。

王歌》是“王自歌，华容夫人起舞”[①]，吴歌“始皆徒歌，既而被之管弦”[②]；(4)有多种演唱方式。如“长歌”与“短歌”，郭茂倩说：“崔豹《古今注》曰‘长歌、短歌，言人寿命长短，各有定分，不可妄求’。按古诗云‘长歌正激烈’，魏武帝《燕歌行》云‘短歌微吟不能长’，晋傅玄《艳歌行》云‘咄来长歌续短歌’，然则歌声有长短，非言寿命也。”[③]张衡《西京赋》：“女娥坐而长歌。”[④]刘桢《鲁都赋》：“和颜扬眸，眄风长歌。”[⑤]又有“缓歌”、“放歌”、“浩歌”等。“缓歌”，源于缓声，郭茂倩说：“按缓声本谓歌声之缓。”[⑥]“放歌”，即放声歌唱。“浩歌”是大声歌唱，《楚辞·九歌·少司命》中云：“望美人兮未来，临风怳兮浩歌。”[⑦]

由于“歌”多是随口吟诵，因而适宜即兴表演，便于在应酬场合(尤其是在酒宴上)使用。如《夏人歌》是桀与大臣饮酒时所歌，《冻水歌》、《穗歌》、《齐庄公歌》都是晏子参加饮宴时所歌，《大风歌》是刘邦“酒酣，击筑自歌”，《耕田歌》是刘章酒酣时进饮而歌，《李陵歌》是李陵置酒送别苏武时所歌，《燕王歌》是刘旦“会宾客群臣妃妾坐饮”时所歌，《广陵王歌》是刘胥夜饮时所歌。又，《史记》谓东方朔“酒酣，据地歌曰”[⑧]。《汉书》谓商丘成“醉歌堂下”[⑨]。也就是说，“歌”诗从产生之初就表现出很强的即兴应酬功能。

“歌”的上述特点被后世继承和发扬。在魏晋南北朝及唐代，“歌”依然是人们随口吟诵、即兴演唱的产物。相关的事例不胜枚举，

---

① 班固《汉书》卷六三，第2757页。

② 房玄龄《晋书》卷二三，第717页。

③ 郭茂倩《乐府诗集》卷三十，第442页。

④ 费振刚等辑校《全汉赋》，北京：北京大学出版社，1993年，第419页。

⑤ 费振刚等辑校《全汉赋》，第711页。

⑥ 郭茂倩《乐府诗集》卷六五，第945页。

⑦ 洪兴《楚辞补注》卷二，第73页。

⑧ 司马迁《史记》卷一二六，北京：中华书局，1959年，第3205页。

⑨ 班固《汉书》卷十七，第663页。

如司马懿经过温地时,“见父老故旧燕饮累日,帝叹息,怅然有感,为歌”[①];孙皓的《尔汝歌》是他与晋武帝饮酒时所唱;《谈薮》云“北齐高祖常宴群臣,酒酣,各令歌,武卫斛律丰乐歌曰(辞略)”[②];李白《将进酒》“与君歌一曲,请君为我倾耳听”[③];杜甫《屏迹三首》其一“独酌甘泉歌,歌长击樽破”[④];苏源明《小洞庭洄源亭宴四郡太守诗》序“既醉,源明以手版扣弦而歌”[⑤];韩愈《八月十五夜赠张功曹》“君歌且休听我歌,我歌今与君殊科”[⑥];刘禹锡《酬乐天扬州初逢席上见赠》“今日听君歌一曲,暂凭杯酒长精神”[⑦];白居易《短歌行》:“为君举酒歌短歌。歌声苦,词亦苦,四座少年君听取”[⑧]……等等。王师昆吾先生曾指出,“唐人诗中所谓‘歌’,往往指实。歌时有舞,有叹,即兴作辞,击节唱和,有调。”[⑨]这些特点与其早期型态正是一脉相承的。

（二）先秦两汉“歌”体诗的特征

“歌”的概念虽然出现最早,又是使用最为广泛的歌辞性题目,但在乐府诗中以“歌”字作题目缀尾却经历了一个较长的过程。梁元帝《纂要》云:“齐歌曰讴,吴歌曰歈,楚歌曰艳,淫歌曰哇。又有清歌、高歌、安歌、缓歌、长歌、浩歌、雅歌、酣歌、怨歌、劳歌。振旅而歌曰凯

---

① 房玄龄《晋书》卷一,第 10 页。

② 转引自逯钦立辑校《先秦汉魏晋南北朝诗》,第 2257 页。

③ 瞿蜕园、朱金城校注《李白集校注》,上海:上海古籍出版社,1980 年,第 225 页。

④ 仇兆鳌注《杜诗详注》卷十,北京:中华书局,1979 年,第 882 页。

⑤ 彭定求等编,中华书局编辑部点校《全唐诗》(增订本)卷二五五,北京:中华书局,1999 年,第 2856 页。

⑥ 钱仲联集释《韩昌黎诗系年集释》卷三,上海:上海古籍出版社,1984 年,第 257 页。

⑦ 卞孝萱校订《刘禹锡集》卷三一,北京:中华书局,1990 年,第421 页。

⑧ 顾学颉校点《白居易集》卷十二,北京:中华书局,1979 年,第226 页。

⑨ 王昆吾《隋唐五代燕乐杂言歌辞研究》,第 332 页。

歌，堂上奏乐而歌曰登歌，亦曰升歌。”[①]说明“歌”在最初的时候因不同的地域、演唱方式及表演场合而有不同的称呼。后来的一些文献资料如史传子书、笔记杂传在描述和记录这些歌辞时，多用“作歌”、“而歌”、“歌之”、“歌曰”、“歌云”等方式。再到后来，人们在整理和编集这些歌辞时径直以“×歌”、“× ×歌”称之[②]。现存的一些较早的诗集如《文选》、《玉台新咏》、《乐府诗集》等都是这样处理的。这些题名有的是以歌者之名为中心词，如《夏人歌》、《优孟歌》、《郸民歌》、《野人歌》、《孺子歌》、《戚夫人歌》、《越人歌》、《渔父歌》、《李陵歌》等；有以被咏人名为中心词，如《李夫人歌》、《皇甫嵩歌》、《范史云歌》、《王世容歌》等；也有以地名为中心词的，如《甘泉歌》、《楚歌》、《徐州歌》、《豫州歌》、《并州歌》、《京兆歌》、《扶风歌》等；还有以所咏眼前之事物为中心词的，如《麦秀歌》、《黄鹄歌》、《采芑歌》、《弹铗歌》、《乌鹊歌》、《大风歌》等。因此，那些早期标“歌”的作品，实际上是在歌辞被记录编辑的过程中所加上的。

值得注意的是汉乐府中《长歌》、《短歌》、《缓歌》、《劳歌》、《艳歌》、《雅歌》、《放歌》、《浩歌》、《怨歌》、《燕歌》、《悲歌》、《棹歌》、《满歌》等题目的命题。前文已说过，《长歌》、《短歌》、《缓歌》、《放歌》、《浩歌》都是因演唱方式的不同而命名的。《燕歌》乃燕地之歌。《艳歌》、《雅歌》因音乐风格而名之。《悲歌》、《怨歌》因抒情基调而命名。《劳歌》、《棹歌》是劳动中的产生的歌。《鞠歌》，陆机在《鞠歌行》序中说：“按《汉宫合》有含章鞠室、灵芝鞠室，后汉马防第宅卜临道，连合、通池、鞠城，弥于街路。《鞠歌》将谓此也。”[③]《满歌》不知因何而起。这一组题目最初就是以上述方式单独流传的，如上面所举的《鞠歌》。再如《棹歌》，魏明帝《棹歌行》中有“《棹歌》悲且凉”[④]。在魏晋乐府

① 徐坚《初学记》卷十五，北京：中华书局，1962 年，第 376 页。

② 薛天纬先生亦有类似的看法，可参。见其《唐代歌行论》，第 4 页。

③ 陆机著，金涛声点校《陆机集》，北京：中华书局，1982 年，第 77 页。

④ 逯钦立辑校《先秦汉魏晋南北朝诗》，第416 页。

机关演奏的相和曲及清商三调中，没有直接以“歌”命题的，这是因为“歌”代表了徒歌与歌谣的阶段，而乐府作为俗乐机关，以演奏丝竹器乐曲为特点，因此，郎廷槐《师友诗传录》述张庆笃语：“乐府自乐府，歌谣自歌谣，不相蒙也。”①后来这些“歌”进入清商三调时被加上了弦奏，所以又被缀上“行”字②，《乐府诗集》卷八十三《杂歌谣辞》序中明言：“又有《长歌》、《短歌》、《雅歌》、《缓歌》、《浩歌》、《放歌》、《怨歌》、《劳歌》等行。”③所以今天我们看到的便是《长歌行》、《短歌行》、《缓歌行》、《放歌行》、《怨歌行》、《浩歌行》、《棹歌行》、《满歌行》等，从此它们便兼有了“歌”诗和“行”诗的共同特征。

早期的“歌”诗往往有感而发，言心志以抒情。歌者常常会将眼前所看到的事物作为描写对象，进而抒发自己内心的种种复杂情感，如《卿云歌》、《麦秀歌》、《黄鹄歌》、《冻水歌》、《穗歌》、《采芑歌》、《弹铗歌》、《松柏歌》、《龙蛇歌》、《乌鹊歌》、《大风歌》、《天马歌》等都是这样。学术界对诗歌中的“兴”解释颇多，其实简单来看，“兴”就是早期的歌者在开口吟诵时所目见的事物，用它来含蓄地寄托自己的感情。这些感情或是无奈，如《采薇歌》、《曳杖歌》、《垓下歌》、《瓠子歌》；或是痛苦与悲伤，如《麦秀歌》、《悲歌》、《幽歌》、《广陵王歌》、《刘旦歌》、《乌孙公主歌》；或是惜别，如《骊驹歌》、《李陵歌》；或是赞美，如《大唐歌》、《画一歌》、《渔阳民为张堪歌》、《顺阳吏民为刘陶歌》等。前人已经察觉到了“歌”体诗的抒情特点，如前引姜夔《白石道人诗说》中云“放情曰歌”，黄溥《诗学权舆》卷一《诗之各格》中说歌是“放情长言，抑扬曲折，必极其趣”④，闻一多先生《歌与诗》中说“歌的本质是抒情

---

① 郎廷槐《师友诗传录》，王夫之等撰《清诗话》，第128页。

② 参逯钦立《相和歌曲调考》，载《文史》第14期，1982年。

③ 郭茂倩《乐府诗集》卷八三，第1165页。

④ 黄溥《诗学权舆》卷一，《四库全书存目丛书》集部第292册，济南：齐鲁书社，1997年，第11页。

的"[1]。早期"歌"诗中也偶有讽讽之歌，如《五子之歌》、《耕田歌》等，但数量少，而且大多是从个体恩怨得失的角度出发，后来就被其强大的应酬功能所取代了[2]。

在形制上，"歌"体诗最大的特点是短章杂言[3]。这一点很好解释。因为"歌"是随口吟诵而成，不可能预先去精心结撰，故篇制不会太长[4]，且属于口头传播，在语言上难以形成规整的形式。即如前文所引李之仪所言："方其意有所可，浩然发于句之长短，声之高下，则为歌。"黄溥也说，歌体诗"不拘其句律，亦不严守其声韵"[5]。徐师曾《文体明辨》中说得更明了："杂而无方者曰歌。"尽管如此，仍有三点需予以说明：

（1）由于"歌"表现出一定的音乐性，如前文所论的"有节奏"、"相和"、"配弦或伴舞"等，因而在歌辞文本上有分层的倾向。《初学记》引《韩诗章句》中谓："有章曲曰歌。"[6]如《渔父歌》"沧浪之水清兮，可以濯吾缨；沧浪之水浊兮，可以濯吾足"[7]，可分为两层。这也就使歌诗具有节奏鲜明的特点。同时，由于歌诗是即兴而唱的，多出自于口语，所以在音调上顺畅流利。

（2）多骚体。先秦出现的《越人歌》、《卿云歌》、《夏人歌》、《获麟歌》、《徐人歌》、《渔父歌》等都带有"兮"字。依闻一多先生的解释，这

---

① 闻一多《歌与诗》，《闻一多全集》，北京：三联书店，1982 年，第184 页。

② 魏晋南北朝至唐代，以"歌"体诗讽谕现实者仍较少，仅有赵整的《谏歌》、李白的《丁督护歌》、韦应物的《夏冰歌》、张籍的《野老歌》、刘禹锡的《插田歌》等不多的几首。

③ 葛晓音先生在《初盛唐七言歌行的发展》（载《文学遗产》1997 年第 5 期）一文中也指出了先秦两汉"歌"诗为"短章"、"杂言"的特点，可参。

④ 当然，也有例外，如张衡的《同声歌》为五言 24 句，篇幅较长。

⑤ 黄溥《诗学权舆》卷一，《四库全书存目丛书》集部第 292 册，第 11 页。

⑥ 徐坚《初学记》卷十五，北京：中华书局，1962 年，第 376 页。

⑦ 洪兴祖《楚辞补注》卷七，第 180 页。

是音乐的萌芽，是“歌的核心与原动力”，“合乎最原始的歌的性质”①。两汉时期，由于汉代皇室来自楚地，所以整个社会上层制歌多用楚辞体，如《大风歌》、《垓下歌》、《天马歌》、《黄浩歌》、《李陵歌》、《赵幽王歌》、《瓠子歌》、《琴歌》、《燕王歌》、《广陵王歌》、《招商歌》、《悲歌》等。又，《文心雕龙·乐府》云：“朱马以骚体制歌。”②后世言歌行出于骚，如毛先舒《诗辩坻》卷四“歌行宕往奇变，须源于楚辞而出之”③，就是从“歌”诗多骚体这一点来讲的，因为在“行”诗中很少有骚体形式。这里还有必要指出的是，当今学界一提到“楚歌”，总以为是楚辞体（即以七言为主，带“兮”字），事实上并非如此，如《汉书》卷四十载，汉高祖欲立戚夫人子，未成，“戚夫人泣涕。上曰：‘为我楚舞，吾为若楚歌。’歌曰：‘鸿鹄高飞，一举千里。羽翼以就，横绝四海。横绝四海，又可奈何。虽有矰缴，尚安所施。’歌数阕。”④这首“楚歌”为四言，分两层，中间以“横绝四海”顶真勾连。

（3）七言句所占比重较大。薛天纬先生曾对逯钦立《先秦汉魏晋南北朝诗》中卷一、卷二所收的先秦古歌进行了分析，指出这些古歌“四言句居多”，“四言之外，就数七言句多了，78 首古歌中，三分之一以上包含有七言句”，而像《河激歌》、《采葛妇歌》、《河梁歌》等则是符合“二二三”型节奏的七言诗⑤。汉代产生了更多的七言“歌”诗，如《鸡鸣歌》、《郭乔卿歌》、《苍梧人为陈临歌》、《范史云歌》、《皇甫嵩歌》等，其他如文人贵族所作的骚体之“歌”虽然其节奏多为“三＋兮＋三”型，但一句中包含了七个字。为什么会在“歌”诗中出现这么多的七言句式呢？陈伯海先生说：“七言音促，上口时会给人以发扬蹈

---

① 闻一多《歌与诗》，《闻一多全集》，第 184、182 页。

② 范文澜注《文心雕龙注》，北京：人民文学出版社，1958 年，第 101 页。

③ 毛先舒《诗辩坻》，郭绍虞编选，富寿荪校点《清诗话续编》，上海：上海古籍出版社，1983 年，第 76 页。

④ 班固《汉书》卷四十，第 2036 页。

⑤ 薛天纬《唐代歌行论》，第 4—9 页。

厉的感觉，类似于朗诵或歌唱表演的声腔。”[①]其实，当人们随意敲击节奏时，很容易出现“×××，×××，×××××××”，这恰好是一个“三三七”的句式，因此在以自然发声的歌唱中，七言必定会占主流。后来出现的歌行、弹词、鼓词等都以七言为主，原因正在于此。

（三）魏晋南北朝时期“歌”体诗的特征

魏晋南北朝时期，“歌”诗创作并不繁荣。据逯钦立先生辑校的《先秦汉魏晋南北朝诗》，其中题目标“歌”的作品还不足一百篇。大体上可分成两部分：一部分是产生于民间的“歌”，其中以吴歌最多，另一部分是文人模仿前人或民间的“歌”诗及少量的新作。不管是民间作品，还是文人之作，基本上都继承了先秦两汉“歌”诗的传统，当然也出现了一些细微的变化。尤其是在形式方面，除保持篇幅短小的传统之外，产生的新变有二：

一是四句体式流行。这一点主要体现在吴歌中[②]，吴歌以五言四句的格式最为常见，比起先前的“歌”诗变得整齐化。显然，“歌”诗的四句体是受吴声音乐曲调的影响而形成的，如果我们再联系早期的入乐“行”诗中也以四句一解者为多、唐代以绝句入唱等事实，是否能够得出这样一个结论：中古时期的曲调适宜配合四句体歌辞？从事音乐研究的学者在这方面给我们以强有力的支撑。如美国乔治·汤姆逊说：“在谣曲体中，一节（按，即四句）是一个‘乐段’，一行是一个‘乐词’。两个‘乐词’成为一个‘乐段’。每一对中的组成分子是相互补充的，类似的，而又不是相同的。这就是音乐学者指出的二段体AB。把谣曲的形式用音乐学上的术语来解释不完全是比拟。这是唯一正确的分析方法。”[③]我国学者陈国权也指出，在我国的歌曲形态中，“以四句歌词写成的四句乐段或两大句乐段最为常见”[④]。也

---

① 陈伯海《唐诗学引论》，上海：东方出版中心，2007年，第105页。

② 此外，刘琨的《扶风歌》也是四句一层，或是受“行”诗分解的影响。

③ 转引自周啸天《唐绝句史》，重庆：重庆出版社，1987年，第2—3页。

④ 陈国权《歌曲写作教程》，北京：人民音乐出版社，2007年，第74页。

就是说，四句体式是中外民歌民谣常见的形式。这就可以合理解释为什么唐代的歌行诗中多四句转韵，其缘由正是因有入乐之愿望，受到了音乐的影响而造成的。

二是七言“歌”诗越来越多。出自民间的有《邺人金凤旧歌》、《豫州耆老为祖逖歌》、《陇上为陈安歌》、《宣城民为陶汪歌》、《巴东三峡歌》、《时人为上高里歌》、《长白山歌》等。文人也写了许多七言诗，如曹丕的《燕歌行》、刘铄、鲍照、沈约、梁武帝、汤惠休、张率等人拟写的《白纻歌》，梁武帝的《东飞伯劳歌》，沈君攸的《薄暮动弦歌》，江总的《宛转歌》、魏收的《挟琴歌》、隋炀帝的《江都宫乐歌》等。七言诗一直流传于民间，原本受到文人的轻视，如傅玄就说过七言“体小而俗”[①]，挚虞亦说：“七言者，‘交交黄鸟止于桑’之属是也，于俳优倡乐亦用之。”[②]又据《世说新语・排调》载，“王子猷诣谢公。谢曰：‘云何七言诗？’子猷承问，答曰：‘昂昂若千里之驹，泛泛若水中之凫。’”[③]此条材料说明，文人连何为七言诗都不解，怎么去创作呢？曹丕的《燕歌行》采用七言，或许是因为燕地的民歌原来就是七言形式。后来梁元帝、庾信等人所写《燕歌行》不过是模仿曹丕辞而成。《白纻歌》的七言化，是因入乐的需要[④]，后来由于广为流传[⑤]，文人模拟仿制者甚众，故产生了许多七言《白纻歌》。梁武帝的《东飞伯劳歌》也表现出明显的模仿民间的痕迹。总之，歌诗在文人手中的进一步七

---

① 傅玄《拟四愁诗》序，逯钦立辑校《先秦汉魏晋南北朝诗》，第573页。

② 挚虞《文章流别志论》，严可均校辑《全上古三代秦汉三国六朝文》，北京：中华书局，1985年，第1905页。

③ 刘义庆著，徐震堮校《世说新语校笺》卷下，北京：中华书局，1984年，第435页。

④ 《白纻歌》可能起于吴地民间，六朝时期在宫廷中进行表演，晋宋辞皆为七言，梁武帝令沈约改其辞为《四时白纻歌》，自己亦有作，皆为七言。因此，《白纻歌》为七言乃是因入乐配曲所需。

⑤ 《白纻歌》在当时不仅流传于宫廷，而且士大夫亦十分喜爱，《太平寰宇记》卷一百五载：“桓温领妓游山，奏乐好为《白纻歌》。”

言化大致是因模仿而致。那为什么文人要率先在“歌”诗中实现七言化呢？这是因为：一方面，早期的“歌”诗中已出现过七言句式；另一方面，因“歌”诗没有进入乐府，其身份也属民间——相和歌、吴歌都出自民间亦可证明这一点，故可塑性较大，所以文人率先在“歌”诗中走向七言化。

（四）唐代“歌”体诗特征

唐代由于社会开放，世风昌明，加之唐人大多性格豪爽豁达，善结交，重情义，因而“歌”诗十分繁荣，黄溥《诗学权舆》卷一《诗之各格》中就说歌“盛于唐宋诗人之作”①。一些颇有名气的诗人都创作了大量的“歌”体诗，其中李白所写最多，在宋敏求、曾巩所编的《李太白文集》中独立成“歌吟”一类②，杜甫在创作中还表现很强的“歌”者意识③。

松原朗先生曾对杜甫的“歌”诗和“行”诗做过仔细的比较，认为杜甫的“歌”诗与“行”诗在表现题材上有了较为明显的分工，其中“歌”诗以饮酒、题画、游览等为主，较多表现个人生活中的感慨；而“行”诗则较多政治批判性的内容④。后来葛晓音先生在松原氏的基础上进行了更加全面的考察，认为杜甫的“行”诗中还有一部分与“歌”的区分尚不甚清楚，到了大历以后，咏物、山水、书画、音乐、艺术、送别等题材基本上已转化为“歌”的职能，而且盛唐“歌”中原有的兴寄到中唐前期也越来越少，“歌”与“行”的界线愈益分明⑤。的确如此，两位先生所言极是。笔者在这里想补充的是：(1) 从前文所引吴曾《能改斋漫录》和曾敏行《独醒杂志》的材料来看，宋人已觉察到

---

① 黄溥《诗学权舆》卷一，《四库全书存目丛书》集部第 292 册，第 11 页。

② 其中收有歌诗 22 首，行诗 7 首，吟诗 5 首，歌诗占总共 42 首的半数以上。见宋敏求，曾巩编《李太白文集》，成都：巴蜀书社，1985 年。

③ 可参钱志熙《“百年歌自苦”——论杜甫诗歌创作中“歌”的意识》，载《中国文化研究》2004 年第 1 期。

④ ［日］松原朗《杜甫歌行诗论考》，《杜甫的歌行》。

⑤ 葛晓音《新乐府的缘起和界定》，载《中国社会科学》1995 年第 3 期。

杜甫在诗歌创作中区分“歌”、“行”、“谣”、“吟”等；(2) 其实这些区别在“行”诗与“歌”诗的早期生成过程中就已经表现出来了，杜甫只不过是有意恢复了传统而已；(3) “歌”诗始终没有表现出多少对社会的讽谕内容，这是由其表演的实际环境所决定的；(4) 杜甫之前的“歌”诗中就以应酬为主，如陈子昂有《喜马参军相遇醉歌》，张楚金有《逸人歌赠李山人》，张说有《送尹补阙元凯琴歌》，丁仙芝有《余杭醉歌赠吴山人》，王维有《双黄鹄歌送别》、《赠徐中书望终南山歌》、《送友人归山歌》等。

在唐代的应酬“歌”诗中，最有特色的是送别“歌”诗。唐人在送别亲友时经常要即兴作一首歌。这是因为“歌”诗有表情的传统，在他们眼中，“歌”最能表现依依不舍的惜别之情，独孤及《送开封李少府勉自江南还赴京序》中说：“缘情者莫近于诗，二三子盍咏歌以为赠。”①送别歌诗在盛、中唐普遍流行的题目形式是“× ×歌送××”。起初，这类歌诗还与旧题乐府诗有些关联，如王维在凉州任节度判官时所作的《双黄鹄歌送别》，取旧题乐府《双白鹄》中“乐哉新相知，忧来生别离”、“念与君离别，气结不能言。各各重自爱，远道归还难”之意。后来则直接命以新题，而且多以眼前事物起兴，在写法上一般是分为两层，上层咏物，下层抒别情，如李白的《白云歌送刘十六归山》、《峨嵋山月歌送蜀僧晏入中京》、《西岳云台歌送丹丘子》，岑参的《胡笳歌送颜真卿使赴河陇》、《敷水歌送窦渐入京》、《梁园歌送河南王说判官》、《白雪歌送武判官归京》，李颀的《只箅歌送李回建至刘四》，戴叔伦的《柳花歌送客往桂阳》，刘禹锡的《观棋歌送儇师西游》、刘商的《赋得射雉歌送杨协律表弟赴婚期》、《泛舒城南溪赋得沙鹤歌奉饯张侍御赴河南元博士赴扬州拜勤仆射》、《柳条歌送客》等都是采用这种套路。

在形制上，沿袭旧题的那部分“歌”诗如郭震的《子夜四时歌》，薛

---

① 独孤及《送开封李少府勉自江南还赴京序》，董诰等编《全唐文》卷三八八，北京：中华书局，1985 年，第 3945 页。

曜的《子夜冬歌》，李峤、张柬之的《东飞伯劳歌》等，基本上没有多大的改变。新题"歌"诗中，有些依然保持着骚体传统，尤其是在初唐，"乐府中以'歌'题名的基本上都是骚体短歌，几乎成为一种定式"①，此后还有王维的《送友人归山歌》、李白的《临路歌》、李翱的《拜禹歌》、陆龟蒙的《樵人歌》等。有些则篇幅增长，这一倾向本出现于南朝后期，如江总的《宛转歌》为七言38句，初唐更加明显，像张楚金的《逸人歌赠李山人》、徐坚的《送考功武员外学士使嵩山置舍利塔歌》等虽是杂言，但句数增多，盛唐以后长篇"歌"诗就越来越多了②。有些还形成了七言四句一转韵的体式，如王维的《夷门歌》、李白的《襄阳歌》、李贺的《开愁歌》等。这说明，"歌"诗开始借鉴"行"诗和"篇"诗的部分形制特征，在文体上趋于合流③。但与"行"诗相比，"歌"体诗始终具有更大的自由性，正如前引惠洪《天厨禁脔》中所云，歌在"至节要处任其词为抑扬之语"。明代胡应麟也说："阖辟纵横，变幻超忽，疾雷震霆，凄风急雨，歌也；位置森严，筋脉联络，走月流云，轻车熟路，行也。太白多近歌，杜甫多近行。"④钱志熙先生亦指出，"唐人的'歌'体，比之'行'体，体裁上更自由，更有创造性"⑤。的确如此，比如杜甫的《醉时歌》，卢世漼评曰："纯是天纵，不知其然而然。"⑥李白的《襄阳歌》，梅鼎祚评云："笔端横荡。"⑦他的《鸣皋歌送岑征君》，沈德潜评云："学骚体而长短疾徐，横纵驰骤，又复变化其

---

① 葛晓音《新乐府的缘起和界定》，第165页。

② 当然，唐代的短篇"歌"诗仍不少，可参刘念兹先生所编《唐短歌》(成都：四川人民出版社，1984年)一书。这说明，这部分"歌"诗依然保持早期所形成的特征。

③ 可参葛晓音《初盛唐七言歌行的发展》一文，载《文学遗产》1997年第5期。

④ 胡应麟《诗薮·内编》卷三，第48页。

⑤ 钱志熙《"百年歌自苦"——论杜甫诗歌创作中"歌"的意识》，第71页。

⑥ 仇兆鳌注《杜诗详注》卷三，第174页。

⑦ 瞿蜕园、朱金城校注《李白集校注》，第477页。

体，是为仙才。”[①]白居易的《长恨歌》以“歌”命名，大概也是因为其不拘时空、辞句瑰奇灵动的原因吧！总之，唐代的“歌”体诗感情跌宕，纵横开合，常常会在整齐的诗行中突然插入三言或五言的句式，有意打破结构上的板滞，使行文一张一弛，而所用语言又往往不避俚俗，既通畅又抑扬，因而读起来有气势奔放、精神振荡之感。之所以如此，归根结底还是与“歌”即兴表演、随口吟诵的特点有关。

（五）简单的小结

通过本文的论述，可以看出：生成“歌”的音乐表演背景是“随口吟诵”、“即兴演出”，由此而造就了其早期的一些诗体特征，如重应酬，善抒情，题材多应酒、抒怀、送别，常以眼前事物为描写对象，形制短小，且骚体、七言倾向明显；魏晋南北朝至唐代，“歌”诗在题材上仍以应酬为主，其形式有些依然保持着传统，有些则七言化、长篇化，有些还吸收了吴歌中四句为一层的特点，形成了七言四句一转韵的体式。但与“行”体诗相比，“歌”诗仍较为灵活开放。

最后需要指出的是，这里所论的“歌”体诗，仅是在题材或形式上具备一些“文类”的特征，并不具备严格意义上的文体属性，事实上它们无法游离于乐府诗或整个诗歌之外，此体与彼体之间也不存在严格的界限。如果在以后的研究中将诗体的划分更趋细致，可以把它们称之为“类诗体”或“亚诗体”，这样更能体现出乐府诗不同于一般徒诗的独特之处。

（原载《乐府学》第四辑，学苑出版社，2009 年）

① 沈德潜选注《唐诗别裁集》，上海：上海古籍出版社，1979 年，第195 页。

论魏晋六朝乐府诗的文人化

——以女性形象的变迁为例

文晓华

来自民间的文学样式，往往具有鲜明的民间大众文学色彩，经过文人的使用和改造，民间文学色彩会逐渐蜕去，并彰显出城市文化背景下强烈的文人意识特色，文人的审美情趣、文化观照会迥异于它所产生的大众文学的土壤。汉代乐府古辞乃是乐府机关所采集的“代赵之讴，秦楚之风”，据《汉书·艺文志》所载，汉代采集民歌范围广泛：

> 《吴楚汝南歌诗》十五篇、《燕代讴雁门云中陇西歌诗》九篇、《邯郸河间歌诗》四篇、《齐郑歌诗》四篇、《淮南歌诗》四篇、《左冯翊秦歌诗》三篇、《京兆尹秦歌诗》五篇、《河东蒲反歌诗》一篇、《洛阳歌诗》四篇、《河南周歌诗》七篇、《河南周歌声曲折》七篇、《周谣歌诗》七十五篇、《周谣歌诗声曲折》七十五篇、《周歌诗》二篇、《南郡歌诗》五篇①。

即此可见，这些民歌以长安为中心，辐射了汉代大部分疆域。这些作品以农村生活为中心，描写了平民的喜、怒、哀、乐，质朴纯真，展示了平民大众的理想与情趣。魏晋六朝有大量拟乐府诗产生，由于其作者多为士大夫文人，因而作品较多呈现出文人的趣尚，使产生于民间

---

① 班固《汉书》，北京：中华书局，1962年，第1754页。

的大众文学转变为文人文学。我们将汉乐府与魏晋六朝拟作中女性形象的变迁作为研究乐府诗文人化的入手点。

汉乐府中有许多鲜活生动的女性形象。她们大多来自农村，一言一行，本色自然，朴素亲切，有的女性努力恪守着作为媳妇的本分，严谨持家(《陇西行》)；有的纺织劳作，娱亲孝顺(《相逢行》)；有的恪守妇道，勇敢而巧妙地拒绝使君的调戏(《陌上桑》)；有的却生活困苦，临死托孤，“莫使我儿饥且寒”(《妇病行》)[①]；有的心地善良，为佣工缝补衣裳“故衣谁当补？新衣谁当绽？赖得贤主人，览取为吾组”(《艳歌行》)；亦有女子虽整日劳作却色衰被弃，“新人从门入，故人从合入”(《上山采靡芜》)。有的年轻女子处在热恋中，急切而热烈地向恋人表达着自己的痴情，有的，却赫然发现恋人突然变心……这些女性都有着鲜明的个性，或热烈坚决，或聪慧善良，或深情忠贞，《有所思》和《白头吟》中的女子遭遇负心恋人时，坚决维护感情的纯洁，与负心男子彻底决绝；刘兰芝忠于爱情，在被迫再嫁时，选择了忠诚的最高境界——死亡；罗敷严词拒绝使君的挑逗，借着对丈夫不遗余力的赞美，对使君进行了辛辣的嘲讽与奚落；自知不久于世的妇人，最放心不下的就是孩子，她满含热泪，叮嘱着丈夫：“莫我儿饥且寒，有过慎莫笪笞，行当折摇，思复念之！”(《妇病行》)这些女性各有各的性格，各有各的特点，绝不雷同，显示了其来源于广阔生活的特性。这些女子，是最普通人家的女儿、媳妇，她们没有显赫的家世，动地惊天的事迹，只有平凡的人间琐事，最为真切的百姓生活。班固在《汉书・艺文志》中指出“自孝武立乐府而采歌谣，于是有代赵之讴，秦楚之风，皆感于哀乐，缘事而发”[②]，汉乐府古辞正是有着最为广泛的生活基础，是基于民众生活的文学作品。魏晋六朝文人拟作了大量的乐府诗，在文人笔下，女性形象虽然同样丰富，但却显示出与汉乐府中的女性不同的特点，带有深深的文人意识。

---

① 本文所选乐府诗皆选自郭茂倩《乐府诗集》，北京：中华书局，1979 年。

② 班固《汉书》，第 1756 页。

一、曹魏西晋乐府诗中的寄托性女性

魏晋有许多文人染指乐府诗的创作，其诗中不乏女性形象，这些女性形象可分为两种，一种取材于现实，多歌咏古代女子，如缇萦、秦女休、杞梁妻、苏来卿等，偶尔涉及当代女性的情感生活；一种则往往以“美人”来泛称，其中多用寄托象征手法。

在这两种女性形象中，无疑，前者延续了汉乐府古辞的歌咏女性之事的写法，而后者则是文人赋予乐府诗女性的新质，具有重要意义。以女性形象作寄托始于曹丕，其《秋胡行》三首即是典范：

> 尧任舜禹，当复何为。百兽率舞，凤凰来仪。得人则安，失人则危。唯贤知贤，人不易知。歌以咏言，诚不易移。鸣条之役，万举必全。明德通灵，降福自天。
>
> 朝与佳人期，日夕殊不来。嘉肴不尝，旨酒停杯。寄言飞鸟，告余不能。俯折兰英，仰结桂枝。佳人不在，结之何为？从尔何所之？乃在大海隅。灵若道言，贻尔明珠。企予望之，步立踟蹰。佳人不来，何得斯须。
>
> 泛泛绿池，中有浮萍。寄身流波，随风靡倾。芙蓉含芳，菡萏垂荣。朝采其实，夕佩其英。采之遗谁？所思在庭。双鱼比目，鸳鸯交颈。有美一人，婉如清扬。知音识曲，善为乐方①。

易健贤认为此三首均写在曹丕称帝之后②。其一从“尧任舜禹，当复何为”的典故说起，指出“得人则安，失人则危”，表达自己渴求人才之愿望。其二、其三则秉承屈原《离骚》、《湘夫人》的写作手法，以“美人”比喻所求之士，极写其美好，并表达自己的深切思念，“朝采其

---

① 郭茂倩《乐府诗集》，第528页。

② 易健贤《曹丕乐府诗本事系年综论》，《贵族教育学院学报》1997年第3期，第40—46页。

实，夕佩其英。采之遗谁，所思在庭”，可惜“朝与佳人期，日夕殊不来”，他徘徊等待，怅然无比，“企予望之，步立踌躇。佳人不来，何得何须”。《汉魏乐府风笺》卷 11 引朱止溪说云：“《秋胡行》歌‘朝与佳人期’，岂郑风怀贤之咏欤？帝善哉行‘慊慊下白屋，吐握不可失’同意”，又引朱钜堂说云“此魏文思贤之诗也”，引朱止溪说“《秋胡行》歌‘泛泛绿池’，乐众贤之来辅也。诗云‘中心好之，曷饮食之！’”[①]其诗正与曹操《短歌行》“山不厌高，海不厌深；周公吐哺，天下归心”的求贤之意相同。诗中的“美人”并非实写，而是作者所渴求之“贤人”的象征。

如果说曹丕尚仅仅是尝试在乐府诗中以女性作寄托进行创作，那么曹植的乐府诗更创造性地将这种手法发挥到极至，其《美女篇》、《蒲生行·浮苹篇》、《怨诗行》、《妾薄命》、《种葛篇》、《弃妇篇》等均为寄托之作。他往往以女性口吻进行书写，《蒲生行·浮萍篇》写其中道被弃的悲痛，“何意今摧颓，旷若参与商”，大声呼喊“行云有反期，君恩份中还”；《怨诗行》中的“愁思妇”，其夫“恩情中道绝”，故其“悲叹有余哀”；《弃妇篇》则描写了妇女无子遭弃的悲惨命运：“拊心长叹息，无子当归宁。有子月经天，无子若流星”；《美女篇》中的“美女”则面临年华逝去而终身无托的孤独，“佳人慕高义，求贤良独难。众人徒嗷嗷，安知彼所观。盛年处房室，中夜起长叹。”《种葛篇》则另辟蹊径，以第一人称写“我”被“佳人”抛弃，“行年将晚暮，佳人怀异心。恩纪旷不接，我情遂抑沉”，故其感叹“往古皆欢遇，我独困于今。弃置委天命，悠悠安可任。”在这些作品中，无论是以女性口吻抒发被弃之命运、感叹良人之难托的感情，抑或是写“我”被“佳人”抛弃，均将抒情主人公置于堪怜可叹之境地，钟嵘云其诗“情兼雅怨，体被文质”（《诗品》上），联系曹植的一生经历，我们不难看出其作品有寄托之意。关于此点，古人早已言之，宋代郭茂倩在曹植《美女篇》解题中云：“美女者，以喻君子。言君子有美行，愿得明君而事之。苦不遇

---

① 黄节《汉魏乐府风笺》，北京：中华书局，2008 年，第 183—184 页。

时，虽见征求，终不屈也。”[①]元代刘履云：“子建志在辅君匡济，策功垂名，乃不克遂，虽授爵封，而其心犹为不仕，故托处女以寓怨慕之情焉。”[②]（《选诗补注》卷二）清人王尧衢《古唐诗合解》（卷三）云：“子建求自试而不见用，如美女之不见售，故以为比。”[③]可见，曹植借感叹女性被弃之遭遇而寄托自己在朝廷中遭受排挤与迫害，有志难酬的痛苦情怀。此外，陆机的《塘上行》亦借江蓠的“繁华难久”表达“人理无常全”、“女爱衰避妍”之意，借衰老失宠之妇人“愿君广末光，照妾薄暮年”的愿望表达其冀得新宠、得展才华的政治理想。

比兴寄托的手法源自屈原，汉王逸曾进行过系统阐述：“《离骚》之文，依诗取兴，引类譬谕。故善鸟香草，以配忠贞，恶禽臭物，以比谗佞，灵修美人，以媲于君，宓妃佚女，以譬贤臣，虬龙鸾凤，以托君子，飘风云霓，以为小人”（《楚辞章句·离骚经序》）[④]。在每个文人笔下，虽则“香草美人”的内涵不尽相同，但比喻寄托之手法则相通。君臣不偶，怀才不遇，文人往往借助“美人”这一意象进行生发寄托，曲折含蓄，寄意深远，是文人话语体系的组成部分。

二、东晋刘宋时期乐府诗女性形象的非主流现象

南渡之初的东晋与刘宋时期亦不乏乐府诗创作，共约 80 首，陶渊明、梅陶、鲍照、谢灵运、谢惠连、吴迈远等创作颇丰。我们将这些作品分为两种：

丝毫不涉及女子者，有近 50 首，这一数量超过了涉及女性者的近 30 首的数量，是东晋刘宋文人乐府诗创作的主流。这些诗有的以边塞征人或少年侠士为描写对象，如《从军苦》（颜延之）、《苦热行》

---

① 郭茂倩《乐府诗集》，第 912 页。

② 河北师范学院中文系古典文学教研组《三曹资料汇编》，北京：中华书局，1980 年，第 125 页。

③ 河北师范学院中文系古典文学教研组《三曹资料汇编》，第 176 页。

④ 洪兴祖《楚辞补注》，北京：中华书局，1983 年，第 2—3 页。

（鲍照）、《白马篇》（袁淑、鲍照）；有的以游子思乡或亲朋离别为表现主题，如《猛虎行》（谢惠连）、《折杨柳行》（谢灵运）、《东门行》（鲍照）、《北风行》（鲍照）；更多的作品纯以说理见长，其中有人生迅疾、生命短促的的惆怅，有睹物知命达观处之、姑且及时行乐或躬耕东山的人生态度，有无路请缨、功业无成的遗憾，有小人当路、网络处处的愤怒，更有昔荣今衰的无奈；此外，尚有咏物诗如鲍照的《梅花落》、谢惠连的《塘上行》等。

涉及女性者则有近 30 首，其中大部分是清商曲辞，是文人学习南方民歌而作。纯以女性为表现对象者有《王昭君》（鲍照）、《楚妃叹》（袁伯文）、《燕歌行》（谢灵运、谢惠连）、《长安有狭斜行》（荀昶）、《三妇艳诗》（刘铄）、颜延之的《秋胡行》及诸清商曲辞，而将女性作为比兴寄托之用的则有鲍照的《采桑》、《煌煌京洛行》、《中兴歌》、《行路难》，何偃的《冉冉孤生竹》等。

从创作主流看，此一时期的乐府诗呈现出一定程度的女性边缘化特点，而以对人生的诸种思考作为乐府诗创作的焦点。如果说曹魏文人仅以表现个人情怀为主，那么东晋刘宋文人则已对人生做了全方位的理性思考。如“年难留，时易陨，厉志莫赏徒劳疲”（谢惠连《鞠歌行》）、“何为有用，自乖中原。实摘柯摧，叶殒条烦”（谢惠连《陇西行》）、“人生随时变，迁化焉可祈”（谢灵运《却东西门行》）、“丈夫生世能几时，安能叠燮垂羽翼……自古圣贤尽贫贱，何况我辈孤且直”（鲍照《行路难》）、“义分明于霜，信行直如弦。侠烈良有闻，古来共知然”（袁淑《白马篇》）。人生、功业、出处、聚散等问题是他们关心的热点，这些热点题材葛晓音称之为“普世性的人生感受”①。那么究竟是什么原因使得他们的作品充满了更多的理性因子呢？

西晋统治黑暗，社会动荡，战乱迭起，士大夫精神式微，他们往往

---

① 葛晓音《鲍照“代”乐府体探析—兼论汉魏乐府创作传统的特征》，（《上海大学学报》[社会科学版]2009 年 2 期，第 28 页）提出“这些题材大多以年命短促、聚散离合及盛衰变化等普世性的人生感受为基本主题”。

寄意玄远以求全身避祸，故而清谈之风大盛，渡江之后，此风并未消歇，其对于文学的影响亦日渐突出，钟嵘《诗品》云："永嘉时贵黄老，稍尚虚谈。于时篇什，理过其辞，淡乎寡味。爰及江表，微波尚传。孙绰、许询、桓、庾诸公诗，皆平典似道德论，建安风力尽矣。"①《文心雕龙·时序》篇亦云："自中朝贵玄，江左称盛，因谈余气，流成文体，是以世极迍邅，而辞意夷泰。诗必柱下之旨归，赋乃漆园之义疏。"②构成江左玄言诗精神内核的便是玄理，它是儒、释、道三家的思想杂揉，其中尤以老庄的"自然"、"无为"说为贵。谈玄说理之风同样覆盖了乐府诗诗坛。陶渊明、谢灵运、谢惠连等人对于人生的诸种思考便是玄言诗盛行下的产物。如谢灵运的《善哉行》：

> 阳谷跃升，虞渊引落。景跃东隅，晼晚西薄。三春燠叙，九秋萧索。凉来温谢，寒往暑却。居德斯颐，积善嬉谑。阴灌阳业，凋华堕萼。欢去易惨，悲至难铄。激涕当歌，对酒当酌。鄙哉愚人，戚戚怀瘼。善哉达士，滔滔处乐。③

玄言诗往往将写景与玄理相结合。在这首诗中，谢灵运先用对比手法描写景物，突出阴阳交替、四时代谢之必然，随后指出，人不可与之相抗，只有达观之士，才能正视这一自然现象，并乐观对待之，若一味沉迷于时光之流逝，则必然常怀戚戚，"鄙哉愚人，戚戚怀瘼。善哉达士，滔滔处乐"。

玄言诗影响下的乐府诗创作，不可避免地带来了理趣过多的现象，理性的思考与表达成为诗人的新宠。当然，部分诗人如鲍照的曲折人生经历亦直接促进了乐府诗对功业的渴望、希冀君主垂怜主题的创作热潮。此种情况下，女性题材的写作难与争辉。

---

① 张怀瑾《钟嵘诗品评注》，天津：天津古籍出版社，1997 年，第73 页。

② 詹锳《文心雕龙义证》，上海：上海古籍出版社，1989 年，第 1710 页。

③ 郭茂倩《乐府诗集》，第 539 页。

汉代乐府中亦有对人生无奈的感叹，诸如生命短暂、难保永年等，但这种感叹多是通过叙事形象地进行表达或是直接进行抒情，如《薤露》、《蒿里》、《乌生》、《董逃行》等。很显然，面对同样的问题，文人表现得很强烈（相关作品数量多）但也非常理智和冷静，说理、议论是他们常常采用的手法。

三、齐梁陈乐府诗中富艳女性形象的涌入

乐府诗发展至齐梁陈文人手中，女性形象大增，但又表现出不同以往的鲜明特点，具体说来有二：一、她们以城市为生活背景；二、不离歌舞相思，艳情成分浓郁。

齐梁陈文人笔下的女性，生活富贵，她们或居于深宅大院，或出入王公侯门，动辄上林建章、魏府深宫，如昭明太子、张率对“三妇”家庭的描写：“朱门间皓壁，刻桷映晨离。阶植若华草，光影逐飚移。轻幌委四屋，兰膏然百枝”（昭明太子《相逢行》）、“青楼出上路，渐台临曲池。堂上抚流徽，雷樽朝夕施。橘柚分华实，朱火燎金枝”（张率《相逢行》）。非富贵人家的歌妓亦出入王公侯门，“燕姬妍，赵女丽，出入王宫公主第。倚鸣瑟，歌未央，调弦八九弄，度曲两三章”（顾野王《艳歌行》）。这就与古辞女性的生活环境大相径庭，衣食不保的临终妇人（《妇病行》）、为游子缝补衣裳的贤主人（《艳歌行》），农村虐待孤弟的嫂子（《孤儿行》），擅长待客持家的媳妇（《陇西行》），因无子被弃上山采药的妻子（《上山采蘼芜》），这些女子居住在农村，生活朴素，是最普通人家的女儿和媳妇。齐梁陈文人生活富足，将他们所熟悉的生活场景写入诗中，赋予女性以富贵的生活状态。

文人们不仅为这些女性安排了锦衣玉食，还赋予她们丰富的情感，艳丽的外表，彻骨的相思，艳情化是此时女性形象的重要转变特征。齐梁陈三朝文人特别喜爱抛开乐府古辞之传统题材，将一些诗题与女性进行联系。如《折杨柳》诗，《宋书·五行志》曰：“晋太康末，

京洛为折杨柳之歌，其曲始有兵革苦辛之辞，终以禽获斩截之事。”① 为边塞诗题材，在梁陈文人的笔下，“兵革苦辛”的边塞只缩小成一个模糊的背景，主题乃是女子的相思怀人，如徐陵诗作：“袅袅河堤树，依依魏主营。江陵有旧曲，洛下作新声。妾对长杨苑，君登高柳城。春还应共见，荡子太无情！”再如《三妇艳诗》，本出自《相逢狭路间行》，将其曲最后描写三妇的部分摘取来单独演唱，宋刘铄首开其例作有歌辞，其辞与古辞几无差别，写三妇承欢丈人之事。齐梁陈文人却将这个诗题艳情化。始作俑者为王融，他将“丈人”一词，改为“丈夫”，这就将古辞中的翁媳关系转变成了夫妻关系，其他文人几乎均沿“夫妻”关系这一思路进行创作，昭明太子、沈约改称“良人”，吴均则改称为“佳人”，皆“丈夫”之意，更有陈后主，完全将其写成了艳情诗，共一组十一首，仅举一例：

> 大妇怨空闺，中妇夜偷啼。小妇独含笑，正柱作乌栖。河低帐未掩，夜夜画眉齐。②

她们总是美貌多情，善舞能歌，十分香艳，所谓“齐倡赵女尽妖妍，珠帘玉砌并神仙。……妖姿巧笑能倾城，那思他人不憎妒……莲花藻井推芰荷，《采菱》妙曲胜《阳阿》”。她们又总是多愁善感，有时思念心上人，梁简文帝《龙笛曲》“游子去还愿莫疏。愿莫疏，意何极，双鸳鸯，两相忆”，有时则感受到孤独寂寞，江总的《妇病行》云：“羞开翡翠帷，懒对蒲萄酒。深悲在缣素，托意忘箕帚。”

她们身上，还常常若隐若现地浮现出情色的氛围。委婉者可以暗示，如《巫山高》（虞羲）：“南国多奇山，荆巫独灵异。云雨丽以佳，阳台千里思。勿言可再得，特美君王意。高唐一断绝，光阴不可迟。”大胆者则进行露骨直白的描写，上文陈后主的《三妇艳》组诗及《玉树

① 沈约《宋书》，北京：中华书局，1974 年，第 914 页。

② 郭茂倩《乐府诗集》，第 519 页。

后庭花》等即是代表。

齐梁陈之际，乐府诗如此集中地出现女性题材的大热且偏向艳情，并非偶然现象，可以说，这种内容既是上层文人的生活实录，亦是时代重娱乐、尚轻艳文学思潮的产物，所谓“文变染乎世情，兴废系乎时序”(《文心雕龙·时序》)。梁裴子野在《宋略·乐志叙》中集中描述了刘宋以来的音乐歌舞及王侯将相的生活状况：“乱代先之以忿怒，亡国从之以哀思。优杂子女，荡目淫心，充庭广奏，则以鱼龙靡慢为瑰玮；会同飨觐，则以吴趋楚舞为妖妍。纤罗雾縠侈其衣，疏金镂玉砥其器。在上班赐宠，群臣从而风靡。王侯将相，歌伎填室；鸿商富贾，舞女成群。竞相夸大，互有争夺，如恐不及。”[①]这种富贵风流的生活极易产生软媚浮艳的文学，再加上民间吴歌西曲以男女情爱为表现中心的强烈影响，宫体诗便应运而生，“宫体诗是市井间浮华风气同宫廷中奢侈享乐的生活汇合的产物，是市井的流行歌曲在宫廷中恶性发展的结果”[②]。“宫体”之名源自梁简文帝，“梁简文之在东宫，亦好篇什，清辞巧制，止乎衽席之间，雕琢蔓藻，思极闺闱之内。后生好事，递相放习，朝野纷纷，号为宫体”[③]。这个善写“衽席之间”、“闺闱之内”女性题材的创作风气在梁陈之际达到顶端，萧衍、萧纲、萧绎、徐摛、徐陵、庾信、陈后主等均是突出的代表。他们将这种创作题材带入乐府诗的创作，自然而然，乐府诗中的女性出现富贵化艳情化的特征就水到渠成了。

讨论一种文学由大众文学向文人文学的转化，无疑，从大众与文人对相同题材的关注度、处理手段、表现方式的不同来入手最为直观。在魏晋六朝乐府诗的文人化进程中，女性形象共经历了三次重大变化，虽则三次变化表现不同，但无论是曹魏西晋乐府诗用以寄情托意的女性形象，还是东晋刘宋乐府诗中女性题材的非焦点化对待，

---

① 杜佑《通典》，杭州：浙江古籍出版社，2000 年，第 736 页。

② 商伟《论宫体诗》，《北京大学学报》1984 年第 4 期，第 69 页。

③ 魏徵等《隋书》，北京：中华书局，1973 年，第 1090 页。

抑或齐梁陈乐府诗中女性形象的富艳化，均是时代背景、文学风气下文人情趣、文人文化的体现，这种情趣与文化是文人式的而非大众式的。

我国古代民歌中的女性形象历来精彩异常，从《诗经》到汉乐府，女性形象尤为出色。反观此一时期的文人文学，女性形象则相对匮乏而单调（只有屈原笔下的女性性格饱满，感情丰富，如遭谗的美女，焦急等待心上人的山鬼、湘夫人等，但这些作品均是屈原学习民歌的结果）。正统的史传文学如《左传》、《国语》、《史记》中，充斥的几乎是清一色的帝王后妃，她们总是处于权力的漩涡之中，彼此争斗，此外，就是担负着某种道义与道德感的女性，如救父的缇萦，富有远见卓识的御夫之妻，慷慨赴死的聂嫈等。但在男人世界中，这些女性最多只会泛起几朵涟漪，甚至还来不及泛起浪花便被淹没在男性的海洋之中。刘向的《列女传》脱离史传单独为女子作传，记述她们的嘉言懿行、智慧聪颖、好义守节、母仪教化，当然也有对淫妒类女子的批判。作为时代女子的教育用书，刘向"以为王教由内及外，自近者始。故采取《诗》、《书》所载贤妃贞妇，兴国显家可法则，及孽嬖乱亡者，序次为《列女传》，凡八篇，以戒天子"①，其目的是为了戒教天子，具有明显的政治意图。更有甚者，一代女史班昭，作有《女诫》，对女性作出了种种规定与限制，力求将女性牢笼在封建道德体系之中。此时进入文人创作视野的女性总是与教化教育联系在一起，但在他们模拟乐府诗后，作品中的女性却呈现出绚丽多姿的情景。究其原因，这当是文学功能的转变造成的。

《左传》系为《春秋》作传，重在记事，词约义丰，具有明显的劝戒目的，《国语》之编著目的在于"人求多闻善败，以监戒也"②，白寿彝曾撰文认为"从编纂意图上看，《国语》可以说是第一部《资治

---

① 班固《汉书》，第1957页。

② 上海师范学院古籍整理组《国语》，上海：上海古籍出版社，1978年，第728页。

通鉴》;从编纂性质上看,《国语》可以说是第一部《经世文编》”[①]。《史记》则以“究天人之际,通古今之变,成一家之言”为写作目的,具有强烈的个人意识。《列女传》与《女诫》则自觉地将女性纳入封建道德体系。这些作品的写作具有强烈的政治色彩与个人目的,作品中的女性自然成为这些目的的化身,智慧、节义、伦理、道德是她们的特点。但模拟乐府诗的创作则带来了文学功能的转变,这与汉朝设立乐府机构所带来的诗歌创作功能的转变密切相关。乐府机构的设立与汉武帝“定郊祀之礼”有关,《汉书·礼乐志》载:

> 至武帝定郊祀之礼,祠太一于甘泉,就乾位也;祭后土于汾阴,泽中方丘也。乃立乐府,采诗夜诵,有赵、代、秦、楚之讴。以李延年为协律都尉,多举司马相如等数十人造为诗赋,略论律吕,以合八音之调,作十九章之歌。[②]

这段记载至少显示了两层含义:1. 乐府机构本为武帝“定郊祀之礼”而立;2. 在庄严的国家郊祀礼上用的是采集来的民歌,即“赵、代、秦、楚之讴”。虽然乐府设立的用意在于国家之祭祀,但所用乐却并非雅乐,世俗新鲜动听的俗乐民歌堂而皇之登上了大雅之堂,出身倡家的李延年作了协律都尉。乐府使得动人心弦的俗乐深入人心,甚至到了一发不可收拾的地步:

> 是时,郑声尤甚。黄门名倡丙强、景武之属富显于世,贵戚五侯定陵、富平外戚之家淫侈过度,至与人主争女乐[③]。
>
> 五侯群弟,争为奢侈,赂遗珍宝,四面而至;后庭姬妾,各数十人,僮奴以千百数,罗钟磬,舞郑女,作倡优,狗马驰逐;大治宫

---

① 白寿彝《〈国语〉散论》,《人民日报》1962年10月16日。

② 班固《汉书》,第1045页。

③ 班固《汉书》,第1072页。

室，起土山渐台，洞门高廊阁道，连属弥望[①]。

在这种情景下，汉哀帝只好罢撤乐府。但由于浸淫日久，民风所向，俗乐不仅未被消除，反而益盛。

乐府诗激起了人们对俗乐的爱好，他们显然更看重乐府诗带来的娱乐性。于是，文人文学创作的重心从显扬封建道德、劝戒世人变为娱己娱人，文学创作走下高高的圣坛，变得世俗、活泼，文人们自由地抒发着个人情怀，展现着自己的兴趣爱好，换言之，文学功能已然发生了重大转变。在这种转变下，文人的乐府诗拟作环境轻松而愉悦，卸下了沉重责任感的乐府诗创作也马上变得活泼生动起来，赋诗抒怀，宴饮集会，诗酒唱和，君臣比赛，取乐相狎，曹操常“登高必赋，及造新诗，被之管弦，皆成乐章”[②]，曹丕的南皮之游“高谈娱心，哀筝顺耳”（《与吴质书》），齐高帝“幸华林宴集，使各效伎艺：褚彦回弹琵琶，王僧虔、柳世隆弹琴，沈文季歌《子夜来》，张敬儿舞”[③]，陈后主“常使张贵妃、孔贵嫔等八人夹坐，江总、孔范等十人预宴，号曰‘狎客’。先令八妇人襞彩笺，制五言诗，十客一时继和，迟则罚酒。君臣酣饮，从夕达旦，以此为常”[④]。在这里，文人们尽情地展现着他们的喜乐好恶，将他们的个人意志输入乐府诗，诗歌中出现的女性形象自然也与汉乐府民歌中的形象不同。从大众文学向文人文学转变，是中国古代文学发展中的一条普遍规律，而女性形象的变迁正是这一规律的具体体现。

（原载《北方论丛》2011 年第 1 期）

---

① 班固《汉书》，第 4023 页。

② 陈寿著、裴松之注《三国志》，北京：中华书局，1959 年，第 54 页。

③ 李延寿《南史》，北京：中华书局，1975 年，第 593 页。

④ 李延寿《南史》，第 306 页。

齐梁陈乐府诗女性形象的“泛化”书写

文晓华

作为一种音乐文学，乐府诗常以女性为写作题材，发展至齐梁陈，更是特别偏好女性题材的写作，真可谓“清辞巧制，止乎衽席之间，雕琢蔓藻，思极闺闱之内”[①]。对于这样一种创作热潮，学界已经进行了较为充分的研究，举凡宫体诗、《玉台新咏》、南朝乐府诗（包括吴声西曲）等研究领域都必然会涉及到这一问题。本文在前人研究的基础上，关注到齐梁陈乐府诗中女性身份的辨识度问题。对于汉代乐府诗，我们可以很轻松地指认出严辞拒绝使君的是罗敷、被休回家与丈夫双双殉情的是刘兰芝、临终前殷殷嘱托丈夫照管好孩子的是病妇、上山采蘼芜遇到故夫的是弃妇。但作为乐府诗女性形象书写最为集中的齐梁陈乐府诗，我们却很难确定这些女性的确切身份，指出她们的鲜明性格，叙述出她们的独特事迹，诗中的女性形象往往雷同，只有群像而没有个体。从独特的“这一个”到雷同的“这一群”，乐府诗女性形象体现出鲜明的“泛化”书写倾向。对这一现象进行细致探讨，有助于我们深入理解乐府诗创作过程中的某种规律性，也可带领我们从另一个视角深入认识齐梁文学思潮。

一

齐梁陈乐府诗中的女性往往是一种非叙事化的存在，亦即表现

---

① 魏徵、令狐德棻《隋书》，北京：中华书局，1973年，第1090页。

为一定的情感存在(即使偶有叙述成分,也往往是为抒情作基础),她们往往生活于丽堂重闱、高楼深院,拥有美丽的容颜、高超的技艺、华丽的衣饰,并且拥有一个朝思暮想的相思对象。她们的身份不可确指或难以确指,虚泛而不真实,只是类化成一个人物符号,存在于乐府诗王国。这就是齐梁陈乐府女性书写中的“泛化”倾向,这里的“泛”有普泛、空泛、虚泛之意。

齐梁陈乐府诗中的女性既有当代的妖娆女子,也有古代女性或古代作品中的女子,但若从情感状态而言,可分为三类:一是多情又随意的歌妓舞女,她们拥有美丽的容颜与高超的技艺,江总《今日乐相乐》云其“郑态逶迤舞,齐弦窈窕瑟。金罍送缥觞,王井沈朱实”①,张正见的《置酒高殿上》云:“千金一巧笑,百万两鬟姝。赵姬未鼓瑟,齐客罢吹竽。歌喧桃与李,琴挑凤将雏。”②。一场奢华的宴会上,赵姬、齐客们使出浑身解数,歌舞弹奏,将宴会推向高潮。拥有美貌与技艺的同时,她们又总是多情,时不时与诸君公子玩起感情游戏:“齐倡赵女尽妖妍,珠帘玉砌并神仙。莫笑人来最落后,能使君恩得度前。”(顾野王《艳歌行》③)第二类女性总是处在一种惧怕被抛弃的情感漩涡中,江总的《妇病行》中的“病妇”可为代表:

> 窈窕怀贞室,风流挟琴妇。唯将角枕卧,自影啼妆久。羞开翡翠帷,懒对蒲萄酒。深悲在缣素,托意忘箕帚。夫婿府中趋,谁能大垂手。④

这位“病妇”躲在翠帷之后,卧于角枕之上,自画啼妆,懒对美酒,其优越生活的背后是深深的忧惧——“深悲在缣素,托意忘箕帚”,唯恐被

① 郭茂倩《乐府诗集》,北京:中华书局,1979年,第578—579页。

② 郭茂倩《乐府诗集》,第573页。

③ 郭茂倩《乐府诗集》,第581页。

④ 郭茂倩《乐府诗集》,第566—567页。

夫婿抛弃。这类女性人物所拥有的是花容月貌与愁怨相思，在无数次重复之下显得单调又老套。第三类女性则已经被抛弃，她们往往孤独、寂寞、哀怨。如《班婕妤》：“柏梁新宠盛，长信昔恩倾。谁为诗书巧，翻为歌舞轻。花月分窗进，苔草共阶生。妾泪衫前满，单眠梦里惊。可惜逢秋扇，何用合欢名。”①（阴铿）

这些女性形象并不鲜明。第一类的歌妓们无名无姓，只是巧笑多情，本就无鲜明性可言，第二类、第三类中的女性或是相思或是哀怨，亦难有新意。齐梁陈文人在进行描写时，往往采取一定的手法消解掉她们的社会身份，用雷同的情绪去瓦解其鲜明的性格，弱化其事迹，使得这些女性呈现出形象的“泛化”。

女性形象“泛化”书写的第一个做法是淡化女性的独特事迹，突出诗歌的抒情特质。如对于班婕妤的吟咏，其本事的核心应是班婕妤被夺宠，但梁陈文人对此往往一笔带过，或只作暗示性交待，如阴铿云“谁为诗书巧，翻为歌舞轻”，以班婕妤的才学输于赵飞燕的歌舞来暗示班的处境；梁元帝则以景言事，通过景物点出班婕妤处境的变化，“何言飞燕宠，青苔生玉墀”②，以青苔长满玉墀来暗示班婕妤的失宠。经过这种暗示性的处理后，“班婕妤”当然还是“班婕妤”，但这种处理大大削弱了事件本身，这就使得诗歌的叙事性进一步减弱而抒情性大大增强，或者说，梁陈文人的写作重心本不在重现事件，而在于事件所造成的抒情氛围——班婕妤失宠后的孤独寂寞。再如对“铜雀台妓”的书写，齐梁文人大肆渲染她们凄凉的生活、悲伤的情绪，只以“雀台”、“陵”等词语点明其为“铜雀台妓”，梁何逊的《铜雀妓》这样写道：“秋风木叶落，萧瑟管弦清。望陵歌对酒，向帐舞空城。寂寂檐宇旷，飘飘帷幔轻。曲终相顾起，日暮松柏声。”③这首诗基本未写“铜雀台妓”事件，交待她们的身份、由来等，而只把写作重心放

---

① 郭茂倩《乐府诗集》，第628页。

② 郭茂倩《乐府诗集》，第627页。

③ 郭茂倩《乐府诗集》，第457页。

在她们的寂寞与悲凉上。这样的写作，若拂去“陵”字，则任意一个寂寞的女性皆可被视作女主角。

女性形象“泛化”书写的第二个做法是将多种女性形象杂糅在一起，使角色产生错位与互换，从而造成女性形象的变化万端，让人难以辨别其真实形象。在梁陈诗人笔下，良家妇女可以风情万种，倡楼歌妓同样深情款款。王僧孺《有所思》[1]言思念之情，“光阴复何极，望促反成赊”，这种深情思念之下，作者却道出“知君自荡子，奈妾亦倡家”之句，不由让人莞尔一笑。而有的闺阁妇人却总是“自称”荡妇，江总《紫骝马》云：“春草正萋萋，荡妇出空闺。识是东方骑，犹带北风嘶。扬鞭向柳市，细蹀上金堤。愿君怜织素，残妆尚有啼。”[2]从诗意来看，诗中的女子应是一位良人妻子，但作者在篇首却称之为“荡妇”，这种错位的称呼殊可玩味。

角色错位最为显著的是歌咏“三妇”和“罗敷”的两类系列诗作。自从《相逢行》开启了“三妇”写作模式后，“三妇”越来越成为梁陈诗人的描写重点，而原本勤劳、孝顺、乖巧的三妇也逐渐走向了秉风情、擅调笑的一面。在《三妇艳》诗中，昭明太子云：“大妇舞轻巾，中妇拂华茵。小妇独无事，红黛润芳津。良人且高卧，方欲荐梁尘。”[3]庾肩吾《长安有狭斜行》云：“大妇襞云裘，中妇卷罗帱。少妇多妖艳，花钿系石榴。夫君且安坐，欢娱方未周。”[4]“小妇”呈现出初步的色相化倾向。在陈后主与张正见的笔下，“小妇”已经完全艳情化：

> 大妇怨空闺，中妇夜偷啼。小妇独含笑，正柱作乌栖。河低帐未掩，夜夜画眉齐。[5]（陈后主）

---

① 郭茂倩《乐府诗集》，第252页。
② 郭茂倩《乐府诗集》，第354页。
③ 郭茂倩《乐府诗集》，第518页。
④ 郭茂倩《乐府诗集》，第516页。
⑤ 郭茂倩《乐府诗集》，第519页。

> 大妇织残丝，中妇妒蛾眉。小妇独无事，歌罢咏新诗。上客何须起，为待绝缨时。[①]（张正见）

这样的女性只不过是顶着“小妇”身份的妓人罢了。“小妇”形象出现了颠覆性的错位，这种错位正是“小妇”形象不明的表现。“罗敷”者，见于乐府古辞《陌上桑》，“古辞言罗敷采桑，为使君所邀，盛夸其夫为侍中郎以拒之”[②]。古辞中的罗敷美丽聪慧，坚贞不屈，成功击退了使君的调戏。对于这样一个鲜明的人物形象，梁陈文人则任意处理其事迹，嫁接其情感。比如，将同为采桑女的秋胡妻与罗敷混同，“秋胡始停马，罗敷未满筐”[③]（王筠《陌上桑》）、“看金怯举意，求心自可知”[④]（沈君攸《采桑》）。而陈后主更把不相干的南威、卓文君写入了作品，“重轮上瑞晖，西北照南威。……当垆送客去，上苑逐春归。……”[⑤]（《日出东南隅行》）在这里，美女们的身份互相交织，难以辨识。“罗敷”形象也一改往昔的聪慧、坚贞而变得轻佻与风骚：

> 倡妾不胜愁，结束下青楼。逐伴西城路，相携南陌头。叶尽时移树，枝高乍易钩。丝绳提且脱，金笼写仍收。蚕饥日欲暮，谁为使君留。[⑥]（刘邈《采桑》）

诗人们为罗敷安排了华丽的妆束、奢侈的居所、艳丽的容颜，同时也赋予了她轻佻的言行、风骚的艳情。诗中的“采桑”、“蚕饥”、“使君”只是诗人证成罗敷身份的外在证据，但她徒有罗敷其表，却无罗敷精神之实，只是一个顶着“罗敷”名字的女性，她的言行、情感叫“罗敷”

---

① 郭茂倩《乐府诗集》，第520页。
② 郭茂倩《乐府诗集》，第410页。
③ 郭茂倩《乐府诗集》，第413页。
④⑥ 郭茂倩《乐府诗集》，第415页。
⑤ 郭茂倩《乐府诗集》，第421页。

与叫“南威”或没有名字都无两样，诗人们这样的处理就成功地消解掉“罗敷”形象的实质，成为普泛化形象。

多种女性形象杂糅在一起，还得力于诗人们对女性“专属”意象的互相拼接混用。一些历史人物或具有个性特征的女性往往拥有一定的专属意象，如婕妤、飞燕、裂纨、长信、秋扇、合欢共同构成“班婕妤”的专属意象；《长门怨》为汉废后阿娇所作，诗中往往提到“应门”、“金屋”、“长门”等意象；《王昭君》诗中则多“胡尘”、“胡笳”、“汉阙”字眼；歌咏“铜雀台妓”者往往有“西陵”、“武帝”、“墓田”、“缌帷”等字眼……这些意象具有特殊身份的指向功能，但齐梁文人却往往把这些不同意象混同用在同一首诗中，从而消解掉女性的特殊身份，如：

> 夜风吹熠熠，朝光照昔耶。几销蘼芜叶，空落蒲桃花。不堪长织素，谁能独浣纱。光阴复何极，望促反成赊。知君自荡子，奈妾亦倡家。[1]（王僧孺《有所思》）

“蘼芜”、“织素”源于汉乐府《上山采蘼芜》，而“浣纱”则是美女西施专属意象，《古诗十九首·青青河畔草》有言：“昔为倡家女，今为荡子妇。荡子行不归，空床独难守”，王僧孺的诗将这几个人的意象融为一体，混合使用，这就造成了女性身份的模糊不清。类似的诗在齐梁时为数甚多。

当各种女性意象交织融汇时，她们便也失却了原有人物的独特性而成为毫无个性的人物，即使是原本面目清晰的汉魏乐府女性，也渐渐磨去了个性的棱角、身份的标识，与一众女性无异。换言之，齐梁陈诗人根本无意于女性身份的辨识，他们只是借用“女性”这个性别身份来表达一定的情感，这种写法无疑使梁陈乐府诗颇有千篇一律之感。

---

① 郭茂倩《乐府诗集》，第251—252页。

二

汉乐府中的女性形象鲜明，富于特色，具有极强的身份辨识度，齐梁陈乐府中的女性却日渐消弥掉其个性与身份，沦为类型化形象中的一员。造成这种写作情况的根本原因乃在于乐府诗创作机制的转变，以及随之而来的创作主体、创作观念的变化。

汉乐府实行的是乐府采诗制。乐府本是国家音乐机关，有出土文物证实在秦朝便已经设置此机构，汉朝立国，多沿袭秦制，“秦兼天下，建皇帝之号，立百官之职。汉因循而不革，明简易，随时宜也”①，也立有乐府，武帝时多有增广，《汉书·礼乐志》曾有详细记载：“至武帝定郊祀之礼，祠太一于甘泉，就乾位也；祭后土于汾阴，泽中方丘也。乃立乐府，采诗夜诵，有赵、代、秦、楚之讴。以李延年为协律都尉，多举司马相如等数十人造为诗赋，略论律吕，以合八音之调，作十九章之歌。”②汉代乐府机构的职能颇为复杂，计有乐器管理、采诗、制曲、协律、歌舞等，具体可参看王福利《汉武帝立乐府的真正含义及其礼乐问题》一文③。在这些职能中，到各地“采诗”是重要的一环。《汉书》中除《礼乐志》明确提到乐府“采诗夜诵”外，《艺文志》亦云：“自孝武立乐府而采歌谣，于是有代赵之讴，秦楚之风”④。至哀帝罢乐府时，宰相孔光、大司空何武上奏给哀帝的乐府人员职司、名单中，提到了大量的地域性乐人，有各种鼓员（如邯郸鼓员、江南鼓员、淮南鼓员等）、倡人（秦倡、秦倡象人、诏随秦倡等）、讴员（蔡讴员、齐讴员等），还有专门演奏上寿食举乐《四会曲》的“郑四会”、“楚四会”、“巴四会”、“铫四会”、“齐四会”等。《汉书·艺文志》收载了西汉歌诗二

---

① 班固《汉书》，北京：中华书局，1962 年，第 731 页。

② 班固《汉书》，第 1045 页。

③ 王福利《汉武帝立乐府的真正含义及其礼乐问题》，《乐府学》第一辑，学苑出版社，2006 年，第 108—139 页。

④ 班固《汉书》，第 1756 页。

十八家、三百一十四篇，其中有些歌诗明显来自各地民间：

> 《吴楚汝南歌诗》十五篇、《燕代讴雁门云中陇西歌诗》九篇、《邯郸河间歌诗》四篇、《齐郑歌诗》四篇、《淮南歌诗》四篇、《左冯翊秦歌诗》三篇、《京兆尹秦歌诗》五篇、《河东蒲反歌诗》一篇、……《洛阳歌诗》四篇、《河南周歌诗》七篇、《河南周歌声曲折》七篇、《周谣歌诗》七十五篇、《周谣歌诗声曲折》七十五篇、……《周歌诗》二篇、《南郡歌诗》五篇。①

这些歌曲来源广泛，细细考量汉乐府诗句，其创作主体中有农民、城市平民、商人、文人或下级官吏，作者身份庞杂。从创作方式看，作者的创作是个体的、自由的，他们没有什么系统的甚至是明确的创作观念，只是把生活中让他们有所感触的事、情写出来，举凡家长里短、人际关系、待客奉茶、参军打猎，均可叙写；人生苦短、及时行乐、情感纠葛、人情冷暖，俱可抒情。这种创作在最自然的状态下产生，有充分的自由度，正如《毛诗序》所言："情动于中而形于言，言之不足故嗟叹之；嗟叹之不足故永歌之；永歌之不足，不知手之舞之足之蹈之也。"②由于所写所感均来源于他们的实际生活，因而班固将其总结为"感于哀乐，缘事而发"(《汉书·艺文志》)，具有极强的现实性。正是由于采诗制，这些带有最朴素民风与民情的作品才会保存下来，而个体、自由的创作机制下，又保证了民间大量鲜活、生动的女性形象走入了乐府诗范畴。

魏晋之后的乐府诗写作则一改采诗制而为文人拟诗制。作为相王之尊的曹操首开乐府诗文人拟作先例，其诗歌创作几乎全部集中在乐府诗领域，具有强烈的创作示范意义。曹丕、曹植、曹睿、王粲等一批文人加入乐府诗的拟作队伍，文人拟乐府创作遂日益兴盛，并蔚

---

① 班固《汉书》，第1754—1755页。

② 《毛诗正义》，《十三经注疏》，上海：上海古籍出版社，1997年，第270页。

为大观。魏晋六朝的文人，已然把创作、歌唱乐府诗当作日常生活的一部分。从创作主体来看，乐府诗的创作已经转移到具有一定政治身份、且具有相当知识水准的文人圈子内，帝王、文臣广泛参与其中。此一时期的文人乐府诗，呈现为一种与汉乐府不同的现实主义创作，自我排遣、自我娱乐逐渐成为文人写作的目的，女性形象也相应地发生变化。

魏晋乃至于刘宋时期的文人乐府诗，仍然具有“感于哀乐，缘事而发”的现实意义，只是他们所遭之事已远非衣食住行所能局限，所抒哀乐之情也不再是单纯的人情冷暖，而是往往与国家政治相关，并抒发个人的命运感慨。此时乐府诗中的女性形象已经在一定程度上体现出泛化倾向。这些女性可分为两类，一类是来自于现实的女子，如傅玄笔下的女性，作者真切地关心她们的命运，是“缘事而发”者，是对于汉乐府写作精神的继承；另一类女性则往往是文人用于比兴寄托，借以表达自己的政治理想或是人生感慨的。这其中，一些女性往往被称为“佳人”、“美人”，她们容貌出众却往往遭受冷落，作者借她们的落寞来言说个人政治命运的坎坷，曹植诗中的女性可为代表。“佳人慕高义，求贤良独难。众人徒嗷嗷，安知彼所观。盛年处房室，中夜起长叹”[①]（《美女篇》）、“行年将晚暮，佳人怀异心。恩纪旷不接，我情遂抑沉”[②]（《种葛篇》），这些女性盛年不嫁、或被人抛弃，正与文人坎坷的政治命运相似，作者往往借她们的遭遇来抒发自己在朝廷中遭受排挤与迫害、有志难酬的痛苦情怀。曹丕、陆机、鲍照的乐府诗中也往往有此类女性形象。这种写作当然基于“香草美人”的抒情传统以及文人的“臣妾”心理。另有一部分女性同样拥有绝世的容颜，作者借其容颜易老来感叹人生易逝，陆机的《日出东南隅行》用大段篇幅写女子的美貌，结尾归结于一种感叹：“冶容不足咏，春游良

① 郭茂倩《乐府诗集》，第 912 页。

② 郭茂倩《乐府诗集》，第 929 页。

可叹”[1]，鲍照《拟行路难》云：“歌妓舞女今谁在，高坟垒垒满山隅”[2]。这些用以寄托作者情怀的女性已经脱离了现实女性形象，从而具有某种泛化倾向，但是这种泛化的背后是缘于实际生活的个人际遇和人生感慨，换言之，诗人省略了个人具体的人生遭际，但诗歌仍然是作者“感于哀乐，缘事而发”的产物，只是带有了更多的文人化色彩。

随着时代的发展，齐梁陈乐府诗的文人拟作出现了新的特色，那便是创作往往以集团共作的形式进行（集团共作当然不始于齐梁。但对于乐府诗创作来说，齐梁文人集体共作极为典型，前人所论已多，不再赘述），其成员往往依附在某位文坛同时也是政坛上的领袖人物（往往是皇帝或重臣）周围，在创作中追随领袖的文学观念，俯仰主人之好恶，出入宾客之喜怒，细察政治之走向，以文学技艺博得帝王领袖之欢心，从而谋求政治地位的巩固。换言之，文人们作诗首先要考虑的并不是真实抒发自己的喜怒哀乐，而是在政治依附的同时进行文学的献媚。

这种集体创作，其形式上往往是同题共作、唱和、分赋而作（一些题名标为“赋得某某”的诗作）或是应诏（令、教）之作，如谢朓的《同沈右率诸公赋鼓吹曲名二首》、《同王主簿有所思》，萧子显的《乌栖曲应令三首》、庾肩吾的《赋得有所思》、《赋得横吹曲长安道》等。在集体创作时，往往要限韵、限时，较量迟速、工拙，落第者往往受到嘲笑或被罚酒，出类拔萃者则一鸣惊人，夺得赏赐，甚至加官进爵：

竟陵王子良尝夜集学士，刻烛为诗。四韵者则刻一寸，以此为率。（萧）文琰曰：“顿烧一寸烛，而成四韵诗，何难之有！”乃与令楷、江洪等共打铜钵立韵，响灭则诗成，皆可观览。[3]

中大通五年，高祖宴群臣乐游苑，诏别驾翔与王训为二十韵

---

① 郭茂倩《乐府诗集》，第 419 页。

② 郭茂倩《乐府诗集》，第 1000 页。

③ 李延寿《南史》，北京：中华书局，1975 年，第 1463 页。

诗，限三刻成。翔于座立奏，高祖异焉，即日转宣城王文学，俄迁为友。时宣城友、文学加它王二等，故以翔超为之，时论美焉。[①]

于时（梁）武帝每所临幸，辄命群臣赋诗，其文之善者赐以金帛。是以缙绅之士，咸知自励。[②]

在这种创作氛围中，文人们自然远离了普通百姓的丰富生活，也很难通过诗歌来寄托个人遭遇、反映政治理想，相反却往往要迎合主人心意、共同完成这场由文学造就的娱乐盛宴。在这种活动中，集团领袖的娱乐化文学倾向无疑得到了最大限度的贯彻。在文坛领袖眼中，文学已然卸去了“经夫妇，成孝敬，厚人伦，美教化，移风俗”[③]（《毛诗序》）的政治教化重担，扮演起轻松愉快的娱乐佐欢的角色。萧统曾多次表达以钻研学问、玩味文学为乐的态度：“耽精义，味玄理，息嚣尘，玩泉石，激扬硕学，诱接后进，志与秋天竞高，理与春泉争溢，乐可言乎！乐可言乎”[④]，“既责成有寄，居多暇日，肴核坟史，渔猎词林，上下数千年间无人，致足乐也。”[⑤]萧纲亦云：“缵少好文章，于今二十五载矣，窃尝论之。日月参辰，火龙黼黻，尚且著于玄象，章乎人事，而况文辞可止，咏歌可辍乎？”[⑥]“吾辈亦无所游赏，止事披阅。性既好文，时复短咏。虽是庸音，不能阁笔，有惭伎痒，更同故态”[⑦]。咏歌不可辍，文学致足乐，文学的娱乐性彰显，他们视文学活动为生命中不可缺少的一部分，是生命中的精神追求极致，可“致足乐”。这些乐府诗，同样具有强烈的文人色彩。繁华的城市街道、奢华的豪门第宅、珠围翠绕的生活、悦耳动听的音乐、悲情动人的美女，

---

① 姚思廉《梁书》，北京：中华书局，1973年，第586页。

② 李延寿《南史》，第1762页。

③ 《毛诗正义》，《十三经注疏》，第270页。

④ 俞绍初《昭明太子集校注》，郑州：中州古籍出版社，2001年，第212页。

⑤ 俞绍初《昭明太子集校注》，第74页。

⑥ 欧阳询《艺文类聚》，上海：上海古籍出版社，1982年，第1042页。

⑦ 姚思廉《梁书》，第690页。

共同构成了齐梁文人的描写热点。这种文人色彩，不同于魏晋刘宋时期颇具政治意味的文人色彩，它脱离了经国大业的政治表现功能，带有强烈的娱乐化印迹。

这种自上而下的集团式创作，必然使乐府诗中的女性形象呈现出脱离现实的特征，她们已然跳出道德伦理的限制，不必再负担文人寄托抒怀的重任。她们只做为“自然”的人出现，展示其美貌与技艺，表达着悲伤与离愁，在帝王文人面前演出一场场风情万种的戏码，以供他们欣赏娱乐。既然是娱乐，那自然无须辨明其是罗敷还是班婕妤、是歌女还是贵妇，只要她年轻美丽、长袖善舞、风情万种就足够了。

三

文学创作总是基于一定的文学传统，并在接受中产生新变，并最终形成特定时期的文学特色。齐梁陈文人们对于乐府诗女性形象的“泛化”书写，正是对齐梁文坛文学风气的回应，是齐梁文学追求新变的重要表现。

消解女性事迹，关注女性情感，体现了刘宋以来重视性情吟咏的文学风气。裴子野在《雕虫论》说：“宋初迄于元嘉，多为经史。大明之代，实好斯文，高才逸韵，颇谢前哲，波流相尚，滋有笃焉。自是闾阎少年，贵游总角，罔不摈落六艺，吟咏情性。”①其指出，自刘宋大明之时起，六艺经史，便不再是文人的关注、表达重心，吟咏情性才是文人的追求。这种重性情轻经史的文风一直贯穿南朝终始。《南齐书·文学传论》云：“文章者，盖性情之风标，神明之律吕也，蕴思含毫，游心内运，放言落纸，气韵天成”②，同样认为文章是作者心性情感的风标，只有作者蕴思、游心，发性情之风标，明神明之律吕，才称得上是文章。在这里，作者之性情抒发被认为是文章的本源。对于

---

① 李昉等《文苑英华》，北京：中华书局，1966 年，第 3873 页。

② 萧子显《南齐书》，北京：中华书局，1972 年，第 907 页。

乐府诗而言,重现实、多叙事本是汉乐府的写作传统,齐梁文人重视情性的抒发,必然导致乐府诗由叙事向抒情方向转变。女性形象的“泛化”正是这一文学思潮的体现。消解传统女性的本事,把传统女性的意象性特征进行分解、拼凑,让她们最大限度地脱离传统女性的角色特点,成为文人性情的点缀。这种乐府诗写作方式的转移,正是齐梁文人重视抒发性情文学观念的体现。

有关女性的典故往往高频、混搭式地应用于乐府诗中,这也正是文坛上愈来愈重视才学的风气体现。自汉魏以来,才学受到空前重视,南朝尤甚,“故士大夫子弟皆以博涉为贵”①,文人间相互校验学识之多寡成为时尚,生活中的隶事比赛与文学创作上的用典之风蔚然而起。《梁书·王僧孺传》载:“僧孺好坟籍,聚书至万余卷,率多异本,与沈约、任昉家书相埒。少笃志精力,于书无所不睹。其文丽逸,多用新事,人所未见者,世重其富。”②但这种用典渐渐走入矜夸炫耀之境地,有时沦为一种纯粹的文字游戏,这在乐府诗的写作中亦有鲜明体现。沈约的《怨歌行》以四个典故构成“怨”的主题:“坎壈元淑赋,顿挫敬通文。遽沦班姬宠,夙窆贾生坟”③,前二者是文学表现,后二者是人生际遇,以“怨”为主题,但组合起来并不十分协调,直可谓宋初西昆体典故堆砌的先声。齐梁文人在处理女性形象时亦往往如此,刘孝威的《怨诗行》将陈阿娇失宠、《蒲生行》女子被弃本事、昭君远嫁绝漠的典故组合起来,以突出“怨”字。有时,一些女性典故聚合在一起并没有一个统一的主题,它们只是机械地组合成一个“崭新”而“怪异”的女性,如上文所举江总的《紫骝马》一诗,融《古诗十九首·青青河畔草》中“荡子妇”、《陌上桑》“罗敷”、《上山采蘼芜》“出妻”形象于一诗,原诗中的女性或机智、或可悲、或落寞,各具特色,作者将她们组合在一起,却显得有些“怪异”。有些诗中将本无联系的

① 王利器《颜氏家训集解》,上海:上海古籍出版社,1980 年,第 170 页。

② 姚思廉《梁书》,第 474 页。

③ 郭茂倩《乐府诗集》,第 618 页。

女性典故拼接运用在一起，直接造成了诗歌主题的模糊不清，如梁简文帝的《采菊篇》：

> 月精丽草散秋株，洛阳少妇绝妍姝。相唤提筐采菊珠，朝起露湿霑罗襦。东方千骑从骊驹，岂不下山逢故夫？[①]

此诗融《洛阳道》“丽人”、《陌上桑》“罗敷”、《上山采蘼芜》“出妻”形象为一，但诗歌的主题是什么？这个女子的遭遇又是什么？耳熟能详的女性典故组合起来却造就了一个面目不清的女性形象，诗歌的主题亦难以指明。可以说，这些乐府诗的创作已经沦为了纯粹的文字游戏。

翻看齐梁陈乐府诗，总有似曾相识之感，相似的背景描写、雷同的情感状态、频繁而重复的典故运用，使得齐梁乐府诗难出新意。但也就是在这种不断地累积性创作过程中，一些文学意象固定下来，奠定了后人的言情传统。如《上山采蘼芜》为“出妻”而作，齐梁文人极有目光地摘取出“蘼芜”、“织素”意象作为被弃女子的象征；《铜雀台》、《铜雀妓》系列诗作自齐起，齐梁陈文人笔下的“高台”、“西陵”、“松风”，成为后人咏叹铜雀女性的传统抒情意象。

集团式的共同写作，“很容易使某些题材或者某种艺术体裁得到集中而反复的表现，从而形成某种艺术风气和艺术习惯”[②]。在乐府诗的写作过程中，女性身份一直被不断消解，直至成为女性群像。这种写作，在某种程度上奠定了后人抒情的传统意象，体现出齐梁时代的文学风尚，并反映出乐府诗创作过程中的某种规律性。汉乐府以采诗制吸纳了大量民间诗作，最大限度地反映了生活的广泛性，贡献了大量鲜明生动的女性形象；魏晋以后，乐府诗的写作已转变为文人

---

① 郭茂倩《乐府诗集》，第 931 页。

② 阎采平《齐梁诗歌研究》，北京：北京大学出版社，1994 年，第 75 页。

拟作乐府。随着乐府诗文人化的不断发展，齐梁陈文人的文学观念得到强烈贯彻，女性形象完全沦为文人娱乐、游戏的工具。女性形象的变化，虽得自于乐府诗创作机制的变化，而其文学史意义则指向了民间文学向文人文学的转变。

（原载《淮北师范大学学报》2015 年第 1 期）

论魏晋六朝文人拟乐府的转型

——以《塘上行》的衍变为例

陈　洪　孙晓星

“乐府”之名，秦已有之。然直至汉武帝重置乐府机构以观风俗，乐府诗才逐渐凭借其“采诗夜诵”的音乐性、“缘事而发”的现实性与“浅而能深”的文学性被历代学者奉为典范。据钱志熙烁府古辞的经典价值》一文的相关考论，汉乐府诗本是集民间歌、乐、舞、戏等娱乐因素于一身的大众文学，是后世文人诗的直接母体。然而，汉末大乱，采诗受阻，虽然民间歌乐不辍，但乐府诗的创作主体开始转向上层文人。

随着魏晋以降越来越多的文人参与到拟乐府的实践中，乐府诗逐渐脱音乐化、纯文学化，附着上鲜明的文人色彩。他们一方面袭取汉乐府的一些因素，另一方面又积极促成创作上的新规范、新格调，最终使文人乐府以超凡脱俗的面貌独立出来。

综观文人拟乐府对乐府古辞的层层剥离与创变，不仅关乎内容主题的延展，更涉及到创作系统、文化格调的转换，这绝非一个一毗而就的过程，而是代代出新、有律可循的。因此，笔者选择魏晋六朝皆有拟作的《塘上行》为切人点，通过这一歌辞的衍变，管窥文人拟乐府高调而雅丽的转型。

逯钦立《先秦汉魏晋南北朝诗》收《塘上行》4 首，以曹魏甄皇后所作的“蒲生我池中”为本辞，西晋陆机、南朝宋谢惠连、梁刘孝威皆有拟作，4 首亦收人《乐府诗集》的《相和歌辞·清调曲》。另外，曹植孵萍篇》由《塘上行》本辞衍生而来，烁府诗集》作《蒲生行·浮萍篇》，除曲题采用本辞首两字外，曲调、内容、结构皆相似。谢朓《蒲生行》、萧绎《赋得蒲生我池中》承曹植一脉，可视作对本辞的间接模仿。而沈约《江蓠生幽渚》以陆机拟作的首句为题《艺文类聚》作《塘上行》，笔者也纳为研究对象。以上8首，是为本文的主要资证。

一、从辞咏本题到离题再造——内容主题的延展

乐府歌辞最初多有本事、原型。沈约《宋书·乐志一》谈及吴歌《六变》时提出了"因事制哥（歌）"[①]的原则；宋代强行父《唐子西文录》亦言"古乐府命题皆有主意，后之人用乐府为题者，直当代其人而措辞，如《公无渡河》，须作妻止夫之词"[②]。其中的"事""主意"，即指引起创制曲调动机的事件与情感，例如《陌上桑》对罗敷智拒太守事件的再现、《东门行》对穷而拔剑出走境遇的慨叹、《塘上行》对女子受谗失欢心理的表达等等。通常，这些事件的某一侧面会通过曲题反映出来，人物、地点、情绪，不一而足，以此作为古辞与本事的联结与暗示。

所谓"本辞"或"始辞"，就是指上述"感于哀乐，缘事而发"并且最初人乐的旧歌诗。它们各自代表着一种题材系统，以典型化的叙事手法、普泛式的情感价值引起世人共鸣，具有较强的重塑性。例如魏时《塘上行》：

> 蒲生我池中，其叶何离离！傍能行仁义，莫若妾自知。众口铄黄金，使君生别离。念君去我时，独愁常苦悲。想见君颜色，感结伤心脾。念君常苦悲，夜夜不能寐。莫以豪贤（一作毫发）故，弃捐素所爱。莫以鱼肉贱，弃捐葱与薤。莫以麻枲贱，弃捐菅与蒯。出亦复苦愁，入亦复苦愁。边地多悲风，树木何修修。

---

① 沈约《宋书·乐志》，北京：中华书局，1974年，第562页。

② 何文焕《历代诗话·唐子西文录》，北京：中华书局，1981年，第443页。

从君(一作军)致独乐,延年寿千秋。[①]

关于这首诗的作者,历来众说纷练《文选》李善注引激录》:"《塘上行》,古辞,或云甄皇后造,或云魏文帝,或云武帝。"[②]《乐府诗集》引《邺都故事》认为是甄氏之作,恐系牵合甄氏生平以附会。且不论此诗究竟出自谁手,就各家争议来看,至少说明这样一个事实,即歌辞《塘上行》从一开始便带有些文人色彩,可视作古乐府初向文人诗过渡的作品。诗中自述了一妇受谗遭弃的经历、失欢难寝的愁苦以及重操旧好的愿望。曲题盖指此妇遭弃后途经塘上,见池中荷叶繁茂,不胜唏嘘,发而为歌。歌辞率直凄切,以事挟情,以情说理,很能代表弃妇之流的心声,也是汉魏时期妇女位卑言轻、失宠难立的缩影,基本保存了汉乐府"说唱道古"、"表社会事象"的风貌。

此后的文人拟作不仅自觉地向本辞内容靠拢,还注重保持其感情基调的一致性,如曹植《蒲生行·浮萍篇》(浮萍寄清水)[③]。该诗沿袭了本辞女子失欢、盼郎转意的主线,辞调也显得凄清,属辞咏本题之作。但在弃妇形象的塑造上,曹植做了一些改变。本辞中的女子,委屈怯懦,渴求垂怜,被弃也要祝丈夫"延年寿千秋";而《浮萍篇》中的妇人,朝夕烙勤,闲好琴瑟,虽望旧恩中还,但耻于献媚求好,与其屈意寄身,不如"发筐造裳衣,裁缝纵与素",自乐以终老。究其改造因由,乃是曹植于古题之外另附他意。赵幼文《曹植集校注》指明'此托喻于弃妇。"[④]联系文帝即位以来对曹植的猜忌疏离、限制打压,便不难看出诗中的"无端获罪'、"旷若商参'、'茱英自芳"都是作家的自我写照。一方面,曹植继承了《楚辞》以来"以男女比君臣"的隐喻传统;另一方面,他又兴起了魏晋乐府"以须眉作闺音"的代言手法。随着客观叙事成分逐渐减少、主观抒情成分相应增多,文人拟乐

①③ 郭茂倩《乐府诗集》,北京:中华书局,1979年,第521—524页。
② 萧统《文选》,上海:上海古籍出版社,1986年,第1315页。
④ 赵幼文《曹植集校注》,北京:人民文学出版社,1984年,第312页。

府的主题开始从聚焦一种社会普泛现象转向抒写一种作家独特体验。

西晋陆机的《塘上行》(江蓠生幽渚)沿曹植借题自况一路而有所发展。首先,女子的身份由本辞的民妇、曹诗中的贵妇,提升至宫妃。主人公入宫受宠,担心色衰爱弛,惟愿免遭谗言以终暮年。虽然《乐府题解》称其"与古辞同意"[①],但诗中女子尚未见弃,在境遇上与古辞存在差别。其次,诗人借宫怨抒写君臣遇合,别有情感寄托,此与曹诗同。但在题旨上,陆机更多地是表达无法把握自身命运的忧生之嗟,是一个吴国旧臣入仕西晋后的惶恐之情,与曹植兄弟相煎的苦闷是大相异趣的。第三,"江蓠"不再是打头的比兴之物,而是作为女主人公的替代物铺张了大半诗篇,使诗歌在寓意上形成"江蓠一宫妃一作者"三种形象、双重比喻,不仅构思更为精巧,更直接推动了后世文人乐府状物写景、铺成藻饰风气的形成。

东晋前中期,玄言诗风大盛,文人重思辨、说老庄,拟乐府的创作几近消歇。这既是政治乱离、礼乐坠失的结果,也与"辞咏本题"这种命题作诗的规则对文人才性的限制不无关系。东晋后期,士人阶层"共重吴声"[②],对清商曲辞的大量模仿带动了文人拟乐府再度兴起。然而,从晋宋文人乐府的仿效对象上看,虽有鲍照一流追溯汉魏古体的质朴散直,但内容已经偏离旧义,辟出一条"以古题写今事"的新路径。更多的诗家选择向曹植、陆机取法,模拟旧篇,骋词使气,特别是陆机,以其极高的文坛声望被奉为大宗。这一脉的代表人物有谢灵运、谢惠连、沈约等,拟篇成为他们主要的写作意图和方式。例如谢惠连《塘上行》(芳首秀阿陵),以"芳首"替换陆诗中的"江蓠",铺叙其迁移过程,表达相伴相守之愿,与陆诗同出一辙。而沈约《江蓠生幽渚》更是从诗题、构架到诗风、文辞都直取陆机,是典型的拟篇之作。值得注意的是,由于作者为了模拟而创作,诗中所写往往与诗人生活

① 郭茂倩《乐府诗集》,第 522 页。

② 刘义庆《世说新语》,上海:上海古籍出版社,1982 年,第 71 页。

并无直接关联。这种创作主旨由内而外的变化，导致诗中强烈的情感因素与个人心志淡出，物开始取代人搬到了作品的中心位置。这既是对当时摹山水、咏外物风趣的暗合，也呈现一种由辞咏本题到离题再造的过渡。

文人拟乐府走近“离题再造”与齐梁年间“拟赋古题”法的流行大有联系。“赋题”之说，缘于沈约、谢朓等人赋写汉饶歌旧曲，指“严格地由题面着笔，按着题面所提示的内容倾向运思庀材”①。从晋宋的“拟篇”到齐梁的“赋题”，内容越来越精细，精细到只是铺写古题之意而非古辞之本事。由于古题通常只对本事的某个侧面加以提炼，就必然导致了赋题诗在内容上与古辞的偏离，即“离题再造”。谢朓《蒲生行》（蒲生广湖边）就是这样的一首赋题诗。诗人歌咏蒲草的生长环境、风雨际会，虽然也有自喻之意，但表现形象上已与曹植《蒲生行》中的弃妇怨女彻底分离，俨然一首阐发古题、借物抒怀的咏物诗。刘孝威《塘上行·苦辛篇》（蒲生伊何陈）则以古辞中女子遭谗为切人点，罗列典故以说明诗题中的“苦辛”。这种诊释本事某一意的写法，代表了赋题诗的另一种样式。

“拟赋古题”法的流行，令处于困境的文人拟乐府在重雕镂形的环境下得以发展，也驱使自晋以来“以成句为题”的诗作（如上文沈约《江蓠生幽渚》）迈向了“赋句”的新路子。自梁元帝起，诗家每每赋句为诗，多在题前冠以“赋得”二字，如萧绎《赋得蒲生我池中》：

池中种蒲叶，叶影荫池滨。未好中官荐，行堪隐士轮。为书聊可截，匹柳复宜春。瑞叶生苻苑，镂碧献周人。②

---

① 钱志熙《齐梁拟乐府诗赋题法初探—兼论乐府诗写作方法之流变》，《北京大学学报》（哲学社会科学版）1995年第4期。

② 逯钦立《先秦汉魏晋南北朝诗》，北京：中华书局，1983年，第2040，407页。

诗人将古辞首句作为赋题，咏物即兴以表公宴之乐。由于弃妇形象的丧失，怨伤基调的改变以及自我咏叹的消解，萧诗已完全摆脱了“辞咏古题”的既定规则，借题赋句，任性发挥，仅在“蒲”这个意象上还与古辞《塘上行》保有一丝牵扯。至此可见，在历经咏古、寄言、拟篇、赋题等主题转换后，文人拟乐府最终完成了从“辞咏古题”到“离题再造”之转变。

二、从入乐歌辞到文人徒诗——创作系统的转换

《汉书·礼乐志》言“至武帝定郊祀之礼，祠太一于甘泉，就乾位也；祭后土于汾阴，泽中方丘也。乃立乐府，采诗夜诵。有赵、代、秦、楚之讴”①。说明乐府诗最初是入乐歌诵的。统治者不但设立官署以兴乐教，还采集民调以配古辞。刘勰《文心雕龙》将“乐府”界定为“声依永，律和声”②，也是强调了它的音乐特征。所以，我们看乐府古辞的基本性质，音乐艺术是第一位的，其次才是文学艺术。

各家辑录本中，入乐歌辞往往会附有一些征引、案语上的提示。以魏时《塘上行》为例，《乐府诗集》收于卷三十五《相和歌辞·清调曲》题下，辞分五解，后标“晋乐所奏”，另载文人本辞《先秦汉魏晋南北朝诗》则注明“离、知、离、爱、蕹、蒯”六韵，并附逯案“‘出亦复苦愁’以下六句乃乐人增入之曲，必非甄后之作也”③。据上述信息可知，作为清调六曲之一，《塘上行》本是以汉乐曲辞的身份在丝竹乐器的伴奏下歌唱的。但由于音乐自身的发展、实际条件的限制以及表演欣赏的需要，曲辞被掺杂进一些乐人加工的因素，如增加抒情套语、重新配入晋乐等。不仅如此，全辞分作五“解”，即五章，语义、情感层层递进，语词、韵法颇为流畅，呈现出声调婉转、意蕴回环的音乐结构。所以，尽管《塘上行》在成调之初就潜藏有文人诗化的痕迹，但总

---

① 班固《汉书·礼乐志》，北京：中华书局，1962年，第1027页。

② 周振甫《文心雕龙注释》，北京：人民文学出版社，2002年，第64页。

③ 逯钦立《先秦汉魏晋南北朝诗》，第2040，407页。

体上还是保留了“汉人乐府五言，铁荡宜于节奏，乐之大体”[①]的特性，属于音乐说唱系统。

到了汉魏时期，频繁的战乱影响了采诗制的正常施行，礼乐文化亦遭破坏，乐府诗的创作主体从大众、乐工转向文人阶层。加之经学统治松动、文学地位提高，乐府体五言开始脱离音乐的性质，走上纯文学化、徒诗化的道路。

就文人乐府从音乐系统转向纯文学系统而言，曹氏“三祖”（操、丕、叡）的创作可视为一个过渡。《先秦汉魏晋南北朝诗》收曹操诗作21首，皆为乐府，是典型的“依前曲改作新歌”[②]；曹丕基本延续乃父的做法，现存45首诗作中，乐府多过一半，大都拟调制辞付诸伶人歌唱；曹叡则继续享有王族为乐府配辞的特权，现存17首乐府诗皆趋步前人，诗乐相辅相依。

然乐府至曹植而为之一变。一方面，曹植乐府讲故事的功能减弱，抒情寄意的用意增强，表现出与汉乐府叙事性的疏离；另一方面，在其近50首乐府诗中，仅有5首合乐可歌，其余诗篇徒有“乐府”之体，却无音乐之实。这种不遵原曲调，只摹旧篇章的状况，被称作“乖调”[③]。在曹植《蒲生行・浮萍篇》中，我们也能读出一些乐府徒诗化的迹象。首先，作者虽据《塘上行》为范本，却取开篇“蒲生”二字作新曲题以示区别，并另立诗题“浮萍篇”。所谓“行”，指乐章开头的序曲，是一个音乐术语。颜师古《汉书・司马相如传》注曰：“行谓曲引也。古乐府《长歌行》、《短歌行》，此其义也。”[④]“篇”则带有更多的文学意味，是文人言说道理、施展情志的场所。曹植是第一位大量名“篇”作题的诗人，这与他有意追求诗歌的文学艺术、一展“辞采华茂”之才性的创作实践正相契合。其次《蒲生行・浮萍篇》对汉末萌生的

---

① 许学夷《诗源辨体》，北京：人民文学出版社，2001年，第32页。

② 赵幼文《曹植集校注》，第311，323页。

③ 周振甫《文心雕龙注释》，第65页。

④ 班固《汉书・司马相如传》，第2529页。

文人五言诗有所汲取。篇末“发箧造裳衣，裁缝纵与素”取自《古诗十九首·驱车上东门》中的“不如饮美酒，被服纨与素”[①]。诗人借时运萧索下的人生如寄、及时行乐之感，比喻自己无端见弃、自乐而终之叹。这种转引在曹植作品里并不少见，表明自班固《咏史诗》以来一直不温不火的五言徒诗终于受到了上层文人的关注，并借由邺下集团贵游、酬赠的风气得以壮大，显示出与乐府体五言并肩而进的势头。可以说，在文人阶层正式涉足徒诗创作的过程中，曹植的拟乐府起到了引领作用。

五言徒诗经邺下文人集团的改造形成了对仗、藻饰、体物的新传统，题材与境界也有所拓展，这些都是与乐府诗辞相区分的标志。然而事实上，乐府诗辞与徒诗的界限并非那么分明。例如陆机的《塘上行》：

> 江蓠生幽诸，微芳不足宣。被蒙风雨会，移居华池边。发藻玉台下，垂影沧浪泉。沾润既已渥，结根奥且坚。四节逝不处，繁华难久鲜。淑气与时殒，余芳随风捐。天道有迁易，人理无常全。男欢智倾愚，女爱衰避妍。不惜微躯退，恒惧苍蝇前。愿君广末光，照妾薄暮年。[②]

虽然诗人延续了本辞的弃妇题材，也保留了一些哀婉之情，但行文上明显受到徒诗的影响：注重体物、隐喻情理、以“宣、边”二韵构结全篇、文辞绮丽整饬，开创了乐府徒诗化的新范式。这种范式说明，文人拟乐府在脱离具体曲调以后，开始大量接受五言徒诗的写作技巧，表现出向徒诗靠拢的倾向。

南朝初期的拟乐府充斥着效法曹、陆的华美辞章，但不同的是，魏晋诸作尽管人乐较少，但并未摆脱实际的音乐背景，谋篇构造依旧

---

① 沈德潜《古诗源》，北京：华夏出版社，1998年，第156页。

② 郭茂倩《乐府诗集》，第521—524页。

顺从相关曲调；而刘宋以来，徒诗创作占据上风，拟乐府不仅数量迅速减少，就连其基本特征也消磨殆尽了。尤其在“拟篇’、“赋题”成为乐府生存的新路径后，文人竟相在绮靡、铺排、用典等文字功夫上发力，汉乐府固有的缘情、叙事、散直、古朴传统，统统退居到可有可无的位置。这一时期，有的诗人临帖学书，所咏之物更见精巧，如沈约《江蓠生幽渚》，虽然语辞、境界与前人相去甚远，但至少保留了古乐府的旧框架。有的诗人赋写古辞一端，铺藻据典愈发自如，如谢朓《蒲生行》、刘孝威《塘上行・苦辛篇》等[①]，句数的大幅缩减使其完全脱离了旧曲调的苑囿，虽有拟乐府之名，实与近体诗相似。齐梁以后，文人渐由山林走向宫室，宴集之盛给宫体诗、咏物诗的发展创造了条件。献酬交错间，文臣指物为诗，赋句助兴“竞一韵之奇，争一字之巧”[②]，像是充满文学意趣的命题游戏。在这场游戏中，乐府只充当了一个附庸风雅的由头、一种借题发挥的道具；或者说，它已由最初的人乐歌辞真正转为了文人徒诗，萧绎《赋得蒲生我池中》便是如此。

概言之，从曹氏“三祖”的依旧曲作新辞，仍以旧调题名，歌辞人乐，到曹植的不遵原曲调，只拟旧篇章，歌辞多不人乐，文人拟乐府经历了由音乐系统到文学系统的转换，这种转换是根本性的。然而，受乐府传统的影响，文人拟作虽不断吸取徒诗技法，但一度保有古辞的题材、基调与体式。这些方面的消解，是通过推崇绮丽辞风和引人赋题之法实现的。以齐梁附会古题的咏物诗为标志，文人拟乐府最终完成了徒诗化的进程。

三、从大众娱乐到贵族趣味——文化格调的提升

汉人好舞乐，创造了十分发达的娱乐文化。武帝统一乐府，固然有诉诸郊祀、制礼安邦的目的，但就“采诗夜诵”的功能看，首先是满

---

① 逯钦立《先秦汉魏晋南北朝诗》，第2040，407页。

② 魏徵《隋书・李愕传》，北京：中华书局，1973年，第195页。

足宫廷皇室日常声色的需要，其次才是对各地风谣的体察、汇集与保存。据赵敏俐《中国诗歌通史》(汉代卷)，武帝以“新声变曲”为郊庙之礼配乐，客观上等于承认了世俗音乐的合法地位①。这种官方力量的助推，使俗乐文化很快从王室贵胄蔓延到富商大贾、市井巷陌，编排舞乐、诵诗助兴的任务也就更多地转移到歌优俳倡、民间艺伎手里，发展为一种庞大的社会行业。因此，脱胎于舞乐文化的乐府诗，虽不乏歌颂功德、夸耀富贵的上层旨趣，但多数还是对民间普遍观念和社会思潮的书写。反映到形式上，便是作为诗乐舞综合表演的一部分，说唱道古、抒情教化，极尽描摹世俗之能事。至于质朴自然的文辞、散直变化的体式、戏剧性的情节对话等，都是为契合表演的娱乐与观赏效果设置的。本着上述认识，再来看《塘上行》本辞：开篇以景起兴，把观众带人故事的情境；接着自陈遭际，叙说妇人见弃的原委“莫以豪贤故”三句，排比造势，用平凡物喻寻常理，引起价值认同；之后再叹愁苦，使情感上达到高潮；篇末“从君致独乐，延年寿千秋”乃汉乐府惯用的祝颂套语，相当于乐人依观众兴味附加的演出结辞。作品表意完整，结构清晰，犹如一出单人表演的底本，既有古朴直率的艺术品格，又有观照民情的写实精神，虽是魏时所作，却不出大众娱乐之影响。

歌诗至建安，仍与音乐保持着密切关联，但汉末战乱给城市经济造成严重破坏，盛极一时的民间乐府顿衰，“音乐活动范围向以文人群体为中心的上层社会收缩”②。由于创作主体的转移，文人诗歌艺术得到重视与发展，风格也呈现出由俗到雅的蜕变。就曹氏乐府而言，曹操悯乱伤时，以古直之笔写时代变象，虽承两汉乐府体蕴，但精神上已转为对个人怀抱的抒写；曹丕缘情任性，以文士格调拟乐府旧

---

① 赵敏俐《中国诗歌通史》(汉代卷)，北京：人民文学出版社，2012 年，第 57 页。

② 钱志熙《中国诗歌通史》(魏晋南北朝卷)，北京：人民文学出版社，2012 年，第 60 页。

题，取象行文往往“便娟婉约，能移人情”[①]；至于“骨气奇高，词采华茂”[②]的曹植，更是把才性、情志、艺事发挥到精工入神的地步，表现出强烈的个体意识与文人旨趣。在《蒲生行·浮萍篇》中，善弄琴瑟、发簏造裳的妇人相对以往形象更有修养，“茱萸”、“桂兰”之喻也要比前作中的“鱼肉”、“葱薤”更得体雅致。“无端获罪”、“人生若寓”是曹植的追怀自叹，“旷若商参”、“行云有返”是语词境界的精美。明人王世贞有言“古诗两汉以来，曹子建出而始为宏肆，多生情态，此一变也”[③]。由此可见，文人拟乐府正式从表达群体之思转为个人抒唱，从结体散直走向骄俪雕饰。

邺下以后，政治形势愈发严峻，文人交游、抒怀的空间受到限制，诗歌创作“陵迟衰微，迄于有晋”[④]。尽管正始诗作成就有限，但对后世拟乐府的发展不无影响：其一，模拟之风渐盛，主体精神衰减，“诗赋欲丽”，流于形式；其二，士人好尚清谈，玄学大行其道，作品规避现实而追逐意理，多名士风流。这种尚藻饰、重哲理的倾向沿传至西晋，成为一种颇有贵族趣味的古典主义诗风。一方面，统治者为粉饰皇权汇集了一批御用文人，如傅玄、张华、陆机等，他们制作雅颂乐章，摹拟汉魏经典，也将贵族、宫廷生活写人诗中；另一方面，文人惮于高压政策的强势，少写实，多寄托“结藻清英，流韵绮靡”[⑤]，成为共同的诗美追求。对此，刘勰《文心雕龙·明诗》有“采褥于正始，力柔于建安；或析文以为妙，或流靡以自妍”[⑥]一说，颇能概括晋诗风貌。以陆机《塘上行》为例，诗人取本事之义作形象发挥，体物更加细腻，寄言更加委婉，此一变也；诗中多“华池’、“玉台”、“淑气”之词，意象

---

① 沈德潜《古诗源》，北京：华夏出版社，1998 年，第 186 页。

② 钟嵘《诗品》，郑州：中州古籍出版社，2010 年，第 73 页。

③ 何文焕《历代诗话·艺圃撷余》，北京：中华书局，1981 年，第 774 页。

④ 钟嵘《诗品》，第 36 页。

⑤ 周振甫《文心雕龙注释》，第 478 页。

⑥ 周振甫《文心雕龙注释》，第 49 页。

旨趣偏于贵族化,此二变也"诗缘情而绮靡"的主张得之贯行,炼字造语雅丽,对仗用韵工整,抒情流于形式化,此三变也。西晋诗格的新变,不外如是。

东晋时期出现了门阀士族文人群体,他们玄虚简贵,酷不人情,将理过其辞的玄言诗推上高峰,叙事表情的乐府题材受到冷落。到了南朝,统治者往往也是文坛活动的组织者,大批士族、庶族文人群结于皇室周围成为诗歌创作的主要力量。伴随王、谢高门文学的衰落及兰陵萧氏集团的形成,咏物游宴、奢侈虚饰的贵族趣味扩散到各种题材样式中。从"性情渐隐,声色大开,诗运转关"[①]沈德潜(《说诗晬语》)到"雅道沦缺,渐乖典则,争驰新巧"[②],诗人片面追求艺术技法,以致文多拘忌而伤其真美、雕缋有余而诗格不佳,就连追溯古意的拟乐府也不免沾染了些绮艳繁芜的贵族气。如上文所述,南朝文人拟乐府势分两路:一路以汉乐府为宗,反映世间冷暖与生活体验,质直却不失个性,富有现实意义,如鲍照《代东门行》等;一路以西晋陆机为宗,追琢繁文绮合的艺术美感,炼字如谢惠连《塘上行》"垂颖临清池,耀彩仰华甍"[③]、据典如沈约《江蓠生幽渚》"愿回昭阳景,时照长门宫"[④]、炫才如刘孝威《苦辛篇》"黄金坐销铄,白玉遂淄磷"[⑤]等,所取意象奢华富丽,谋篇造词亦见苦心,然主题僵化、精神不出,古辞中的诗骚传统、汉魏风骨尽矣。

关于古代歌辞文学,有"二重身份(口传、阅读)"与"二重生态(乐歌、文本)"的说法。在乐府诗的发展进程中,魏晋六朝的文人拟乐府就相当于沟通这二者的桥梁。由于文人的介人与改造,乐府诗从叙述人事变为抒情逞才,内容与本事发生偏离;叙事缘于歌诵表演的需要,寄意则更适合案头品读,于是乐府生态从歌曲过渡到文本;而创作群体与形式的变动反映到作品中,必然使艺术风貌、文化格调呈现

---

① 沈德潜《说诗晬语》卷上,南京:凤凰出版社,2010年,第85页。

② 魏徵《隋书·文学传论》,第259页。

③④⑤ 郭茂倩《乐府诗集》,第521—525页。

相应的变化。因此，这一时期的文人拟乐府卓有建树并自成风景，比汉乐府更富个性，也比之后的唐乐府更显精致。

（原载《江苏师范大学学报》2013 年第 2 期）

汉唐时期《巫山高》仿辞探论

王立增

汉乐府《巫山高》的曲调被沿用数朝，后来这一曲调名进入文人视野，又成为文人反复创作的乐府题目，从汉代至唐代共出现了四十多首同题之作。通过对这些作品的考察，可以发现：这一时期人们主要是通过仿拟的方式进行创作，其仿拟的母题是《巫山高》的古辞，大体上经历了“因其声而作歌”和“据题为之”两个阶段，在仿拟的过程中既有继承又有变异。本文就其仿辞作一简要探论，不妥之处，请方家指正。

一、母题分析

汉唐时期人们仿拟《巫山高》的母题是该曲调的古辞：

> 巫山高，高以大；淮水深，难以逝。我欲东归，害梁不为？我集无高曳，水何梁，汤汤回回。临水远望，泣下沾衣。远道之人心思归，谓之何！①

关于其题意，宋代郭茂倩所编《乐府诗集》卷十六引《乐府解题》说：“古词言，江淮水深，无梁可度，临水远望，思归而已。”②后来清代

---

① 逯钦立《先秦汉魏晋南北朝诗》，北京：中华书局，1983年，第158页。

② 郭茂倩《乐府诗集》，北京：中华书局，1979年，第228页。

的许多学者试图比附史实，如庄述祖以为指“顷襄王图周室事”[①]，陈沆以为“似忧吴楚七国之事”[②]，谭仪以为“南国之士，自伤不达于朝廷”[③]，王先谦以为“民从高帝定秦，不愿出关，因思归而作歌”[④]等，但都无实据，难以凭信。笔者以为，《乐府解题》立足于文本本身进行解说，较为妥当，即该古辞表现的题意是：临淮远望，寄托思归之情。

然而，《巫山高》被列入“铙歌十八曲”，在汉代属鼓吹曲，而鼓吹曲是武乐，其歌辞应“序战阵之事”[⑤]，此古辞却为何是“临淮远望，寄托思归之情”？清人朱乾、庄述祖、张玉谷等认为，铙歌在实际使用过程中只奏其声，而不唱其辞，故出现了名实不符的矛盾。但这种可能性似乎不大，理由很简单，既然不唱歌辞，为什么后来魏、晋、梁各代还要屡填新辞（详下文第二部分）？[⑥] 其实如果从乐府诗记录与传播的角度来进行解释，也许会更加合理一些：铙歌十八曲在未被吸收到乐府机关以前是民间歌辞，正是所谓的“赵、代、秦、楚之讴”[⑦]，自然会抒写大众题材，反映普通人的情感（如另二曲《有所思》、《上陵》表现男女之情），以致于《汉书·礼乐志》讥刺说非为雅声[⑧]；当收入乐府机关时却由于当时记录曲谱的技术并未成熟，乐工只能采取以辞代曲的记录方法（“铙歌”中大量的“声辞杂写”就是最有力的证据），

---

① 庄述祖《汉短箫铙歌曲句解》，珍艺宧遗书本。

② 陈沆《诗比兴笺》，上海：上海古籍出版社，1981年，第6页。

③ 谭仪《汉铙歌十八曲集解》，灵鹣阁丛书本。

④ 王先谦《汉铙歌释文笺证》，清同治虚受堂刻本。

⑤ 房玄龄等《晋书》，北京：中华书局，1974年，第701页。

⑥ 见朱乾《乐府正义》（清乾隆刻本）、庄述祖《汉短箫铙歌曲句解》（珍艺宧遗书本）、张玉谷《古诗赏析》（清光绪姑苏思义堂本）。赵敏俐先生撰《〈汉鼓吹铙歌〉十八曲研究》一文提出新的看法，认为《铙歌》十八曲原本不是军乐，其名实不符的原因，是由于汉代鼓吹乐应用场合的复杂性所造成的（见《文史》2002年第2期），可备一说。

⑦ 班固《汉书》，北京：中华书局，1962年，第1045页。

⑧ 班固《汉书》，第1070页。

所以这些出自民间的歌辞有幸被记录又恰好流传于后世，因而在今天看来自然是名不符实。

《巫山高》古辞中还存在着一个令人费解的问题。古辞开篇云："巫山高，高以大；淮水深，难以逝。"其中巫山在今四川省境内，位于长江沿岸，而淮水在祖国的东部，两者相隔甚远，何以在古辞中对举出现？闻一多先生说："《南部新书》庚'濠州西有高唐（原误塘，从《封氏闻见记》、《诗话总龟》改。）馆，附近淮水'。案此与夔蜀之高唐馆同名，以地名迁徙之例推之，疑濠西淮水附近之高唐馆，其所在之山亦名巫山。此诗巫山、淮水并称，即濠西之巫山也。"①闻一多为了迁就古辞中的"淮水"，推断濠西有巫山，证据并不充分，难以服人。余冠英先生解释说："身在蜀土，东归不得，假想临淮远望的光景。"②余先生把"巫山高"看成是实写，意谓身在蜀地巫山而假想淮水的情形，这显然与古辞的后面部分主要写水阻相矛盾。郑文先生解释说："托巫山、淮水之高深，说明不能归去的原因，不是人在巫山、淮水的地方。倘坐实地名，那就西东不可强合；而从下文来看，只说水阻，是用山来兴水的。"③郑先生认为古辞中的"巫山高"是用来起兴，并非实写，联系上引《乐府解题》中的解说，这一看法是可以成立的。

关于这首古辞的形式，大体上是以三言句式为主（其中有六个三言句，五个四言句，五言、七言句各一）。之所以这样，是因为《巫山高》是武乐，武乐主要用于朝会、道路等场合以壮声威，其曲调急促，唯有简短的三言句式与之相配方可协调。

二、音乐层面上的仿拟："因其声而作歌"

汉以后的数代朝廷中，《巫山高》被继续用为鼓吹乐，其普遍的做

---

① 闻一多《乐府诗笺》，《闻一多全集》第五册，湖北：湖北人民出社，1993年，第722—723页。

② 余冠英《乐府诗选》，北京：人民文学出版社，1954年，第5页。

③ 郑文《汉诗研究》，甘肃：甘肃民族出版社，1994年，第62页。

法是：沿用汉之曲调而改填新辞，即郭茂倩所说的“因其声而作歌”[①]。沈约《宋书·乐志》中引西晋张华的《表》曾对这种方式进行过具体的描述：“虽诗章词异，兴废随时，至其韵逗曲折，皆系于旧。”[②]“韵逗曲折，皆系于旧”，指沿用以前的曲调，这就要求新填歌辞的篇章体制必须与古辞相同或相似，否则难以谐乐演唱；“诗章词异，兴废随时”是根据时代改填新的歌辞，这使新填的歌辞在题意上与古辞毫无关联。显然，这种仿拟方式重视的是音乐曲调，故可视之为音乐层面上的仿拟。

如三国时期魏国的缪袭新填歌辞《屠柳城》为：

屠柳城，功诚难。越度陇塞，路漫漫。北逾冈平，但闻悲风正酸。蹋顿授首，遂登白狼山。神武慹海外，永无北顾患。[③]

《晋书·乐志》云：（魏）“改《巫山高》为《屠柳城》，言曹公越北塞，历白檀，破三郡乌桓于柳城也。”[④]此辞歌颂魏帝功德，在题意上与古辞无关，而篇章体制与古辞大体相似，前面部分以三言句式为主，后面杂以四言、五言和六言句式。

吴国韦昭新填歌辞《关背德》辞为：

关背德，作鸱张。割我邑城，图不祥。称兵北伐，围樊、襄阳。嗟臂大于股，将受其殃。巍巍夫圣主，睿德与玄通。与玄通，亲任吕蒙。泛舟洪汜池，溯涉长江。神武一何桓桓，声烈正与风翔。历抚江安城，大据郢邦。虏羽授首，百蛮咸来同，盛哉

① 郭茂倩《乐府诗集》，第1219页。
② 沈约《宋书》，北京：中华书局，1974年，第539页。
③ 逯钦立《先秦汉魏晋南北朝诗》，第528页。
④ 房玄龄等《晋书》，第701页。

三比隆。①

《乐府诗集》卷十八引《古今乐录》曰："《背关德》者，言蜀将关羽背弃吴德，心怀不轨。孙权引师浮江而擒之也。当汉《巫山高》。"②即歌颂吴帝功德，在题意上也与古辞无关。在篇章体制方面此辞长达二十一句，如果以"与玄通"为界分为两部分，前面十句，后面十一句，两部分的句数正与古辞的句数相差不多，由此我们可以推断，韦昭此辞大概是演奏了两遍《巫山高》的曲调，在曲调反复的地方用"与玄通"顶真。

晋代傅玄新填歌辞《平玉衡》为：

平玉衡，纠奸回。万国殊风，四海乖。礼贤养士，羁御英雄，思心齐。纂戎洪业，崇皇阶。品物咸亨，圣敬日跻。聪鉴尽下情，明明综天机。③

《宋书·乐志》云："古《巫山高行》。"④《乐府诗集》卷十九引《古今乐录》云："《平玉衡》，言景帝一万国之殊风，齐四海之乖心，礼贤养士而纂洪业也。"⑤此辞言晋代景帝功德，在题意上仍与古辞无关，而歌辞的篇章体制与古辞大体相仿。

南朝梁代沈约新填歌辞《鹤楼峻》为：

鹤楼峻，连翠微，因岩设险，池永归，唇亡齿惧。薄言震，耀

① 逯钦立《先秦汉魏晋南北朝诗》，第545页。
② 郭茂倩《乐府诗集》，第272页。
③ 逯钦立《先秦汉魏晋南北朝诗》，第829页。
④ 沈约《宋书》，第650页。
⑤ 郭茂倩《乐府诗集》，第278页。

灵威，凶众稽颡，天不能违。金汤无所用，功烈长巍巍。[1]

《隋书·乐志》云："汉曲《巫山高》改为《鹤楼峻》，言平郢城，兵威无敌也。"[2]此辞言梁武帝功德，题意与古辞无关，篇章形式与古辞大体相似。

此外，据《隋书·音乐志》记载，南北朝时期的其它各代均有改制：南朝宋、齐的鼓吹"并用汉曲"[3]；北齐改为《战芒山》，"言神武斩周十万之众，其军将脱身走免也"[4]；北周改为《战河阴》，"言太祖破神武于河上，斩其将高敖曹、莫多娄贷文也"[5]。这几篇歌辞都已经散佚了，我们今天难得其详，但其情形应与上述所列魏、吴、晋、梁的改填新辞一样。

这里有必要指出的是，《巫山高》在音乐层面上的仿拟，虽然近似于后来宋词中的依调填词，但远没有倚调填词那样严格[6]。原因在于：宋人填词，绝大多数人不是按照曲调来填写，而是依照文字平仄谱填写，要求必定严格，多一字或少一字自然就成了另一体；《巫山高》中的"因其声而作歌"，依的是曲调，从情理上来讲，多一字或少一字甚至多一两句或少一两句，乐工都可以灵活处理，仍可以配入原来的曲谱，所以上面所举部分歌辞虽然在字数、句数上与古辞略有差别，但并不影响它们协乐演唱。

---

① 逯钦立《先秦汉魏晋南北朝诗》，第2181页。

② 魏徵《隋书》，第305页。

③ 魏徵《隋书》，第304页。

④ 魏徵《隋书》，第330页。

⑤ 魏徵《隋书》，第342页。

⑥ 萧涤非先生在《乐府填词与韦昭》中也曾指出："我疑心魏世的拟作乐府，只是但求合于古曲的'韵逗曲折'，而不屑于一字一句的死填，所以能在一调之下，用各种不同的文句。"见《萧涤非说乐府》，上海：上海古籍出版社，2002年，第218页。

三、文学层面的仿拟："据题为之"

上述所论《巫山高》的仿辞都用于典礼仪式场合，一般是由朝廷指派专门人员进行改填，缺乏文人的普遍参与，故产生的影响有限。而真正把《巫山高》的仿拟推向高潮的是脱离音乐之后从文学层面上进行的仿拟。这最先是从南朝刘宋时期何承天所拟的《巫山高篇》开始的。其辞云：

巫山高，三峡峻。青壁千寻，深谷万仞。崇岩冠灵，林冥冥。山禽夜响，晨猿相和鸣。洪波迅澓，载逝载停。凄凄商旅之客，怀苦情。在昔阳九，皇纲微。李氏窃命，宣武耀灵威。蠢尔逆纵，复践乱机。王旅薄伐，传首来至京师。古之为国，惟德是贵。力战而虐民，鲜不颠坠。矧乃叛戾，伊胡能遂。咨尔巴子，无放肆。[1]

此辞据《宋书·乐志》载，乃是何承天"私造"[2]，郭茂倩《乐府诗集》云："疑未尝被于歌也。"[3]既然不曾用于实际演唱，仿拟自然会有所变化：篇幅增长，后半部分虽然也继承了魏吴以来仿辞的传统，为统治者歌功颂德，但诗中前半部分却详细描写了巫山一带的壮丽风景，这里山高峡峻，岩陡林密，禽兽出没，令人感叹。显然，何承天的拟辞将所咏对象从古辞中的"淮水"转移到长江沿岸的巫山——当《巫山高》的拟写脱离了音乐层面，不再使用于典礼仪式场合时，文学创作的因素增加，文人自然会赋写题目中的"巫山"。这种仿拟方式在郭茂倩《乐府诗集》所引《乐府解题》中被描述为："据题为之"[4]，清

---

① 逯钦立《先秦汉魏晋南北朝诗》，第1206页。
② 沈约《宋书》，第661页。
③ 郭茂倩《乐府诗集》，第287页。
④ 郭茂倩《乐府诗集》，第574页。

人冯班称作“咏古题”[①]，今人钱志熙先生概括为“赋题法”[②]。

何承天辞在《巫山高》的拟写史上具有重要的转折意义，明代于慎行《谷山笔尘》云：“宋何承天私造《铙歌》十五篇，皆即汉曲旧名之义而以己意咏之，与其曲之音节不复相准，谓之拟题。自是以后，江左、隋唐相继模仿，惟取其名义，而乐府之法荡然尽矣。”[③]后来王融的《巫山高》就是完全从文学层面上赋咏题面意思。该辞为：

> 想象巫山高，薄暮阳台曲。烟霞乍舒卷，蘅芳时断续。彼美如可期，寤言纷在瞩。怃然坐相思，秋风下庭绿。[④]

据《诗纪》卷五十七，题名为《同沈右诸公赋鼓吹曲二首》，可知此诗是在唱和过程中写出来的，并非入乐之作。考察王融的行迹，似未亲临过巫山，诗中首句亦言“想象巫山高”，说明这首诗是凭借想象写成的。既然如此，作者必定会以娴熟的铺叙技巧去描写巫山的雄奇风景，更少不了运用相关的典故以显示其学识广博，这样巫山神女的神话传说自然就被写入《巫山高》之中，而古辞所表现的思归题旨则被抛弃。正如吴兢《乐府古题要解》中所说：“若齐王融‘想象巫山高’、梁范云‘巫山高不极’，杂以阳台神女之事，无复远望思归之意也。”[⑤]此后一直到唐末，文人们总共创作了三十多首《巫山高》。这些拟辞都没有配乐演唱的文献记载，多是文人吟咏题面意思，并且形成了固

---

① 冯班《钝吟杂录》，王夫之等《清诗话》本，上海：上海古籍出版社，1963年，第37页。

② 钱志熙《齐梁拟乐府诗赋题发初探》，《北京大学学报》1995年第4期，第60—65页。

③ 于慎行《谷山笔尘》，《笔记小说大观》本，第40编，台北：新兴书局，1985年，第88页。

④ 逯钦立《先秦汉魏晋南北朝诗》，第1388—1389页。

⑤ 吴兢《乐府古题要解》，丁福保《历代诗话续编》，北京：中华书局，1983年，第37页。

定的模式。表现为：(1) 描写巫山风景时一般都会言及巫山之高、峡深水急、十二峰之峭、树多林深、猿叫之悲等几个方面，时间往往设置在秋天；(2) 使用高唐、阳台、云雨、楚王、神女等典故，加入巫山神女的传说；(3) 末尾表现出难以遇合的无可奈何之情，因为巫山神女毕竟是神话传说，昔日的风流不可能在现实中重现，多情的文人只能徒增伤感。此处以梁元帝、陈后主、王无竞、阎立本、刘方平、皇甫冉、孟郊、僧齐己等人的仿辞为例进行说明，图表见后。

甚至还出现了雷同和承袭的现象，如陈代萧诠的拟辞“悬崖下桂月，深涧响松风。别有仙云起，时向楚王宫”与唐代郑世翼的拟辞“危逢入鸟道，深谷泻猿声。别有幽栖客，淹留攀桂情”十分相似。再如：

梁元帝拟辞：“巫山高不极，迴出荆门中。”
范云拟辞：“巫山高不极，白日隐光辉。”
卢照邻拟辞：“巫山望不极，望望下朝氛。”
张循之拟辞：“巫山高不极，沓沓状奇新。”

用词造句上极为相似。文人们在引入巫山神女的神话时，多将“朝云”与“暮雨”安排在对句中，这也可视作是雷同。如：

范云拟辞：“霭霭朝云去，溟溟暮雨归。”
费昶拟辞：“朝云触石起，暮雨润罗衣。”
刘绘拟辞：“散雨收夕台，行云卷晨障。”
陈后主拟辞：“云来足荐枕，雨过非感琴。”
郑世翼拟辞：“霏霏暮雨合，霭霭朝云生。”
刘方平拟辞：“峡出朝云下，江来暮雨西。”
皇甫冉拟辞：“云藏神女馆，雨到楚王宫。”

作者	时代	巫山风景						神女传说					无可奈何之情
		巫山之高	峡深水急	十二峰之峭	树多林深	猿叫之悲	时间在秋天	高唐	阳台	云雨	楚王	神女	
梁元帝	梁	巫山高不穷，迥出荆门中	滩声下溅石		杂树山如画，林暗涧疑空	猿鸣上逐风						无因谢神女	
陈后主	陈		巫山巫峡深			雾岭晚猿吟				云来足荐枕，雨过非感琴			仙姬将夜月，度影自浮沉。
王无竞	唐		雷声峡外长					神女向高唐	台馆晓苍苍	徘徊作行雨	婉娈逐荆王	神女向高唐	
卢照邻	唐	巫山望不极	惊涛乱水脉			莫辨啼猿树				徒看神女云		徒看神女云	沾裳即此地，况复远思君

续表

作者	时代	巫山风景						神女传说					无可奈何之情
		巫山之高	峡深水急	十二峰之峭	树多林深	猿叫之悲	时间在秋天	高唐	阳台	云雨	楚王	神女	
阎立本	唐	君不见巫山高高半天起	绿树春娇明月峡	君不见巫山磕匝翠屏开（注：翠屏为十二峰之一）		可怜欲晓啼猿处		欲暮高唐行雨送	台上朝云无定所……欲暮高唐行雨送	台上朝云无定所	今宵定入荆王梦。荆王梦里爱秾华，枕席初开红帐遮。	此中窈窕神仙女。仙女盈盈仙骨飞，清容出没有光辉	可怜欲晓啼猿处，说道巫山是妾家
刘方平	唐	楚国巫山秀	峡出朝云下	十二碧峰齐	万重春树合	清猿日夜啼			阳台归路直	峡出朝云下，江来暮雨西			
皇甫冉	唐		巫峡见巴东		寒暄树色同	清猿不可听	偏在九秋中			云藏神女馆，雨到楚王宫	雨到楚王宫	云藏神女馆	

续表

作者	时代	巫山风景						神女传说					无可奈何之情
		巫山之高	峡深水急	十二峰之峭	树多林深	猿叫之悲	时间在秋天	高唐	阳台	云雨	楚王	神女	
孟郊(其一)	唐		巴江上峡重复重	阳台碧峭十二峰		猿啼三声泪沾衣			阳台碧峭十二峰	行云飞去明星稀	荆王猎时逢暮雨	夜卧高丘梦神女	目极魂断望不见，猿啼三声泪沾衣
僧齐己	唐	巫山高		十二峰头插天碧			几人经此无秋情			雨为暮兮云为朝	楚王憔悴魂欲销	巫女妖	云深庙远不可觅

为什么会出现这种情况？联系一个相关的事实——这三十多首《巫山高》的作者中大多数（尤其是南朝作者）并没有亲临巫山的实际经历——因此可以认为：他们是在借鉴前人《巫山高》的基础上模仿而成。到了南北朝后期及唐代，由于乐府诗的曲调散佚，文人们拟写乐府诗不再"因声而作歌"，只能是"效法歌辞"①。也就是说，后来的文人要写一首《巫山高》时，往往不必有实际感受，只要援引前人的创作经验，铺写"巫山之高"、"峡深水急"、"树多林深"、"猿叫之悲"等几个方面，将所写时间设置在秋天，并加入表示巫山神女神话的"高唐"、"阳台"、"云雨"、"楚王"、"神女"等典故，就完全可以写出来。

到了中唐时期，由于文人拟写《巫山高》一味地在高唐神女的典故上下功夫，因而有些人招致批评，据范摅《云溪友议》卷一载，李德裕因写出"自从一梦高唐后，可是无人胜楚王"两句而受到了段成式的责难②。到了晚唐于濆所拟写的《巫山高》中，便表示出对神女传说的怀疑和否定。其辞为：

> 何山无朝云，彼云亦悠扬。何山无暮雨，彼雨亦苍茫。宋玉恃才者，凭云构高唐。自重文赋名，荒淫归楚襄。峨峨十二峰，永作妖鬼乡。③

《对床夜语》卷五云："宋玉《高唐赋》云：'昔楚襄王与玉游于云梦之台，望高唐之观，其上独有云气。王曰：此何气也？玉对曰：昔先王尝梦见一妇人曰：妾巫山之女也，闻君游高唐，愿荐枕席。王因幸之。'又《神女赋》云：'襄王使玉赋高唐之事，其夜王寝，梦与神女遇。'详其所赋，则神女初幸于怀，再幸于襄，其诬蔑亦甚矣。流传未泯，凡

---

① 罗根泽《乐府文学史》，上海：东方出版社，1996年，第190页。

② 范摅《云溪友议》，《丛书集成初编》第2832册，北京：中华书局，1985年，第4页。

③ 彭定求等《全唐诗》，北京：中华书局，1960年，第6930页。

此山之片云滴雨，皆受可疑之谤，神果有知，则亦必抱长愤于沈冥恍惚之间也。于渍有诗云……或可以洩此愤之万一也。”[1]于渍能够翻前人之陈辞，否定人们崇信的巫山神女传说，真可谓有胆有识！

四、变化与出彩

从上面第三部分的论述会产生一个印象：《巫山高》的拟辞似乎是千篇一律，难有变化，事实并非如此，对《巫山高》的拟写是因时代而异，因人而异。

先看因时代而异。从《巫山高》仿辞形式的变迁来看，正好与古代诗歌发展的走向相吻合：古辞及魏、吴拟辞都以三言句式为主，代表了五言诗未成熟以前的阶段；梁元帝、范云、费昶、王泰、陈后主等人的拟辞都采用五言八句体，中间两联对偶，在音律上虽平仄相对，却又失粘，反映了五言律诗未成熟以前的探索阶段；沈佺期、皇甫冉、李端则采用了完全成熟的五言律诗形制；当歌行体在初盛唐兴起以后，初唐的阎立本首先改用歌行体，以“君不见”开篇，七言一句，频繁换韵，又多用顶真，读起来琅琅上口，后来的李贺、孟郊、僧齐己、罗隐等也都采用了歌行体。

再看因人而异。虽然各首仿辞在用词造句方面有重复雷同之处，但还是表现出作者自身的一些印记，如王融的仿辞，寄托了作者在政治上的追求难以实现时的怅然若失之情；李贺的仿辞，则用词冷僻，色彩斑斓，带有深深的幽怨之情。而且，在众多的《巫山高》仿辞中，不乏出彩的优秀之作。《云溪友议》卷一中说：

> 秭归县繁知一，闻白乐天将过巫山，先于神女祠粉壁，大署之曰：“苏州刺史今才子，行到巫山必有诗。为报高唐神女道，速排云雨候清词。”白公睹题怅然，邀知一至，曰：“历山刘郎中禹

---

① 范晞文《对床夜语》，丁福保《历代诗话续编》，北京：中华书局，1983年，第440页。

锡，三年理白帝，欲作一诗于此，怯而不为。罢郡经过，悉去千余首诗，但留四章而已。此四章者，乃古今之绝唱也。而人造次不合为之。沈佺期诗曰：……王无竞诗曰：……李端诗曰：……皇甫冉诗曰：……白公但吟四篇，与繁生同济，而竟不为。[①]

沈佺期、王无竞、李端、皇甫冉四人的诗便是《巫山高》拟辞中的优秀之作。相比较而言，沈佺期和王无竞两人的拟辞还未完全脱去梁陈的影响，李端和皇甫冉的作品确实代表了《巫山高》拟辞的最高水平。李端诗为：

巫山十二峰，皆在碧虚中。回合云藏日，霏微雨带风。猿声寒过水，树色暮连空。愁向高唐望，清秋见楚宫。[②]

此诗首联写巫山之高，以十二峰直插天空来形容，极富气势，因而胡应麟把这首诗做为起句之妙的例证[③]；中间两联对仗十分工巧，"云藏日"、"雨带风"显露出刻画的痕迹，"过"、"连"炼字精妙，生动传神；尾联如隐如现，表现惆怅之情含蓄婉曲。王定保《唐摭言·惜名》曰："蜀路有飞泉亭，亭中诗板百余，然非作者所为。后薛能佐、李福于蜀道过此，题云：'贾掾曾空去，题诗岂易哉。'悉打去诸板，唯留李端《巫山高》一篇而已。"[④]说明后人也非常看重这首诗。

皇甫冉诗云：

巫峡见巴东，迢迢半出空。云藏神女馆，雨到楚王宫。朝暮

① 范摅《云溪友议》，《丛书集成初编》第 2832 册，第 3—4 页。

② 彭定求等《全唐诗》，第 3242 页。

③ 胡应麟《诗薮·内编》卷五，上海：上海古籍出版社，1958 年，第89 页。

④ 王定保《唐摭言》，《丛书集成初编》第 2740 册，第 124 页。

泉声落，寒暄树色同。清猿不可听，偏在九秋中。[1]

高仲武在《中兴间气集》中评论这首诗说："又《巫山》诗，终篇皆丽。自晋、宋、齐、梁、陈、隋以来，采缀者无数，而补阙独获骊珠，使前贤失步，后辈却立，自非天假，何以追斯？"[2]高仲武认为皇甫冉假以神力才得以写出这么好的诗句，当然不可信，但足以说明这首诗确是一首优秀之作。此诗首联也写得很开阔，颔联既是写景，又巧妙地穿插了神女传说，尾联以写景作结，令人遐想。《诗薮》外编卷四云："《巫山高》，唐人旧选四篇，当以皇甫冉为最。"[3]

上引《云溪友议》中的一段材料小标题为"《巫咏难》"。诚然，要想在这些优秀诗作中再写出一篇更好的仿辞，的确难矣，难怪连白居易那样的大诗人也知难而退了。

五、小结

从以上论述中可以看出，汉唐时期人们对古辞《巫山高》的仿拟大体上有两种方式：一是音乐层面上的仿拟，由于其曲调仍然流传，所以人们是"因其声而作歌"，所拟仿辞在篇章体制上力求与古辞相似，而题意却毫无关联，相对应的历史阶段是魏晋南北朝；二是文学层面上的仿拟，文人们往往"据题为之"，且形成了固定的模式，大多是从"巫山之高"、"峡深水急"、"树多林深"、"猿叫之悲"等几个方面描写巫山风景，用"高唐"、"阳台"、"云雨"、"楚王"、"神女"等典故表示巫山神女传说，相对应的历史阶段是从南朝宋齐之后到唐末。虽然众多仿辞中有雷同承袭之处，但还是表现出因时代而异、因人而异的特点，其中仍不乏优秀之作。

---

① 彭定求等《全唐诗》，第 2794 页。

② 高仲武《中兴间气集》，《唐人选唐诗十种》，上海：中华书局上海编辑所，1958 年，第 275 页。

③ 胡应麟《诗薮·内编》卷五，第187 页。

事实上，仿拟现象不仅仅存在于《巫山高》一例中，在乐府诗中颇为普遍。卢照邻在《乐府杂诗序》中说："《落梅》、《芳树》，共体千篇；《陇水》、《巫山》，殊名一意。"①牟愿相《小澥草堂杂论诗》云："魏、晋以下步步摹仿汉人，不能复出脱矣。"②只可惜古今学者对这一文学现象未加重视，甚至是加以蔑视，诬之为"蹈袭 "、"重复"等，遮蔽了乐府诗创作中许多规律性的东西。本文写作的意图，就是希望能够引起学界对乐府诗创作中的仿拟现象予以关注，以便使乐府诗的研究更加深入。

（原载《中国韵文学刊》2009 年第 1 期）

---

① 李云逸《卢照邻集校注》，北京：中华书局，1998 年，第 339 页。

② 郭绍虞编选，富寿荪校点《清诗话续编》，上海：上海古籍出版社，1983 年，第 916 页。

论温庭筠的“乐府倚曲”及其文学史意义

王淑梅

温庭筠32首“乐府倚曲”，吴相洲师及张煜认为皆为温庭筠自制新题，内容上借前朝故事以隐晦曲折地讽谕现实，创作方式为“因声以度词”，所倚之曲应为朝廷乐府之曲[①]。郭茂倩将其与温庭筠其它七类乐府诗相区别，而将其与元、白新乐府等并隶于“新乐府辞”。“乐府倚曲”独特性何在？本文拟从《乐府诗集》的体例、分类及温庭筠其它乐府诗等角度进一步探究，揭示其内涵及文学史意义。

一、“乐府倚曲”在“新乐府辞”中的独特性

“新乐府辞”十一卷，包括“乐府杂题”六卷，以及元结《系乐府》12首、元结《补乐歌》10首、皮日休《补九夏歌》9首、元稹《新题乐府》13首、白居易“新乐府”50首、温庭筠“乐府倚曲”32首、陆龟蒙《乐府杂咏》6首以及皮日休《正乐府》10首。由编排分类可知，“乐府倚曲”虽属“新乐府辞”，却与“乐府杂题”、元白“新乐府”等互为独立。

《乐府诗集》题解云：“新乐府者，皆唐世之新歌也。以其辞实乐府，而未常被于声，故曰新乐府也。”[②]指出“新乐府辞”的两个特征：

---

① 参见赵敏俐、吴相洲等著《中国古代歌诗研究——从〈诗经〉到元曲的艺术生产史》，北京：北京大学出版社，2005年，第481—482页。张煜《新乐府辞研究》，北京：北京大学出版社，2009年，第149—161页。

② 郭茂倩《乐府诗集》，北京：中华书局，1979年，第1262页。

首先须是唐世产生的新歌，与乐府旧曲、旧题无涉。那么如何判断其为乐府呢？郭茂倩云：“凡乐府歌辞，有因声而作歌者，若魏之三调歌诗，因弦管金石，造歌以被之是也。有因歌而造声者，若清商、吴声诸曲，始皆徒歌，既而被之弦管是也。有有声有辞者，若郊庙、相和、铙歌、横吹等曲是也。有有辞无声者，若后人之所述作，未必尽被于金石是也。”①从乐府传统来看，乐府歌辞的创作方式有因声而作歌者，亦有因歌而造声之属，有声辞并存的，也有只存辞而声已亡者。那些曲调已经失传的乐府，后人补作新辞，就未必被于金石。换句话说，乐府诗创作的最终目的是要披之管弦，但有入乐的创作动机而实际上并未实现入乐的，可以归作乐府诗。两个特征结合起来，“新乐府辞”应是唐人以入乐为动机新作的新题乐府诗，并不一定已经实现采入乐府披之管弦的目的，但歌辞的创作完全符合乐府诗的要求。综观《乐府诗集》的“新乐府辞”，全为新题自不待言。元结“系乐府”序曰：“天宝中，结将前世尝可称叹者为诗十二篇，引其义以名之，总曰系乐府。”②其“补乐府”曰：“自伏羲至于殷，凡十代，乐歌有其名亡其辞。考之传记，义或存焉，故采其名义以补之，凡十篇十九章，各引其义以序之，命曰《补乐歌》。”③皮日休《补九夏歌》序云：“九夏亡者，吾能颂之”④皆如郭氏所云后人之述作，未必被于金石者。元白新乐府及皮日休“正乐府”，属“讽兴当时之事，以贻后世之审音者”⑤。元稹“新题乐府”自序：“李公垂作乐府新题二十篇，稹取其病时之尤急者，列而和之……”⑥白居易新乐府五十首，郭茂倩云：“新乐府五十篇，白居易元和四年作也。其序曰：‘《七德舞》以陈王业，《法曲》以正华

---

① 郭茂倩《乐府诗集》，第 1262 页。
② 郭茂倩《乐府诗集》，第 1339 页。
③ 郭茂倩《乐府诗集》，第 1341—1342 页。
④ 郭茂倩《乐府诗集》，第 1345 页。
⑤ 郭茂倩《乐府诗集》，第 1262 页。
⑥ 郭茂倩《乐府诗集》，第 1349 页。

声……’大抵皆以讽谕为体，欲以播于乐章歌曲焉。”①又云皮日休《正乐府》曰：“其意以乐府者，盖古圣王采天下之诗，欲以观民风之美恶，而被之管弦，以为训戒，非特以魏、晋之侈丽，梁、陈之浮艳，而谓之乐府也。故取其可悲可惧者著于歌咏，凡十篇，名之曰正乐府。”②总之，元结、白居易、元稹、皮日休诸人都阐明其乐府诗创作意图，如元结“补乐歌”是对那些乐辞不存的古乐歌，采其名义以补充新辞，“系乐府”则是作乐府以系前世可咏叹之事。白居易新乐府则“以讽谕为体，欲以播于乐章歌曲”。郭茂倩据以设类，明确无疑。然“乐府倚曲”却不同，温庭筠并未对其“乐府倚曲”的创作动机有所说明，郭茂倩虽贯以“乐府倚曲”之名，却也只字未及此类乐府诗的创作动因及特点。

不过，温庭筠32首“乐府倚曲”皆属新题。内容上大致分两种：一是实写，多数乐府诗有生动具体的场景，诗中人物多为王公贵族、歌儿舞女等特定阶层。如《夜宴谣》、《罩鱼歌》、《生禖屏风歌》、《塞寒行》、《台城晓朝曲》、《湘东宴曲》、《舞衣曲》、《猎骑辞》、《水仙谣》、《东峰歌》等12首，皆对夜宴、歌舞或游览、战事、游仙等具体场景作直观描摹。《湘宫人歌》、《太液池歌》、《东郊行》、《春野行》、《春晓曲》、《惜春词》、《春洲曲》、《晚归曲》、《照影曲》、《兰塘词》、《舞衣曲》等，皆以女性口吻，写宫女、舞女或富家之女的情事、怨别等，情态生动，宛然可见。一是虚写，或借历史、或凭想象，暗寓讽咏，摹写世情。《汉皇迎春辞》、《鸡鸣埭歌》、《雉场歌》、《故城曲》、《走马楼三更曲》、《昆明池水战词》5首，明显借历史题材以讽咏现实政治，婉曲地表达对现实的不满。《莲浦谣》、《遐水谣》、《晓仙谣》、《吴苑行》、《碌碌古辞》，则在对江南、边塞风光的描写中，寄寓着世情感慨。

从温庭筠的生平经历来看，《云溪友议》载其与晋国公次弟之子裴諴为友，二人好为淫艳之歌，饮席间广为传唱。他从游庄恪太子，作过宫廷陪侍文士；也曾受到宰相令狐绹的优遇，成为相府常客；还

---

① 郭茂倩《乐府诗集》，第1360—1361页。

② 郭茂倩《乐府诗集》，第1402页。

曾辗转于山南东道节度使徐商幕府，到过西北边塞，与歌女柔卿、周德华等有过密切交往。他与《乐府杂录》的作者段安节是翁婿关系，熟悉乐府音乐。因此，温庭筠有为他所结交的社交圈子中的特定人物作歌辞的可能性和现实性，并将自己的经历或感受糅合进去。如以郭茂倩“新乐府辞”的设立标准衡量，《夜宴谣》等属于讽兴时事之作，庶几以贻后世之审音者采入乐府，《汉皇迎春辞》等则采前世可咏叹者补充新辞，都能成立。只是为何称为“乐府倚曲”，却无从而知。

二、“乐府倚曲”在温庭筠乐府诗中的独特性

《乐府诗集》共收录温庭筠 58 首乐府诗，涉及“横吹”、“相和”、“清商”等 8 种类别。鉴于《乐府诗集》的编纂设类有其特定标准，以“乐府倚曲”与温庭筠其他类型乐府诗对比分析，将有助于理解“乐府倚曲”的内涵及特点。为便于说明问题，兹将温庭筠乐府诗在《乐府诗集》中的著录情况制成下表：

曲　类	曲　调	诗　题	编排特点
横吹曲辞	梁鼓角横吹曲	雍台歌	列于梁武帝、吴均《雍台》之后
相和歌辞	相和六引	公无渡河	与梁刘孝威、陈张正见、唐李白、王建等作同题，而列于其后
	相和曲	江南曲	与梁柳恽、沈约，唐宋之问等作同题，而列于其后
清商曲辞	吴声歌	懊恼曲	列《懊侬歌》之后
		春江花月夜	与隋炀帝、诸葛颖、唐张子容、张若虚等作同题，而列于其后。
		堂堂	温诗有“一曲堂堂红烛筵”之句，按：陈后主所作曲名《堂堂》，唐人法曲，温氏诗题与之相同①。

① 据杜佑《通典》卷一四六、刘昫《旧唐书》卷二九、王溥《唐会要》卷三三一三四、欧阳修《新唐书》卷二一、九一记载，《堂堂》曲乃陈后主所作。这些文献郭茂倩虽未加标注，但显然以此为参照依据。

续表

曲　类	曲　调	诗　题	编排特点
	西曲歌	三洲歌	与无名氏、陈后主之作同题而列于后
		常林欢	郭茂倩据《唐书·乐志》及《通典》疑为宋、梁或宋、齐间曲①。
	江南弄	张静婉采莲曲	温氏此曲序曰："静婉，羊侃伎也。其容绝世。侃自为《采莲》二曲，今乐府所存失其故意，因歌以俟采诗者，事具载《梁史》。"②
		阳春曲	与无名氏、庄南杰、僧贯休同题共列，但与沈约同题之作分列。
舞曲歌辞	杂舞	屈柘	盛唐软舞曲《柘枝》之别名③。
杂曲歌辞		侠客行	从张华《轻薄篇》、《游侠篇》到梁王筠《侠客篇》发展而来，列李白等同题之作后。
		西洲曲	与古辞《西洲曲》同题。
		湖阴曲	据温庭筠《曲序》："乐府有《湖阴曲》。后其辞亡，因作而附之。"
近代曲辞		达磨支	据《唐会要》、《乐苑》及《乐府杂录》判为近代曲。
		杨柳枝八首	据《本事诗》所载，白居易所制《杨柳枝》新声为宣宗国乐所唱，是教坊曲名。温庭筠与之同题，同列于后。

① 《唐书·乐志》曰："《常林欢》，疑宋、梁间曲。……"又引《通典》曰："《常林欢》，盖宋、齐间曲。"参见郭茂倩《乐府诗集》卷四九，第724—725页。

② 曾益等笺注《温飞卿诗集笺注》，上海：上海古籍出版社，1979年，第12页。

③ 任半塘《唐声诗》，上海：上海古籍出版社，1982年，第240页。

续表

曲类	曲调	诗题	编排特点
杂歌谣辞		苏小小歌	与古辞同题而列于其后
		敕勒歌	与无名氏作同题，列于其后。
		黄昙子歌	据《晋书五行志》及李延年《黄覃子》，“凡歌词，考之与事不合者，因其声而作歌辞”。
新乐府辞	乐府杂题	织锦词	与《寄远曲》《织妇词》《织锦曲》诗题相近，列于其后。
	乐府倚曲		单独设类。

郭茂倩对温庭筠的乐府诗分类是以丰富的音乐文献作为依据，上表所列有《晋书》、《古今乐录》、《乐苑》、《通典》、《乐府杂录》、《旧唐书》、《新唐书》、《唐会要》。除此之外，郭氏对其所能见到的温庭筠别集、选集等也应有所参照①。

首要依据是曲调。如《公无渡河》、《江南曲》、《春江花月夜》、《三洲歌》、《阳春曲》、《西洲曲》、《湖阴曲》、《张静婉采莲曲》、《常林欢》、《苏小小歌》、《勅勒歌》、《黄昙子歌》、《屈柘》、《达磨支》都是乐府旧曲，直接对应附列于后。

其次为题名。凡与前代乐府诗相同诗题或相近诗题经综合分析后相应归入各类。《雍台歌》、《懊恼曲》、《侠客行》等，均列于前人相同或相近诗题之后。但温庭筠《堂堂》一首，虽与李贺、李商隐之作同题，郭茂倩却将前者分在“清商曲辞”，后者归入近代曲辞。温氏《堂堂》在别集中名《钱唐曲》，内容上咏写南朝旧事，风格凄迷；体式上看，温诗

① “温庭筠集，《新唐书·艺文志》载《握兰集》三卷、《金荃集》十卷、《诗集》五卷、《汉南真稿》十卷，《宋志》与《唐志》同。《崇文总目》载《握兰集》三卷、《金荃集》十卷。《郡斋读书志》载《金荃集》七卷、《外集》一卷、《文献通考》。《直斋书录题解》载《温飞卿集》七卷”。参见万曼《唐集叙录》，北京：中华书局，1980年，第308页。

七言八句，上下换韵，由仄韵转平韵。这与李商隐、李贺以五言四句为主，不换韵，平声韵到底，内容写艳情，风格香艳等特征明显有别，两者所依音乐曲调应不同。再参以《乐苑》、《唐会要》的相关记载，唐高宗朝的角调曲《堂堂》与隋代乐府曲《堂堂》应为不同曲调①，故是分作两类。可见郭茂倩思考之缜密。再如《黄昙子歌》，西汉时李延年据北狄乐《摩诃兜勒》曲所作新声二十八解中既有《黄覃子》曲名，而《晋书·五行志》又载："桓石民为荆州，百姓忽歌《黄昙子曲》。后石民死，王忱为荆州之应，黄昙子，王忱字也。"据此则荆州歌谣《黄昙子曲》的创作有着具体的本事，应与王忱、桓石民的事迹有关。而温庭筠此诗通篇描绘江南春塘美景，与原曲所涉的本事毫无关系，故将其归入杂歌谣辞。

值得注意的是，乐府诗的曲调、本事等在长期的流传过程中会出现误解，以致以讹传讹。比如温庭筠《湖阴曲》的曲调来源实为东晋乐府《于湖曲》，温庭筠误作《湖阴曲》，郭茂倩未辨其误，录入"杂曲歌辞"。清人曾益笺注温庭筠集时已指明其误，向回据此将《湖阴曲》由"杂曲歌辞"归为"新乐府辞"②。

温庭筠乐府诗中唯《织锦词》及"乐府倚曲"归为"新乐府辞"。

---

① 《乐苑》曰："《堂堂》，角调曲，唐高宗朝曲也。"《会要》曰："调露中，太子既废，李嗣真私谓人曰：'祸犹未已。主上不亲庶务，事无巨细决于中宫。宗室虽众，俱在散位，居中制外，其势不敌，恐诸王藩翰，为中宫所蹂践矣。隋已来乐府有《堂堂曲》，再言堂者，是唐再受命也。中宫僭擅，复归子孙，则为再受命矣。近日闾里又有侧堂堂、挠堂堂之谣，侧者不正之辞，挠者不安之称，将见患难之作不久矣。'"参见郭茂倩《乐府诗集》，第1116—1117页。

② 温庭筠《湖阴词》序曰："王敦举兵至湖阴，明帝微行，视其营伍，由是乐府有《湖阴曲》。而亡其词，因作而附之。"顾嗣立案：《晋书·明帝纪》："太宁二年六月，王敦将举兵内向。帝密知之。乃乘巴滇骏马微行至于湖，阴察敦营垒而出。"《晋书·地理志》："于湖，县名，属丹阳郡。"杨慎曰："帝至于湖为句，温作'湖阴'，误也。"参见《温飞卿诗集笺注》，第23—24页。向回认为，乐府并无《湖阴曲》，温氏假托为晋代乐府旧曲补词，不过想借乐府诗特有的作用，陈述自己对于时事的忧虑之情。并将此曲重新归入"新乐府辞"。详见向回《杂曲歌辞与杂歌谣辞研究》，北京：北京大学出版社，2009年，第59—65页。

《织锦词》列于“乐府杂题”，应是因其题名与《寄远曲》、《织妇词》、《织锦曲》等相近。“乐府倚曲”之所以单独设类，除因不属于上述曲调、曲题的分类标准，还应自有独特之处。

三、唐人“倚曲”产生的特定情境及要求

“倚曲”是指声与辞相依倚，唐李濬《松窗杂录》云：

> 开元中，禁中初重木芍药，即今牡丹也。得四本红、紫、浅红、通白者，上因移植于兴庆池东沉香亭前。会花方繁开，上乘月夜召太真妃以步辇从。诏特选梨园弟子中尤者，得乐十六色，李龟年以歌擅一时之名，手捧檀板，押众乐前欲歌之。上曰：“赏名花，对妃子，焉用旧乐辞为！”遂命龟年持金花笺，宣赐翰林学士李白，进《清平调》词三章……上命梨园弟子约略调抚丝竹，遂促龟年以歌。太真妃持颇梨七宝杯，酌西凉州蒲萄酒，笑领意甚厚。上因调玉笛以倚曲，每曲遍将换，则迟其声以媚之。①

玄宗与贵妃赏花，兴致极佳，旧乐辞不足以尽兴，故而让李白新制《清平调》辞。《清平调》以名花喻妃子，极尽颂美之意，其二云：“一枝红艳露香浓，云雨巫山枉断肠。借问汉宫谁得似，可怜飞燕倚新妆。”其三则具现当时玄宗赏名花、对妃子的情境：“名花倾国两相欢，长得君王带笑看。解释春风无限恨，沈香亭北倚栏干。”②因杨玉环“笑领意甚厚”，玄宗便亲调玉笛以倚曲。王琦注曰：“倚曲，以声合曲也，今谓之倚声。”③《明皇杂录·补遗》的记载与此有一致性：

---

① 李濬《松窗杂录》，《唐五代笔记小说大观》，上海：上海古籍出版社，2000年，第1213页。

② 郭茂倩《乐府诗集》，第1133—1134页。

③ 王琦注《李太白全集》，北京：中华书局，1977年，第1457页。

唐玄宗自蜀回……其夜，上复与乘月登楼，唯力士及贵妃侍者红桃在焉，遂命歌《凉州词》，贵妃所制，上亲御玉笛为之倚曲。曲罢相睹，无不掩泣。上因广其曲，今《凉州》传于人间者，益加怨切焉。①

唐玄宗命梨园子弟歌贵妃所制《凉州词》，玄宗亲以玉笛倚曲。“曲罢相睹，无不掩泣”。红桃的歌唱，玄宗的倚曲，声辞相得益彰，表演哀怨动人，流传至民间的《凉州曲》便是这次宫廷表演的结晶。再以《新唐书·曹确传》为例：

（李）可及者，能新声，自度曲，辞调凄折，京师媮薄少年争慕之，号为“拍弹”。同昌公主丧毕，帝与郭淑妃悼念不已，可及为帝造曲，曰《叹百年》，教舞者数百，皆珠翠襐饰，刻画鱼龙地衣，度用缯五千，倚曲作辞，哀思裴回，闻者皆涕下。舞阕，珠宝覆地，帝以为天下之至悲，愈宠之。②

李可及因同昌公主丧新造《叹百年》曲，后又据《叹百年》曲的特殊用途及表演特点来填制新辞。曲为新曲，辞是新辞，“闻者皆涕下”说明表演上也取得了成功。

以上三例表明：第一，“倚曲”或指用乐器为歌声伴奏，或指因声而制辞，声辞关联紧密，要求辞与乐即兴配合，无论玄宗用玉笛倚曲，还是李可及因声制辞，都是如此。这必然要求辞曲作者及演奏者具有极高的音乐素养。第二，倚曲要求有创造性，唯此才能满足某一特定情境中的现场气氛。玄宗与贵妃不愿用旧乐辞，是因为旧乐辞不能提起赏花的兴致，为此令李白创新《清平调》辞。当李龟年演奏新

---

① 郑处诲《明皇杂录·补遗》，《唐五代笔记小说大观》，第972—973页。

② 欧阳修《新唐书》卷一八一，北京：中华书局，1975年，第5351—5352页。

辞《清平调》时，为了辞乐相谐，演奏时不能按部就班，要有所创新，产生一种全新的演奏效果。玄宗亲调玉笛以倚曲时，特意在每曲遍将换时，迟其声以媚之，足见玄宗演奏的特色及创造性。《凉州》原为旧曲，《乐府诗集》引《乐苑》曰：“《凉州》，宫调曲。开元中，西凉府都督郭知运进。”《乐府杂录》云：“《梁州曲》，本在正宫调中，有大遍小遍。至贞元初，康昆仑翻入琵琶玉宸宫调，初进曲在玉宸殿，故有此名。合诸乐即黄钟宫调也。”又引张同《幽闲鼓吹》曰：“段和尚善琵琶，自制《西凉州》。后传康昆仑，即《道调凉州》也，亦谓之《新凉州》云。”①而贵妃为新制辞，配合新辞倚曲后的《凉州》比原曲更为怨切动人，表明艺术上更有提升。如果说李白《清平调》、贵妃《凉州词》及玄宗、李龟年等人的演奏，弥补了旧乐辞不足以尽兴的遗憾，那么通音律的李可及为唐懿宗新造《叹百年》曲并撰制新辞，以啭喉唱新声，数百舞者表演，一曲当尽，遍地珠玑零落之时，懿宗的丧女之悲在哀思涕零中已挥洒得淋漓尽致。任何艺术境界的完美展现与深切领悟都需要有身在现场的情境感，而专为这一现场量身定做的作品才最能契合情境，满足欣赏需求。李可及的倚新曲制新辞显然比李白、贵妃的倚旧曲制新辞更胜一筹，然而这必然要求创作者具备李可及那样既高超又全面的艺术素养。

温庭筠的音乐修养很高。他“最善鼓琴吹笛，云：‘有丝即弹，有孔即吹，不必柯亭爨桐也’”，“能逐弦吹之音，为侧艳之词”②。完全能够满足唐人“倚曲”的相关要求。

四、“乐府倚曲”的创作范式及文学史意义

就乐府诗而言，“倚曲”即倚声制曲。值得强调的是，《乐府诗集》只收录了李白《清平调》三章，且并未归入“新乐府辞”，而是列为“近代曲辞”类。虽不见贵妃《凉州》辞，但其他文人所制《凉州词》亦归为

① 郭茂倩《乐府诗集》，第1117页。

② 曾益等笺注《温飞卿诗集笺注》，第257—258页。

“近代曲辞”。《乐府诗集》云：“所谓近代曲者，亦杂曲也，以其出于隋、唐之世，故曰近代曲也。”[①]近代曲包含隋唐十部乐中的十四调二百二十二曲，又有玄宗梨园、别教院法歌乐、云绍乐二十曲，还包括中、晚唐以后新造杂曲。这些乐曲已经进入隋、唐宫廷乐府，形成固定的曲调。温庭筠“乐府倚曲”的曲调来源并非这些隋唐乐府中的燕乐诸曲，否则郭茂倩不会另立名类。

从温庭筠诗在《乐府诗集》的整体分类看，“乐府倚曲”不仅异于横吹、相和、清商、舞曲、杂曲等古题乐府，且与杂歌谣辞《黄昙子歌》因民间曲调而作新歌也不同，亦非白居易式依照唐代《杨柳枝》新曲作辞[②]。即便同属“新乐府辞”，“乐府倚曲”也不存在与同时代作家相近的曲题。因此，“乐府倚曲”应是像李可及倚《叹百年》曲制辞那样，温庭筠也是根据某一特定情境的艺术需求或目的而创制新曲、新辞。若果倚旧曲制辞，也不能符合“新乐府辞”“唐世之新歌”的标准。但同为“新乐府辞”，“乐府倚曲”比起元白诸人的“新乐府”、“系乐府”“以讽谕为体，欲以播于乐章歌曲”更进一步，应是有声有辞、乐辞相谐，一经乐府采入便能入乐演奏的乐府诗。

郭茂倩关于“乐府倚曲”的单独设类，还原了温庭筠“乐府倚曲”的艺术生态。除《乐府诗集》外，即今所见的温庭筠作品，无论是选录于韦縠《才调集》中的部分作品，还是温庭筠的别集（包括温庭筠宋刻

---

① 郭茂倩《乐府诗集》，第 1107 页。

② 郭茂倩《杨柳枝》题解曰：“《杨柳枝》，白居易洛中所制也。《本事诗》曰：‘白尚书有妓樊素善歌，小蛮善舞。尝为诗……乃作《杨柳枝》辞以托意曰：“永丰西角荒园里，尽日无人属阿谁！”及宣宗朝，国乐唱是辞。帝问谁辞，永丰在何处，左右具以对。时永丰坊西南角园中有垂柳一株，柔条极茂，因东使命取两枝植于禁中。居易感上知名，且好尚风雅，又作辞一章……薛能曰：“《杨柳枝》者，古题所谓《折杨柳》也。乾符五年，能为许州刺史。饮酣，令部妓少女作杨柳枝健舞，复赋其辞为《杨柳枝》新声云。”见《乐府诗集》卷八一，第 1142—1143 页。

本、宋钞本及明人曾益注清人顾嗣立补注的《温庭筠诗集笺注》)[①]，皆将“乐府倚曲”与温庭筠的其他诗作不加区分混合编排，于无形中略去了它们作为乐府歌辞的特质，使其无异于案头品读的诗歌。幸而通过《乐府诗集》再次明确了其音乐性质及独特的创作方式，对于重新认识“乐府倚曲”的文学史意义十分重要。

温庭筠“乐府倚曲”的创作生态展现了唐人乐府新歌制作中诗乐结合的特殊范式。诚如《乐府诗集》所指出，“凡乐府歌辞，有因声而作歌者，若魏之三调歌诗，因弦管金石，造歌以被之是也。有因歌而造声者，若清商、吴声诸曲，始皆徒歌，既而被之弦管是也”。乐府诗是诗乐结合的艺术，诗人与乐工通力合作，又各司其职，诗人主要负责作辞，如何谐乐则属乐工职份。因此，唐前古乐府的创作，无论魏之三调歌诗依汉旧曲作新辞，还是清商诸曲先徒歌后入乐，辞与乐的配合总是不同步的，声辞相谐的过程，势必需要多次配合。我们不难理解唐玄宗对妃子、赏名花还要用旧乐辞的缺憾，对于唐玄宗那样高层次的消费者，消磨心兴的痛苦简直无法容忍。设若身边有个兼具李白、李龟年、桃红之才的李可及或温庭筠，为妃子度新声、配新辞，就更加完美了。因此，至晚唐时期温庭筠创作于某一特定场景的“乐府倚曲”，把乐府诗的辞乐结合范式拓展到了更高层面。

温庭筠不仅创作了“乐府倚曲”，他还大量填词，创作了大量词调，被尊为“词家鼻祖”。“乐府倚曲”与词虽然属于不同的文学体式，但辞与乐的结合及创作特点却是相通的。尤其作为同一作者，当我们看到他“逐弦吹之音，为侧艳之词”以及“好为淫艳之歌，饮席间广为传唱”的记载时，并不能清楚地分辨那究竟是“乐府倚曲”中的《湘宫人歌》还是他的《菩萨蛮》之词。“乐府倚曲”所展示的辞乐关系及

---

① 关于校宋本《温飞卿集》：“宋本名《温庭筠诗集》，一卷至七卷，目录连列不分，卷一《湘宫人歌》下，即次《黄昙子歌》，不在别集之末。”参见瞿镛《铁琴铜剑藏书楼目录》，上海：上海古籍出版社，2000 年，第 519 页。

创作经验与其词体创作是可以共享的，它与中晚唐诗、歌、令、词等音乐文学的发生与发展应该有着复杂而隐秘的关联，带着这样的思考，对晚唐时期音乐文学和文化现象展开系统研究，将对文学史的研究具有积极的启发意义。

（原载《徐州师范大学学报》2012 年第 6 期）